SÉRIE DE LA MALÉDICTION DES IMMORTELS

I0669243

Rejoignez le Groupe de discussion sur *La malédiction des immortels* pour en savoir plus sur la série !

Le regard de Stas se rétrécit.

— Pourquoi ai-je l'impression d'avoir été piégée dans cet engagement ?

— Peut-être parce que je suis un maître des mots et des compromis.

— Ou juste une énigme sournoise, toujours capable d'obtenir ce qu'il veut, quelle que soit la situation.

Les adorables fossettes d'Issac firent leur apparition, dévastant ses sens féminins. Il ne devrait vraiment pas être autorisé à sourire. Jamais. C'était dangereux pour les femmes – et les hommes – partout.

— Une description habile. J'approuve.

Elle prit une profonde inspiration, réprimant le besoin qui brûlait en elle. Un regard de lui et elle était prête à s'allonger nue sur la plage, sans se soucier des conséquences. Et il n'essayait même pas.

— Danser, ça m'a l'air bien, décida-t-elle, ayant besoin d'une distraction.

Son regard complice lui disait qu'il voyait clair en elle, pleinement conscient de son influence sur elle.

— Permettez-moi de vous guider, madame, dit-il en lui tendant la main.

— Oh, c'est le moment où je t'appelle *Votre Altesse* ?

Stas avait récemment appris les origines de la famille d'Issac. Son père était duc et Issac était devenu duc de Wakefield après la mort de celui-ci. Stas ne l'avait pas encore asticoté à ce sujet, mais c'était le moment ou jamais.

— Techniquement, c'est *Votre Grâce*. Et non, tu ne m'appelleras pas comme ça.

— Et si je le fais, Votre Grâce ? demanda-t-elle, en battant des cils avec coquetterie.

Il plissa les yeux.

— Je serai obligé de te punir.

— Cela semble édifiant. Veuillez élaborer, Votre Grâce.

Il la toisa avec un regard évaluateur.

— Tu veux jouer, ma chérie ?

Elle sourit.

— Toujours.

— Alors on va jouer, lui dit-il en lui tendant la main. Appelle-moi comme tu veux. Je te défie.

La peau de Stas se réchauffa lorsqu'elle accepta la main d'Issac, son estomac se serrant pour une raison totalement différente de celle de tout à l'heure. *C'est exactement la distraction dont j'ai besoin.*

— Parlez-moi de votre histoire, Votre Grâce. Dansez avec moi comme vous le faisiez il y a des siècles.

— Nous allons devoir improviser avec la musique moderne, murmura-t-il en la guidant vers la fête. Mais j'accepte le pari.

Le cœur de Stas voletait dans sa poitrine.

— Alors, emmenez-moi danser, duc de Wakefield.

— J'en serais très heureux, Lady Aya.

LES LIENS DES ANGES

SÉRIE DE LA MALÉDICTION DES IMMORTELS

AUTEURE À SUCCÈS USA TODAY
LEXI C. FOSS

Les liens des anges

Revu et corrigé par : Outthink Editing, LLC

Révision de l'intrigue : Heart Full of Ink

Révision initiale par : Allison Irwin

Relecture et correction par : Barb Jack, Joy Di Biase-Giachino, Katie Schmahl et Laura Schoenfelder

Couverture illustrée par : Manuela Serra

Photographie : Wander Aguiar Photography

Modèle : Thom Panto

Publié par : Ninja Newt Publishing, LLC

Traduit de l'anglais par Well Read Translation

Édition numérique

eBook ISBN : 978-1-68530-099-9

Paperback ISBN: 978-1-68530-100-2

À Bethany, pour avoir toléré la folie de mon esprit et toutes les mésaventures avec les délais, et pour avoir été la relectrice la plus minutieuse qui soit. J'adore travailler avec toi ! À beaucoup d'autres livres et manuscrits ponctuels... À bientôt xx

Et aussi à Matt, pour m'avoir aidée à rester en vie au moment des échéances. ;) Je te promets qu'il y a toujours une femme pour toi quelque part. Quand je la trouverai, je te le ferai savoir. Et nous partirons ensuite pour de très longues vacances. <3

LES LIENS DES ANGES

SÉRIE DE LA MALÉDICTION DES IMMORTELS

LIVRE CINQ

LES LIENS DES ANGES

Un amour si défendu qu'il transcende les frontières...
Mais même les liens les plus forts exigent des sacrifices.

Stas et Issac ont enfreint toutes les règles. Et le moment est venu d'en assumer les conséquences. Une reddition nécessaire mène à la dévastation, obligeant Stas à choisir entre son cœur et son avenir.

Issac restera-t-il à ses côtés ? Ou sont-ils destinés à suivre des chemins différents ?

Alors que la rumeur de l'émergence d'un nouveau pouvoir se répand, le traité des immortels vole en éclats et une lutte d'ambitions menace de tout détruire dans son sillage.

La guerre a commencé.
Et la mort régnera.
Jusqu'à ce qu'un ange surgisse des flammes de la destruction...

LA MALÉDICTION DES IMMORTELS LEXIQUE

ÊTRES SURNATURELS

Novice (nom) : L'enfant d'un homme ichorien et d'une femme humaine, qui n'a pas encore été ressuscité en Hydraien. En général, ils ne possèdent pas de dons psychiques ou surnaturels jusqu'à leur résurrection en tant qu'immortels.

Hydraien (nom) : L'enfant immortel d'un homme ichorien et d'une femme humaine qui possède deux dons surnaturels ou psychiques et qui n'a pas besoin de sang humain pour survivre.

Ichorien (nom) : Un être immortel d'ascendance inconnue, qui possède un don psychique ou surnaturel et qui doit boire du sang humain pour survivre.

Immortel (nom) : Un terme général pour désigner un être qui ne vieillit pas et qui est immunisé contre les causes de décès naturelles.

Séraphin (nom) : Un être qui appartient aux plus hauts échelons de la hiérarchie des anges.

MOTS-CLÉS

Arcadia : Club ichorien renommé situé à New York, qui sert aussi de lieu de rassemblement principal au gouvernement ichorien.

Lois du sang : Une série de décrets créés par le gouvernement ichorien en réaction au Traité de 1747.

Fondation humanitaire pour les catastrophes (FHC) : Une organisation d'aide humanitaire mondiale dont le siège social est situé à New York et qui possède une unité paramilitaire secrète conçue pour exterminer les êtres surnaturels hors-la-loi.

Conclave : Le gouvernement ichorien.

Édit : Une loi ou une règle émise par le Conseil supérieur des Séraphins.

Anciens : Les premiers Hydraiens, qui forment également le gouvernement hydraien.

Lignées du destin : Les Séraphins qui peuvent prédire l'avenir.

Conseil supérieur des Séraphins : Le gouvernement des Séraphins.

Nizares : Les assassins ichoriens expérimentés qui chassent et tuent les novices.

Poison nizarin : Une substance verte connue pour tuer les novices et empêcher leur résurrection.

Sentinelle : Un soldat de l'unité de la FHC conçue pour supprimer les êtres immortels hors-la-loi.

Traité de 1747 : Un armistice signé par les Hydraiens et les Ichoriens pour cesser les combats et qui désigne les lieux de vie des deux lignées. Ceux qui choisissent de franchir les frontières le font à leur propre risque.

Première partie
Les liens de Noël

« C'est l'époque du chaos. »
— Issac

STAS

— Eh bien, c'était certainement intéressant !

Stas Davenport haussa un sourcil vers le bel homme à côté d'elle. Elle perçut le sarcasme de son ton.

Sois gentil.

Est-ce un ordre, mon amour ?

Il pencha la tête sur le côté, un sourire séduisant se dessinant sur ses lèvres. Stas aimait ce côté d'Issac Wakefield. Cette espièglerie qu'il ne montrait que lorsqu'ils étaient seuls.

Elle se glissa sur le siège passager de leur voiture de location et boucla sa ceinture de sécurité pendant qu'il la regardait. Ces yeux bleus semblaient parcourir chaque centimètre carré de son corps.

Tu réalises que je porte quatre couches de vêtements, n'est-ce pas ?

Il posa un avant-bras sur le toit de leur SUV et se pencha pour presser ses lèvres contre les siennes.

— J'ai hâte de les enlever une par une plus tard. Une chose que j'aurais déjà faite si tu avais permis qu'on voyage à ma façon.

— Tu ne laisses jamais tomber, hein ?

Ses parents adoptifs leur avaient envoyé des billets d'avion pour les fêtes de fin d'année et Stas savait que c'était un cadeau qui leur avait coûté une petite fortune. D'où la raison pour laquelle elle l'avait supplié de prendre un vol commercial.

— On a fait un compromis en se faisant surclasser en première classe.

— En classe affaires, rectifia-t-il.

— Ça fait une différence ?

— Oh, Aya.

Il secoua juste la tête et referma la portière.

Passer Noël dans le Montana avec Issac allait être intéressant. Bien sûr, il avait insisté pour louer une maison à Kalispell après que les parents adoptifs de Stas avaient parlé de rester à l'hôtel. Heureusement, ils avaient été ravis de ce changement de plan et ils se retrouveraient au lac Flathead. Comme ils vivaient à Havre, c'était plus simple et moins coûteux pour eux de conduire.

Issac s'installa à côté d'elle et commença à jouer avec les commandes sophistiquées. Stas n'avait aucune idée de la façon dont il avait réussi à louer cette marque de SUV dans le Montana, mais le véhicule les attendait à la sortie de l'aéroport international de Glacier Park. Au moins, il y avait des sièges chauffants, un agrément qui leur serait utile.

Issac lâcha un juron au moment où les portes arrière s'ouvrirent de chaque côté.

— Rentrez chez vous, exigea-t-il alors que deux hommes bien connus s'installaient confortablement sur les sièges en cuir cossu.

— Oui, je crois qu'on se rend à votre nouvelle résidence, dit Luc en guise de salutation, ce qui fit froncer les sourcils de Stas.

— Notre nouvelle résidence ? demanda-t-elle en lançant un regard à Issac. Je croyais que tu avais pris une location ?

— Des cacahuètes ? demanda Luc en tendant un sachet vers les sièges avant.

Issac ignora le roi d'Hydria et sourit.

— J'ai dit que j'avais acquis une résidence pour les vacances.

— Tu as dit que tu en avais loué une.

— J'ai vraiment utilisé le terme *acquis*. Tu en as déduit que je l'avais louée, annonça-t-il avec un pincement de lèvres. Il se trouve que c'était aussi une opportunité d'investissement intéressante, compte tenu de la hausse des coûts.

— Comment as-tu fait pour en dénicher une à acheter ?

Kalispell était l'une de ces régions où les maisons étaient traditionnellement transmises de génération en génération ou acquises par des gens hyper célèbres.

— L'argent, ça aide, ma chérie, répondit-il.

C'est vrai. Un petit ami milliardaire. Parfois, tout ce qui se passait dans leur vie lui faisait oublier ce détail.

— Je suppose qu'ils ne veulent pas de cacahuètes. B ?

Luc tendit le sac à son acolyte à côté de lui, rappelant à Stas qu'ils avaient de la compagnie inattendue.

— Qu'est-ce que vous faites ici tous les deux ?

Stas regarda fixement tour à tour le blond musclé et le brun trop séduisant. Si elle les emmenait rencontrer ses parents... *Bon sang !* Son père irait tout droit au magasin d'armes le plus proche, achèterait un nouveau fusil pour sa vaste collection et proposerait de s'entraîner avec leurs têtes pour cible.

— On vient célébrer Noël, répondit Balthazar avec un sourire. Amelia et Tom sont déjà au lac pour préparer la

3

maison de vacances avec les autres, mais Jacque nous a déposés à l'aéroport pour qu'on vous accompagne.

Issac sortit son téléphone et composa un numéro pendant que Stas regardait bouche bée les intrus.

— Définis « les autres ».

— Terme d'origine latine désignant ceux qui restent dans un groupe ou qui ne sont pas déjà mentionnés, répondit Luc. Ou bien il peut être utilisé pour désigner une personne ou une chose différente ou distincte d'une autre. En supposant que tu parlais du pronom, bien sûr.

Elle cligna des yeux.

— Quoi ?

— C'est inacceptable, dit Issac à la personne qu'il avait appelée. Dis-leur de partir.

Il se pinça l'arête du nez tandis que, sur la banquette arrière, Balthazar affichait un sourire satisfait.

— Amelia...

La voix féminine se fit entendre dans le téléphone, suggérant que la sœur d'Issac n'approuvait pas sa demande, et les sourires de la banquette arrière s'élargirent.

— Il faut toujours que vous semiez la pagaille, vous deux, chuchota Stas.

Luc avala une cacahuète et haussa les épaules.

— J'ai toujours été fan des païens et de leurs traditions.

— Qu'est-ce que tu veux dire ?

— Noël, ma chérie, expliqua Balthazar. Parfois, on oublie à quel point tu es humaine.

— Qu'elle l'était, rectifia Luc sans gêne.

Stas grimaça, ne voulant pas penser à son sort actuel. Ces vacances étaient censées lui donner un peu d'évasion. Un moyen pour elle et Issac de déterminer réellement leur avenir ensemble. Mais apparemment, les immortels sur la banquette arrière en avaient décidé autrement.

La plupart des humains envieraient son lignage parce que cela signifiait qu'elle allait vivre éternellement. Malheureusement, cela voulait aussi dire qu'elle ne pouvait pas rester avec l'Ichorien qui se trouvait à ses côtés. Tout ça à cause d'anciennes lois et d'inepties génétiques qui opposaient ces deux êtres surnaturels.

— C'est bien plus que ça, murmura Balthazar.

Stas lui lança un regard noir. Le télépathe entendait tout. Tout le temps. Il voulait bien faire, mais parfois elle aurait juste préféré garder ses pensées pour elle.

— Oui, d'accord, dit doucement Issac. Mais bon, ils croient qu'il est mort, tu te souviens ?

Sa tête retomba en arrière avec un soupir.

— Oui, Amelia. Je vais le faire.

Une voix masculine se fit entendre sur la ligne.

— Ça devrait marcher. Je vais parler à Aya. Repasse-moi Amelia, Thomas.

Il fit cette dernière affirmation en serrant les dents, puis les desserra lorsque sa sœur reprit la parole.

— Oui. Ça a l'air charmant.

Il avait surtout l'air prêt à frapper quelque chose.

— À tout à l'heure, dit-il en raccrochant et en lançant un regard furieux dans le rétroviseur. Vous deux, je vais vous tuer pour ça !

Luc finit ses cacahuètes.

— Un point de vue novateur sur la légende du fantôme de Noël, Wakefield.

— On peut l'appeler Scrooge ? demanda Balthazar.

— Absolument.

— Parfait ! répondit Balthazar en souriant. Bon, on y va ? J'ai rendez-vous dans la neige avec une invitée d'honneur que je dois encore choisir.

Il agita ses sourcils à l'intention de Stas.

— Non, répondit-elle en même temps qu'Issac.

— Vous ne voulez pas jouer dans la neige ? demanda-t-il en jetant un regard contrarié à Luc. Qui n'aime pas les batailles de boules de neige ?

— Apparemment ces deux Scrooge.

Il fit un geste vers les deux personnes sur les sièges avant.

Issac lâcha un soupir et jeta un coup d'œil en coin à Stas.

— Je te suggère d'appeler ta mère et de la prévenir qu'une bande de gamins adultes se joint à nous.

Si ses parents n'étaient pas déjà en route pour Kalispell, Stas leur aurait dit de rester à la maison et elle aurait demandé à Issac de la conduire à Havre.

— Comment va-t-on s'organiser ? Où est-ce que tout le monde va dormir ?

Balthazar eut un sourire absolument diabolique.

— On va juste partager ta couche, Stas.

— Il y a assez de chambres dans la résidence, rétorqua Issac en lançant un autre regard noir dans le rétroviseur. Lucian, le fantôme de Noël dont tu parlais va devenir réalité si ton commandant en second continue sur cette ligne de pensées, commenta Issac.

La séduisante Hydraienne lui envoya un baiser tandis que Luc sortait de sa poche un autre sachet de cacahuètes de la compagnie aérienne. Est-ce que Jacque les avait volés pour lui pendant le vol ou quoi ?

— B, arrête de te moquer de Wakefield.

— Comme tu veux, Ta Majesté, dit Balthazar sur un ton pince-sans-rire.

Luc pouffa et avala encore plus de ces fichues cacahuètes.

— Allons-y, Issac, dit Stas, fatiguée d'avoir voyagé toute la journée.

Une sieste serait bienvenue, tout de suite. Ou de grandes quantités d'alcool.

— Ça ne prendra qu'une demi-heure.

— Tant mieux.

Issac démarra la voiture, renonçant à l'idée d'expulser les deux intrus à l'arrière.

— Tu dois prévenir tes parents et aussi leur apprendre que Thomas est bien vivant, puisqu'ils le croient mort.

Elle le regarda bouche bée.

— Et j'explique ça comment ?

— En disant qu'il avait une mission d'infiltration qui nécessitait un camouflage extrême.

Stas haussa les sourcils.

— Tu penses qu'ils vont gober ça ?

— Thomas nous aidera quand il les verra. Son don pour faire entendre la vérité aux autres est malheureusement utile.

— C'est vrai. OK.

Elle ne savait pas si ses parents la croiraient, mais quel choix avait-elle ?

— Vous feriez mieux de ne pas faire un bruit derrière.

Elle avait besoin de toute la concentration qu'elle pourrait rassembler.

Balthazar lui adressa un salut militaire.

— Bien, madame.

Luc brandit un autre sac de cacahuètes.

Au moins, ce serait un Noël mémorable.

STAS

TRENTE MINUTES PLUS TARD, Stas ne savait toujours pas comment gérer les fauteurs de troubles installés sur la banquette arrière. Elle avait prévenu sa mère que deux amis d'Issac — une remarque qui lui avait valu un haussement de sourcil de la part du chauffeur — les accompagnaient. Mais elle n'avait pas vraiment pu ajouter : *ah oui, au fait, ils sont anormalement beaux et vont probablement donner une crise cardiaque à papa.*

Emmener Issac à la maison pour les vacances avait déjà été un défi. Mais ajouter toute la bande ? Ouais, bon, espérons que tout le monde survivrait.

Bon sang, ils ne savaient même pas que Stas vivait désormais à Hydria. Ou qu'elle avait quitté son emploi à la Fondation humanitaire pour les catastrophes (FHC). Ni que Lizzie était enceinte et fiancée.

Bon, en fait, ses parents ne savaient littéralement rien et pensaient que Stas vivait toujours avec Lizzie à New York. C'était une bonne chose qu'ils ne puissent pas lui rendre visite sans avoir à faire un très long vol.

Issac lui prit la main et la serra alors qu'il quittait la

route pour s'engager dans une longue allée pavée bordée d'arbres chargés de neige. Lorsqu'il avait mentionné *l'acquisition* d'une maison sur le lac, elle s'attendait à une cabane pittoresque avec assez de place pour eux et ses parents.

Mais non. Ce n'était pas le genre d'Issac Wakefield. Une chose à laquelle elle aurait dû penser quand il avait dit qu'il y aurait assez de place pour loger les immortels aussi.

Sa mâchoire en tomba lorsque la maison, dans le style des chalets, apparut, encadrée par le lac Flathead en arrière-plan. Des fenêtres surdimensionnées, des terrasses qui faisaient le tour de la maison aux deuxième et troisième niveaux, de grandes doubles portes, des murs recouverts de bois et un cadre magnifique avec des arbres tout autour de la propriété.

Issac se gara en marche arrière dans le garage sur le côté du chalet et coupa le moteur.

— Comme je l'ai dit, c'est un bon investissement, dit-il avec un sourire, en lui soulevant le menton. Allons l'explorer, d'accord ?

Balthazar et Luc, qui étaient déjà sortis du SUV en caquetant sur les boules de neige, laissèrent Stas seule avec son démon préféré.

Elle plissa les yeux lorsqu'il détacha sa ceinture de sécurité.

— Un investissement, répéta-t-elle. Tu as l'intention d'ouvrir une maison d'hôtes ?

La propriété était certainement assez grande pour ça.

— L'agent immobilier a suggéré de la louer à des célébrités ou à des dirigeants d'entreprises, dit-il avec un haussement d'épaules. Je me suis dit que ce serait un endroit raisonnable où séjourner quand tu voudras voir les Davenport, tout en faisant quelques bénéfices à côté.

— Un endroit raisonnable, répondit-elle. Ma mère va péter les plombs quand elle va voir ça.

— Ce n'est pas comme si ma fortune était un secret, Aya.

Il l'embrassa sur la joue et ouvrit la portière côté conducteur.

— Viens, je veux visiter l'endroit avant l'arrivée d'Henry et Susan.

Elle le rejoignit dehors, leurs bagages toujours dans le coffre, et respira l'air frais et vivifiant. Le fait d'avoir passé les deux derniers mois à Hydria ne l'avait pas tout à fait préparée à l'hiver du Montana, comme en témoignait la chair de poule sur ses bras.

— Les immortels ressentent quand même le froid, dit-elle. C'est bon à savoir.

Issac gloussa et entrelaça ses doigts avec les siens.

— Oh, je crois que les immortels ressentent les choses plus intensément, dit-il en l'attirant à ses côtés avec un regard suggestif. On commence la visite par notre chambre ?

— Je n'arrive pas à croire que tu aies acheté un chalet.

— J'imagine que tu voudras rendre visite à Susan et Henry aussi souvent que possible au cours des prochaines années, dit-il doucement pendant qu'ils se dirigeaient vers la magnifique résidence. Avant qu'ils ne réalisent que tu as arrêté de vieillir.

En entendant ces mots, le cœur de Stas tressauta et elle faillit rater une marche. Elle n'avait pas vraiment réfléchi à cela, même si c'était la conséquence logique.

— Ils ne doivent pas savoir, ajouta doucement Issac.

— Je sais, réussit-elle à répondre, la gorge subitement sèche. C'est juste que je...

— Tu n'y avais pas songé, murmura-t-il. Je sais. Mais

moi si, et je voulais que tu aies un endroit dans le coin qui soit sûr pour eux.

Parce que la FHC surveillait ses parents et leur maison.

— Est-ce que Mateo a dit quelque chose ? l'interrogea-t-elle.

Elle avait besoin de détourner la conversation vers un sujet moins sérieux. Comme l'arrivée imminente de ses parents. Issac avait donné pour mission à sa progéniture douée en technologies de les aider à voyager sans être suivis.

— Dans son dernier message, il disait qu'il avait réussi à envoyer les Sentinelles qui surveillaient tes parents sur une fausse route vers le nord, en modifiant le dispositif de repérage de la voiture d'Henry. Et en ce qui concerne la surveillance, il n'a vu personne les suivre.

— Tant mieux.

Ils n'avaient vraiment pas besoin que la FHC s'incruste dans la fête. Ils avaient déjà assez d'intrus.

Et deux d'entre eux les attendaient dans l'embrasure de la porte.

Au moins, Tom arborait un air désolé.

Cela n'était pas le cas de Jayson, cependant.

L'arôme puissant des biscuits fraîchement sortis du four leur permit de déterminer la position de Lizzie : dans la cuisine. Même enceinte, cette femme ne pouvait s'empêcher de cuisiner.

Bon sang, mes parents vont devenir dingues avec tout ça.

— Une bière ? proposa Tom en adressant sa question à Stas.

— Oui, s'il te plaît.

Elle allait avoir besoin d'autant d'alcool que possible, pour...

Sa main retomba avant d'avoir atteint la bouteille. *Est-ce que c'est... ?*

— Ah, certainement pas ! Issac, il ne peut pas rencontrer mes parents.

Elle montra l'Ichorien qui rôdait dans le vestibule avec un sourire satisfait.

—Je crois que j'ai rejoint la famille d'Issac bien avant que tu n'arrives, ma petite chérie, répondit Tristan en prenant une longue gorgée de la bière que Tom destinait à Stas. Merci, Thomas.

Il adressa à Stas un salut militaire et s'éloigna dans le hall, les laissant tous dans l'entrée.

— Ce n'est pas...

—Je vais lui parler, Aya, murmura Issac. Tout ira bien. Je te le promets.

Elle haussa les sourcils.

— Tout ira bien ?

— Il ne mordra pas tes parents, promit Issac. Entrons et allons jeter un œil à la répartition des chambres et on verra à partir de là.

— Amelia a fait en sorte que vous ayez la chambre principale, leur dit Tom. Les parents de Stas seront dans celle du sous-sol, loin de tout le monde, avec leur propre cuisine et une sortie sur le patio.

— Parfait, répondit Issac en poussant Stas en avant, une main dans le bas de son dos. On va commencer par en bas pour qu'Aya puisse constater que Susan et Henry seront sains et saufs.

— Mais bien sûr. Sains et saufs. Dans une maison pleine d'immortels, dont certains ont tendance à mordre les mortels, ajouta-t-elle sèchement.

— Ils auront un verrou sur leur porte, dit Issac en la guidant vers le grand salon et vers un escalier surdimensionné.

Tristan se prélassait sur le canapé, son regard vert

acéré posé sur l'énorme sapin de Noël près des fenêtres et sur l'Ichorien qui y suspendait les décorations lumineuses.

— Bonjour, Aidan.

— Issac, salua-t-il, un sourire affectueux se dessinant sur ses lèvres lorsqu'il jeta un coup d'œil par-dessus son épaule. Bel investissement immobilier, comme toujours.

— Je suis content que tu l'approuves.

Issac observa l'homme qu'il considérait comme son père avec intérêt et haussa l'un de ses sourcils foncés en guise de question. Il était probablement curieux de savoir pourquoi les mains d'Aidan étaient emmêlées dans des fils électriques. Stas aurait aussi aimé connaître la réponse. Compte tenu de tout ce qu'elle savait sur l'ancien Ichorien, cela ne lui ressemblait pas du tout.

D'ailleurs, où se trouve son harem ? Il se déplaçait rarement sans son sublime trio, mais peut-être les avait-il laissées à Hydria où ils vivaient tous depuis les démêlés avec Osiris, le grand-père supposé de Stas.

— Amelia m'a demandé de décorer l'arbre, expliqua Aidan.

Les mots semblaient posséder un sens caché, suffisamment pour qu'Issac s'arrête un instant en haut des escaliers.

— Vraiment ? l'interrogea-t-il avec un pétillement dans son regard saphir.

— Oui. Elle a demandé une ambiance festive.

— Et où est ma sœur ?

— Elle emballe des cadeaux en haut, répondit Tom. Elle a dit qu'elle poignarderait quiconque la dérangerait avec ses ciseaux.

Issac et Aidan jetèrent un coup d'œil à l'homme blond vêtu d'un jean et d'un pull, qui sirotait sa bière. Dommage qu'il n'en ait pas rapporté une autre à Stas. Elle lança un regard plissé vers le canapé d'où l'Ichorien voleur de bière lui fit signe avec la bouteille.

Connard.

Aidan soutint le regard d'Issac, transmettant certainement un message non verbal

— Ça me rappelle presque une vie antérieure, les menaces de mort en moins.

— En effet, murmura Issac. Peux-tu demander à Jacque de me retrouver, la prochaine fois que tu le vois ?

Aidan sourit, comprenant sans qu'il y ait besoin d'expliquer.

— Bien sûr.

— À plus tard, répondit-il. Nous faisons juste un tour en bas.

Stas attendit qu'ils soient hors de portée d'oreille pour murmurer :

— C'était quoi, tout ça ?

— Amelia adorait les fêtes de Noël, répondit-il tout aussi bas. Enfin, avant tout ça.

— Oh. Et Aidan est surpris qu'elle puisse être aussi festive.

Stas n'avait jamais rencontré l'ancienne version d'Amelia, mais avait entendu des histoires sur son amour pour l'organisation des fêtes de famille. Le fait d'avoir été retenue en otage dans les sous-sols de la FHC pendant quelques années l'avait irrémédiablement changée.

— C'est ça, confirma Issac, sa main retrouvant celle de Stas et la serrant doucement. Tout autant que moi.

— Et c'est pour ça que tout le monde insiste pour être ici avec nous.

Balthazar et Luc se délectaient manifestement d'avoir mis en échec leurs projets de vacances, mais leurs motivations étaient bien plus profondes qu'une simple partie de plaisir. Ils voulaient rendre à Amelia une parcelle de son ancienne personnalité, pour faire la fête comme ils le faisaient avant.

Se retrouver en famille pour les vacances.

— Très bien, murmura Stas en se tournant vers son démon et en enroulant ses bras autour de son cou. Mes parents vont être accablés, mais on va trouver une solution. Et, ajouta-t-elle en jetant un coup d'œil au spacieux niveau inférieur, je ne pense pas qu'ils pourront se plaindre de leur logement.

Issac eut un léger sourire.

— Donc tu approuves mon investissement ?

Elle observa les fenêtres donnant sur le patio et le lac, la cheminée géante entre les étagères vides, les meubles confortables et la porte qu'elle supposait mener à la chambre mentionnée par Tom.

— Je veux dire, c'est pas mal. Ça aurait besoin d'un coup de neuf.

Il gloussa contre son cou, ses lèvres se rapprochant dangereusement de sa jugulaire.

— Tu proposes d'être ma décoratrice d'intérieur personnelle ?

— Ça dépend du salaire, des avantages, tu sais, tous ces trucs importants.

— Que dirais-tu d'un titre de propriété ?

Elle se figea.

— Quoi ?

Il mordilla le lobe de son oreille, en prenant soin de ne pas entailler sa peau. Ils étaient devenus de plus en plus audacieux l'un avec l'autre au cours du dernier mois, presque au point de rendre les choses dangereuses. Une morsure, une seule goutte du sang de Stas et il mourrait.

Mais parfois, il semblait ne pas s'en soucier.

— Tu n'es pas sérieux, dit-elle en s'écartant pour le dévisager.

La joie dansait dans le regard d'Issac.

— N'importe quelle femme serait aux anges, mais évidemment, il faut que tu rechignes.

— Dis-moi que tu n'es pas sérieux, insista-t-elle.

— Je ne suis pas sérieux, répondit-il. Je l'ai dit seulement parce que tu m'y as forcé.

Zut. Parfois, sa capacité à contraindre les gens se retournait largement contre elle.

— Issac...

Il pressa un doigt sur ses lèvres.

— Tu pourras me crier dessus plus tard. Lucian vient de me montrer la voiture d'Henry qui entre dans l'allée. Je propose que nous allions les accueillir avant les autres, OK ?

— Cette conversation n'est pas finie.

— J'espère bien que non, convint-il avec une lueur scintillante dans son regard saphir. Tu sais bien que j'adore nos négociations, Aya.

Il posa doucement sa bouche sur la sienne pour l'empêcher de répliquer.

— Tes parents, mon amour.

Bon, il était temps de célébrer les fêtes de Noël.

Avec ses parents humains et son petit ami ichorien milliardaire.

Oh, et un chalet envahi par une bande de vieux immortels cinglés.

Ouais, qu'est-ce qui pourrait mal tourner ?

ISSAC

Susan Davenport semblait sur le point de défaillir. Henry n'avait pas l'air mieux, son expression oscillant entre l'étonnement et l'inquiétude.

Astasiya se tenait entre eux pour faire les présentations, son regard vert rencontrant celui d'Issac à plusieurs reprises, comme si elle avait besoin de sa force.

Balthazar exerçait son charme.

Lucian était serein, tout comme son père, Aidan.

Amelia se montrait chaleureuse, mais pas trop.

Thomas et Elizabeth connaissaient déjà les Davenport, et Thomas réussit parfaitement son coup avec son histoire de couverture.

Jayson donna à Henry une forte poignée de main qui semblait intimider l'humain élancé, mais tout de même plus petit.

Et Tristan se contentait de sourire, dissimulant à peine son dégoût d'avoir à côtoyer des mortels d'aussi près.

Un message de Mateo fit sonner le téléphone d'Issac.

La voie est libre.

Parfait, lui répondit-il. La raison pour laquelle il avait choisi de venir à Kalispell plutôt que de se rendre chez les Davenport, c'était en partie à cause de la surveillance de la FHC. Aussi amusant que cela puisse être de tuer quelques Sentinelles, Issac voulait qu'Astasiya profite des fêtes. Et cela la rendrait mal à l'aise s'ils avaient du sang sur les mains.

Il s'assura qu'elle le voyait vérifier son téléphone avant de lui faire un très léger signe de tête, confirmant qu'ils étaient en sécurité. Le sourire qu'elle lui adressa lui fit chaud au cœur. Elle avait eu quelques inquiétudes sur le fait de retrouver sa famille si près de chez eux, mais Issac savait à quel point cela comptait pour elle. Bien que Susan et Henry ne soient pas ses vrais parents, c'étaient eux qui l'avaient élevée depuis l'âge de sept ans et elle les considérait comme sa mère et son père.

Par conséquent, lui aussi.

Ce qui voulait dire qu'il devait changer l'opinion qu'Henry Davenport se faisait de lui parce qu'en ce moment même, l'homme réfléchissait à tous les moyens habiles de fusiller Issac. Bien sûr, il avait également imaginé la mort de Balthazar quand celui-ci avait embrassé la main de Susan, une image qu'Issac appréciait beaucoup.

— C'est une belle location, Issac, murmura Susan en admirant le salon du rez-de-chaussée.

— Je vous remercie.

Il ne se donna pas la peine de corriger la supposition qu'elle faisait au sujet de la prétendue location. Astasiya pourrait le faire plus tard, une fois qu'il lui aurait parlé du titre de propriété, une conversation qui rendrait probablement sa blonde préférée furieuse.

Il avait hâte de voir son expression lorsqu'il admettrait que la maison était sous un nom d'emprunt qu'il avait créé pour elle, et non sous l'un des siens. Elle avait de toute façon besoin d'en apprendre plus sur les investissements. Ce serait son entrée en matière dans ce jeu. Ce qu'elle ferait de l'argent serait son choix ; il ne la guiderait que si elle le lui demandait.

— Nous devrions probablement installer tout le monde, dit Elizabeth, ses yeux bruns dansant nerveusement entre les Davenport et tous les autres.

La robe bleue qu'elle portait couvrait à peine son ventre, ce qui était étrange compte tenu de la date de conception, en octobre. Ses gènes séraphiques modifiés et les gènes hydraiens de Jayson rendaient le résultat imprévisible, une chose que Lucian et Balthazar surveillaient de près.

Mais elle semblait aller bien, même si elle avait l'air un peu fatiguée.

— Oui, Tristan, tu m'aides à porter les bagages ?

Issac lui lança un regard acéré, signifiant que ce n'était pas une requête, mais une exigence.

Son vieil ami soupira.

— J'en serais ravi, dit-il sur un ton neutre.

— Oh, ce n'est pas nécessaire, dit Susan en jetant à son mari un regard qui lui demandait d'intervenir.

— J'insiste, dit Issac avant qu'Henry ne puisse répondre. Astasiya va vous montrer votre chambre.

Il fit un geste de la main en direction du logement qu'il avait visité avec Stas avant de remonter à l'étage pour accueillir ses parents.

Tristan ouvrit la marche, les épaules crispées. Issac faillit lui donner une tape dans le dos, juste pour décoincer le type, mais il décida que les mots seraient plus appropriés.

— Dois-je te rappeler de rester à l'écart des Davenport ? demanda-t-il gravement lorsqu'ils sortirent de la maison. Ou je peux te faire confiance pour bien te tenir ?

Les yeux verts de Tristan se braquèrent sur lui.

— Tu me considères comme un gamin maintenant ?

— Tu traites certainement Aya comme un frère jaloux, oui.

Tristan eut un petit rire.

— Ça impliquerait que je sois son égal, ce qui n'est pas le cas.

— C'est vrai, répondit Issac en ouvrant le coffre d'Henry et en plaquant un sac contre le torse de Tristan. Astasiya n'aurait aucun mal à te botter le cul si elle le voulait, alors tu devrais lui montrer un peu plus de respect.

Tristan eut un rire moqueur.

— J'aimerais bien voir ça.

— Oh, Tristan, moi aussi.

Parce qu'Astasiya écraserait cet arrogant en une seconde.

Issac souleva une autre valise et la déposa sur le sol avant de lancer un regard à son ami.

— Susan et Henry ne savent rien de nos vies et on doit faire en sorte que ça reste ainsi. Tu ne te souviens peut-être pas de tes dernières années avec ta famille, mais moi, oui.

Issac était resté patient quand Tristan avait fait ses adieux, il l'avait consolé lorsque ses parents étaient morts dix ans plus tard – seuls et se demandant où était passé leur fils prodigue.

— Rien de tout cela n'est facile pour elle, ajouta-t-il. Elle fait beaucoup d'efforts pour prétendre que ça ne la tracasse pas, que son monde n'a pas complètement changé du jour au lendemain...

— À cause d'une décision qu'elle a prise, l'interrompit Tristan avec un grognement qui fit écho à l'intérieur d'Issac.

Comme s'il ne le savait pas.

Comme s'il n'y songeait pas chaque jour depuis qu'Astasiya s'était enfuie à Bora-Bora pour sauver sa meilleure amie, sans penser à son propre avenir – à *leur* avenir.

— Tu as le droit d'être en colère, poursuivit Tristan, les épaules tendues et les yeux plissés alors qu'il laissait tomber la valise. Cette femme met ta vie en danger tant que tu restes avec elle et tu t'attends à ce que je l'accepte. Ça n'arrivera pas, Issac. Je refuse. Et tu ne peux pas me le demander.

Issac déglutit, ses poings serrés contre son corps.

— Frappe-moi si tu veux. Je peux encaisser. Mais au fond de toi, tu sais que j'ai raison.

Tristan ponctua ses paroles en pointant un doigt contre le torse d'Issac, son accent irlandais s'intensifiant à chaque mot.

— Tu abandonnes tout pour elle, peut-être même ta propre vie, et je ne peux pas – ne veux pas – rester là à regarder sans rien faire.

— Alors pourquoi es-tu ici ? demanda Issac entre ses dents. Pourquoi t'embêter à passer les fêtes avec nous si tu la détestes autant ?

— Parce que vous êtes ma famille et que, chaque jour, j'ai peur que ce soit la dernière fois que je suis avec vous. Alors oui, je vais rester ici et je vais te regarder continuer à sacrifier ton propre bonheur pour une femme qui est loin de te mériter. Je vais faire de mon mieux pour l'éviter, mais ne me demande pas d'être gentil. Pas quand elle est une menace vivante pour la personne à laquelle je tiens le plus au monde.

Le son d'une forte inspiration fit grimacer Issac.

Astasiya se tenait juste sur le seuil de la maison, son

regard vert posé sur un Tristan qui n'éprouva aucun remords.

— Aya... dit Issac.

Mais elle tendit la main pour l'arrêter.

— Je suis juste venue te dire que mes parents sont en bas, quand tu leur apporteras leurs bagages.

Elle se retourna avant qu'il puisse répondre et disparut dans la maison.

— T'es vraiment un con, siffla Issac.

— Elle connaît la vérité aussi bien que moi. La différence, c'est que je n'ai pas peur de la dire, parce que ça me préoccupe vraiment. C'est juste une garce égoïste qui...

Le poing d'Issac atteignit si violemment la mâchoire de Tristan que l'homme recula de deux pas.

— Ne parle plus jamais d'elle de cette manière.

C'était une chose de souligner ses inquiétudes sur leur situation, mais c'en était vraiment une autre de coller à Aya une étiquette aussi désobligeante.

Lorsque quelqu'un se mit à applaudir, Issac se raidit.

Tout le monde était dans la maison.

Et le bruit venait de l'allée.

Derrière eux.

Il se tourna lentement et trouva Ezekiel appuyé contre le mur du garage, dans sa veste en cuir et un jean.

— Belle forme, Wakefield. Qui aurait cru que tu avais encore ça en toi ? fit-il remarquer en applaudissant à nouveau, les jambes négligemment croisées au niveau des chevilles. Quelqu'un a parlé d'une fête de Noël et je suis affamé. Vous voulez bien inviter un assassin solitaire à dîner ?

ISSAC

UNE LAME tourbillonna dans les airs et atterrit dans la main d'Ezekiel qui l'avait rattrapée par le tranchant. Il regarda le métal, l'équilibra sur ses doigts et sourit.

— Belle finition comme toujours, Jedrick, dit-il en glissant la dague dans une poche de sa veste. Un cadeau de Noël parfait. Malheureusement, je n'ai rien pour toi.

— Oh, je connais le cadeau parfait, répondit Jayson en s'approchant, suivi par Balthazar.

Le télépathe avait dû entendre le juron intérieur d'Issac à l'arrivée inopinée de leur invité.

— Vraiment ? demanda l'assassin, l'air positivement ravi. Je suis tout ouïe.

— Va-t'en, grogna Jayson.

— Avec une amitié aussi ancienne que la nôtre ? Ça semble bien triste comme cadeau, commenta Ezekiel en se tapotant le menton. Je sais. Et si vous m'invitiez à dîner en échange d'informations qui pourraient vous être utiles ?

— La dernière fois que tu nous en as fourni, ça ne s'est pas vraiment bien passé, répondit sèchement Balthazar en repensant sans doute à la manière dont Osiris avait forcé Alik à utiliser ses dons de tortionnaire contre eux tous.

— Oh ? s'étonna Ezekiel en arquant un sourcil. En fait, si je me souviens bien, Lizzie est revenue saine et sauve, et personne n'est mort. Oh, et Stas a appris quelque chose de très important sur elle-même. Un secret qui a été caché pendant près de vingt-cinq ans. La semaine prochaine, en fait.

Ses yeux sombres se rétrécirent et ses lèvres se retroussèrent avec tendresse.

— C'était un bon mois.

— Pourquoi es-tu ici, Ezekiel ? demanda fermement Jayson, ôtant les mots de la bouche à Issac.

— Mais pour célébrer les fêtes, bien sûr. Je veux dire, c'est pour ça que vous vous êtes tous incrustés avec Issac, Stas et les Davenport, non ?

Un frisson parcourut l'échine d'Issac.

— Tu surveilles Astasiya.

— Depuis de nombreuses années maintenant, répondit Ezekiel. Il y a tellement de choses que tu ne sais pas. J'attends toujours le dénouement, mais c'est comme regarder une tortue franchir la ligne d'arrivée.

Il poussa un soupir théâtral et sortit du garage.

— Bon, et si vous laissiez tonton Ezekiel se joindre aux festivités ? Je peux peut-être vous donner quelques conseils supplémentaires pour que vous puissiez continuer votre bonhomme de chemin, hein ? En outre, j'ai toujours adoré faire flamber une belle bûche à Noël.

— Non.

La réponse vint de Jayson.

— Tu ne t'approcheras plus jamais de Rubis.

Avec un petit rire, les étranges iris dorés d'Ezekiel se posèrent sur Issac.

— Il est très protecteur, non ?

— Tu ne t'approcheras pas d'Astasiya non plus, grogna-t-il.

— Ah, que diriez-vous de la laisser décider pour elle-même ?

Son regard passa sur eux et se posa sur la blonde en question, dont l'expression livide indiquait exactement à Issac ce qu'elle ressentait à ce sujet.

Il s'approcha d'elle et enroula son bras autour de ses reins par instinct. Les mots de Tristan, ses accusations et ses frustrations, résonnaient encore dans sa tête.

Si Aya était égoïste, alors Issac l'était aussi.

Il voulait cela autant qu'elle, si ce n'était plus.

Être près d'elle, c'était comme respirer. Sans elle, il se noierait.

— Qu'est-ce qu'il fait ici ? demanda-t-elle.

— Il prétend avoir des informations et veut se joindre à nous pour le dîner.

— Il a plutôt l'air de vouloir manger mes parents pour le dîner, dit-elle sèchement, laissant échapper une pointe de sarcasme de son apparence mortellement pâle.

C'était Ezekiel qui avait tué ses parents biologiques. Du moins, c'est ce dont elle se souvenait. Et son regard suggérait qu'elle désirait absolument se venger, pour eux et pour tout ce qu'on lui avait fait subir.

— Ils ne sont pas à mon goût, murmura Ezekiel, la tête inclinée sur le côté. Jedrick, peux-tu poser une question à ta chère Rubis pour moi ?

— Non, répondit Jayson sans une seconde d'hésitation.

Ezekiel l'ignora.

— Parle-lui de l'homme qui l'a aidée dans la propriété d'Osiris. Plus précisément, demande-lui son nom.

Il reporta son attention sur Issac.

— Considère que c'est ton premier indice. Je

reviendrai pour le réveillon de Noël avec une bûche pour la cheminée. Ce sera ma contribution aux réjouissances.

Il disparut dans un nuage de fumée noire.

Astasiya fondit contre Issac, la visite inattendue d'Ezekiel effaçant le mal que Tristan avait pu lui causer. Elle appuya son front sur son épaule alors qu'il l'enveloppait de ses bras.

Balthazar croisa le regard d'Issac, son visage affichant de la compréhension.

Il ramassa les bagages des Davenport sans un mot, tendit un sac à Tristan et conduisit l'Ichorien mécontent à l'intérieur. Mais son plus vieil ami lui lança d'abord un dernier regard noir, l'ecchymose sur sa mâchoire s'estompant déjà.

Issac ne s'excuserait pas. Pas après la façon dont Tristan avait insulté son Aya. Ce bâtard méritait le coup qu'il avait reçu, et pire encore.

Jayson passa sa main dans ses cheveux bruns et expulsa une longue respiration.

— Bon, je crois qu'il vaudrait mieux ramener Lizzie à Hydria, où elle sera en sécurité.

Ezekiel avait goûté le sang d'Elizabeth, ce qui expliquait pourquoi il les avait si facilement retrouvés dans le Montana. Il pouvait suivre toutes les essences de ceux dont il s'était imbibé. Mais ça n'expliquait pas comment il avait pu connaître les plans initiaux d'Issac et de Stas.

— Je ne pense pas du tout qu'il soit là pour Elizabeth.

Si c'était l'objectif d'Ezekiel, il n'aurait pas annoncé sa présence avant de frapper.

— C'est à propos d'Astasiya.

— Peut-être, mais je ne peux pas prendre le risque de garder Lizzie ici.

Jayson marchait déjà vers la maison.

Issac comprenait les inquiétudes de cet homme et ne

pouvait le blâmer pour cela. Osiris voulait leur enfant et avait déjà enlevé Elizabeth une fois, mais le rôle d'Ezekiel dans cette guerre restait ambigu. Malgré le fait qu'il résidait avec le cerveau malfaisant et qu'il exécutait fréquemment ses basses œuvres, l'assassin offrait des perspectives intrigantes qui s'étaient avérées utiles au cours des derniers mois.

— Pose-lui la question, dit Issac à voix haute, stoppant Jayson à la porte. Ezekiel est clairement en train de jouer à quelque chose. Je veux connaître le nom pour savoir comment réagir.

Jayson ne bougea pas et ne répondit pas tout de suite, ses émotions brouillant son habituel talent stratégique. Poser la question à Elizabeth était la chose à faire. Cependant, sa grossesse l'emportait sur la raison, surtout dans l'esprit de son fiancé.

Il hocha finalement la tête et rentra dans la maison, laissant Issac et Astasiya seuls. Elle resta silencieuse, son corps tremblant contre lui alors qu'elle revivait sans doute l'horreur de ses souvenirs. Les flammes qui avaient coûté la vie à ses parents hantaient ses cauchemars, quelque chose que très peu de gens savaient. Elle s'était confiée à Issac à ce sujet, affirmant qu'ils avaient empiré, plutôt que de s'atténuer, depuis qu'elle était devenue immortelle. Chaque fois qu'elle se réveillait en criant, le cœur d'Issac se brisait un peu plus pour elle.

— Es-tu malheureux ? demanda-t-elle doucement, ce qui le surprit.

— Quoi ? s'étonna-t-il en reculant d'un pas pour la dévisager. Pourquoi me demandes-tu ça ?

Elle le regarda.

— Tu sais pourquoi je le demande, Issac.

La douleur se lisait dans la profondeur de ses yeux verts, la commissure de ses lèvres se plissant vers le bas.

— Il a raison à mon sujet. Je ne suis pas...

— Si tu me dis que tu ne me mérites pas, je vais fracasser quelque chose.

Sur ce point, il n'était pas du tout d'accord avec Tristan.

Elle fit une grimace.

— Non, j'allais dire que je ne suis pas bien pour toi.

Il gémit, la relâcha et leva les yeux vers le ciel.

— Ça revient au même, Astasiya.

— Non. Je pourrais te tuer, Issac.

— Et je pourrais aussi te tuer, rétorqua-t-il. J'aurais pu le faire le jour de notre première rencontre. Je pourrais le faire maintenant. La question est de savoir si tu t'attends à ce que je te tue.

— Bien sûr que non.

— Pareil.

— Ce n'est pas juste, argua-t-elle. C'est différent.

— Donc je n'ai pas le droit de te faire confiance autant que tu me fais confiance ? C'est ça ?

Elle lâcha un grognement, un son qu'il aimait beaucoup en temps normal, mais pas à cet instant. Là, il avait plutôt envie de l'étrangler.

— Tu fais exprès de ne pas comprendre.

Issac haussa les sourcils.

— Pardon ?

— D'abord, tu ne peux pas me tuer. Mais j'aimerais bien te voir essayer. Deuxièmement, mon sang est toxique pour toi. Une seule morsure, Issac, et tu meurs. Tristan a raison. Je suis une menace ambulante pour toi, avec laquelle tu danses chaque jour et avec laquelle tu dors chaque nuit. Ce n'est qu'une question de temps...

— Tu crois si peu en mon self-control ? la coupa-t-il, désormais furieux. Après avoir passé près de deux mois à essayer de faire en sorte que ça marche, tu es prête à tout balancer à cause des quelques paroles stupides de Tristan ?

— Non. Non, ce n'est pas...

Elle se dégonfla et ses traits s'affaissèrent.

— Ce n'est pas ce que je voulais dire. C'est juste que... il a raison, dit-elle tout bas, son ardeur complètement éteinte. Comment pourrais-tu être heureux avec ça ?

— Non, Aya. Ce n'est pas la bonne question, répondit-il en se rapprochant d'elle, ne laissant que l'espace d'un cheveu entre eux. La question que tu dois te poser, c'est : comment pourrais-je être heureux *sans* ça ?

Elle le regarda, l'amour se lisant dans ses yeux.

—Je ne...

Elle déglutit brutalement.

— Je ne *peux pas* te perdre, dit-elle en lui caressant la joue. Tu es mon éternel.

Il essaya de sourire, mais sa bouche s'y refusa.

— Alors, fais-moi confiance pour connaître mes limites, dit-il en se penchant vers elle avec un soupir. Rien de ce qui en vaut la peine n'est facile, Aya.

Ils se regardèrent l'un l'autre pendant un long moment, tant de mots et d'émotions non exprimés flottant entre eux.

Issac n'avait jamais été du genre à s'engager avec quelqu'un ou à avoir des relations, il trouvait que c'étaient des frivolités et que ça n'en valait pas la peine. Mais Astasiya était différente. Dès leur première rencontre, elle l'avait irrévocablement changé.

Elle n'avait d'abord été qu'un pion qu'il voulait utiliser pour se venger, mais elle était devenue bien plus que ça. Le destin leur avait joué un mauvais tour, les avait marqués comme incompatibles, mais Issac ne suivait jamais les règles.

Il risquait sa vie chaque fois qu'il l'embrassait, chaque fois qu'ils se touchaient, mais il ne pourrait pas vivre s'il devait la laisser partir. Cette dépendance le terrifiait. Il n'avait jamais compté sur un autre être pour quoi que ce soit. Mais son cœur appartenait à Astasiya et il s'arrêterait de battre sans elle.

Leur connexion dépassait l'entendement, elle existait simplement.

Et il ferait tout ce qu'il fallait pour s'y accrocher, pour la garder à ses côtés.

— Je n'ai besoin de personne d'autre, ni ne le veux, chuchota-t-il. Juste toi, Aya. Tu fais mon bonheur.

Les beaux yeux de Stas brillaient de larmes.

— Issac...

Quelqu'un se racla la gorge dans l'embrasure de la porte et brisa leur transe, forçant le regard d'Issac vers l'homme qui attendait.

— Il faut qu'on parle, annonça Jayson sur un ton empreint de résignation. Stas va vouloir entendre ça, aussi.

STAS

— AMELIA OCCUPE Susan dans la cuisine et Henry discute avec Tom.

Lucian donna l'information avant même que Stas puisse demander après ses parents.

Tous les autres étaient dans le salon, y compris Jacque. Il avait sur ses genoux une grosse pizza que Balthazar semblait partager avec lui.

Aidan et Lucian étaient debout, leurs yeux verts identiques débordant de savoir et de curiosité.

— Quoi ? demanda Stas en voyant tous les regards concentrés sur elle. Qu'est-ce qu'il y a ?

— Répète à Stas ce que tu m'as dit, murmura Jayson, ses bras entourant Lizzie qui était assise avec lui dans le fauteuil surdimensionné.

— Je n'ai jamais pensé que c'était important, dit-elle, les joues rouges.

Jayson caressa une mèche de ses cheveux roux qui était tombée de son chignon improvisé.

— Ce n'est pas grave, Rubis. Tu étais préoccupée par

des détails plus importants, dit-il en laissant retomber sa main sur le ventre de Lizzie, ses yeux éclairés par un sourire. Mais raconte-leur tout maintenant pour que nous puissions en discuter.

Elle se mordit la lèvre et hocha la tête.

— Bon, OK. Jayson a dit que Kiel, pardon, Ezekiel a demandé le nom du type de...

Elle s'interrompit et ravala difficilement sa salive.

— Osiris l'a appelé Sethios.

Le cœur de Stas cessa de battre.

Tellement rare d'ailleurs, qu'ils révèlent ton ascendance, fille de Caro et de Sethios, avait dit Osiris, alors que ses lèvres s'étaient retroussées en un sourire avide qui la glaçait encore aujourd'hui. *Ou préférerais-tu que je t'appelle « ma petite-fille » ?*

— Ezekiel a également mentionné Sethios, poursuivit Lizzie. Il a dit qu'ils avaient grandi ensemble, qu'Osiris était son père, mais Jay pense qu'il parlait plutôt de son *créateur*.

— À quoi ressemblait Sethios ? demanda Aidan, ses paroles à peine audibles par-dessus le bruit de l'eau qui s'engouffrait dans les oreilles de Stas. Tu peux te le représenter mentalement ?

— Euh, oui.

Lizzie fronça les sourcils et se concentra sur Issac. Il pouvait voir des images, les manipuler, forcer les gens à rêver... Est-ce qu'il voyait Sethios à cet instant ?

— Des cheveux bruns, des yeux verts, grand, musclé, mais plutôt mince, probablement parce qu'il ne peut pas manger avec sa bouche cousue par un fil.

Le regard de Stas s'arrêta sur lui, la description faisant remonter des souvenirs.

Ce sont des traits répandus.

Ne te fais pas d'illusions.

Il est mort.

Tu l'as vu brûler.

Des images l'assaillirent, la replongeant dans le passé, les souvenirs devenant violents. Réels. Accablants.

— *Tu dois jouer aujourd'hui, mon petit ange. Pour moi et ta maman. Juste au cas où les méchants viendraient, d'accord ?*

Stas se boucha les oreilles alors que ses genoux cédaient sous son poids.

— *C'est pareil que les autres fois. Cache-toi et attends qu'on te trouve. Ensuite, nous irons chercher de la glace.*

— *Vas-y, ma fille chérie. Cache-toi.*

Quelqu'un criait, si fort que cela lui faisait mal.

Ces souvenirs.

Elle détestait ces souvenirs.

Le feu.

Le visage d'Ezekiel souriant dans les flammes.

L'éclat des plumes rouges à côté d'elle...

Elle secoua la tête. Le cauchemar se transformait et fluctuait, jamais tout à fait exact. Comme si son esprit refusait de comprendre cette journée-là. Cette nuit-là. Celle qui avait changé sa vie à tout jamais.

— Aya.

La voix d'Issac n'était qu'un souffle contre son oreille.

Mais les cris de son père étaient plus forts.

Il se tordait sur le sol.

Il n'y avait plus de flammes.

Quelque chose clochait. Il avait brûlé... Elle avait vu ses parents brûler. Mais le feu n'existait pas. Seulement *lui*.

— *Des balles incendiaires,* expliqua Ezekiel. *Elles ont été conçues par les chercheurs de Jonathan pour les Sentinelles de la FHC.*

Quelle était cette chose démente ?

— Aya.

Issac se faisait insistant, ses mains posées sur les épaules de Stas.

Mais elle courait. Très vite. À toutes jambes. Dans les bras d'un ange.

Et puis, plus rien.

Elle laissa échapper un petit cri, la gorge sèche, le visage humide de larmes. La menthe poivrée et le bois de santal la submergèrent, la ramenant à elle, la réconfortant.

— Issac, souffla-t-elle d'une voix rauque alors qu'elle enfouissait son visage dans son pull.

Il l'enveloppa dans ses bras, la protégeant du cauchemar qu'une description de son passé avait fait naître.

Sa mère avait tellement souffert ce jour-là.

Après que son ami l'ange était venu lui rendre visite.

Stas luttait pour respirer, l'esprit fracturé, éclaté, révélant une avalanche de souvenirs qui n'existaient pas, qui *ne devraient pas* exister.

— Qu'est-ce qui lui arrive, bordel ? demanda Issac, sa voix n'étant qu'un rêve lointain.

Elle essaya désespérément de s'accrocher à lui, mais elle heurta un mur. Elle se cogna si fort qu'elle en fut aveuglée et projetée loin du souvenir de son père, de sa mère, d'Ezekiel.

Elle serra sa poitrine, la douleur provoquant une brèche dans son esprit. Dans son monde. Dans sa vie. Des larmes coulaient sur son visage du fait de la perte de ce qu'elle ne connaissait pas, la réalité qui lui échappait étant remplacée par une image floue et falsifiée.

Ce n'est pas exact.

Quelque chose cloche avec le feu.

Un nuage l'enveloppa.

De la chaleur.

Issac.

Elle s'agrippa à lui, se lovant dans sa chaleur familière, la seule vérité de son existence. Son éternel.

— Occupe-les, disait-il. Je vais la sortir d'ici.

Quelqu'un répondit. Peu importait qui. Tout ce qui comptait, c'était Issac et cette voix, celle d'une femme.

Maman ?

Elle suivit la voix dans l'eau et une vision familière lui frappa le cœur. Piégée au fond de l'océan, l'ombre d'elle-même, perdue dans les profondeurs des mers.

Son corps se convulsait, réclamant de l'air, ses poumons hurlant dans une agonie sans fin.

La douleur la brûlait.

Puis s'estompait.

Pour s'enflammer à nouveau.

Encore et toujours.

La bouche d'Issac couvrit la sienne, son oxygène devenait le sien tandis qu'elle prenait ce dont elle avait besoin, se laissant envelopper par lui, son baiser l'ancrant dans le monde des vivants. À nouveau dans ses bras.

Son réconfort.

Son adoration.

Sa protection.

— Issac, gémit-elle.

Elle enfouit son visage dans son cou, respirant son odeur, le suppliant de la retenir dans le présent, de ne plus jamais la laisser partir. *Qu'est-ce qui m'arrive ?*

Elle tremblait, horrifiée.

Normalement, ces terreurs la frappaient la nuit, pas le jour. Pas comme ça. Pas devant un groupe de personnes.

L'épouvante dans le regard d'Issac transperçait son âme, la figeant devant lui, sous lui, *avec* lui. Il l'embrassa à nouveau, cette fois avec plus d'ardeur, l'obligeant à se détendre, à ressentir des choses, à se perdre dans leur étreinte.

Il était son monde.

Son foyer.

Son Issac.

Elle lui rendit son baiser avec ferveur, oubliant le passé, le présent et l'avenir pour se concentrer uniquement sur lui. Le chaos commença lentement à se dissiper, remplacé par une passion que seul son démon pouvait susciter. Sa langue contre la sienne, ses mains parcourant son corps sous le pull, peau contre peau. Elle se cambra contre lui, elle en voulait plus. Elle le désirait.

— Aya, murmura-t-il, ses lèvres s'arrachant des siennes, sa respiration lourde contre sa bouche.

Stas l'attrapa, l'attirant à elle, ne voulant pas arrêter. Elle le dévorait autant qu'elle le désirait, autant qu'elle le faisait toujours, autant qu'elle l'adorait. Mais il la repoussa, sa main sur sa poitrine, son souffle chaud contre son cou. La tension de son toucher lui disait que quelque chose n'allait pas, ses épaules étaient crispées au-dessus d'elle.

Elle le goûta à ce moment-là, ce liquide ferreux familier sur le bout de sa langue.

Du sang.

Ses ongles se plantèrent dans les épaules d'Issac et son corps se figea sous lui.

Oh mon Dieu...

Pourvu que ce ne soit pas le mien.

Bordel, pourvu que...

— C'est le mien, dit-il en serrant les dents. Juste... J'ai besoin d'un instant.

L'air s'échappa de ses poumons et ses yeux se remplirent de larmes. *Ça avait failli se passer. C'était moins une.* Elle tremblait, son âme se déchirant devant ce que cela aurait pu signifier.

Je pourrais le perdre pour toujours.

Elle le savait déjà, elle l'avait compris, mais la réalité de la situation avait fait voler en éclats toutes les vérités qu'elle s'était fabriquées sur les raisons pour lesquelles cela pouvait fonctionner.

Pourtant, ils ne faisaient que se duper eux-mêmes depuis le début.

Issac la serra contre lui, ses propres épaules tremblant avec les siennes. Parce qu'il avait aussi conscience du fait qu'ils avaient été à un cheveu de le perdre pour toujours. Stas ne pourrait plus jamais se regarder en face si elle le tuait.

Elle enfonça son visage contre lui, pleurant sous cette vérité écrasante.

Il ne pourra jamais vraiment être à moi.

Plus jamais.

— Je suis désolée, dit-elle en sanglotant. Je suis vraiment désolée.

Il secoua seulement la tête, ses propres larmes tombant en silence sur elle. Brisé.

Elle avait détruit Issac Wakefield avec un baiser.

Non, elle l'avait détruit quand elle était morte sans leur donner l'occasion de se dire au revoir. Mais auraient-ils voulu le faire ?

— Aya.

Il passa ses bras autour d'elle, s'accrochant à elle comme si elle allait disparaître.

Ils approchaient de la fin.

Et ils le savaient tous les deux.

Elle s'effondra contre lui, incapable de cacher son agonie.

—Je ne sais pas comment faire pour que ça marche.

— Moi non plus, admit-il, la voix brisée.

Le temps leur filait entre les doigts.

Perdus dans leur affliction et leur douleur.

Aucun des deux ne voulait lâcher prise, admettre la défaite.

— Je ne peux pas te perdre, Issac. Je ne veux pas te perdre.

Elle préférerait vivre sans plus pouvoir le toucher plutôt que vivre sans lui.

— Je t'aime, chuchota-t-elle.

Il se frotta contre son cou, son visage humide contre sa peau.

— Je ne suis pas prêt à te dire adieu, Aya.

— Je sais.

— Ne me le fais pas dire maintenant.

Il avait l'air tellement brisé que ça la déchirait. Elle ne pouvait rien lui refuser. Surtout quand elle désirait la même chose. Mais un de ces jours, il leur faudrait trouver assez de forces pour s'éloigner l'un de l'autre. Parce qu'elle ne pouvait se résoudre à vivre dans ce monde sans Issac Wakefield.

Mais ça n'a pas besoin d'être aujourd'hui.

Encore une semaine.

Un mois.

— Nous devons être prudents, dit-elle en glissant ses doigts dans ses cheveux. Bien plus prudents que nous ne l'avons été.

Il hocha la tête.

— Oui.

Elle en fit de même.

— Pas encore, alors.

— Pas encore, répéta-t-il, ses épaules se relâchant tandis qu'il la maintenait fermement dans ses bras. Pas encore.

Il répéta ces mots plusieurs fois, semblant de moins en moins certain à chaque respiration. Mais Stas refusa d'entendre le doute qui s'insinuait en elle, de reconnaître l'appréhension qui l'envahissait, et choisit de vivre l'instant présent. Avec son Issac.

Son amour.

Son éternel.

STAS

STAS CLIGNA des yeux devant l'horloge, convaincue qu'elle lui mentait.

Quatre heures ? Non, ça ne pouvait pas être vrai. Elle plissa encore les yeux dessus. Toujours la même heure. Quelqu'un avait-il oublié de le régler à leur arrivée ?

Elle s'éloigna du torse d'Issac et jeta un coup d'œil par les fenêtres pour voir le clair de lune danser sur le lac.

— Merde.

Stas se redressa dans le lit et se frotta les yeux, pas tout à fait réveillée. Ses pauvres parents. Que pensaient-ils ? Étaient-ils inquiets ? Oh, merde ! Étaient-ils en sécurité ?

Elle voulut sortir du lit, mais elle fut attirée en arrière par le corps ferme d'Issac.

— Tout le monde dort, murmura-t-il à son oreille. Y compris Susan et Henry.

— Merde, grommela-t-elle en frappant sa paume contre son front. Quelle hôtesse je fais !

— Amelia a dit à Susan que tu ne te sentais pas bien et que je m'occupais de toi. Elle va bien, comme tous les autres.

Il la fit rouler sur le dos pour passer au-dessus d'elle, sa main contre sa joue.

— Mais toi, comment vas-tu ?

Elle déglutit, la gorge sèche.

— Honnêtement, je ne sais pas.

Ce bouleversement émotionnel l'avait vidée et déstabilisée.

—Je déteste ça, Issac.

— Moi aussi, mon amour.

Il passa ses lèvres contre les siennes, bien trop douces à son goût. Mais ils avaient accepté d'être plus prudents. Elle ne pouvait pas prendre le risque de le perdre. Pas maintenant. Jamais.

— Peut-on parler de ce qu'a dit Elizabeth ? Sur son séjour avec Osiris.

Stas fronça les sourcils, essayant de se souvenir de la conversation. La journée d'hier était floue dans son esprit, du moment où ils avaient embarqué dans l'avion jusqu'à la fin, dans le lit avec Issac. Cela lui donnait l'impression d'avoir à trier des années de souvenirs, et non une seule journée de conversations.

— Aya ? demanda Issac, la lune brillant suffisamment dehors pour faire ressortir l'inquiétude dans son regard bleu.

— La journée d'hier ressemble à un rêve, chuchota-t-elle. Un mauvais rêve.

Il fit glisser son pouce le long de sa lèvre inférieure, suivant le mouvement du regard.

— Tu es tombée en transe et tu t'es réveillée comme si tu avais fait un cauchemar. Je ne savais pas quoi faire, alors je m'en suis occupé de la seule façon que je connais pour te retenir dans l'instant.

C'était tellement flou. Quelque chose à propos de ses parents et de l'incendie.

— Il n'y avait pas de flammes.

Les sourcils de Stas se froncèrent alors qu'elle tentait de tout se remémorer, mais le souvenir lui échappait, glissant dans les tréfonds de son esprit, derrière un mur qu'elle ne pouvait percer.

— C'est étrange, comme si mon passé avait été en quelque sorte modifié, dit-elle en essayant de passer cet obstacle. J'ai l'air folle.

— Non, murmura-t-il, ses yeux bleus se levant vers les siens.

Sa paume glissa sur son pull jusqu'à sa hanche et fit rouler Stas sur le côté pour pouvoir la passer sous le tissu, dans le bas de son dos.

— Cette rune prouve que quelqu'un a altéré des fragments clés de ton enfance, peut-être même tes souvenirs.

Le contact d'Issac lui donna un frisson le long de sa colonne vertébrale.

— Les immortels peuvent-ils faire ça ?

— Je connais un Ichorien qui peut altérer la perception du passé et il y a aussi un Hydraien avec un talent similaire. Mais ici, on ne parle pas d'un simple immortel, Aya. C'est un séraphin qui a placé cette rune sur toi et elle est puissante. Peut-être qu'il ou elle a modifié ton esprit, aussi.

Stas envisagea la possibilité, un tourbillon de plumes rouges apparut dans sa vision pendant une fraction de seconde.

— Pourquoi est-ce que je me souviendrais de ces choses maintenant ?

Toute sa vie, elle avait été certaine de son passé. Mais ces derniers mois l'avaient transformée profondément, la rendant plus incertaine d'elle-même chaque minute.

— Si je devais deviner ? À cause de ta renaissance.

Il continuait à dessiner un motif contre sa peau, son toucher se faisant hypnotique et apaisant.

— Ou peut-être que de nouveaux événements ont fait remonter tes vrais souvenirs à la surface. La rencontre avec Osiris et Ezekiel, par exemple. Le fait d'entendre le nom de tes parents, Sethios et Caro.

Il l'examina attentivement, comme s'il attendait une réaction.

Il lui fallut un moment pour comprendre Issac, la journée d'hier s'avérant trop écrasante pour qu'elle se souvienne de tous les détails. Mais il y en avait un qui se distinguait dans cet océan de confusion, provoqué par le silence d'Issac.

— Lizzie a dit que l'homme qui l'a aidée était Sethios.

— Oui, et celui qu'elle a imaginé est le même Sethios qu'Aidan et les Anciens connaissent depuis plus de deux mille ans. Il était considéré comme le protégé préféré d'Osiris, mais il a disparu il y a environ vingt-cinq ans. Comme Ezekiel, tout le monde a supposé qu'il s'était caché, mais les événements récents suggèrent que ce n'est peut-être pas le cas.

— Tu penses que c'est mon père.

— Oui, répondit-il en plaquant sa paume sur sa peau, la marquant jusqu'à son âme. Sethios pouvait persuader les autres par l'hypnose, ce qui est assez proche de ta contrainte.

— Est-il possible, puisqu'Osiris est son géniteur, que ma création ait plus ou moins mêlé les facultés ? s'interrogea-t-elle. Me permettant d'être plus persuasive qu'hypnotique ?

Parce que son pouvoir était définitivement basé sur le commandement, pas la ruse.

— Oui, mais je trouve la terminologie d'Osiris plutôt

intrigante. Il t'a appelée sa petite-fille, comme si vous étiez du même sang.

— Mais c'est un Ichorien. Et ils ne peuvent pas procréer.

— C'est vrai, mais qu'en serait-il s'il avait créé Sethios avant de devenir immortel ?

Stas réfléchit à cela.

— Tu dis que Sethios pourrait être son fils biologique.

Issac hocha la tête.

— Nous ne savons pas quel âge ils ont réellement, ni l'un ni l'autre, mais ça pourrait coller avec l'histoire qu'Ezekiel a racontée à Elizabeth. Il a dit que Sethios était le fils d'Osiris et qu'Osiris était aussi connu pour l'appeler de cette manière.

— Donc, tu penses qu'Osiris est devenu ichorien après la naissance de son fils et qu'il a ensuite transformé ce fils, Sethios, en Ichorien, en conclut Stas.

— Ça semble tout à fait plausible, oui. Et ça expliquerait la façon dont tu as hérité des dons d'Osiris.

Elle était d'accord avec cela, mais quelle histoire familiale alambiquée !

— Si tout est vrai, alors Lizzie...

Elle ne put terminer sa phrase, les mots restant coincés dans sa gorge.

— Elle a vu ton père biologique il y a moins de deux mois, murmura Issac. Oui.

— Et tu es certain que c'est le même Sethios ?

— Celui qu'elle a imaginé correspond à l'homme que j'ai vu, à quelques détails près.

— Des détails ? répéta-t-elle.

— Oui, il semblerait qu'il soit puni pour quelque chose.

La façon dont il annonça cela lui donna froid dans le dos.

— À cause de moi ? supposa-t-elle, sa voix à peine plus forte qu'un murmure.

Issac secoua la tête.

— Non. Osiris n'a compris qui tu étais que lorsque tu as utilisé ton don contre lui. Il était clairement stupéfié. Malheureusement, ça ne nous dit pas pourquoi il a cousu les lèvres de Sethios.

Stas fut parcourue par un frisson, l'image laissant une empreinte macabre dans son imagination.

— Si mon père est vraiment vivant et qu'il...

— Je vois où tu veux en venir, mais crois-moi, Aya, Sethios peut prendre soin de lui-même. S'il veut échapper à Osiris, il le pourra.

— Comment sais-tu ça ?

— Oh, Aya, il a une réputation... intense.

Intense ?

— Comment ça ?

— Disons qu'il est bien le fils de son père.

— Tu es en train de me dire que mon père est malfaisant ? demanda-t-elle sur la défensive.

Le père de ses souvenirs, aussi confus soient-ils, ne lui rappelait pas du tout Osiris. Son père était honorable et affectueux, il l'appelait toujours son petit ange...

— Non, je dis que Sethios jouit d'une réputation sulfureuse, tout comme son père. Si quelqu'un peut tenir tête à Osiris, c'est bien Sethios.

— Sauf que ses lèvres sont scellées, répéta-t-elle. Pourquoi quelqu'un accepterait-il de vivre de cette façon ?

Issac la dévisagea pendant un long moment, une expérience et une intelligence qu'elle lui enviait tourbillonnant dans ses iris saphir. Luc et Aidan étaient connus pour leurs dons de stratèges, mais son démon considérait constamment les choses sous tous les angles, mesurant toujours ses pas, ne laissant jamais ses émotions motiver ses décisions. Pratique, passionné et parfait.

— Ça me coûte de le dire, mais je crois que nous devons accepter l'offre d'Ezekiel pour le réveillon de Noël. Il a manifestement des informations et, bien que je ne doute pas que ses motivations soient purement autoréalisatrices, nous pourrions être en mesure de glaner quelques détails pertinents auprès de lui. Si nous jouons finement.

— Entre toi, Luc et Aidan, je crois qu'on est bien couverts dans le domaine de la stratégie.

Il n'en avait pas l'air aussi certain qu'elle.

— Ezekiel n'est pas du genre prévisible.

— Non, mais toi non plus, lui fit-elle remarquer en effleurant ses lèvres avec les siennes. Mon démon qui enfreint les règles.

Cela le fit glousser.

— Est-ce que tu es en train de me draguer, Aya ?

— Je ne fais qu'identifier l'une de tes plus belles qualités.

La main de Stas glissa vers les fesses d'Issac et les serra à travers son caleçon.

Il la repoussa à nouveau sur le dos, avec un regard brillant.

— Bon, tu es vraiment en train de flirter.

— Non, je reconnais juste un autre très bel attribut, le taquina-t-elle.

— J'essayais d'avoir une conversation sérieuse.

— Et tu as fait du bon boulot. La conclusion, c'est d'inviter Ezekiel pour le réveillon de Noël.

Une chose qui nécessiterait une bonne discussion de groupe qui engloberait également les paramètres à prendre en compte pour protéger ses parents adoptifs. Cependant, comme il n'était même pas encore cinq heures du matin, ils avaient le temps de se préparer à cette conversation.

— Je suis prête pour une diversion maintenant.

L'amusement se lisait sur le visage d'Issac.

— Une diversion, hmm ? Pour ne pas penser à Sethios, tu veux dire ?

Elle perdit un peu de son énergie lubrique. La capacité d'Issac à voir à travers elle était troublante.

— Je ne peux pas me permettre d'espérer, Issac.

Il lui toucha la joue.

— Je comprends, mon amour. C'est beaucoup de choses à considérer, mais si c'est vrai, ça confirmerait le fait que tes souvenirs d'enfance ont été modifiés.

— Je sais.

— Et ça va nécessiter de regarder encore plus dans ton passé. Parce que les Séraphins n'interviennent pas dans la vie des immortels ou des mortels sans raison, Aya.

Les Séraphins étaient un mythe pour les Ichoriens et les Hydraiens, leur existence étant considérée comme éteinte depuis des lustres. Mais sa rune suggérait autre chose. Tout comme, peut-être, les ingérences dans son esprit.

— Pourquoi moi ? murmura-t-elle en le regardant fixement, souhaitant qu'il ait toutes les réponses.

— J'aimerais le savoir, Aya, dit-il en passant ses lèvres sur les siennes.

— Mais je ne peux pas nier que tu as en toi une chose unique à couper le souffle.

Elle se mit à s'interroger là-dessus jusqu'à ce qu'elle aperçoive le sourire sur les lèvres d'Issac.

— Maintenant, c'est toi qui flirtes avec moi.

— Certains appelleraient ça « faire la cour », murmura-t-il.

Elle pouffa de rire.

— Seulement de vieux hommes venus d'une époque très différente.

— Que dirais-tu de « séduire », alors ? suggéra-t-il, ses lèvres à un cheveu des siennes.

— Cela dépend de vos objectifs, monsieur Wakefield.

— D'abord, j'aimerais vous débarrasser de ces vêtements, mademoiselle Davenport.

La chaleur se répandit dans les veines de Stas, ses lèvres se retroussèrent par instinct.

—Je pense que ça me plairait.

—Je pense aussi.

— Alors, arrête de parler et mets-toi au travail.

La persuasion s'immisça dans ses paroles, forçant les mains d'Issac à se mouvoir. *Déshabille-moi*, lui chuchota-t-elle dans son esprit, le regard sombre d'Issac confirmant qu'il l'avait senti et qu'il approuvait.

— Hmm, un ordre, murmura-t-il contre sa bouche. Ce que je préfère.

ISSAC

LES CHEVEUX blonds d'Astasiya brillaient dans la lumière du soleil et lui rappelèrent l'apparence qu'elle avait dans son lit plus tôt ce matin. Sauf qu'elle était nue à ce moment-là. Elle était à présent vêtue d'un pull et d'un jean, des vêtements frais grâce à Balthazar qui avait laissé leurs bagages devant leur porte.

Issac sirotait son café en admirant son sourire. Elle semblait si insouciante et soulagée à côté de Susan, discutant des fêtes de Noël passées. Quelque chose en rapport avec faire de la luge à Havre avant d'aller voir l'arbre de Noël en ville. Il devrait l'y emmener l'an prochain, juste pour voir si les images correspondaient à celles qui fleurissaient dans l'esprit de Susan.

En supposant qu'Astasiya et lui soient toujours ensemble.

Sa poitrine lui faisait mal à l'idée qu'elle puisse partir avec quelqu'un d'autre, cela lui retournait les tripes. Mais ce baiser, hier soir, lui avait ouvert les yeux. Elle avait à peine entaillé sa peau dans son empressement. Si ça avait été l'inverse, il ne serait plus en train de respirer en ce moment.

Comment une chose qui semblait si juste pouvait-elle être inappropriée ?

Il devait y avoir un moyen pour que ça marche. Un moyen de contourner le destin.

Son cœur se languissait d'elle et d'elle seule.

Il lui avait fallu trois cents ans pour la trouver, pour ressentir cela vis-à-vis d'une autre personne, pour *aimer*. Il ne pouvait pas l'abandonner à cause d'un droit du sang ridicule.

C'est ce que personne ne comprenait : leur connexion était plus profonde que toute autre, comme si leurs âmes étaient unies.

Le regard vert d'Astasiya se leva vers le sien, les secrets qu'il contenait le firent sourire. Parce qu'il savait comment son esprit fonctionnait, ce que les commentaires de sa mère sur le sérieux de leur relation impliquaient.

Susan voulait parler de mariage.

Astasiya n'avait aucun désir de se marier – jamais. Ce n'était pas son style. Ce n'était pas non plus le sien.

— Maman, gémit-elle. Arrête.

— Quoi ? répondit Susan en jetant un coup d'œil à Issac. Il a loué une maison pour qu'on y passe les fêtes. Il voit clairement sur le long terme.

La tête d'Astasiya retomba sur la table au moment où Elizabeth fit son entrée.

— On ne va pas se marier, maman.

— Je n'ai pas dit ça, hein ? Je voulais juste savoir quelles étaient les prochaines étapes. C'est tout.

Elle lança un regard suppliant à Elizabeth.

— Tu comprends, n'est-ce pas, Lizzie ?

Astasiya gémit plus fort tandis que sa meilleure amie ricanait, trouvant visiblement son tourment amusant. Issac ne put s'empêcher de glousser également, ce qui lui valut un regard noir de sa blonde préférée.

— Stas n'est pas le genre de fille à se marier, madame Davenport, intervint Elizabeth. Mais je crois que ce qu'elle a avec Issac est exceptionnel.

Oui, elle avait clairement fait savoir qu'elle les soutenait, même si tout le monde s'attendait à ce que cela se finisse mal. Elizabeth Watkins était une vraie romantique et elle n'était plus qu'à quelques jours de son heureux événement.

Jayson les rejoignit, incapable de rester trop loin de sa future épouse et de la mère de son enfant à naître.

Ce matin, Issac lui avait parlé brièvement d'Ezekiel, lui expliquant leur plan pour le lendemain soir. Il avait accepté de jouer le jeu et avait aussi dit qu'ils restaient. Issac pouvait deviner que c'était une exigence d'Elizabeth. Elle ne quitterait pas sa meilleure amie après avoir appris que le père biologique de celle-ci était peut-être encore en vie.

Bien sûr, cela signifiait que la propriété était désormais envahie par les Gardiens, tous présents pour protéger les Anciens hydraiens, ainsi qu'Elizabeth.

Ce n'était pas une réaction épouvantable, tant que les Davenport ne remarquaient rien.

— Alors, où cela mène-t-il ? insista Susan, son regard passant de l'un à l'autre avec impatience.

— Où mène quoi ? demanda Henry en entrant, les bras chargés de provisions.

Thomas entra après lui, nettement plus chargé. Henry avait juste voulu aller boire une bière, ce qui s'était transformé en une longue liste de courses à faire de la part de sa femme, et Thomas avait proposé de l'accompagner – pour le protéger.

— Cette relation entre notre fille et Issac.

Il posa les sacs et croisa le regard d'Issac.

— Ils vont clairement se marier. Pas vrai, fiston ?

Astasiya se redressa subitement.

— Papa !

— Quoi ? Tu vis pratiquement avec cet homme et, s'il est le gentleman que tu prétends qu'il est, alors il fera de toi une honnête femme.

— Dans quel siècle sommes-nous, déjà ? demanda-t-elle.

— Un siècle où « faire la cour » est considéré comme dépassé, lui rappela Issac.

Elle lui lança un regard noir.

— Tu veux te marier ?

— Et toi ? rétorqua-t-il avec un sourire en coin.

— Non ! s'écria-t-elle en regardant Elizabeth d'un air implorant. S'il te plaît, aide-moi. S'il te plaît.

— En faisant quoi ? demanda-t-elle, l'amusement brillant dans ses yeux bruns. J'ai déjà dit que tu n'étais pas le genre de fille à te marier.

— Bien sûr qu'elle l'est, intervint Henry. Toutes les femmes veulent se marier.

— Pas Stas, dirent Thomas et Elizabeth en même temps.

Astasiya agita la main dans leur direction, comme pour signifier que ça prouvait suffisamment son argument.

— Alors quelles sont vos intentions ? demanda Henry, le regard posé sur Issac et non sur Astasiya.

Ça allait donc être ce genre de journée. Son père adoptif n'avait pas caché son dégoût pour Issac dès leur première rencontre, après l'obtention de son diplôme. Bien sûr, il ne sortait pas vraiment avec la fille de cet homme à ce moment-là. Il avait simplement prévu de l'utiliser pour se venger. Pas la meilleure entrée en matière, c'était sûr.

— Papa.

Les yeux verts d'Astasiya s'étaient rétrécis, l'amusement ayant laissé la place au sérieux.

— Ce n'est pas grave, mon amour, murmura Issac. Il a le droit de poser la question et un gentleman devrait y répondre.

Henry haussa un sourcil.

— Je suis d'accord.

Issac se leva pour avoir son regard au même niveau, n'aimant pas l'angle dominateur que son père avait pris sur lui.

— Bien que je n'aie rien contre le caractère sacré du mariage, cela n'a jamais été le souhait de votre fille. Et cela n'a jamais été l'un des miens non plus.

— Exactement, maugréa Astasiya avec un soulagement palpable.

— Par contre, ce que je désire, poursuivit-il, c'est une vie longue et prospère avec la femme que j'adore à mes côtés, et je ferai tout ce qu'il faut pour que cela arrive. Nous n'avons pas besoin d'une cérémonie pour prouver notre amour l'un à l'autre, ou à quiconque. Ce qui est important, c'est qu'Astasiya me fait confiance et que je lui fais confiance aussi, et nous resterons ensemble jusqu'à ce qu'il en soit autrement.

Il soutint le regard d'Henry, permettant à l'homme de voir et de sentir la sincérité de ses paroles, ainsi que la détermination de son ton. Issac serait respectueux jusqu'à un certain point, mais il ne se laisserait pas intimider. Pas même par l'homme qui avait adopté Astasiya.

— Donc vous acceptez de prendre soin d'elle.

Ce n'était pas une question, mais une affirmation.

— Oh, bon sang, s'exclama Astasiya en se tournant vers son père. Je peux prendre soin de moi, merci.

— Dans la mesure où elle me le permettra, oui, répondit-il, sans rompre le contact visuel avec Henry, même lorsqu'Aya se retourna pour le foudroyer du regard. Mais si vous pensez qu'Astasiya a besoin de moi pour s'occuper d'elle, alors vous ne connaissez pas si bien votre fille.

Alors qu'un air de défi grésillait dans la pièce, Thomas et Jayson firent tous deux un pas en arrière et la bouche de Susan s'entrouvrit.

Astasiya, cependant, semblait tout à fait satisfaite.

Et Elizabeth avait un sourire jusqu'aux oreilles.

Issac haussa un sourcil, attendant le prochain test d'Henry.

Il le réussirait.

Il n'y avait pas d'autre résultat possible en ce qui concernait son Astasiya. *À moi.*

—J'ai lu des choses à votre sujet.

— J'en suis certain, Henry. Astasiya aussi, quand on s'est rencontrés.

Il lui sourit avec assurance, se rappelant une conversation qu'ils avaient eue un jour sur le fait qu'il ne souriait jamais sur les photos.

Les lèvres d'Astasiya se retroussèrent et elle secoua la tête.

— Ce n'est pas l'homme décrit dans ces tabloïdes, papa.

— C'est ce que je constate, dit-il en toisant Issac des pieds à la tête. Et j'aimerais que ça continue.

— Je répondrai à toutes vos questions, lui dit-il. Considérez-moi comme un livre ouvert.

Dans la limite du raisonnable, bien entendu. Il n'allait pas vraiment avouer ses racines ichoriennes.

Henry hocha la tête, apparemment satisfait pour le moment.

— Aidez-moi à décharger le reste des courses.

— Euh, tout est là, intervint Thomas en désignant les sacs qui jonchaient les comptoirs.

— Vous avez tout apporté ? demanda Henry avec de grands yeux.

Thomas se contenta de hausser les épaules.

— Je suis jeune et fort. Et j'ai de longs bras.

Susan admira lesdits bras, ce qui poussa Astasiya à s'écarter de la table.

— Ouais, donc, Issac, tu ne voulais pas me montrer le jardin ?

— Si.

Un mensonge, car ils n'avaient pas eu de tels plans, mais il joua le jeu naturellement.

— Tu es prête ?

— Oui, allons-y.

Elle lui tendit la main et il l'attrapa avec plaisir, la tirant à lui pour l'embrasser sur la joue. Si chaude et si douce. Parfaite. Son Aya.

— On revient dans un moment.

Elle se mit en route, ses pieds chaussés de bottes avançant rapidement sur le carrelage en marbre de l'extravagante cuisine. La table à laquelle ils étaient assis ressemblait plutôt à un îlot en granit, mais elle était assez grande pour accueillir dix personnes. Un style moderne et fascinant qu'Issac appréciait. Il devrait sans doute réaménager sa propre cuisine de la même façon, puis utiliser la salle à manger pour autre chose. Un grand espace de divertissement, peut-être ?

— Tu as un regard bizarre, murmura Aya alors qu'elles sortaient sur le balcon du rez-de-chaussée.

Il avait été débarrassé de la neige et de la glace, une tâche qui avait été accomplie avant leur arrivée, et heureusement, la météo était restée au temps sec. Et froid.

— Je pense juste à mes autres propriétés. J'aime la façon dont la cuisine est agencée ici.

Elle haussa les sourcils alors qu'ils descendaient les escaliers.

— Vraiment ?

— Tu n'es pas d'accord ?

— Non, je veux dire, ça m'étonne que tu penses à la rénovation de la maison précisément en ce moment.

— Qu'est-ce que je pourrais envisager d'autre ?

— Oh, je ne sais pas, le fait que mon père a essayé d'exiger qu'on se marie, par exemple ?

Cela le fit glousser.

— Henry ne me fait pas peur, ma chérie.

Mais bon, il pourrait craindre Sethios, s'il s'avérait être son père biologique. Peut-être. Il fronça les sourcils. Que penserait Sethios du fait qu'Issac sortait avec sa fille ?

— OK, maintenant tu as l'air inquiet, dit Aya en atteignant la terrasse en bois du bas.

— Je réfléchis à la façon dont je réagirais face à Sethios s'il essayait de jouer au parent protecteur.

Elle s'arrêta de marcher, sa peau devenant plus pâle.

— Est-ce que tu penses... ?

Elle déglutit.

— Tu crois qu'il le ferait ?

— Je ne sais pas, admit-il. Ça serait intéressant.

— D'une mauvaise façon ? Ou d'une bonne ?

De la mauvaise. Définitivement de la mauvaise.

— On traversera cette épreuve quand elle se présentera.

Il l'attira à lui pour un baiser, effleurant sa tempe avec ses lèvres.

— Si on se préoccupe de tout ce qui peut arriver dans cette vie, on ne pourra jamais profiter du moment présent. Je dis qu'on doit mettre tout ça de côté et juste vivre.

Les yeux verts d'Astasiya soutinrent les siens pendant un long moment, puis ses lèvres se retroussèrent.

— Je crois que j'aime bien l'idée.

— Ah oui ?

— Oui.

Un large sourire s'épanouit sur son visage et ses iris prirent une teinte sournoise. C'était une expression qu'il aimait chez elle. Vraiment beaucoup.

— Vivre le moment présent, c'est ça ?

— À quoi penses-tu ?

Elle le repoussa et se mit à courir dans l'herbe enneigée. Il la regardait, alors que ses cheveux blonds flottaient derrière elle.

— Où vas-tu ?

— Vivre l'instant présent ! lui répondit-elle en disparaissant dans les arbres.

Il se lança à sa poursuite, déconcerté par ses pitreries.

— Aya, je...

Une boule de neige s'écrasa sur son visage et lui coupa la parole. C'était froid et duveteux.

— Je rêve ou tu viens de me lancer une boule de neige ?

Le rire d'Astasiya toucha son cœur.

Une autre boule de neige.

Cette offensive venait de la gauche et le lancer était beaucoup plus puissant.

Balthazar.

Espèce d'abruti, pensa Issac à son attention, en balayant la neige de son épaule.

— Hé !

Astasiya riposta en tirant sur l'imbécile qui souriait d'un air moqueur.

— C'était un coup bas, B.

Balthazar esquiva sa boule de neige avec un gloussement.

— Et toi, tu l'as visé en pleine poire alors qu'il était en train de parler.

— Oui, mais moi, j'ai le droit.

Elle en préparait déjà une autre.

Jacque apparut derrière elle avec un seau et le renversa sur sa tête. Des flocons blancs duveteux étaient collés à ses cheveux et à son pull bleu, lui donnant un charme hivernal qu'Issac trouvait bien trop sexy.

Mais il devait punir le téléporteur pour ce geste cruel.

Il attrapa le regard de Jacque, le projetant en arrière dans la neige avec une poussée mentale qui fit glapir l'Hydraien.

Et il en envoya aussi une à Balthazar pour faire bonne mesure.

— C'est qui le crétin, maintenant ? grommela le télépathe.

— Tu utilises tes dons. Alors, je me sers aussi des miens, répondit-il en s'approchant d'Aya pour l'aider à balayer la neige de ses épaules frissonnantes. Ça va ?

— Non, mais ça ira une fois qu'on leur aura mis une raclée, murmura-t-elle.

— Tu suggères qu'on allie nos forces, mon amour ?

— Tout à fait.

Aucune hésitation, juste de la confiance pure.

— Et qui allons-nous abattre ?

— Eux tous.

Il sourit, percevant plusieurs autres joueurs sur le terrain qui avaient les yeux braqués sur eux.

— Tu peux tous les sentir ?

Elle hocha la tête.

— Toi et moi contre le monde entier ?

— Toujours.

— Toujours, approuva-t-il, sentant son pouvoir rayonner autour d'eux. Essaye de ne pas trop frimer, mon amour. Tu sais à quel point j'adore tes commandements.

Elle lui sourit.

— Cela ressemble à un défi que je dois accepter.

— J'espère bien.

Il fit trébucher Balthazar avec son esprit, faisant en sorte que la boule de neige que le télépathe avait l'intention de lancer dévie sur la gauche. Issac se retourna pour arrêter l'attaque de Lucian avec sa main droite. La poudre explosa avec l'impact, la neige ici n'étant pas faite pour être compactée. Mais ça ferait un jeu divertissant.

Il était temps de vivre l'instant présent.

Parce que personne ne pouvait dire de quoi demain serait fait.

GABRIEL

— Qu'est-ce que tu fiches, Ezekiel ?

L'apparition soudaine de Gabriel ne fit ni tressaillir ni réagir l'assassin aux cheveux noirs ; il se contenta de plisser les yeux sur la horde d'immortels qui se jetaient de la neige.

— Je regarde Stas annihiler l'adversaire. Je suppose que ta sœur est plutôt douée en stratégie, Stark.

Gabriel suivit son regard vers la blonde en question dont le visage était illuminé d'une manière qu'il ne lui avait pas vue depuis longtemps. Elle se retourna juste au moment où Jacque se téléportait derrière elle. Il déversa tout un seau de neige sur lui-même pendant qu'elle riait.

— Elle apprend certainement à contrôler ses pouvoirs, nota-t-il quelque peu impressionné. Ou en tout cas, l'un d'eux.

Stas n'avait pas la moindre idée de ce dont elle était capable, ses dons ne faisant que remonter à la surface.

— On dirait bien.

Ezekiel eut un sourire moqueur lorsque Stas envoya Lucian, par un ordre mental, dans un tas de neige proche, ses yeux brillant de puissance même à cette distance.

— Elle est loin d'être prête pour Osiris, cela dit.

Gabriel faillit pouffer de rire.

— De toute évidence.

Elle était un bébé séraphin dont les ailes n'avaient même pas encore poussé. Mais bientôt.

— Pourquoi les as-tu approchés hier ?

— Je savais que tu m'espionnais, dit Ezekiel avec un claquement de langue désapprobateur, ses longs cheveux ondulant tandis qu'il secouait la tête. Si je te manque autant, tu pourrais juste passer me dire bonjour.

— Bonjour, dit Gabriel, pince-sans-rire. Maintenant, réponds à ma question.

Ezekiel sourit, l'amusement brillant dans son regard.

— L'humanité te va comme un gant, Stark.

Gabriel ne mordit pas à l'hameçon. Il ne fit même pas de commentaire, se contentant de le fixer d'un regard impassible, sachant que c'était le meilleur moyen de contrer les jeux de l'assassin.

— T'es pas drôle, se moqua Ezekiel qui se concentra à nouveau sur le spectacle plus bas.

Personne ne soupçonnait leur présence sur le toit voisin, les Hydraiens qui ratissaient le périmètre étant trop peu entraînés pour surprendre un Séraphin et un ancien Ichorien. Non pas que les Gardiens soient complètement nuls. La plupart d'entre eux étaient dotés d'un pouvoir indescriptible qui pouvait protéger Stas en un clin d'œil. Mais pas contre son propre sang.

— Si tu veux savoir, j'ai décidé d'accélérer certaines choses. Ils auraient déjà dû faire le rapprochement, avec la présence de Sethios dans la propriété d'Osiris, mais bien sûr, ils n'ont rien vu.

Gabriel était d'accord avec lui sur ce point.

— Comment ont-ils pu passer à côté de cet élément ?

— Lizzie n'en a jamais parlé, son esprit était trop préoccupé par la grossesse. Et ils n'ont pas vraiment discuté des déclarations d'Osiris concernant la naissance de Stas.

Gabriel l'avait noté.

— Une idée sur la raison pour laquelle ils ont évité le sujet ?

— Parce qu'ils croient que Sethios est un Ichorien et Caro une mortelle. Ils sont complètement passés à côté d'une évidence qui crève les yeux.

— Que ma mère est un Séraphin.

— Et qu'Osiris en est également un, ce qui fait de Sethios un troisième, ajouta Ezekiel en secouant la tête. Je ne sais pas trop comment leur rendre ça plus clair.

— Ils s'en rendront compte bien assez tôt.

Quand sa sœur verrait pousser ses ailes, probablement.

— Tu sais, tu pourrais juste lui dire, suggéra Ezekiel pour la millième fois.

— Elle n'est pas encore prête.

L'assassin lui fit à nouveau face.

— Elle aura vingt-cinq ans la semaine prochaine.

— J'en ai conscience.

— Peut-être que tu pourrais jouer les grands frères et la prévenir de la façon dont ça va se passer ?

— Pourquoi ?

Ezekiel eut un petit rire.

— Ah oui, c'est vrai. J'ai affaire à un Séraphin émotionnellement limité.

Il s'accroupit et fit reposer ses coudes sur ses genoux.

— C'est ta sœur. Certains diraient que tu lui dois une explication.

— Et j'ai l'intention de lui en donner une quand elle sera prête.

— Je te le demande à nouveau : quand est-ce que ça va arriver ? Parce que j'en ai affreusement marre de voir mon meilleur ami se faire torturer continuellement.

— Tout comme j'en ai marre d'entendre les cris de ma mère dans ma tête, mais nous faisons tous ce à quoi nous avons été destinés.

Les plumes de Gabriel se gonflèrent dans son dos, l'air froid irritant ses sens. Il ne comprenait pas comment on pouvait jouer dehors par un temps pareil et encore moins comment on pouvait vivre par ces températures. Il préférait de loin ses quartiers dans le Pacifique Sud.

— Que vas-tu leur dire demain ?

Ezekiel haussa les épaules.

— Tout ce qui me viendra à l'esprit. Je suis sûr qu'ils vont me poser des questions sur Sethios.

— Leur diras-tu la vérité ?

— Dans la mesure où j'y suis autorisé, dit-il en jetant un coup d'œil derrière lui. Mais ne t'inquiète pas. Tout ce qui concerne les Séraphins, je te laisse t'en charger.

Une réelle contrariété se fit entendre dans son ton, les taches d'or dans ses yeux sombres brûlant dans la lumière du soleil.

— Tu n'es pas content de moi.

— Donc tu peux discerner les émotions, murmura-t-il. Fascinant.

— Et maintenant, tu deviens sarcastique.

— Sacrément perspicace, Stark.

Ezekiel sourit, mais cela manquait de chaleur.

— As-tu la moindre idée de ce qu'Osiris fait subir à Sethios en ce moment ?

Ça ne pouvait pas être pire que de se noyer encore et toujours au fond d'un océan.

— Non.

— Il tente de le forcer à procréer une nouvelle fois.

Gabriel fronça les sourcils. Sethios et Caro étaient liés pour toujours. Son corps ne répondrait jamais adéquatement à une autre. Sans compter que créer un Séraphin était un événement rare.

— C'est une ambition qui manque de sens pratique.

— Sans blague, répondit Ezekiel.

— Alors, pourquoi se donner la peine ?

Ezekiel lui jeta un regard dur.

— C'est un cauchemar, Stark. Osiris oblige son fils à forniquer – ou à essayer, en tout cas – ce qui fait déjà assez de mal sur des sujets récalcitrants. Ajoute à ça l'incapacité de Sethios à contrer la persuasion et ça devient atroce. Et au moment où il est sur le point de se libérer de la confusion et de la douleur, Osiris lui permet de se souvenir de Caro, ce qui fait basculer Sethios dans la folie. Son agonie et ses cris sont la raison pour laquelle je me suis porté volontaire pour surveiller Stas cette semaine. J'avais besoin d'une pause.

Une douleur étrange s'installa dans la poitrine de Gabriel, son cœur réagissant à une émotion rattachée à son lien familial.

Caro.

Il se passa la main dans les cheveux et son regard se posa sur la femme qu'il avait juré de protéger toute sa vie.

— Stas n'est pas encore prête.

Pas avant que ses ailes n'aient poussé.

— Mais bientôt.

J'espère.

Une légère inquiétude, qui le hantait depuis des années, le démangeait, mais il la ravala.

Elle va voler.

Elle le devait.

—Je suis désolé pour Sethios, admit Gabriel.

Il était désolé pour beaucoup de choses.

Ezekiel ne dit rien, ses bras crispés autour de ses tibias.

— Comment va Skye ? demanda-t-il doucement.

— Ça t'intéresse vraiment ? rétorqua Ezekiel. On vit tous en enfer et tu es le seul à avoir les cartes en main.

— Elle n'est pas prête, grogna Gabriel, irrité par l'accusation selon laquelle il était la raison pour laquelle leur plan ne pouvait pas avancer. Elle doit se développer.

— Elle m'a déjà l'air sacrément développée, dit Ezekiel en montrant Stas qui rayonnait sous le soleil.

Angélique.

Éthérée.

Corporelle.

Si proche, mais pas tout à fait.

— Je reviendrai pour prendre des nouvelles plus tard dans la semaine, déclara Gabriel.

— Et tu vas faire quoi en attendant ?

— Surveiller Jonathan.

Le PDG de la FHC préparait quelque chose, mais n'était pas très communicatif. Après la dispute avec Osiris au sujet d'Elizabeth, cet homme était déterminé à faire ses preuves.

— Il planifie quelque chose.

Ezekiel pouffa de rire.

— On devrait libérer cet imbécile de sa misère.

— Pourtant, Osiris l'a laissé en vie.

— Bien sûr que oui. Il veut un autre Séraphin, lui fit remarquer l'assassin en secouant la tête et en se remettant debout. Je dois trouver une vraie bûche de Noël pour la cheminée.

— Une quoi ?

Ezekiel sourit.

— Parfois, j'oublie combien tu es jeune, Stark. Que dirais-tu de marcher avec moi pendant que je t'explique

65

cette vieille coutume nordique et que je te régale d'histoires d'une vie passée ?

— Pourquoi diable voudrais-je faire ça ?

— Parce que je te le demande. Parce que tu me le dois bien. Et franchement, un peu de distraction, ça ne me ferait pas de mal, dit-il en le regardant fixement. C'est le moins que tu puisses faire, après tout ce qu'on a traversé.

Cette dernière partie contraria Gabriel.

Le temps qu'il avait passé parmi les humains l'avait irrévocablement changé. Il ressentait les choses bien différemment maintenant qu'il y a trente ans. Une partie de lui... *se souciait des autres...*

— Tu te comportes comme si tu étais le seul à avoir fait un sacrifice, répondit doucement Gabriel, son regard se portant à nouveau sur Stas. Comme si tu étais le seul à souffrir. Moi aussi, je ressens la douleur, Ezekiel. Plus que tu ne le réaliseras jamais.

Il vivait avec tous les jours, avec l'agonie de sa mère qui se noyait encore et toujours, son âme se détériorant dans son esprit à lui.

— J'ai quitté ma patrie, abandonné tout ce que je connaissais et j'ai juré de protéger une femme qui me méprise.

Il voyait la haine dans les yeux de Stas chaque fois qu'elle le regardait. Elle le prenait pour un monstre. Et peut-être qu'elle avait raison. Il avait fait des choses horribles sous l'autorité de Jonathan, du mal à d'innombrables personnes pour monter en grade, juste pour pouvoir se positionner au bon endroit pour la protéger convenablement.

— Nous avons tous renoncé à des parties importantes de nous-mêmes pour elle, ajouta-t-il doucement.

Et même s'il le pouvait, il ne reviendrait pas sur ses

décisions et referait la même chose. Tout comme il savait que Sethios et Caro seraient du même avis.

— Astasiya représente l'avenir.

Ezekiel suivit son regard, ses lèvres se retroussant légèrement, la lourdeur de leur conversation laissant place à une résolution sombre.

— J'aimerais juste que cet avenir arrive plus vite.

— Il arrivera plus vite que tu ne le crois, répondit Gabriel, son sang bruissant de plus en plus à mesure qu'elle approchait de sa maturité. Elle y est presque.

Comme si elle avait ressenti sa présence, elle se retourna pour leur faire face, ses yeux se posant sur les siens. Il se volatilisa par instinct et ses plumes rouges se mirent à briller dans la lumière du jour.

Elle ne détourna pas le regard.

Elle le garda fixé sur lui.

Puis elle s'évanouit.

— Oui, chuchota-t-il à Ezekiel dans un courant d'air. Bientôt.

Parce qu'elle venait de le voir sous sa forme de Séraphin, juste un instant, mais c'était la puissance de cet instant qui lui avait fait perdre conscience.

C'était la raison pour laquelle elle n'était pas encore prête : son esprit était incapable d'assimiler la vérité. Mais chaque jour, ils se rapprochaient de l'inévitable.

Ses ailes seraient là dans peu de temps.

À bientôt, petite sœur.

ISSAC

IssAc se passa la main dans les cheveux et exhala longuement en s'asseyant à côté de l'homme qu'il considérait comme son père.

Astasiya se trouvait dans la pièce principale avec Susan et Henry, se remémorant les souvenirs autour du feu. Il l'avait laissée, sachant qu'elle avait besoin de profiter d'autant de temps que possible avec eux. Les années passeraient tellement différemment pour elle désormais, quelque chose qu'elle commencerait à comprendre dans une dizaine d'années.

Aidan servit un nouveau verre de brandy et le tendit à Issac.

— Comment va-t-elle ?

Il avala une longue gorgée, sa gorge ayant besoin de sentir cette brûlure.

— C'est une excellente question qu'elle semble vouloir ignorer.

Elle avait perdu connaissance en jouant dans la neige et était revenue à elle sans s'en rappeler la cause. Bien sûr, elle avait balayé l'incident en disant qu'elle allait bien, mais Issac n'en croyait rien.

— Aya a vu des choses, peut-être des visions de son passé dont elle ignorait l'existence.

Issac fit une pause pour évaluer la manière dont il allait formuler cela. Il ne voulait pas trahir la confiance d'Astasiya, mais il devait également donner à Aidan tous les éléments pour pouvoir en déduire les causes potentielles. Si quelqu'un pouvait savoir ou avoir une idée de ce qui arriverait à Stas, c'était son créateur.

— Je pense qu'elle a vu quelque chose à l'extérieur, une autre vision, qui l'a assommée. Elle ne se souvient pas des détails cette fois, mais elle croit que quelqu'un a pu altérer les souvenirs de son enfance.

Il poursuivit en relatant leur conversation de la matinée, avec toutes les précisions pertinentes et leurs suppositions. Ainsi que ses propres théories.

— Osiris serait le père biologique de Sethios, dit Aidan en grattant sa barbe blonde. C'est une idée intrigante. Je ne me souviens pas de l'avoir entendu parler d'un fils biologique durant nos jeunes années, même si je ne passais pas beaucoup de temps avec lui à l'époque. Je me suis aventuré dans le nord alors qu'il est resté dans le sud. Mais ça expliquerait le don de persuasion de Stas.

— Oui, et ça explique aussi pourquoi il l'a appelée sa petite-fille.

— C'est vrai.

Il observa Issac pendant un long moment.

— Qu'est-ce qui te préoccupe, mon fils ? En dehors de ses terreurs nocturnes, j'entends.

Préoccuper n'était pas le bon terme. C'était plutôt un embarras qu'Issac avait d'abord pensé être une coïncidence ou un effet secondaire quelconque.

Maintenant que ça s'aggravait, il savait que ça devait être lié d'une manière ou d'une autre.

— Il y a autre chose, admit-il doucement. Quelque chose que je n'ai encore dit à personne.

Aidan étira son bras le long du dossier du canapé et coinça une cheville sur le genou opposé.

— Tu peux tout me dire, Issac. Toujours.

Il le savait. Il faisait implicitement confiance à Aidan, c'est pourquoi il avait cherché à lui parler. Non seulement pour son savoir et son expérience, mais aussi pour sa loyauté indéfectible. Issac avait perdu son père biologique à un jeune âge et avait grandi sous la tutelle paternelle d'Aidan. Leur lien fut accompli quand Aidan avait transformé Issac en Ichorien et, depuis lors, ils étaient restés connectés.

Si quelqu'un pouvait l'aider à éclaircir sa situation particulière, c'était l'homme qui se trouvait à côté de lui.

— La dernière fois que j'ai bu du sang, c'était celui d'Aya, avant l'incident.

Issac attendit que le choc s'atténue, mais l'expression d'Aidan resta inchangée, la connaissance scintillant dans ses yeux verts.

— Tu le savais déjà.

Bien sûr que oui. Cet homme savait tout.

— Je m'en doutais, oui, répondit-il en faisant tambouriner ses doigts sur le dossier du canapé, la curiosité apparaissant sur ses traits. Pourquoi tu ne l'as pas dit à Stas ?

—Je ne veux pas l'inquiéter.

Il haussa un sourcil, dans l'expectative.

— Et ?

Issac souffla, laissa sa tête retomber en arrière et posa son regard sur le plafond. Elle était assise juste au-dessus de lui, à côté de sa famille, faisant semblant d'aller bien alors que le monde se brisait autour d'elle.

— Elle me forcera à me nourrir, mais je n'en ai pas besoin.

— Dis-le-lui.

— Je l'ai fait.

Pendant les fiançailles d'Elizabeth et de Jayson.

— Elle a insisté pour que je me nourrisse quand même.

— Mais tu n'as pas suivi son conseil.

— Non, je lui ai dit que je gérais la situation, répondit-il en jetant un regard en coin à son créateur. Techniquement, ce n'est pas vraiment un mensonge, puisqu'il semble que je n'ai pas besoin de sang pour le moment.

La commissure de ses lèvres se plissa.

— Mon fils, s'il y a une leçon que j'ai apprise à travers les âges, c'est de ne jamais mentir à ta femme, même techniquement. Tu dois lui dire.

— Je sais, et je le ferai, mais je me demandais si ça t'était déjà arrivé. Est-ce le résultat du vieillissement, ou est-ce que ça pourrait être lié à... à elle ?

Aidan réfléchit, l'histoire ancienne tourbillonnant dans ses iris, en pleine introspection, passant au crible des milliers d'années d'expérience. Il se souvenait de tout, tout comme Lucian, c'était pourquoi tout le monde les considérait comme omniscients. Ils avaient vécu tellement de choses, catalogué chaque détail et pouvaient traiter toutes ces informations en un clin d'œil. Leur avalanche aurait écrasé la plupart des esprits, mais ils y résistaient sans effort.

— La plus longue période que j'ai passée sans boire de sang, c'est trois semaines, murmura Aidan, le souvenir inscrit sur son visage. Mais j'ai vu Osiris infliger des châtiments avec des peines plus importantes. La plupart s'affaiblissent après deux ou trois semaines et les effets secondaires augmentent ensuite de jour en jour jusqu'à ce que le besoin les rende presque inconscients.

— Quelle est la plus longue peine qu'il ait prononcée ?

— Une décennie, mais il donnait du sang à l'Ichorien tous les mois pour le tirer de la folie, juste pour pouvoir ensuite le pousser à nouveau à bout, dit-il en lui jetant un coup d'œil. Osiris adore torturer les esprits, comme tu le sais.

— Oui.

Et le fait qu'il administrait du sang tous les mois signifiait que c'était le point de basculement normal.

— Je n'ai pas bu de sang depuis la transition d'Aya et je me sens plus fort que jamais.

— Tu en ressens le besoin ?

Issac secoua la tête.

— Non. La seule que je veux mordre, c'est Aya et ce n'est pas pour me nourrir.

Une formulation crue, mais il savait qu'Aidan la comprendrait.

— Et c'est la seule dont tu t'es nourri ces derniers mois ?

— Il n'y en a pas eu d'autres depuis le moment où je l'ai goûtée pour la première fois en juin, non. Elle est tout ce que je veux.

Aidan sourit.

— La monogamie te va bien, tout comme à ta mère autrefois, dit-il en se repliant à nouveau dans ses pensées, les souvenirs faisant sourire ses yeux. Elle serait fière de toi, de l'homme que tu es devenu. Elle approuverait aussi Stas.

— Ma mère voulait que j'épouse une femme avec un titre de noblesse, lui rappela Issac en souriant alors que les images des sermons de cette femme défilaient dans son esprit. Elle était obsédée par la fille de ce comte de Dangerfield – Lilliana, si ma mémoire est bonne.

Aidan gloussa.

— Je me souviens d'elle. Elle t'aimait pour ton côté monogame à un si jeune âge.

— Dix-huit ans, dit-il en secouant la tête. J'ai pas mal protesté.

— Ça, c'est vrai. Le produit de la nature têtue de ta mère, je crois.

Il soupira, ses yeux laissant transparaître un cœur lourd.

— Pourtant, titre ou pas, elle approuverait Stas. Au moins à cause de la façon dont elle te fait sourire. Tout ce que ta mère a toujours voulu, c'est ton bonheur, mon fils. Celui d'Amelia, aussi. Et le mien.

La tristesse teinta ces dernières paroles, les émotions de l'homme atteignant toujours des sommets dès qu'ils parlaient de la mère d'Issac.

— Elle te manque toujours, murmura-t-il, se rappelant leur affection mutuelle.

Aidan avait essayé de la convaincre d'accepter l'immortalité, mais elle avait refusé catégoriquement, bien que ses deux enfants aient rejoint les rangs des immortels.

— Tous les jours, répondit Aidan avec douceur. Et elle te dirait de parler à Stas.

Issac gloussa.

— Oui, c'est vrai.

Et il en avait bien l'intention, mais il avait d'abord besoin de plus d'informations. L'inquiéter un peu plus alors qu'elle avait déjà tant d'autres préoccupations dans sa vie semblait cruel. C'était un fardeau qu'il pouvait porter pour elle, surtout en ce qui le concernait.

— As-tu une idée de ce qui a causé ça ? demanda Issac.

— J'ai plusieurs théories, qui nécessiteront toutes des échantillons de sang pour être testées.

Il jeta un coup d'œil aux fenêtres, remarquant à l'extérieur le grand feu autour duquel les Hydraiens s'étaient rassemblés. Tristan, aussi.

— Je vais devoir en discuter avec Lucian, ajouta Aidan.

— Bien entendu.

Il avait déjà supposé que le roi d'Hydria serait impliqué.

— J'aimerais que vous restiez tous les deux discrets.

Aidan hocha la tête.

— Entendu. Mais Astasiya devra être incluse aussi.

— Je sais, dit-il en finissant son verre. Je vais lui parler.

Juste après les fêtes. Pour l'instant, elle avait besoin de se concentrer sur sa famille. Sans parler de la visite imminente d'Ezekiel.

— Mais tu penses que c'est lié ? demanda-t-il à Aidan.

— À ses terreurs nocturnes et à la possibilité que quelqu'un ait altéré ses souvenirs ? Absolument. Rien en elle n'a jamais été normal, pas même sa faculté de contrainte bien avant sa résurrection, ou sa rune de protection. Le fait que son sang semble t'avoir soutenu à long terme, ou du moins jusqu'à présent, doit également être lié. C'est la seule conclusion possible.

— Quelles sont tes hypothèses quant à la cause ?

— Que sa naissance n'est pas habituelle, répondit-il sans hésiter. Nous croyons que les Séraphins sont éteints, mais cette rune sur son dos prouve le contraire. Et je pense que nous allons les revoir très bientôt, entre la génétique modifiée d'Elizabeth et les capacités atypiques de Stas.

Issac fronça les sourcils.

— Tu penses qu'Astasiya pourrait être apparentée à un Séraphin ?

— Oui, répondit-il en reportant son regard vert insondable sur Issac. Oui, vraiment.

— Qu'est-ce que ça veut dire ?

— Ça, mon fils, c'est ce que j'aimerais moi-même comprendre.

Son visage prit cette lueur lointaine alors que son esprit tentait de rassembler les pièces de ce puzzle devant les yeux d'Issac.

— Tu t'en doutais depuis un moment, réalisa celui-ci. Et tu n'as jamais pensé à en parler ?

— Mes soupçons sont récents et peu élaborés, répondit Aidan, puis il se recentra sur l'instant présent en clignant des yeux. Tu sais que je préfère les faits concrets aux spéculations. Mais oui, j'ai considéré plusieurs fois cette possibilité depuis que tu m'as montré la rune sur son dos. Elle est clairement marquée pour être protégée et, d'après mon expérience, les Séraphins ne font jamais rien sans raison.

Issac posa son verre vide sur la table, ses pensées s'emballèrent et l'espoir s'attarda dans sa poitrine.

Si Astasiya faisait partie des Séraphins, qu'est-ce que ça signifiait pour leur avenir ? Pourrait-il vraiment rester avec elle et sans avoir à s'inquiéter de la mordre ?

— Que sais-tu des Séraphins ? demanda-t-il, son cœur cherchant désespérément des détails.

— Pas grand-chose, admit Aidan. Je n'en ai rencontré que quelques-uns au cours de ma vie et ils ne sont pas du genre à bavarder. Des êtres très stoïques qui n'agissent que dans des buts spécifiques. Et ils ont tendance à disparaître avant que tu puisses leur poser la moindre question.

Issac réfléchit plus profondément, une autre pensée lui était venue à l'esprit : une chose qu'il avait envisagée après qu'Astasiya avait mentionné certains des attributs de sa mère.

— Se pourrait-il que la mère biologique d'Aya soit un Séraphin ?

Aidan gloussa.

— Je suppose que si quelqu'un pouvait en séduire un, ce serait Sethios, mais je doute fort que la relation soit aussi étroite. J'imagine plutôt que la technologie utilisée par Osiris et Jonathan pour créer Elizabeth a également été mise en œuvre chez Stas d'une manière quelconque.

— Alors, pourquoi s'embêter avec une rune ? Pourquoi la protéger ?

— Pour la cacher d'Osiris, répondit Aidan. Sethios et Osiris ont des relations notoirement erratiques. Certains pensent qu'ils s'affrontent pour le pouvoir, tandis que d'autres les considèrent comme de solides alliés. Pour ma part, je crois plutôt que Sethios a créé Stas à l'insu d'Osiris et qu'il a hypnotisé un Séraphin pour qu'il la marque avec la rune protectrice.

Une hypothèse plausible, mais...

— Où diable en aurait-il trouvé un pour l'hypnotiser ?

— Probablement à la source qu'ils utilisent aussi pour les tests de la FHC.

Issac considéra l'idée, son esprit soufflé par cette possibilité.

— Donc tu penses qu'Astasiya pourrait être une sorte d'expérience de laboratoire.

Aidan hocha la tête.

— Une expérience créée par Sethios lui-même, oui.

Ça ne tenait pas debout dans l'esprit d'Issac, pas avec tout ce qu'il savait.

— Aya parle de ses parents biologiques avec tant d'amour.

— Ce qui peut aussi être possible, mais comme tu l'as déjà souligné, ses souvenirs ont été altérés. Qu'est-ce qui distingue la vérité de la fiction ?

Issac laissa échapper un soupir et se passa la main sur le visage.

— Quel foutu casse-tête !

— En effet, répondit Aidan en attrapant son épaule et en la serrant de manière rassurante. Mais nous allons le résoudre ensemble.

Il hocha lentement la tête, faisant implicitement confiance à son mentor.

— Je l'espère bien.

— Nous y arriverons, promit Aidan. Et en attendant, parle-lui.

Issac gloussa en entendant cet ordre si peu subtil.

— Je le fais tout le temps.

Plus qu'avec toute autre femme dans son existence.

— Merci.

— Je t'en prie.

Il relâcha l'épaule d'Issac.

— Maintenant, allons-nous les rejoindre là-haut ? Pour continuer à gagner la confiance de son père ?

— Tu as entendu ce qui s'est passé tout à l'heure ?

Les yeux d'Aidan brillaient.

— Oui, et d'après ce que j'ai entendu, tu t'es bien débrouillé.

Issac haussa les épaules.

— Je lui ai juste dit la vérité.

— Non, tu lui as montré à quel point tu aimais sa fille et elle a montré son affection pour toi en retour, dit-il en se levant, avec une expression adoucie. Tout ce qu'un père veut vraiment pour ses enfants, c'est les voir heureux. C'est le plus beau cadeau du monde.

Il fit un geste vers les escaliers.

— Montre-leur à quel point tu l'adores, Issac, et ils t'en seront éternellement reconnaissants. Fais-moi confiance.

STAS

Susan Davenport était complètement tombée sous le charme d'Issac Wakefield, au grand dam d'Henry Davenport.

Stas regardait les trois interagir, une certaine chaleur pénétrant dans sa poitrine et se répandant dans ses veines. Elle s'était un peu inquiétée de ce que ses parents allaient penser de lui, mais il les avait tous deux conquis au cours des dernières vingt-quatre heures.

Ils étaient assis autour du feu, dégustant quelques verres et des amuse-gueules, et savourant la conversation. Le parfait réveillon de Noël, si l'on faisait abstraction de l'invité dont ils attendaient tous l'arrivée.

Lizzie était aux côtés de Jayson, dans le fauteuil surdimensionné. Elle avait insisté pour rester, arguant que, si Ezekiel voulait lui faire du mal, il n'aurait pas pris rendez-vous pour le faire. Une affirmation juste que personne ne pouvait contester, mais l'assassin était aussi connu pour ses ruses.

Et il avait tué les parents de Stas.

Peut-être.

L'esprit de Stas lui montrait des images qui suggéraient que ses souvenirs n'étaient pas tout à fait exacts. Mais il avait été présent ce jour-là. Elle le savait au plus profond d'elle-même.

Issac jeta un coup d'œil derrière lui, son regard bleu scintillant dans la lumière du feu. Elle quitta le mur pour le rejoindre sur le canapé et posa sa tête contre son épaule.

— Tu vas bien ? chuchota-t-il.

Elle hocha la tête.

— J'attends juste.

Ezekiel.

Ils avaient dit à ses parents que Jayson attendait la visite d'un vieil ami, ce qui avait plus que surpris sa mère. Kalispell n'était pas nécessairement un endroit habituel pour les visiteurs de passage. Tom était alors intervenu, mêlant ses paroles à la vérité, convainquant ses parents que c'était tout à fait normal et attendu. Il se tenait contre le mur que Stas venait de quitter, les bras croisés, le visage alerte.

Amelia était avec Lucian et Balthazar dans la cuisine où ils étaient occupés à préparer un cadeau. Et Tristan était assis à côté d'Aidan.

Elle croisa le regard vert forêt du premier. Ces deux derniers jours, depuis les mots qu'il avait échangés avec Issac dehors, il l'avait évitée. Les deux hommes n'avaient pas l'air de se parler non plus. Même si elle n'aimait pas particulièrement Tristan, elle ne voulait pas être une source de discorde entre eux.

Ils étaient meilleurs amis. Pour quelle raison, elle n'en avait aucune idée, mais elle respectait le choix d'Issac.

Tristan haussa un sourcil, son visage largement arrogant. Elle pouvait voir pourquoi les femmes le trouvaient attirant. Dommage qu'il ait souvent ruiné ce charme en ouvrant la bouche.

Elle avait toujours pensé que l'accent irlandais était sexy.

Mais pas avec lui.

Le regard de l'homme se rétrécit comme s'il percevait le fil de ses pensées, probablement parce qu'elles s'affichaient dans ses yeux. Issac posa doucement ses lèvres sur sa tempe.

— Il se tient bien, Aya, dit-il tout bas dans l'oreille.

Tristan les entendrait quand même, puisque son don lui permettait de manipuler les sons. La lueur dans ses yeux profondément verts le confirma.

— Je sais, murmura-t-elle. Et je lui en suis reconnaissante.

L'Ichorien se renfrogna.

— Ce n'est pas pour toi que je le fais.

— Qu'est-ce qui n'est pas pour elle ? demanda Aidan, en feignant de l'intérêt devant les parents de Stas qui avaient entendu le commentaire.

— Rien, répondit Tristan en quittant le canapé pour sortir de la pièce.

Stas laissa échapper un soupir. Elle n'avait pas eu l'intention de le contrarier.

— Si vous voulez bien m'excuser un instant, murmura Issac en suivant son ami.

Sa mère le regarda partir, les yeux brillant d'admiration.

— Cet homme t'aime vraiment, dit-elle avec nostalgie. Te souviens-tu de m'avoir aimée comme ça, Henry ?

Il lui lança un regard espiègle.

— Il y a bien longtemps, avant que ma femme ne se mette à me poser des questions idiotes, oui. Oui, je t'ai aimée autant que ça.

Aidan gloussa.

— L'amour ne s'atténue jamais ; il ne fait qu'évoluer et

se renforcer. C'est ce qui rend ce lien si spécial. Il n'y a pas deux amours qui se ressemblent.

Sa mère posa un regard affectueux sur Aidan.

— Ce sont de très sages paroles.

— Ce sont des années d'observation qui me font parler, répondit-il.

Henry lui jeta un regard dubitatif.

— Vous n'avez même pas encore quarante ans, n'est-ce pas ?

Tom se mit à tousser pour couvrir son rire, ce qui fit sourire Stas.

— Les apparences peuvent être trompeuses, répondit simplement Aidan, son attention se portant sur le foyer. Je crois que ton ami est ici, Jayson.

La colonne vertébrale de Stas se raidit, l'énergie changea dans la pièce alors qu'Issac et Tristan revenaient avec Ezekiel entre eux. Celui-ci portait ce qui ressemblait à un arbre récemment dépouillé, plus haut d'une tête que tous les hommes de la pièce.

— Une vraie bûche de Noël, dit Aidan, affichant un léger sourire. Peut-être que tu devrais l'emporter sur la terrasse, Ezekiel ? Les garçons vont t'aider à la couper.

— Les vraies cheminées me manquent, grommela l'assassin, ce qui fit glousser Aidan.

— Certains disent que ce qui les a remplacées est plus efficace.

— Pas moi.

— Non, probablement pas, convint Aidan.

Les parents de Stas observaient l'échange avec confusion, ne pouvant pas voir l'Ichorien aux cheveux noirs derrière l'énorme tronc qu'il tenait.

— Par ici, dit Issac, conduisant Ezekiel vers les baies vitrées donnant sur le balcon, Tristan à ses côtés.

Cela devait être la raison pour laquelle Tristan était

parti brusquement il y a quelques instants. Il avait soit entendu, soit senti Ezekiel et l'avait fait savoir à Issac par une vision. Même en colère, il continuait à protéger son géniteur, prouvant que la loyauté l'emportait sur toutes les émotions entre eux.

— J'ai entendu Ezekiel, non ? demanda Balthazar, en les rejoignant dans la pièce principale et en voyant le tronc passer par la fenêtre. Oh, ça a l'air amusant !

Il s'élança à leur suite avec une excitation palpable.

— Je devrais peut-être les rejoindre aussi, murmura Jayson en se levant. C'est mon ami, après tout.

Cette dernière phrase fut prononcée entre ses dents alors qu'il forçait sa bouche à sourire.

Stas savait ce qu'ils faisaient. Une discussion à quatre contre un, destinée à s'assurer qu'Ezekiel n'était pas armé et qu'il avait conscience que des mortels étaient présents.

Tom les regardait à travers la vitre, son regard sombre dissimulant l'âme d'un vrai soldat. Sa mission consistait à protéger le séjour. Stas et Aidan lui donneraient un coup de main.

Mais tout ce qu'Ezekiel faisait dehors, c'était rire et aider les hommes à découper l'arbre en plus petits morceaux pour la cheminée. Sa présence ne la refroidissait plus comme avant, son esprit n'étant plus convaincu de sa culpabilité.

Il capta son regard à travers la vitre et le soutint, ces étranges yeux noirs mouchetés d'or remplis de savoir et de secrets.

Si ancien.

Tout comme Aidan, mais plus vivant, en quelque sorte.

Et triste.

Une douleur intrinsèque flottait dans ces profondeurs cruelles, cachée derrière un masque de nonchalance.

Pendant un instant, il lui permit d'entrevoir la vérité qui s'éveillait entre eux et qui disparut en un clin d'œil.

Le cœur de Stas souffrit de ce bref regard sur son âme torturée.

L'insouciance de l'assassin qu'elle avait rencontré était presque terrifiante. Mais l'homme qui l'avait fixée à l'instant possédait une histoire d'agonie, marquée par les excuses.

Elle avait déjà vu cette expression une fois auparavant.

Sur lui.

Il y avait des années et des années.

Le souvenir titilla les confins de son esprit, refusant de s'étendre davantage. Mais elle *connaissait* ce visage. Ces yeux. Une douleur obsédante tourbillonnant en or et noir.

Comment puis-je... ?

— Stas ?

La voix de sa mère la ramena dans le présent.

— Tu vas bien ?

— Hmm ? répondit-elle en clignant des yeux plusieurs fois pour se concentrer sur les traits inquiets de sa mère. Euh, oui. Désolée, j'étais perdue dans mes pensées.

— Issac lui fait souvent cet effet, fit remarquer Tom en l'aidant à se couvrir. Elle rêvasse constamment.

Lizzie eut un rire moqueur, rejoignant la conversation pour détendre l'atmosphère.

— C'est le tourtereau qui parle. Il suit pratiquement Amelia sur toute l'île.

Elle se rendit alors compte de son lapsus et écarquilla les yeux.

— Enfin... je veux dire dans Manhattan, pour ceux qui n'y habitent pas.

Elle se rattrapait bien, ce qui fit naître un léger sourire sur les lèvres de Tom.

— Tu as vu le derrière d'Amelia ? demanda-t-il. On ne peut pas me reprocher de le suivre.

— Je t'entends, cria Amelia depuis la cuisine.

— Tant mieux, répondit-il avec un réel amusement jusqu'à ce qu'il se souvienne qu'Aidan était dans la pièce. Euh, c'est-à-dire, je veux dire...

— Comme je l'ai dit tout à l'heure, l'amour évolue sous toutes les formes, dit lentement Aidan, ses yeux verts légèrement plissés.

Tom s'éclaircit la voix.

— C'est vrai. Oui. J'aime beaucoup votre... euh... *Amelia*.

Il ne pouvait pas vraiment dire « fille » avec les parents de Stas dans la pièce. Pauvre garçon.

— Je sais, répondit Aidan sèchement. Sinon tu ne serais pas ici.

— Je croyais qu'Amelia était la sœur d'Issac ? demanda la mère de Stas.

Ezekiel et les autres revinrent avant que quiconque puisse répondre, chacun d'entre eux portant quelques morceaux de bois.

— C'était rapide, dit le père de Stas, les yeux écarquillés.

— On était quelques-uns à donner un coup de main, répondit rapidement Balthazar, les lèvres retroussées en un de ses fameux sourires. C'est incroyable ce qu'on accomplit avec un travail d'équipe. N'est-ce pas, Wakefield ?

— Ça dépend de la façon dont tu définis une équipe, répondit Issac, l'énergie tourbillonnant dans ses yeux bleus tandis qu'il manipulait l'image que Balthazar avait envoyée avec ses mots.

Le télépathe tressaillit.

— Scrooge !

Issac l'ignora et revint aux côtés de Stas sur le canapé.

— Susan, Henry, voici l'ami de Jayson, Ezekiel.

— Ils travaillent ensemble, ajouta Lizzie, son regard brun s'arrêtant sur l'assassin.

— En effet. C'est gentil de t'en souvenir, Rubis, répondit Ezekiel avec un sourire effronté. En fait, je suis plutôt un collaborateur qui travaille dans le même domaine, ajouta-t-il en tendant la main pour serrer celle des parents de Stas. Ravi de vous rencontrer tous les deux.

— Et qu'est-ce que vous faites avec Jayson ? demanda son père au lieu de le saluer plus formellement.

Stas se mordit la langue alors qu'Ezekiel s'asseyait à côté d'elle, sa jambe frôlant la sienne.

— Nous travaillons tous les deux dans le domaine de la défense, répondit-il habilement, ce qui, techniquement, n'était pas un mensonge. C'est assez ennuyeux, en fait. De longues heures de travail, beaucoup de déplacements, des négociations et quelques affaires malheureuses. Pas vrai, Jayson ?

Au moins, il avait réussi à utiliser le bon nom. Ezekiel appelait habituellement Jayson par son nom d'origine, Jedrick.

— C'est vrai, convint Jayson en rejoignant Lizzie sur son fauteuil.

Balthazar jeta une bûche sur le feu, faisant sursauter Ezekiel.

— Non, pas comme ça, mon ami. Tu es censé la décorer d'abord, la couvrir d'alcool et la saupoudrer de farine et *ensuite* tu la fais brûler.

Les parents de Stas haussèrent les sourcils, tandis qu'Aidan gloussait.

— Cette tradition me manque vraiment. Beaucoup plus amusante.

— Exactement, dit Ezekiel avec un geste de la main,

l'amusement lui donnant un air jeune. Douze jours de flammes et de braises. Une vraie bûche de Noël.

— Je n'ai jamais entendu parler de cette tradition, dit la mère de Stas en fronçant les sourcils. D'où vient-elle ?

— De Babylone, marmonna Lizzie.

Ezekiel eut un large sourire.

— En fait, c'est une vieille tradition européenne. Plutôt païenne, d'ailleurs. Mais c'est vraiment amusant.

Les parents de Stas échangèrent un regard.

Issac s'éclaircit la voix.

— Aidan, tu n'as pas dit qu'il y avait un match de foot à la télé ?

— Du football américain, rectifia Aidan. Oui.

Le père de Stas s'anima et le nom d'une équipe sortit de sa bouche.

— C'est ça, oui, confirma Aidan. Je crois que le match commence dans un quart d'heure. J'allais le regarder en bas, si quelqu'un veut se joindre à moi.

— J'en suis, répondit Tom.

— Bien sûr que oui, renchérit Amelia. C'est mieux que cet affreux sport avec la batte. Quelqu'un d'autre a essayé de regarder un match de baseball ? Ça dure des heures et des heures.

— Les Yankees sont une religion, ma chérie. Ils sont faits pour être vénérés et adorés.

Elle s'esclaffa.

— C'est la messe la plus ennuyeuse à laquelle j'ai assisté.

Il serra sa poitrine comme si elle l'avait frappé.

— Tu insultes mon premier amour.

— Tu survivras, dit-elle en l'embrassant sur la joue et en s'éloignant de lui en dansant avant qu'il ne puisse l'attraper. Je vais plutôt aider Balthazar et Luc à préparer le dîner.

— Oh, moi aussi, dit Lizzie en sautant des genoux de Jayson.

— Ça a l'air plus amusant qu'un match de football, dit la mère de Stas, en se levant pour suivre Lizzie et Amelia. Amuse-toi bien, mon chéri.

Elle tapota le genou de son mari et rejoignit Balthazar derrière le canapé. Il lui offrit son bras, qu'elle accepta avec joie, et l'escorta à travers la salle à manger jusqu'à la cuisine, tandis que le père de Stas les regardait en plissant les yeux.

— Qu'avez-vous dit à propos de l'amour, déjà, Aidan ? demanda-t-il sèchement.

Celui-ci répondit par un rire.

— Venez, on en discutera pendant le match. Je crois que le frigo en bas est aussi déjà rempli de bière.

— C'est vrai, confirma Issac. Allez-y tous. Je vais un peu rattraper le temps perdu avec Jayson et Ezekiel.

Ce qui, bien sûr, faisait partie du plan : distraire les parents de Stas pendant que l'assassin expliquait la raison de sa présence. Et la lueur dans son regard disait aussi qu'il savait exactement ce qu'ils faisaient.

Tristan resta avec eux, prenant le siège d'Aidan, ce qui ne laissait plus que les cinq hommes dans la pièce.

Jayson rompit le silence, sa patience étant à bout avant celle des autres.

— Bon, Ezekiel. Qu'est-ce que tu veux, bordel ?

STAS

LE GLOUSSEMENT d'Ezekiel refroidit la pièce.

— Vous pensez tous vraiment le pire de moi, ce qui est fascinant vu le nombre de fois où je vous ai aidés au fil des ans.

— Aidés ? répéta Jayson. Dois-je te rappeler ce qui s'est passé la dernière fois qu'on s'est vus ? Après que ton propriétaire, Osiris, nous a pris en otage, moi et mes frères ?

— Je me souviens vous avoir dit où se trouvait Elizabeth pour la sauver et avoir laissé quelques traces derrière vous pour que vos collègues puissent vous retrouver ensuite, répliqua-t-il en inclinant la tête sur le côté. Si ça n'est pas de l'aide, alors comment appelles-tu ça ?

— Un petit jeu, grogna Jayson. Que je ne comprends d'ailleurs pas.

Les lèvres d'Ezekiel se retroussèrent.

— Parce que tu ne joues toujours pas vraiment, mon vieil ami. Vous avez tous encore tant de choses à apprendre, à découvrir. Surtout toi, ma chérie, dit-il en dirigeant son regard inquiétant vers Stas sur son siège. Mais vous allez tous devoir faire un choix avant que je ne divulgue quoi que ce soit d'autre.

— Un choix, répéta Stas, la gorge sèche à cause de l'intensité du regard qu'il portait sur elle.

Tant de douleur et de colère se cachaient dans ses iris. Et une force létale. Il était le plus meurtrier de la pièce et ne faisait rien pour le cacher.

Il lâcha un soupir.

— Oui, c'est un mot qui signifie...

— Je sais ce que ça veut dire, dit-elle, n'appréciant pas son ton professoral. Quel est le choix ?

— Directe, fit-il remarquer alors que son regard l'examinait avec intérêt. Tu es vraiment devenue une jeune femme étonnante, Astasiya. Ton père en sera très heureux.

Issac attira Stas en arrière avec un grognement assez peu amical.

— Va droit au but, Ezekiel.

— Détends-toi, Wakefield. Aussi belle qu'elle soit, elle me rappelle trop sa mère pour que je m'y intéresse.

Stas entrouvrit la bouche.

— Vous connaissiez ma mère ?

— Tu connais déjà la réponse à cette question, répondit-il avec une lueur entendue dans le regard. Bon, puisqu'aucun d'entre vous ne semble vouloir passer les fêtes avec moi – ce qui est assez grossier, vraiment, vu notre histoire, mais hélas, nous en sommes là – votre choix est simple. Préférez-vous des détails qui pourront assister Elizabeth durant sa grossesse ou plus d'informations sur les parents d'Astasiya ?

Stas resta bouche bée alors que Jayson lâchait un grognement.

Ezekiel se détendit à côté d'elle, levant sa cheville pour la déposer sur son genou.

— Parmi les professeurs, les bons encouragent leurs élèves à apprendre par eux-mêmes. D'autres, plus *secourables,* fournissent au moins quelques indices. Je me considère comme l'un de ces derniers.

— Tu devrais plutôt te considérer comme un homme mort si tu ne te mets pas à parler. Tout de suite.

Jayson fit tourner une lame entre ses doigts, ses yeux bruns s'assombrissant sous l'effet de la rage.

— À quel sujet ? demanda Ezekiel avec désinvolture.

Le cœur de Stas fit un bond dans sa poitrine. *Lizzie ou mes parents ?* Ce n'était pas un choix. Pas vraiment. Pas quand sa meilleure amie portait un bébé dont personne ne savait rien.

Mais mes parents... Stas cherchait à en savoir plus sur eux depuis près de vingt ans et Ezekiel avait clairement des réponses.

Ton père en sera très heureux. Une indication qu'il le connaissait *et* qu'il était toujours en vie.

Elle me rappelle trop sa mère. Ce qui voulait dire qu'il la connaissait également.

Mais il pourrait aussi être en mesure d'aider Lizzie pour sa grossesse. *Assister* était le mot qu'il avait utilisé.

Stas fronça les sourcils.

— Comment savoir si nous pouvons faire confiance à tes conseils concernant Lizzie ?

— Parce que je suis familier avec la naissance des Séraphins, répondit-il en soutenant son regard. Intimement familier.

— Vous connaissez un Séraphin.

Il sourit.

— Plusieurs, ma chérie, dit-il en se penchant plus près d'elle et en baissant la voix. Tout comme toi.

— Qui ? demanda-t-elle.

— C'est le choix que tu fais ? rétorqua-t-il, nullement

impressionné par les talents de persuasion de la jeune femme.

Elle lui grogna quasiment dessus.

— Vous êtes exaspérant.

— C'est tellement agréable de voir que tu n'as pas peur de moi, répondit-il en souriant. Bien que cette haine ne soit pas vraiment mieux, pour être honnête.

— Vous vous y ferez.

Parce qu'en ce qui concernait Stas, cette conversation ne le rendait pas plus attachant.

Il soupira.

— Je m'attendais à ce que ce soit le cas. Très bien, ma chère Stas, fais ton choix. Que veux-tu savoir ?

Comme Jayson allait parler, Ezekiel leva la main.

— Je suis désolé, Jedrick, mais c'est à Stas de prendre la décision. Les femmes et les enfants d'abord, comme on dit.

Elle jeta un coup d'œil à l'homme aux cheveux bruns, sachant exactement ce qu'il voulait qu'elle fasse. La prise d'Issac se relâcha, son pouce dessinant un cercle apaisant contre son flanc, tandis que Tristan les observait tous avec une expression ennuyée. Il ne serait d'aucune aide dans la conversation parce qu'il n'avait rien à faire ni de Stas ni de Lizzie.

Et Issac aurait forcément un parti pris pour la première. Même chose pour Jayson, mais en faveur de Lizzie.

— Pouvez-vous vraiment l'aider ? demanda-t-elle doucement.

— Je ne le proposerais pas si je ne le pouvais pas, répondit-il.

— Bien sûr que si, intervint Issac sur un ton légèrement mordant. Tu aimes jouer avec les esprits presque autant que ton créateur.

Ezekiel eut un petit rire.

— Pas autant, en fait.

Un grain de souffrance était à nouveau tapi dans ses yeux, malgré le sourire qui s'affichait sur ses lèvres.

Voulait-il qu'elle le voie ? Était-ce une ruse ? Un moyen de l'endormir ?

Non. On ne pouvait pas simuler une telle souffrance.

Elle ne savait pas grand-chose de son passé, si ce n'était qu'il pourchassait et tuait les Novices avant qu'ils ne puissent renaître en Hydraiens. Il avait disparu pendant un moment, selon Jayson, et beaucoup pensaient que l'assassin avait simplement pris sa retraite parce qu'il n'avait plus personne à tuer. Mais il était clairement très vivant.

Et tellement triste.

— Parlez-moi de Lizzie, dit-elle avant que son cœur ne puisse la convaincre d'autres choses.

La grossesse de Lizzie est le problème le plus imminent, alors que le mystère des parents de Stas pouvait attendre. La santé de sa meilleure amie était plus importante.

— Désintéressée, loyale et directe, murmura-t-il. Oui, Sethios sera en effet impressionné. Quand il s'en souviendra, bien sûr. Mais cette conversation sera pour un autre jour.

Il prit une profonde inspiration, comme s'il se préparait à faire une conférence.

— À quel stade en est ta Rubis, Jedrick ? Presque deux mois maintenant, non ?

— Lara a dit que Lizzie semblait enceinte d'environ quatre mois, ce qui est impossible compte tenu de la chronologie.

Il s'était un peu calmé et le grognement ne s'entendait plus dans son ton, mais son regard était toujours animé d'une fureur non voilée.

— Ta Lara traite Elizabeth comme une patiente mortelle, ce qu'elle n'est pas.

Il déplia les jambes et leva une cheville pour la poser sur son genou, son regard se portant vers Jayson.

— Ta Rubis est en partie Séraphin, ce qui signifie que sa grossesse sera considérablement accélérée, puisque la période de gestation d'un Séraphin est d'environ huit semaines. Étant donné qu'elle n'en est qu'à quatre mois, selon les standards humains, je dirais qu'elle a encore deux mois avant de donner naissance.

— Ça ne peut pas être sain, dit Stas, choquée par l'escalade des délais.

— Elle n'est pas humaine, lui rappela-t-il. Son corps a tout ce qu'il faut pour le supporter. Mais puis-je vous suggérer de vous marier dès que possible ? J'ai entendu dire que les femmes n'aiment pas montrer leur ventre dans leur robe de mariée. La norme sociale de la virginité, grâce aux puritains.

Jayson le fixa juste du regard.

— D'autres conseils sages avant de partir ?

Ezekiel soupira.

— Je n'ai même pas encore fini de brûler ma première bûche. Tu te souviens que cette tradition dure douze jours, non ?

— Nous sommes deux mille ans dans le futur, Ezekiel, répondit Jayson. Essaye de nous y rejoindre.

L'assassin pouffa de rire.

— J'aimerais mieux pas. Tu savais qu'ils ont maintenant des cheminées à gaz avec de fausses bûches ? Autrefois, on considérait que ça portait malheur d'acheter son bois de chauffage. Alors, imagine ce que ça signifierait de brûler du faux bois, dit-il en secouant la tête. Cette société me désole, si tu veux mon avis.

— Je n'en ai rien à faire, rétorqua Jayson en croisant les bras. As-tu autre chose d'utile à dire ?

— Vous pensez que je suis ici pour causer de la peine alors que je cherche simplement à m'en libérer.

Il resta silencieux pendant un long moment, son regard se portant finalement sur Stas.

— Ton père est mon meilleur ami. J'attends avec impatience le jour où tu le reverras, car alors seulement, nous pourrons vraiment commencer.

Il se leva, laissant Stas bouche bée devant lui.

— Alors pourquoi l'avez-vous tué ?

— Nous savons tous les deux que tu ne crois pas ça. Pas vraiment. Plus maintenant, dit-il en arrangeant sa veste en cuir. La vérité arrive, Astasiya. Bientôt. Et crois-moi quand je dis que j'ai hâte que tout ça se dénoue.

Elle se mit debout et l'empêcha de partir.

— Si vous en savez autant, pourquoi ne pas me le dire ? Pourquoi faire traîner les choses ?

— Parce que ce n'est pas à moi de te le dire, répondit-il doucement, la sincérité se mêlant à son énergie meurtrière. Et tu sais au fond de ton cœur que tu dois juste embrasser tout ça.

Il essaya de la contourner, mais elle se décala avec lui.

— Vous avez fait tout ce chemin pour passer le réveillon avec nous, juste pour nous donner quelques informations de second ordre sur Lizzie et vous en aller ?

Elle ne pouvait pas croire cela.

— Non, vous voulez autre chose. Qu'est-ce que c'est ?

Il entra dans son espace personnel, obligeant Issac à se tenir juste derrière elle.

— Tu n'es pas encore prête à te battre avec moi, ma petite chérie. Ou avec Osiris. Ou n'importe qui, en fait. Ne commets pas l'erreur de croire que ton nouveau pouvoir est suffisant, car il ne l'est pas. Tu ne fais que commencer à développer ton potentiel. Ne gâche pas tout en écoutant tes émotions.

Son discours dépréciatif enflamma le sang de Stas.

— Vous me sous-estimez.

— Oh, non, mon cœur, vraiment pas. Je sais exactement de quoi tu seras capable, tout comme je sais que tu n'en es pas encore arrivée là.

Stas serra les poings, irritée par le fait qu'il avait déclaré savoir ces choses sur elle. Frustrée qu'il puisse avoir raison. En colère parce qu'il ne voulait rien dire de plus. Elle essaya de le contraindre mentalement, de le forcer à lui donner des détails, mais tout ce qu'elle obtint, ce fut un regard noir et un claquement de langue désapprobateur.

— Ne déçois pas tes parents en te faisant tuer trop tôt, mon petit ange. Ils ont tout sacrifié pour toi, comme plusieurs autres. Nous comptons sur toi d'une manière que tu comprendras bientôt.

Il lui caressa la joue, son contact étant froid et inattendu. Comme l'étaient ses paroles.

— Ezekiel, le prévint Issac.

L'assassin l'ignora, l'émotion luisant dans ses yeux sombres.

— Joyeux anniversaire en avance, mon petit ange.

Ses lèvres effleurèrent son front au moment où il commençait à disparaître.

— Guette l'homme aux plumes rouges. Il aura toutes les réponses que tu cherches.

Le cœur de Stas cessa de battre.

Des plumes rouges.

C'est ce qu'elle avait vu hier sur le toit.

— Eh bien, il n'est pas resté longtemps, dit Luc en les rejoignant dans le salon.

— Il ne s'est pas montré très utile non plus, fit remarquer Tristan. Je vais plutôt regarder le match maintenant.

Stas cligna des yeux, les ignorant tous, se concentrant sur les paroles d'Ezekiel.

Mon petit ange.

Son père avait l'habitude de l'appeler comme ça quand elle était enfant. Ezekiel avait-il utilisé ce nom à dessein pour faire passer son message ? Pour prouver qu'il savait qui elle était ? Il avait déclaré que son père était son meilleur ami, prétendait connaître son véritable potentiel et avait affirmé qu'elle avait encore beaucoup de choses à apprendre.

Et elle sentait dans toutes les fibres de son être qu'il avait raison.

Son talent de persuasion n'était que le début.

Elle pouvait sentir quelque chose s'éveiller en elle. La vérité. De la force. Un nouveau pouvoir.

Derrière elle, Issac l'entoura de ses bras, le visage dans ses cheveux.

— Aya, souffla-t-il, l'appelant à refaire surface.

À revenir à la réalité. Loin de ses rêveries intérieures.

Tout le monde les avait laissés.

La chaleur d'Issac était une présence réconfortante dans son dos.

— Je... je le crois, Issac, admit-elle dans un léger murmure. Ce qu'il a dit sur mon père, mes pouvoirs.

Elle se retourna dans les bras d'Issac, le regard saphir de celui-ci brûlant dans le sien.

— J'ai vu des plumes rouges hier sur le toit, avant de m'évanouir.

— Pourquoi n'as-tu rien dit ?

— Parce que je pensais que mon esprit me jouait encore des tours, mais quelque chose est en train de m'arriver, dit-elle en s'accrochant à ses épaules. Peut-être que c'est lié à mon pouvoir secondaire.

Ils devaient encore découvrir ce que c'était, mais tous les Hydraiens possédaient deux dons.

— Ou peut-être que c'est autre chose, murmura-t-il en faisant passer sa main autour de sa nuque. Quand on retournera à Hydria, on fera quelques tests et on en reparlera. D'accord ?

Elle déglutit difficilement et hocha la tête.

— Oui.

Elle se mit sur la pointe des pieds pour l'embrasser doucement, ressentant le besoin de son intimité. Cette semaine, ils avaient été censés oublier leurs problèmes et profiter l'un de l'autre. Au lieu de cela, tout avait déraillé vers une folie d'immortel, avec des visions étranges qui ne devraient pas exister.

— Je voulais juste oublier tout ça pendant un petit moment. C'était trop demander ?

Il sourit contre sa bouche.

— Je peux vous y aider, mademoiselle Davenport.

C'était la réponse qu'elle souhaitait.

— Promis ?

Il hocha la tête et la souleva dans ses bras.

— Toujours.

— Toujours, répéta-t-elle. Emmène-moi au lit.

Elle utilisa délibérément la persuasion dans ses paroles, sachant qu'il approuverait.

— Continue à me donner des ordres, mon amour. Et vois ce qui se passe.

Elle mordilla la lèvre inférieure d'Issac.

— Un défi que j'accepte.

Son regard bleu nuit brillait de malice.

— Tant mieux.

ISSAC

ASTASIYA AVAIT l'air angélique dans le soleil levant, ses cheveux blonds étaient éparpillés autour d'elle et les draps laissaient entrevoir sa peau nue. Ça lui faisait presque mal de la laisser nue et seule, mais il ne serait pas loin.

Il referma la porte doucement et descendit sans bruit les escaliers pour retrouver Jacque qui l'attendait en pantalon de pyjama, ses cheveux noirs ébouriffés par le sommeil.

— La seule raison pour laquelle je ne vais pas te frapper maintenant, c'est que j'ai déjà ouvert mon cadeau et que je l'ai bien aimé.

Issac sourit.

— J'ai pensé que ça te plairait.

Il lui avait acheté un casque high-tech pour satisfaire son obsession musicale.

— Ouais, dit-il en montrant la pile de cadeaux emballés à côté de lui. J'ai rapporté tous les paquets que tu m'as demandés.

— Parfait. Merci.

Issac avait acheté plusieurs choses pour sa famille avant

de partir en vacances avec Astasiya, mais il n'avait rien emporté avec lui, puisqu'il ne s'était pas attendu au guet-apens du Montana.

Il tria tous les cadeaux sur le sol, identifiant les plus importants et les mettant de côté. Puis il disposa soigneusement le tout sous l'arbre. Ses cadeaux pour Aya étaient à l'étage, car ils nécessitaient tous des explications personnelles.

Jacque s'était endormi sur le canapé, un bras pendant en dehors et une jambe pliée dans un angle bizarre.

Issac gloussa, n'ayant pas l'habitude de voir l'hyper téléporteur se reposer. Mais il s'était clairement écroulé de fatigue. Il étendit une couverture sur l'homme élancé et se rendit dans la cuisine pour jouer avec la cafetière. Aya aimait son café noir avec quelques cuillerées de sucre brun, tandis que lui préférait le sien sans ajouter quoi que ce soit.

Il prépara leurs tasses, prit un gros muffin et porta le tout avec précaution à l'étage.

Astasiya l'attendait, assise dans le lit, les draps autour de sa taille. Son regard s'illumina en voyant ce qu'il avait en main.

— Je savais que je t'aimais.

Il gloussa et lui tendit une tasse.

— Joyeux Noël, mon amour.

Le sourire qu'elle lui adressa lui fit chaud au cœur.

— Joyeux Noël, murmura-t-elle avant de souffler sur le liquide fumant.

Issac posa le muffin sur la table de nuit et la rejoignit sur le lit avec son propre café.

Ils burent en silence, une chose qu'il adorait dans leur relation. Astasiya ne demandait pas une attention constante, elle aimait juste être dans le moment présent. Comme maintenant, où elle admirait la neige tombant devant les fenêtres, ses lèvres se recourbant en un sourire secret. Que ne donnerait-il pas pour regarder dans son esprit, juste un instant, et savoir ce qui provoquait ce regard ! Un souvenir ? Un rêve ? Lui ?

Il se la rappela l'autre jour, lorsqu'elle s'était engagée dans une bataille de boules de neige avec lui et les autres. Une façon si insouciante de passer le temps à laquelle il ne se serait jamais livré sans elle.

Elle avait réveillé sa jeunesse, sa volonté de vivre à nouveau.

Le monde d'Issac était devenu banal au cours du siècle passé. Puis la vengeance l'avait consumé ces dernières années, nourrissant le sens de sa vie.

Jusqu'à ce qu'elle entre en jeu.

Astasiya avait tout changé.

Elle l'avait changé.

Il fit glisser une mèche blonde derrière son oreille, son regard suivant le geste.

— Est-ce qu'on peut échanger nos cadeaux ici plutôt qu'en bas ? demanda-t-il, désirant ardemment ce moment entre eux et souhaitant le prolonger.

Bientôt, la maison serait envahie par le bruit et l'excitation, et il voulait rester là juste un peu plus longtemps. Avec elle. Avec son Aya.

Par-dessus la tasse, le regard d'Aya trahit un sourire.

— J'aime bien l'idée, dit-elle en prenant une autre gorgée fortifiante avant de poser sa tasse et de sortir du lit. Tu peux ouvrir tes cadeaux d'abord.

Issac admira ses formes athlétiques alors qu'elle se promenait dans la pièce jusqu'au dressing et disparaissait. Il termina son café et le posa à côté du muffin non entamé lorsqu'elle revint avec un cadeau dans chaque main. Aucun d'entre eux ne pourrait être comparé à la confiance qu'elle dégageait en se baladant nue, ni à la beauté de ses longues jambes galbées, ni aux courbes subtiles de sa taille.

Au diable l'échange de cadeaux !

Il voulait mordiller chaque parcelle de son corps.

Mémoriser le goût de sa peau.

L'embrasser jusqu'à ce qu'elle ne se souvienne plus de son propre nom.

Et la baiser si fort qu'elle penserait à lui toute la journée, chaque fois qu'elle bougerait.

Astasiya posa les cadeaux au bout du lit avant de ramper jusqu'à lui, ses seins se balançant avec le mouvement. Il enroula sa main autour de sa nuque et l'attira contre lui.

— Les cadeaux, lui rappela-t-elle contre sa bouche alors qu'il la faisait rouler sur le dos pour passer au-dessus d'elle.

— Je déballe d'abord celui que je veux, répondit-il en glissant sa main le long de son flanc jusqu'au haut de sa cuisse nue.

— Je suis déjà nue, lui fit-elle remarquer.

— Crois-moi, je suis au courant, répondit-il en plaçant ses hanches entre les siennes, provoquant un faible gémissement dans sa gorge. Très, très au courant.

Elle se cambra contre lui, ses mains sur ses épaules, tirant sur sa chemise.

— Je pense que c'est toi qui as besoin d'être déballé.

Il sourit contre son cou et se souleva quand elle fit passer le tissu par-dessus sa tête.

— Est-ce que ça fait de moi ton cadeau, alors ?

Elle le repoussa sur le dos, son regard enflammé admirant son torse et ses abdominaux nus.

— Oui. Oui, vraiment. Ce qui veut dire que je peux faire ce que je souhaite.

Issac haussa un sourcil.

— C'est comme ça que ça marche ?

Elle hocha la tête et ses lèvres se retroussèrent.

— Je pensais que je devais ouvrir mes cadeaux en premier ?

— Tu es en train de le faire.

Les yeux d'Aya brillaient sournoisement et elle embrassa son sternum à pleine bouche, ses mains tirant son pantalon sur ses cuisses.

— Considère-le comme ouvert et bientôt livré.

Sa langue traça un chemin humide le long de son abdomen, ne laissant aucun doute sur ce qu'elle avait en tête.

— Aya.

Il passa ses doigts dans ses cheveux et sa tête retomba contre les oreillers. Il était accro à sa bouche. Chaque fois qu'elle léchait ou mordillait sa peau, cela lui rappelait à quel point elle avait appris à le connaître, à connaître ses goûts et ses préférences.

Rien entre eux n'était jamais doux, même quand ils essayaient.

Et Astasiya ne faisait pas d'exception désormais.

Elle finit d'enlever son pantalon, ses lèvres se trouvant à l'endroit où il la désirait le plus, s'approchant au-dessus de lui sans le toucher. Son sourire disait que c'était intentionnel.

— Tu veux ton cadeau, Issac ?

Sa voix vibra contre sa queue, ce qui lui fit pousser un gémissement guttural.

Aya aimait le taquiner, essayer de prendre le contrôle, le mettre à genoux. Et même s'il adorait sa bouche et son talent, il n'était pas soumis pour deux sous. Même le désir ne pouvait pas anéantir la force de sa volonté et il le lui rappela en resserrant sa prise sur ses cheveux et en lui relevant la tête pour qu'elle croise son regard.

— Tout ce que j'ai toujours voulu, c'est toi, dit-il doucement. Tu le sais.

— Tu essayes de me séduire avec des paroles ?

Il sourit. Oui, c'était très certainement son objectif.

— Suce ma bite, ma chérie.

La tentation assombrit ses yeux d'un vert ardent.

— Tu me dis des choses si douces, murmura-t-elle, ses lèvres effleurant sa peau sensible.

— Maintenant, Aya.

Il exerça une pression sur l'arrière de sa tête, ce qui ne fit qu'accentuer la sensualité de son regard.

Elle lécha l'excitation qui s'écoulait de son extrémité et eut un gémissement d'approbation.

— Joyeux Noël, Issac.

Le péché transparaissait dans son ton, enflammant ainsi le sang d'Issac.

Bordel, il adorait cette femme !

Il resserra sa prise et, alors qu'elle le prenait profondément, laissa échapper son nom avec un juron. Issac n'avait jamais désiré une femme plus d'une fois, il s'ennuyait toujours après le premier rapport. Mais Aya lui avait donné une nouvelle perspective. Chaque moment passé avec elle était nouveau, mais dénotait l'expérience et lui procurait le plaisir le plus intense de sa vie.

— Encore, grogna-t-il, ayant besoin de tout ce qu'elle pouvait lui donner.

Sensation, émotion, passion. Tout.

Son poing guidait les mouvements d'Aya tandis que sa langue et sa bouche épousaient chaque centimètre de sa tige. Il poussa vers le haut, ses hanches le conduisant au fond de sa gorge.

Oui...

Elle le prit, ses ongles descendant le long de ses cuisses, ses yeux se verrouillant sur les siens. Il faillit jouir rien qu'à l'image qu'elle représentait à elle seule, ces pupilles dilatées par la luxure le conduisant au bord de la folie.

— Putain, Aya, chuchota-t-il, ses muscles se contractant alors que les flammes détruisaient son être.

Il aurait pu jurer qu'elle lui souriait, connaissant l'effet que son regard lui faisait.

Et cela le faisait bander encore plus.

Il s'accrocha à ses cheveux comme à une bouée de sauvetage alors qu'il augmentait le rythme, la forçant à le prendre plus, ayant besoin qu'elle l'engloutisse jusqu'au plus profond d'elle-même. Pour être à l'intérieur d'elle. Pour être avec elle. Pour la posséder comme elle le possédait. Pour la marquer comme sienne de la manière la plus sombre qui soit. Pour la garder avec lui pour toujours. Pour rester avec elle pour toujours.

Sa tête retomba en arrière avec un grognement, son estomac se contracta, ses testicules se resserrèrent. Et bordel, elle le savait, sa bouche se desserrant déjà, sa langue le caressant exactement là où il le désirait.

— Aya, souffla-t-il, la mâchoire crispée.

Cela faisait presque mal, ce moment juste avant... et puis elle l'emporta avec un autre tour de sa bouche, un bourdonnement au fond de sa gorge qui l'encouragea à exploser.

Il s'accrocha à elle, la forçant à avaler, alors qu'il était secoué par sa libération. Tellement plus puissante, plus intense que la nuit précédente, et pourtant, il ne savait ni pourquoi ni comment c'était possible. Chaque expérience renforçait leur lien, détruisant tout semblant de possibilité de la laisser partir. Il serait toujours lié à elle. Il n'y en aurait pas d'autres. Pas même si elle l'ordonnait.

L'adoration se mêla au soulagement et au ferme désir de lui rendre la pareille. Dès qu'il pourrait respirer à nouveau.

Astasiya grimpa sur lui, ses lèvres étaient gonflées par la façon dont il avait baisé sa bouche. Elle se mit à cheval sur ses hanches, son sexe humide contre son érection. Il n'était pas encore prêt, mais sachant à quel point elle l'excitait, il le serait bientôt.

— Tu as toujours deux cadeaux à ouvrir, dit-elle, d'une voix grave et rauque qui parvint directement à son bas-ventre.

Comment arrivait-elle à lui faire ça ?

Parfois, il pensait que son deuxième pouvoir pouvait être lié au sexe, car tout ce qu'elle faisait le consumait. De son sourire à la façon subtile dont elle serrait ses cuisses autour de lui, en passant par l'excitation innocente qui soulignait son regard lorsqu'elle lui tendit les cadeaux qu'elle avait récupérés au bout du lit.

Il ne pouvait rien lui refuser.

Jamais.

Issac se força à s'asseoir, ayant la sensation d'avoir couru un marathon alors que c'était sa bouche à elle qui avait fait le plus gros du travail. Il prit les cadeaux et les posa sur le lit à côté de ses hanches et passa sa main autour de sa nuque.

— Merci, Aya.

Elle sourit.

— De rien.

Il l'embrassa tendrement, aimant la sensation de ses lèvres récemment baisées contre les siennes. *À moi*, pensa-t-il dans un élan de possessivité, en faisant glisser sa langue sur sa bouche.

Elle attrapa son biceps.

— Les cadeaux.

— Oui, c'était un sacré cadeau, convint-il.

Elle ouvrit la bouche pour parler, mais il en profita pour se plonger à l'intérieur et mieux la goûter. Le gémissement qu'elle émit en réponse se répercuta dans tout son corps. Elle avait pensé lui donner un orgasme sans réciprocité. Hmm, ça n'allait pas arriver. Il n'était peut-être pas capable de la prendre correctement, mais il pouvait certainement lui rendre la pareille d'une autre manière.

Il l'attira sous lui, loin des cadeaux, et glissa sa bite encore dure entre ses replis lisses, massant le point sensible qui lui donnait du plaisir et la faisait crier. Elle eut un frisson, son corps déjà si proche du gouffre à cause de ses soins oraux.

— J'aime te voir comme ça, murmura-t-il contre sa bouche, quand le besoin te fait frémir. C'est sacrément sexy, Aya.

Les ongles d'Aya s'enfoncèrent dans le bas de son dos, puis dans son derrière, alors qu'elle l'encourageait à lui en donner plus. Son nom quitta ses lèvres dans un gémissement, le son étant l'un de ses préférés dans son existence.

Il remua en elle plus fort, forçant son gland à toucher son clitoris à chaque poussée. Elle l'entoura de ses cuisses, sa poitrine se cambrant contre la sienne alors qu'il posait sa bouche dans son cou. Il avait envie de la mordre, d'utiliser ses dents pour la faire basculer.

Si elle était un Séraphin, je pourrais le faire.

Une pensée dangereuse, qui s'attarda dans son esprit alors qu'il poussait Astasiya à bout avec un dernier mouvement de ses hanches contre les siennes. Elle se brisa sur un spasme qu'il ressentit jusqu'aux tréfonds de son âme, la revendiquant très fort dans son cœur.

Une morsure.

Mon Dieu, il le voulait.

Il en avait besoin.

Sa détermination le faisait trembler, ses incisives souffrant de la nécessité de la marquer. Il ne s'agissait pas de son sang, mais *d'elle*. Comme s'il allait la perdre à jamais s'il ne la revendiquait pas maintenant.

Les poings d'Issac se crispèrent alors que le bon sens se heurtait à son besoin inné de possession.

Elle est à moi.

Pas totalement.

Finis-en.

— Issac, chuchota-t-elle en lui passant la main dans les cheveux, l'autre descendant le long de son dos tendu. Tu vas bien ?

Non.

Ils avaient été ensemble plusieurs fois depuis qu'elle s'était transformée et jamais il n'avait ressenti le besoin de la mordre.

Jusqu'à maintenant.

Et cela le dévorait.

Cela dépassait toute logique.

Cela transperçait les murs de sa maîtrise de lui-même et le pénétrait profondément.

— Tu commences à me faire peur.

Aya avait figé ses mouvements.

— Issac ?

— Je...

Il dut s'éclaircir la gorge, sa bouche s'agitant avec le désir de la goûter à nouveau. De s'imprégner de son sang comme il le faisait avant.

Pourquoi maintenant ? Pourquoi, après m'être contrôlé pendant deux mois, j'échoue maintenant ?

Il tremblait au-dessus d'elle, son autodiscipline se déchiquetant à l'intérieur de lui-même.

Il se sentait contraint de la mordre.

Possédé par une entité inconnue qui les dominait et lui dictait ses actions.

Qu'est-ce qui m'arrive ?

Juste une morsure.

Non, il ne pouvait pas. Il ne le ferait pas. Pas avec sa vie dans la balance.

Et qu'en est-il de sa vie à elle ?

La traction l'attira en avant, le pouls d'Aya chantant sous sa bouche. Juste...

— Retire ta bouche de mon cou, exigea Aya d'une voix rauque, ses mots empreints de puissance.

Issac se redressa, incapable de résister à l'appel de sa persuasion.

Les yeux d'Aya se remplirent de larmes, ses lèvres tremblaient à cause de la force qu'elle avait dû déployer pour le contraindre à s'écarter d'elle.

— Merde, souffla-t-il, le charme étant rompu alors qu'il s'éloignait d'elle en roulant.

Il l'avait presque mordue.

Il avait presque éraflé sa peau avec ses dents, prêt à la prendre.

— *Merde*, répéta-t-il en pressant ses mains sur ses yeux.

Ça ne marchera jamais.

ISSAC

ASTASIYA ÉTAIT ABSOLUMENT immobile à côté de lui et sa difficulté à respirer lui brisait le cœur. Elle pleurait à cause de lui. À cause de *ça*, leur relation. Le fait qu'il ait presque risqué sa propre vie pour la goûter.

Et la culpabilité qu'elle porterait, si son sang le tuait, la détruirait. Il le savait. Pourtant, il avait tout de même failli la mordre.

— Je ne sais pas ce qui s'est passé, admit-il. Ça n'a jamais été comme ça avant.

Elle ne dit rien pendant si longtemps qu'il craignit qu'elle ne soit plus capable de parler.

— Aya, chuchota-t-il.

— Je crois... je crois que je te contraignais, dit-elle si bas qu'il eut de la peine à l'entendre. Ce n'était pas mon intention. J'ai juste... Je pensais à ça, à la façon dont c'était avant et...

Sa voix s'étrangla, ce qui prit Issac aux tripes.

— Oh, Aya.

Il l'attira contre lui et elle posa sa tête contre son torse alors qu'il l'entourait de ses bras. Il reconnaissait en partie le danger de ce geste, surtout après ce qui venait de se passer, mais son âme le suppliait de consoler son autre moitié. La souffrance d'Aya était la sienne. C'était comme ça que ça marchait.

— Je suis désolée, Issac, dit-elle en enfouissant son visage contre sa peau, son corps tremblant contre le sien. C'est juste arrivé comme ça. J'ai pensé à la dernière fois où tu m'as mordue et l'envie de finaliser quelque chose, nous, notre sang, m'a envahie. Ça n'a même pas de sens. Je ne sais même pas ce qu'on accomplirait.

Il passa sa main dans les cheveux d'Aya, tout en considérant ce qu'elle venait de dire. Cela correspondait à son expérience, mais il n'avait pas *détecté* sa contrainte. Pas de la manière dont il le faisait habituellement quand elle le persuadait de faire quelque chose, même mentalement.

Non, la sensation était différente.

Ce n'était pas de la contrainte, mais quelque chose de beaucoup plus instinctif. Comme si c'était son âme même qui l'avait supplié de la marquer.

Il embrassa Astasiya sur le sommet de la tête.

— Ce n'est pas ta faute, mon amour. Je crois qu'on s'est tous les deux laissés prendre dans l'instant.

— Qu'est-ce qu'on va faire ? chuchota-t-elle. Si je dois choisir entre te garder en vie et notre relation, je choisirai toujours ta vie. Toujours, Issac.

— Je sais, Aya, murmura-t-il en la serrant plus fort dans ses bras. Je sais.

Ils s'étreignirent étroitement comme si c'était la dernière fois. Leurs cœurs battaient à l'unisson. Les minutes passèrent et devinrent une heure. Aucun mot n'était nécessaire, juste le réconfort de leur silence.

La famille d'Issac commençait à se réveiller.

Des images de conversation dans la cuisine.

Le petit-déjeuner.

Le rassemblement autour de l'arbre dans le séjour.

Tant de sourires et pas une seule personne consciente de la douleur à l'étage. Sauf Balthazar qui, heureusement, garda le silence.

— Noël a officiellement commencé en bas, l'informa-t-il doucement.

Aya hocha la tête.

—Je veux quand même ouvrir nos cadeaux ici.

— Moi aussi.

Elle inclina la tête, ses yeux verts prenant une nuance plus douce, presque de couleur jade.

— Veux-tu ouvrir tes cadeaux d'abord ?

— Je peux, murmura-t-il en faisant glisser sa main le long de son bras. Les paquets soigneusement emballés étaient toujours sur le lit, à l'endroit où Astasiya les avait placés avant qu'il ne demande un cadeau d'une autre nature.

Elle s'écarta de lui pour s'asseoir et il en fit de même, sa cuisse frôlant la sienne.

— Tiens.

Elle attrapa les deux paquets et les lui tendit, ses joues rougissant.

— Je n'ai, euh, jamais rien acheté pour un petit ami avant.

Il gloussa en entendant ce terme.

— Petit ami...

Elle lui jeta un regard.

— Tu vois ce que je veux dire.

— Oui, dit-il avec un sourire. Mais je préfère *démon* comme surnom.

— Pourquoi pas *crétin* ? demanda-t-elle avec insolence. Parce que c'est ce que tu es là, tout de suite.

Il éclata de rire, son cœur lourd allégé par l'humour d'Aya.

—Je répondrai à tous les noms que tu voudras bien me donner, mon amour.

Il embrassa sa joue écarlate et s'attaqua au premier paquet.

Elle se mordit la lèvre, le regard inquiet, lorsqu'il souleva le couvercle pour révéler un maillot de bain noir, d'une marque de natation populaire aux États-Unis. À côté, il y avait une paire de lunettes et un nouveau bonnet de bain, le tout posé sur une somptueuse serviette.

— J'ai remarqué que tu ne nageais plus autant à Hydria et j'ai pensé que tu pourrais avoir besoin d'équipements.

Elle avait l'air si nerveuse qu'il ne put s'empêcher de la serrer dans ses bras.

—J'adore ça, Aya.

Même la taille était bonne. Elle avait clairement mené son enquête.

La fierté illumina son regard.

— Jacque m'a aidée à trouver la marque que tu préférais. Je ne savais pas qu'il y avait autant de styles de maillots de bain sur le marché.

— Tu as fait le bon choix, dit-il en l'embrassant sur la joue. Merci, mon amour.

Il remit les objets dans la boîte et se mit à déballer le second paquet pendant qu'elle observait nerveusement. Cette femme avait fait face à Osiris sans sourciller, mais en voyant Issac ouvrir ses cadeaux, son rythme cardiaque s'accélérait. Fascinant.

L'envie de la mordre était toujours présente, mais elle s'était largement affaiblie. Ce qui confirmait ses soupçons que ce n'était pas du tout Aya qui le tentait. Une autre question à aborder avec Aidan, parce qu'Issac se sentait rarement comme ça avec les Hydraiens. Son esprit logique l'avait toujours emporté sur ses pulsions par le passé. Pourquoi cela devrait-il être différent ?

Parce que je ne me suis pas nourri depuis presque deux mois.

Il ignora cette pensée et finit de déballer une photo dans un cadre. Aya se tenait debout, souriante, dans une robe de soie saphir, ses joues rougies de manière séduisante. Il souriait à côté d'elle, son bras autour de sa taille.

— C'était au Pierre, remarqua-t-il en reconnaissant les escaliers derrière eux, ainsi que sa robe. Pour le gala de la FHC.

— Techniquement, notre premier rendez-vous, dit-elle, les joues roses. Juste après que tu as prononcé cette phrase ringarde.

Le regard d'Issac se plissa.

— Je crois avoir complètement prouvé que je n'avais pas besoin de telles frivolités.

Les lèvres d'Aya se retroussèrent.

— C'est vrai, et ensuite ils ont pris cette photo de toi avec un véritable sourire. J'ai pensé qu'il fallait l'encadrer en souvenir de la seule fois où le play-boy milliardaire Issac Wakefield a réellement souri sur une photo.

Oui, elle avait mentionné son manque de gaieté, que ce soit sur les photos des tabloïdes ou dans sa biographie de play-boy. Cette conversation le faisait encore rire. Astasiya était d'une honnêteté rafraîchissante.

— Comment t'es-tu procuré ça ? s'exclama-t-il en remarquant la grande qualité de la photographie.

— Euh...

Elle pinça les lèvres sur le côté.

— Bon, j'ai peut-être accepté une interview en échange des droits d'impression de cette photo.

Il haussa les sourcils.

— Une interview ? Avec un tabloïde ?

Elle fronça son nez de façon adorable.

— Juste quelques questions.

Oh, maintenant, il lui fallait connaître tous les détails.

— Où puis-je lire cette brillante littérature ?

Elle souffla et attrapa son téléphone sur la table de nuit. C'en était un que Jayson lui avait donné et qui ne pouvait pas être détecté. Quelques clics plus tard, un article intitulé *La dernière conquête de Wakefield s'exprime* apparut sur l'écran.

Il pouffa de rire.

— Ce devrait être une lecture passionnante.

Il survola les mots et ses lèvres frémirent devant le sarcasme évident d'Astasiya.

— Un démon dans la chambre, hmm ?

— Essaie de le nier, dit-elle sans rire.

— Absolument pas.

Il était tout à fait satisfait de cette description et de la mention de son surnom. Il y avait plusieurs questions sur ses préférences en matière de rencontres où Astasiya notait son penchant pour le contrôle, notamment en ce qui concernait les tenues vestimentaires pour les sorties mondaines.

— Tu es la seule femme de mon existence qui critique mes cadeaux extravagants.

— Des robes à mille dollars que je ne porterai plus jamais, c'est du gaspillage.

Il lui jeta un regard sournois.

— Ces robes valaient bien plus de mille dollars, ma chérie.

Elle plissa les yeux.

— J'aurais dû lui dire que tu adores jeter l'argent par les fenêtres sans raison.

— Je considère que t'habiller est un investissement.

Elle faillit s'étouffer.

— Dans quoi ?

— Dans mon plaisir personnel, répondit-il, les lèvres pincées. Un investissement très rentable, si tu veux mon avis.

Elle leva les yeux au ciel.

— Tu es incorrigible.

— Quand il s'agit de toi, oui, dit-il en l'embrassant sur la tempe et en lui rendant son téléphone. Je n'arrive pas à croire que tu te sois forcée à parler à ces ordures.

— C'était le seul moyen d'obtenir la photo, lui dit-elle avec un regard d'excuse. J'ai essayé de ne rien divulguer de vraiment important. Tu n'es pas en colère, hein ?

Il se mit à rire.

— Je pense que tu as été assez punie en ayant à répondre à leurs questions ridicules.

Le journaliste avait même sollicité les conseils d'Astasiya sur la meilleure façon d'accoster un milliardaire. *Demandez-lui un rendez-vous galant*, avait-elle répondu effrontément.

Il l'embrassa doucement sur les lèvres, très amusé par la photo et par ce qu'elle avait dû faire pour l'obtenir.

— Merci pour le cadeau. Je vais le mettre dans notre chambre.

Et il encadrerait des citations de l'article pour l'accompagner.

— Maintenant, c'est à ton tour pour les cadeaux.

— Une robe ? demanda-t-elle en plaisantant.

Il lui mordilla le lobe de l'oreille en guise de réprimande et se glissa hors du lit pour aller chercher ses paquets. Ils étaient aussi cachés dans le placard.

Elle les regarda avec intérêt quand il revint.

Une petite boîte.

Un paquet plat.

Et un troisième rectangulaire, soigneusement emballé, qu'il lui tendit en premier.

Elle la regarda avec curiosité.

— C'est lourd.

— Oui. Et fragile, aussi.

Un sourire s'afficha sur le visage d'Aya, ses mains se déplacèrent avec précaution sur le papier pour en exposer le contenu.

— *Vita mutatur, non tollitur*, lut-elle, en passant ses doigts sur l'inscription de la couverture.

— La vie se transforme, mais n'est pas détruite, traduisit-il. J'ai tenu un journal pendant de nombreuses années après avoir été métamorphosé par Aidan et j'ai pensé que tu aimerais connaître un peu mon passé pendant que tu vis ton présent.

Elle releva ses yeux verts, l'émerveillement donnant à ses iris une couleur délicieuse.

— Tu as consigné tes premières années en tant qu'immortel ?

— Mes premières décennies, oui.

Les hommes devaient souvent dissimuler leurs émotions fortes. Il avait caché les siennes sous la forme d'un journal.

— À part moi, et maintenant toi, personne ne sait que ces écrits existent.

Il fit glisser son doigt le long de la vieille reliure, un objet qu'il n'avait pas touché depuis près de deux siècles jusqu'à ce qu'il l'emballe pour elle la semaine dernière.

— Il y aura des passages qui te déplairont sans doute, la prévint-il. Mais je ne veux rien te cacher, Aya. Et je veux que tu saches que tu peux venir me voir pour n'importe quoi. Peu importe ce qui arrive, je suis là pour toi.

Des larmes s'accumulèrent dans ses yeux alors qu'elle serrait le journal contre sa poitrine.

— C'est un beau cadeau, Issac.

Il lui sourit.

— Fais-moi plaisir et essaye de te souvenir que j'ai écrit ces mots bien avant que tu n'existes.

— Les aventures scandaleuses d'Issac Wakefield, dit-elle, l'amusement faisant briller son regard humide. J'ai hâte de le lire.

— Ouvre les autres, l'encouragea-t-il, désireux de voir sa réaction.

Elle allait être radicalement différente et il était impatient de commencer les discussions. Son Aya détestait les extravagances, mais ce qu'il lui offrait avait une touche pratique et il espérait qu'elle l'apprécierait.

Elle mit soigneusement le journal de côté avant de prendre la plus petite boîte.

— Il vaudrait mieux que ce ne soit pas une bague, marmonna-t-elle en révélant l'écrin à bijou familier qui se trouvait sous le papier.

Cela le fit rire.

— Ta mère serait absolument ravie, non ?

— Pas une fois que je t'aurai tué, répondit-elle mielleusement.

Ses doigts agiles soulevèrent délicatement le couvercle pour révéler le collier qui se trouvait à l'intérieur. La lumière fit scintiller le diamant bleu en forme de cœur qui contrastait magnifiquement avec la chaîne en or blanc.

— C'est magnifique et c'est beaucoup trop, Issac. Je t'ai acheté un maillot de bain et tu m'offres un... un...

Elle fit un signe de la main.

— Quelle que soit cette pierre. Une aigue-marine ?

Il gloussa, appréciant le fait qu'elle ne connaissait rien aux pierres précieuses.

— La pierre n'a aucune importance. C'est le secret caché à l'intérieur qui en a. Laisse-moi te montrer. Tu vois ça ?

Il désigna la griffe métallique à la base du cœur.

— Cela bouge, mais seulement avec l'empreinte de ton pouce. Essaye.

Elle fronça les sourcils en le regardant.

— Qu'est-ce que ça fait quand ça bouge ?

— Fais-moi confiance et essaye.

Il récupéra son portable pendant qu'elle trifouillait le collier. Il se mit à vibrer à la seconde où elle comprit comment l'activer.

— OK, dit-elle en fixant d'un air dubitatif le diamant légèrement tordu. C'est censé être palpitant ?

Issac lui montra l'écran de son téléphone.

Elle haussa carrément les sourcils.

— C'est un dispositif de repérage ? Tu te fous de moi ?

Il éclata de rire, adorant sa réaction.

— Ce n'est pas drôle. C'est de la technologie pour traquer les gens.

Cela le fit rire encore plus. Quand elle voulut s'écarter, il passa un bras autour de ses épaules et la serra contre lui.

— C'est un GPS que tu es la seule à pouvoir activer quand tu veux être trouvée, Aya. La technologie actuelle ne peut pas le détecter parce qu'il est inactif jusqu'à ce que ton empreinte digitale l'enclenche. Et si jamais tu le fais, je recevrai une alerte, tout comme Mateo.

— Donc c'est fait pour traquer les gens de manière sophistiquée, dit-elle sans rire.

— Ça pourrait un jour te sauver la vie, dit-il en faisant glisser une mèche blonde derrière son oreille. Tu n'es pas obligée de le porter si tu ne veux pas, mon amour. C'est ton choix. Je voulais juste que tu aies quelque chose sur quoi compter si tu te trouves un jour dans une situation où tu as besoin d'aide. C'est une chose qui aurait pu sauver Elizabeth plus tôt, quand Osiris l'a enlevée.

Issac ajouta cette dernière partie pour lui rappeler que

l'infâme Ichorien avait jeté son dévolu sur une nouvelle cible : Astasiya. Et on ne savait pas où il se trouvait actuellement, puisque la villa avait été détruite lors du sauvetage d'Elizabeth.

— C'est exactement le genre de cadeau qu'un homme dans ma position est censé offrir à sa maîtresse, poursuivit-il d'une voix douce. Personne ne soupçonnerait jamais son autre utilisation.

Aya regarda le collier, puis Issac, et encore le collier.

— Un cadeau pratique déguisé en extravagance.

— Exactement.

— Ça a coûté une petite fortune.

Il haussa les épaules.

— Si je t'offrais quelque chose de moins cher, le dispositif se verrait trop.

Ce n'était pas tout à fait vrai. Il aurait pu lui donner un saphir, mais c'était indigne d'elle.

— Tu as mon cœur, Aya. Désormais, tu peux le porter pour le montrer à tout le monde.

— Je pensais que tu valais mieux que ces répliques bon marché, répondit-elle, les yeux pétillants à nouveau.

Et c'est ce qu'il avait cherché à faire en choisissant ses mots.

— C'est juste la raison officielle pour laquelle je te l'offre, au cas où quelqu'un poserait la question. Puis-je ? demanda-t-il en faisant un geste vers le collier.

— Seulement si tu me montres comment éteindre le traceur d'abord.

— En redressant la pierre, murmura-t-il. Ce qui est génial, car ça veut dire que tu peux l'activer pour envoyer un signal de détresse, puis le désactiver avant que quelqu'un puisse te scanner une nouvelle fois.

Les talents technologiques de Mateo ne cessaient jamais d'étonner Issac. Ce dispositif ne faisait pas exception et était l'un des meilleurs qu'il avait produit à ce jour.

Aya redressa le cœur et regarda l'écran d'Issac pour vérifier que le signal disparaissait.

— Et je suis la seule à pouvoir l'activer ?

— Oui. Mateo voulait ajouter une fonction pour l'enclencher à distance, mais j'ai rejeté cette amélioration.

Issac savait qu'elle aurait refusé de le porter si quelqu'un d'autre pouvait enclencher la technologie de pistage.

— Ce qui ne veut pas dire que Mateo ne pourrait pas bidouiller quelque chose dans une situation d'urgence, mais rien n'existe aujourd'hui. C'est un collier normal jusqu'à ce que tu t'en serves autrement.

Elle réfléchit un instant, puis lui tendit lentement l'écrin.

— D'accord, mais seulement parce que c'est pratique.

Elle écarta ses cheveux de son cou, dans une invitation claire.

Issac retira la chaîne de l'écrin et l'attacha autour de son cou avant de faire glisser un doigt le long de sa colonne vertébrale exposée. Elle se retourna pour lui faire face, le cœur s'étant niché au-dessus de sa poitrine. Juste là où il fallait.

— Hmm, j'approuve sincèrement que tu ne portes que mon cadeau, ma chérie. Tu pourras peut-être à nouveau jouer au mannequin pour moi plus tard.

Le regard d'Aya se réchauffa, plein de promesses.

— Je vais y réfléchir.

— Je t'en prie, dit-il en poussant le dernier cadeau vers elle. Mais ouvre d'abord ceci.

— Devrais-je avoir peur ? demanda-t-elle en déballant le dernier paquet.

— Garde juste l'esprit ouvert.

— Des dernières paroles fameuses, grommela-t-elle. Je t'ai offert une photo et des affaires de natation.

— Deux cadeaux que j'adore, dit-il en embrassant son épaule. C'est l'intention qui compte.

— C'est à peu près la même chose que le mythe du « ce n'est pas la taille qui compte ».

Cela le fit rire.

— Arrête de me faire attendre et ouvre l'enveloppe.

Elle la conserva dans ses mains pendant un long moment, sa bouche essayant de les distraire tous les deux de cette tâche. Lorsqu'elle renversa le contenu sur le lit, il fut heureux d'avoir utilisé des trombones pour séparer les documents.

C'est le passeport qui attira d'abord son attention.

— Aya Davenfield, lut-elle et ses lèvres frémirent. Malin.

— Chaque immortel a besoin d'une nouvelle identité, expliqua-t-il. Mateo m'a aidé à construire la tienne.

Elle prit ensuite le permis de conduire, puis l'assortiment de cartes bancaires.

— Tu as réacheminé mes anciens comptes ?

— Pas exactement, murmura-t-il.

Les relevés bancaires arrivèrent ensuite, suivis par une série de documents juridiques qui lui firent écarquiller les yeux chaque seconde un peu plus.

— Tu n'as pas... Oh, non.

Elle continuait à parcourir les documents et à répéter ces mots, son regard faisant des allers-retours entre eux et son démon.

— Issac, c'est...

— Nécessaire, termina-t-il pour elle. Tu vas vivre pour toujours, Aya. Ce qui signifie qu'il faut investir maintenant pour préparer l'avenir. Et comme tu n'as pas de biens, je te prête certains des miens pour commencer le processus.

— Tu me les prêtes, répéta-t-elle. C'est beaucoup pour, euh, un *prêt*.

L'amusement toucha le cœur d'Issac. Elle n'avait vraiment aucune idée de tout ce qu'il avait acquis au cours des siècles. Ce n'était qu'une toute petite partie de ses investissements.

— C'est suffisant pour te mettre sur le bon chemin et t'apprendre les marchés financiers.

— Et l'acte de propriété de cette maison ? demanda-t-elle en levant un sourcil.

— J'avais besoin d'un nom pour ça et le tien semblait approprié.

Il avait plusieurs noms d'emprunt et celui d'Aya Davenfield était le plus récent à entrer dans le jeu. Il se pourrait qu'un jour, il crée aussi un Issac Davenfield.

Les investissements étaient l'un de ses passe-temps favoris, tout comme l'acquisition d'entreprises. La société Wakefield Pharmaceuticals n'était que l'une des entités qu'il possédait parmi tant d'autres.

— Aidan m'a beaucoup appris sur le fonctionnement des marchés, sur la façon de repérer les tendances et où investir. Si tu es prête, j'aimerais t'enseigner tout ça aussi. Et nous pouvons utiliser le nom d'emprunt que j'ai créé, Aya Davenfield, comme compte principal.

Elle le dévisagea.

— Tu veux faire de moi une milliardaire.

— Non, je veux te montrer comment survivre pour l'éternité, rectifia-t-il. L'argent ne fait pas tout, Aya. Tu finiras par avoir envie d'un passe-temps ou d'une carrière et je veux te montrer comment accomplir ça en tant qu'immortel.

— Je... je ne sais pas quoi dire.

Elle reprit tous les documents : le passeport, l'acte de propriété de la maison et les relevés bancaires indiquant les montants en attente pour les investissements de son choix.

— C'est énorme.

— Oui, convint-il. J'ai ressenti la même chose quand j'ai pris la succession de mon père et encore une fois lorsqu'Aidan a commencé à me former. Mais ça en vaut la peine, mon amour. Fais-moi confiance.

— C'est le cas, chuchota-t-elle. Vraiment. C'est juste que je ne sais pas comment accepter... *tout ceci*.

Elle fit un geste vers les papiers.

— Ce ne sont que des chiffres, ma chérie. Et comme je l'ai dit, c'est un prêt. Tu pourras me rembourser quand tu le pourras.

Non pas qu'il le veuille nécessairement. C'était l'instinct indépendant d'Aya qui l'exigeait et il respectait cela.

— Le vrai cadeau ici, c'est que je te propose de te montrer comment faire pour que tu t'en sortes toute seule.

Il savait que c'était une idée qu'elle approuverait et désirerait.

Et le regard qu'elle lui lança après l'avoir entendu le lui confirma.

— J'aimerais apprendre.

— C'est bien ce que je pensais, dit-il en posant sa main sur sa joue. Nous commencerons quand tu seras prête, mais tout est déjà en place. Et cette maison est à toi, tu peux t'en servir comme bon te semble, que tu veuilles y accueillir les fêtes de Noël chaque année, la louer, ou même la vendre.

— Mes parents vont péter un câble si je leur dis que tu m'as acheté cette maison.

La plaisanterie fit l'effet d'une caresse sur son cœur.

— J'imagine que oui. Nous n'avons pas besoin de leur dire.

— Bien.

— Tu pourras toujours dire que j'ai reloué la même propriété, si tu veux refaire Noël ici l'an prochain. Ils n'ont pas besoin de savoir.

— OK, dit-elle doucement en enroulant ses bras autour de son cou. Je ne suis pas encore prête à rejoindre les autres.

— Il va pourtant falloir qu'on y aille bientôt, murmura-t-il dans ses cheveux.

— Je sais. Juste encore quelques minutes seuls ?

— Très bien.

Il l'attira sur ses genoux, l'entourant de ses bras tandis qu'elle posait sa tête contre sa poitrine.

— Joyeux Noël, Aya.

— Joyeux Noël, Issac.

STAS

L'ATMOSPHÈRE joyeuse qui régnait dans la pièce principale était presque insupportable. Cela lui faisait physiquement mal de sourire, mais Stas y parvint pour ses parents. Pour les Hydraiens. Pour ses amis. Pour Issac.

Il savait, pourtant. Elle pouvait voir la même douleur dans son regard bleu. Ce voyage avait prouvé que leur relation était impossible. Ils essayeraient parce qu'ils le devaient, parce qu'il n'y avait pas d'autre choix pour eux, mais cela devrait finir par s'arrêter.

Pas encore.

Tristan avait raison, elle était une garce égoïste. Elle ne pouvait pas repousser Issac, même si elle le devait. Il avait été à deux doigts de la mordre plus tôt, tout ça parce qu'elle en avait envie.

Comme ils le faisaient avant. La chaleur, l'intensité, la passion.

Ils avaient désormais l'impression qu'il ne leur restait plus qu'une petite partie de leur alchimie, à cause de tous les verrous de sûreté qu'ils avaient appliqués à leur relation. Issac ne pouvait même pas lui faire un cunnilingus.

Elle n'avait pas nécessairement besoin d'une connexion physique, mais ce n'était pas la même chose. Essentiellement, ils se promenaient avec ce mur entre eux, trop effrayés pour le briser. Et chaque fois qu'ils s'approchaient, quelque chose leur rappelait pourquoi ils ne le pouvaient pas.

Issac serra sa main, ses iris saphir captant les siens pendant un long moment. Il savait.

— Pas encore, chuchota-t-il.

Elle hocha la tête en signe d'acquiescement.

— Pas encore.

— Tu m'as acheté un Smith & Wesson ? s'écria Amelia en jetant ses bras autour du cou de Tom, ce qui crispa Issac à côté de Stas.

— Ouais, et un étui pour que tu arrêtes de cacher le mien dans ton pantalon.

La raillerie dans la voix de Tom lui valut une claque sur le bras.

— Abruti, l'accusa Amelia.

Le regard sombre de Tom souriait alors que tout le monde les regardait bouche bée.

— Tu as acheté un revolver à ma sœur pour Noël ?

Issac avait l'air consterné et son ton correspondait à l'expression de Luc. Aidan semblait simplement amusé.

— C'est ce qu'elle voulait, répondit Tom en adressant un clin d'œil à Amelia. Pas vrai, mon cœur ?

Elle rayonnait de joie.

— C'est vrai. Je passe mon temps à lui chiper le sien pour m'entraîner. Désormais, j'aurai le mien.

Elle se fondit pratiquement contre lui avec une excitation palpable.

Issac secoua la tête, tandis que le père de Stas hochait la sienne en signe d'approbation.

— C'est une bonne série.

Puis il se mit à parler du revolver de même marque qu'il possédait alors que Jayson tendait à Lizzie un sac orné de rubans à côté d'eux.

— Joyeux Noël, Rubis, murmura-t-il, une lueur espiègle dans le regard.

Elle plissa les yeux.

— Est-ce que c'est quelque chose que je peux déballer devant la famille ?

Il eut un sourire en coin.

— Oui, ma chérie. Allez, ouvre le sac.

Elle lui lança un regard dubitatif et tenta de voir ce qu'il y avait sous le papier, les lèvres froncées. Il lui fallut un moment pour défaire tous les rubans, Jayson souriant pendant tout ce temps, et elle sortit un classeur. Sur la couverture était inscrit « 1er janvier » suivi de l'année à venir.

Lizzie tourna la page et entrouvrit la bouche. Un anneau scintillait dans la lumière, fixé à la page par un ruban.

— Jayson, souffla-t-elle.

— Ne t'arrête pas tout de suite, murmura-t-il. Tourne la page.

Elle s'exécuta et trouva une invitation à un mariage la semaine suivante.

Les larmes embuèrent le regard de Stas à cause de ce que cela signifiait.

La page suivante était un itinéraire pour la cérémonie et les autres contenaient un plan de table, un menu, les arrangements floraux, la carte des boissons et une liste de chansons appropriées pour un mariage.

— Tu as tout organisé, chuchota-t-elle en faisant glisser ses ongles sur la feuille.

— Tout sauf la robe, répondit-il. Mais une équipe nous rejoindra à Hydria ce week-end pour que tu en choisisses une.

Ils apporteront aussi des robes pour la demoiselle d'honneur, en supposant que tu veuilles que Stas assiste au mariage.

Il leva les yeux vers Stas, le bonheur rayonnant sur ses traits alors que Lizzie fondait en larmes sur ses genoux. Il sourit et secoua la tête.

— Ces hormones me tuent, Rubis.

— Moi aussi, dit-elle dans un sanglot.

Elle se tourna pour enfouir son visage dans son cou, attirant l'attention de tous sur le couple heureux à côté de Stas.

Issac serra sa main, les lèvres retroussées par l'amusement.

— Qu'est-ce que j'ai raté ? demanda Amelia qui était allée mettre l'arme à feu en sécurité dans une boîte.

— Jayson vient de faire la surprise à Lizzie avec les préparatifs de leur mariage, dit Balthazar, la fierté brillant dans ses yeux bruns. C'est pour ça qu'il m'a demandé d'annuler la soirée entre gars célibataires du Nouvel An.

Luc acquiesça.

— Je vois. C'est une raison valable.

— Moi aussi, j'approuve, répondit Balthazar.

— Lizzie et Jayson vont se marier ? demanda la mère de Stas, les yeux écarquillés de surprise. Je ne savais même pas qu'ils étaient fiancés.

— C'est une histoire récente, répondit Issac, son pouce dessinant des cercles sur le poignet de Stas.

— Oh, à toi d'ouvrir ton cadeau !

Lizzie essaya de l'attraper, mais Balthazar fut plus rapide et le lui tendit. Il lui fit un clin d'œil, en réponse à ce qu'elle avait pu lui dire par l'intermédiaire de son esprit.

Jayson joua avec le nœud du paquet, feignant de prendre son temps jusqu'à ce que Lizzie se racle la gorge. Il gloussa et finit par déchirer le papier et ouvrir la boîte qui s'avéra contenir une douzaine de cookies aux pépites de chocolat.

— Ah, des cookies, Rubis ? On dirait que tu me connais.

— Manges-en un, l'encouragea-t-elle, ce qui lui fit hausser un sourcil. Vas-y, goûte-les.

— OK.

Il en choisit un au milieu et voulut le mettre entièrement dans sa bouche, mais Lizzie lui attrapa le poignet.

— Juste une bouchée.

Il fronça les sourcils.

— Je pensais que tu voulais que je mange un cookie.

— Oui, mais goûte-le d'abord.

Il parut dubitatif, mais obtempéra. Puis il regarda fixement le gâteau dans sa main.

— Il est rose.

Elle sourit.

— Je sais.

Les lèvres de Stas se retroussèrent, sans vraiment comprendre pourquoi... *Oh...* Elle écarquilla les yeux. *Oh !*

— Mais pourquoi... ?

Puis la bouche de Jayson s'entrouvrit.

— C'est... c'est... balbutia-t-il alors que son regard s'embuait de larmes et laissait apparaître son cœur. C'est une fille ?

Elle hocha la tête.

— Oui.

Balthazar arborait un grand sourire. Amelia aussi.

— C'est ce que vous étiez occupés à cuisiner hier, dit Issac au moment même où Stas y songeait.

Les deux hochèrent la tête, leur attention se portant sur le couple enlacé.

— Elle est aussi enceinte ? chuchota peu discrètement la mère de Stas à Tom.

Il acquiesça juste d'un signe de tête, ses propres émotions l'empêchant de parler. On aurait dit qu'il venait d'ouvrir un cadeau d'Amelia avant que Lizzie et Jayson n'échangent les leurs. Stas remarqua la vidéo d'un film récemment sorti, une casquette des Yankees, un porte-clés avec une pizza new-yorkaise, une moto miniature et quelques objets divers qui devaient avoir une signification secrète pour Amelia et Tom.

— Alors que dis-tu, Rubis ? Veux-tu m'épouser la semaine prochaine ? demanda Jayson, la bague dans sa main.

Lizzie hocha la tête avec un sourire encore plus large que Stas ne lui avait jamais vu.

— Oui. Mille fois oui.

Il fit glisser la bague sur son doigt et l'embrassa fermement, sans se soucier des regards.

Issac déposa un léger baiser sur la tempe de Stas.

— Je reviens tout de suite.

Il se faufila jusqu'à l'arbre de Noël pour récupérer un sac portant le nom d'Amelia, ainsi que des cadeaux pour Aidan et Tristan. Il les leur offrit, puis en donna un quatrième à Lucian et un dernier aux parents de Stas avant de la rejoindre à nouveau.

Ils ouvrirent tous leurs cadeaux en même temps.

Une bouteille de brandy pour Aidan.

Du vin rouge pour Tristan, dont Stas se dit qu'il devait être mélangé à du sang, puisqu'il le déboucha et s'en servit un verre.

— Le meilleur du Canada. Excellent ! s'exclama Luc en examinant le grand flacon de sirop d'érable en verre qu'il venait de déballer.

Des billets d'avion et une réservation d'hôtel pour les

parents de Stas – pour la Grèce. Ce qui valut à Issac un regard en coin de la part de celle-ci. Il se contenta de sourire.

— On les rejoindra à Athènes pour une semaine au printemps.

Ils étaient en train de s'extasier sur les objets quand Amelia se mit à pleurer pour de bon. Issac se tourna vers elle avec un sourire triste.

— Chaque année, on s'offrait toujours des ornements de Noël, même quand nous étions enfants, expliqua-t-il doucement. Je n'ai jamais cessé de les collectionner.

— Issac...

Sa voix se brisa quand elle se leva. Il fut auprès d'elle avant qu'elle puisse faire un pas et l'enlaça, ses lèvres près de son oreille. Quoi qu'il ait chuchoté, cela redoubla les pleurs d'Amélia.

Les parents de Stas jetèrent des regards autour d'eux, leur confusion gâchant presque le moment, mais pas tout à fait.

Tout le monde autour d'elle était si heureux, malgré les larmes.

Stas voulait sourire.

Elle essaya.

Mais à l'intérieur, elle ne ressentait que du vide.

Parce que si tous les autres pouvaient connaître le bonheur, elle n'atteindrait jamais le sien et le fait de voir tous ces échanges ne fit que renforcer cette impression.

Jayson et Lizzie étaient reclus dans leur petit monde, heureux de l'occasion, follement amoureux et sur le point d'avoir une petite fille.

Issac avait retrouvé sa sœur après sept ans d'agonie. Aidan avait sa fille.

Tom était vivant et l'amour de sa vie se tenait à ses côtés, épanouie.

Alors que Stas gardait ses distances, incapable de se réjouir vraiment à cause de la cruauté de la vie.

Elle tenta d'ignorer la douleur qui lui brûlait la peau et se concentrait dans son cœur, mais elle avait envahi son esprit.

Tristan croisa son regard, les sourcils froncés. *Je te l'avais bien dit*, semblait-il lui dire.

Et elle le détestait pour ça. Elle détestait le fait qu'il ne puisse pas voir à quel point cela leur faisait du mal à tous les deux, à quel point elle voulait que ça fonctionne, à quel point elle aimait son meilleur ami.

Mais il se contenta d'un sourire narquois avant de détourner le regard.

Parce qu'il savait que la culpabilité avait finalement gagné et quand Issac reposa ses yeux sur elle, lui aussi le remarqua. Son expression devint sérieuse et il secoua légèrement la tête. *Pas encore.*

Mais quand ? voulait-elle lui demander, son âme fendue en deux.

Comment quelque chose d'aussi bon peut-il être si mauvais ? Combien de fois avait-elle pensé cela au cours des deux derniers mois ?

Ce n'était pas juste.

La vie n'était pas juste.

Il s'agenouilla devant elle, le regard fort.

— Non, Aya.

— Quand, Issac ? murmura-t-elle, incapable de supporter cela plus longtemps, son front se posant contre le sien.

Mon Dieu, ce n'était pas le jour pour réaliser leur destin. Elle le savait. Les fêtes de Noël étaient censées être pleines d'amour, de joie et de bonheur, pas de cette douleur déchirante qui la détruisait de l'intérieur.

— Il y a un autre cadeau sous le sapin, dit Balthazar, sa

voix perçant à peine les battements de tambour dans les oreilles de Stas.

Issac tenait ses joues dans le creux de ses mains.

— Pas encore, mon amour.

— Mais quand ? répéta-t-elle d'une voix brisée.

— C'est pour Stas, annonça Balthazar.

Hein ? Elle avait déjà ouvert tous ses cadeaux. Ses parents lui avaient acheté des chaussettes et des vêtements, comme ils le faisaient toujours. Aidan lui avait donné une jolie écharpe. Amelia lui avait offert des chocolats argentins, affirmant que c'étaient les meilleurs du monde. Lizzie et Stas avaient convenu de ne pas échanger de cadeaux.

Alors qui restait-il ?

Le paquet rouge tomba sur ses genoux, Issac toujours accroupi devant elle, débordant d'amour.

— Ça vient de toi, n'est-ce pas ? demanda-t-elle.

Il secoua la tête.

— Non, ce n'est pas moi.

Sur le paquet était juste inscrit *Stas* dans une écriture en pattes de mouches masculines.

Elle palpa les bords, incertaine.

De qui est-ce que ça vient, B ? demanda-t-elle en tournant son regard vers lui.

Il secoua la tête, indiquant qu'il ne savait pas non plus.

De personne ici ? pensa-t-elle en fronçant les sourcils.

Elle passa sa main sur le paquet délicatement emballé dans des motifs qui lui étaient étrangement familiers. Un souvenir de son enfance lui revint en mémoire : quelqu'un lui remettant un cadeau. *Des plumes rouges.*

Qui disparurent en un clin d'œil.

Étrange.

Elle déchira le papier et découvrit un cadre qu'elle reconnaissait de ses rêves.

Une photo d'elle avec ses parents biologiques.

Sa mère regardait son père avec adoration et Stas, nichée entre eux, tenait une poupée qui ressemblait à un ange aux ailes blanches et duveteuses.

Cette photo avait été prise peu avant leur mort. Peut-être un mois avant.

Ses lèvres s'entrouvrirent et la stupéfaction la submergea. Tout avait été détruit dans l'incendie de la maison. Y compris la photo.

Mais celle-là n'était pas du tout brûlée et le cadre était encore d'un beau bronze gravé de plumes.

— Aya ?

Issac s'approcha d'elle et enroula sa main autour de son poignet tandis qu'il examinait la photo.

— Ce sont mes parents, souffla-t-elle d'une voix à peine perceptible à ses propres oreilles.

— Sethios, murmura-t-il, en dessinant les contours de l'homme aux cheveux noirs qu'elle n'avait vu que dans ses rêves. Je ne reconnais pas la femme.

— Ma mère, murmura-t-elle. Caroline.

Ou Caro, comme Osiris l'avait appelée.

Tous dans la pièce s'étaient figés autour d'eux.

— Qu'est-ce que c'est, Stas ? demanda sa mère adoptive.

— Une photo de nous, répondit Issac à sa place. Je peux ?

Il demanda cela en tendant la main vers le cadeau, son intention étant claire.

Stas hocha la tête en silence, incapable de parler, la gorge serrée.

Son démon prit l'objet et son don donna vie à la rune dans le dos de Stas. Il manipulait ce que les autres voyaient, ou peut-être juste pour ses parents.

Une carte attira son attention, collée au dos du cadre.

À côté d'elle, ce qui lui rappelait un hologramme d'une plume rouge passait du flou au net.

— Issac, chuchota-t-elle, tu vois ça ?

— La carte ?

Elle déglutit en secouant la tête.

— Non, la plume.

Il fronça les sourcils.

— Non, ma chérie. Il n'y a qu'une carte.

Elle cligna des yeux, mais elle était toujours là.

Issac souleva lentement le papier et révéla un mot qui fit cesser de battre le cœur de Stas.

Bientôt, Stas. Je te le promets.
    Affectueusement pour toujours,
    Gabriel

SECONDE PARTIE
ALIS VOLAT PROPRIIS

Elle vole de ses propres
ailes...

STAS

Le soleil est glorieux dans l'au-delà, peignant le ciel de nuances que je n'ai jamais remarquées pendant la mortalité. S'éveiller à cette vue est un cadeau de la vie, un miracle, et non un fardeau.

— *Issac Wakefield*
Vita mutatur, non tollitur

JAYSON S'ÉTAIT VRAIMENT SURPASSÉ. Des fleurs tropicales décoraient l'allée menant à la plage où plusieurs rangées de chaises étaient installées sur le sable noir. D'autres compositions florales en ornaient les dossiers, avec des rubans rose foncé, quelques touches de blanc et des coquillages.

Et l'autel sur fond de mer... Stas en eut le souffle coupé.

Elle était debout, regardant l'ensemble avec excitation.

C'est parfait.

Tranquille, isolé et baigné par le bruit des vagues. Stas n'en avait jamais eu envie, mais cela lui donnait presque le désir de se marier. Presque.

Une main chaude glissa autour de sa taille pour se

138

poser sur son abdomen tandis qu'un robuste torse se pressait contre son dos. Elle se fondit dans la chaleur familière dont elle avait absolument besoin. Le mois de janvier à Hydria était peut-être plus tempéré qu'à New York, mais la température était légèrement fraîche sur la plage et provoquait la chair de poule sur ses bras et ses jambes exposés.

— Lizzie va pleurer, chuchota-t-elle.

— Je sais, répondit Issac contre son oreille. Thomas a prévu plusieurs mouchoirs pour l'occasion.

Cela fit sourire Stas. Comme Lizzie n'avait pas vraiment de famille, Tom avait proposé de la conduire à l'autel. Ça semblait sensé, vu le rôle de grand frère qu'il jouait dans sa vie.

— Cette robe est magnifique, Aya.

Issac l'embrassa dans le cou, provoquant des papillons dans son estomac. Ils avaient gardé leurs distances physiquement, après la quasi-morsure de la semaine précédente. Cela ne faisait que renforcer le désir de Stas et, si la réaction qu'elle sentait contre son derrière était une indication, Issac ressentait la même chose.

— Elle est rose, dit Stas en se concentrant sur un sujet sans danger, sa robe. Mais j'aime la matière.

— Hmm... Et j'aime la longueur.

La main qui ne se trouvait pas sur son ventre arriva sur sa cuisse exposée et glissa sous le tissu.

— Cela met joliment tes jambes en valeur.

— Je compte sur toi pour le remarquer.

Elle se retourna dans ses bras, ce qui était une erreur.

La tenue d'Issac la laissa presque sans voix.

Issac en smoking ? En fait, cela l'empêchait franchement de penser.

Il portait même un nœud papillon.

Je me demande s'il me laissera l'enlever avec mes dents plus tard.

— Tu es en train de me fixer, murmura-t-il, la commissure de ses lèvres se retroussant.

Pas la peine de répondre à cela, car de toute évidence, elle ne pouvait pas le quitter des yeux. Elle fit glisser ses doigts le long de la soie tissée à la main de sa veste, se délectant de la riche texture, jusqu'à sa taille et à la ceinture autour de ses hanches.

J'aimerais mieux enlever tout ça...

— On esquive la cérémonie ? demanda-t-il innocemment en attrapant le poignet de Stas alors que ses doigts glissaient sur son bas-ventre. On retourne plutôt chez Balthazar ?

C'était l'endroit où ils résidaient pendant qu'ils arrangeaient leurs quartiers sur l'île. Même si Balthazar et Issac se chamaillaient comme des frères, il existait un lien indéniable entre eux qui s'était matérialisé au moment où Balthazar leur avait offert la chambre d'amis dans sa maison. Aidan et son harem logeaient chez Lucian.

— Lizzie me tuerait, répondit-elle finalement après avoir réfléchi à son offre.

C'était si tentant de se perdre pendant quelques heures sous ses caresses.

Mais c'était exactement ce qui ne pouvait pas arriver.

Pas après la semaine dernière.

Et ils le savaient tous les deux.

Elle croisa son regard saphir avec un soupir.

— Tu me manques, Issac.

— Je suis là, mon amour.

— Tu sais ce que je veux dire.

Son sourire s'assombrit lorsqu'il prit son visage dans ses mains, son front reposant contre le sien. Aucune parole, juste une douce compréhension et une myriade de non-dits et d'émotions qui circulaient entre eux.

Pas encore.

Quand ?

Simplement pas maintenant.

Je ne peux pas vivre sans toi.

Je t'aime.

Nous avons une éternité pour y réfléchir.

Je sais.

Et si nous ne le faisons pas ?

Ce n'est pas une possibilité.

Peut-être que la conversation n'était que dans son imagination, mais elle aurait juré que la voix d'Issac s'était infiltrée dans ses pensées pour quelques-unes de ces réponses.

Ou peut-être perdait-elle la tête.

Depuis le cadeau du mystérieux Gabriel, elle était mal en point. Personne ne pouvait voir la plume rouge. Pourtant, elle était posée sur la commode, dans les quartiers qu'elle partageait avec Issac, et ne scintillait plus. La texture soyeuse lui rappelait un rêve oublié depuis longtemps, celui où son père avait décrit les ailes de sa mère.

Sauf que ce rêve commençait à ressembler à un souvenir, un souvenir refoulé depuis près de vingt ans.

Et avec cette prise de conscience, d'autres se manifestèrent, la rendant plus déconcertée et plus seule. Elle les racontait tous à Issac, s'interrogeant chaque nuit jusqu'aux aurores sans trouver de réponse.

Les Anciens identifièrent Gabriel comme une société-écran qui finançait le bar d'Owen, suggérant un lien entre les deux. Mais qui était Gabriel ? Ou quoi ?

Et pourquoi suis-je la seule à voir la plume ?

— Eliza te cherche, chuchota Issac. Apparemment, Amelia a terminé le maquillage et la coiffure d'Elizabeth et elles veulent faire des photos avec la demoiselle d'honneur.

— Tout ceci est tellement surréaliste, s'étonna Stas. Ma

meilleure amie se marie aujourd'hui avec un immortel de plus de trois mille ans.

— Elle est également enceinte de ce qui pourrait être un nouveau type de Séraphin, ajouta-t-il.

— Un détail mineur, dit Stas en secouant la tête avec un rire. Il y a un an, je ne savais rien de ce monde et maintenant...

Ça représente tout. Ma vie. Ma raison d'être. Mon univers.

— Je sais, répondit-il en effleurant ses lèvres avec les siennes, doucement, tendrement. Je te verrai pendant la cérémonie.

Un autre baiser, plus long cette fois.

— Réserve-moi une danse ensuite.

Ce n'était pas une question, mais un ordre qui provoqua un demi-sourire chez Stas.

— Tu es censé m'inviter, pas réclamer.

— Amelia serait tellement déçue, la taquina-t-il. Promets-le-moi quand même.

Le cœur de Stas s'emballa devant son ton badin, la façon dont il la narguait en privé lorsque personne d'autre n'était à proximité.

— Je peux t'accorder toutes les danses, à tout jamais.

Le bonheur rayonnait sur le visage d'Issac et ses doigts s'enroulèrent autour de sa nuque.

— Hmm, je pourrais bien m'en souvenir, Aya.

— J'espère bien.

La bouche d'Issac captura la sienne, étouffant son besoin d'air et la remplissant de son énergie et de sa vie. Son âme le pleurait, en voulait plus, la poussait à conclure quelque chose qu'elle ne pouvait pas vraiment définir.

Puis il la relâcha.

— J'aime vraiment cette robe.

L'éclat narquois de son regard lui fit baisser les yeux sur son décolleté. Il révélait beaucoup trop sa poitrine sous cet angle. Elle le réajusta pendant qu'il regardait et lui lança un regard de reproche.

— Tiens-toi bien.

— Jamais, dit-il avec un sourire diabolique qui lui fit serrer les cuisses. Vas-y, Aya, avant que je décide de me débarrasser de cette robe courte.

Elle ravala sa salive. Issac ne bluffait jamais et ce n'était certainement pas le cas à cet instant. Il fronça les sourcils, comme s'il la mettait au défi de rester. Elle fit plutôt un pas en arrière.

— Je te verrai après la cérémonie.

— Oh, tu me verras pendant, dit-il en la parcourant d'un regard ardent. Je serai en train de fantasmer sur tes jambes et sur la sensation qu'elles procurent lorsqu'elles sont enroulées autour de ma taille. Ou peut-être que je penserai à ta bouche...

Stas rougit, les paroles d'Issac aggravant la souffrance qu'elle ressentait. Si elle ne partait pas maintenant, ils finiraient nus sur cette plage. Ce n'était certainement pas la cérémonie à laquelle tout le monde voulait assister aujourd'hui.

— J'y vais, réussit-elle à dire, la gorge serrée.

— Je te regarde, dit-il alors qu'elle s'élançait sur le chemin, son regard brûlant transperçant sa robe.

Elle en avait choisi une courte à cause du sable. Le bruissement de la jupe sur la plage ne lui plaisait pas. En outre, elle servait à narguer son démon préféré.

Je vais peut-être en jouer pendant la cérémonie...

———

— Tu es magnifique, Liz, dit Stas en croisant le regard de son amie dans le miroir au-dessus de la commode.

Alik avait proposé sa maison pour la réception du

mariage, puisqu'il vivait le plus près de la plage, et les filles se trouvaient dans sa chambre d'amis, tandis que les garçons occupaient sa chambre principale.

— Je me sens tellement... exposée, marmonna sa meilleure amie, laissant retomber sa main du renflement sous sa robe de style grec.

Elle était convaincue que tout le monde ne verrait que l'enfant qui grandissait sous le tissu blanc cassé, et rien d'autre. Mais la fluidité de sa robe cachait tout, lui donnant l'apparence d'une déesse grecque.

Amelia avait coiffé les cheveux de Lizzie en longues boucles rouges, les attachant de manière lâche avec des épingles à différents endroits. Et Eliza avait redonné à Lizzie un éclat naturel, grâce à un maquillage discret qui faisait ressortir la beauté innée de la mariée.

— La mâchoire de Jay va tomber par terre quand il te verra, ajouta Stas. Fais-moi confiance.

Eliza eut un sourire diabolique.

— Et puis encore lorsque tu révéleras ce qu'il y a sous ta robe.

Le styliste français qui avait aidé Lizzie à ajuster sa robe lui avait également offert de la lingerie assortie. Toutes les filles avaient approuvé, surtout la mariée.

Lizzie rougit.

— Au moins, Amelia et Eliza ont fait des miracles avec mes cheveux et mon visage.

La Novice devenue maquilleuse pour l'occasion eut un petit rire.

— Je suis sûre que la génétique t'a donné tout ça, Lizzie. Nous avons juste perfectionné le chef-d'œuvre.

On frappa à la porte avant que la meilleure amie de Stas puisse réfuter cette allégation, ce qu'elle s'apprêtait manifestement à faire.

Luc passa la tête avec un sourire adorable.

— Puis-je vous interrompre un instant ?

— Le roi d'Hydria vient-il de solliciter la permission de faire quelque chose ? demanda Eliza, avec une mine renfrognée. Je croyais plutôt qu'il adorait donner des ordres à tout va sans se soucier des sentiments des autres.

Il pinça les lèvres.

— Eliza. Je n'avais pas réalisé que tu étais ici.

— Bien sûr que non. Tu as tendance à interrompre tout le monde sans réfléchir, après tout.

D'un mouvement de tête, elle fit passer ses longs cheveux noirs par-dessus son épaule fine pour lui faire face.

La mâchoire carrée de Luc se crispa.

— Je suis venu livrer un cadeau.

— Oh, un autre décret ? demanda-t-elle en faisant battre ses cils épais à son intention. Quelle belle attention de ta part, *Ta Majesté* !

— De la part du marié, ajouta-t-il, ses épaules paraissant plus larges, plus sévères, alors qu'il s'approchait d'Eliza. Continue à me chercher, princesse, et tu verras ce qui va t'arriver.

Elle ne semblait pas du tout perturbée par la proximité de son physique musclé, à côté de son corps beaucoup plus petit.

— Une fessée ?

Le sourire qu'il lui adressa faisait penser à une panthère qui évalue sa proie.

— Tu aimerais beaucoup trop ça.

Elle s'esclaffa.

— Pas venant de toi.

Il fit un pas de plus, la coinçant contre la coiffeuse improvisée dans la chambre d'Alik, ses mains se refermant sur la table, de chaque côté de ses hanches, et l'emprisonnant entre ses bras puissants.

Lizzie haussa ses sourcils auburn, son expression rivalisant avec celle de Stas.

Luc dégageait *toujours* une présence calme, mais il n'y avait rien de détendu dans sa posture actuelle. L'intimidation et la fureur déferlaient sur lui par vagues, sans que cela ne semble déranger Eliza. Celle-ci soutenait son regard avec des yeux d'acier et arqua un sourcil parfaitement sculpté en attendant qu'il réplique.

— Non, apparemment, tu préfères recevoir les corrections de mecs en discothèque, dit-il en faisant glisser un regard clairement désapprobateur sur elle. Dommage, quand on a un tel potentiel.

Il s'éloigna d'elle et sortit sans un regard en arrière.

Stas fronça les sourcils. *Qu'est-ce qui vient de se passer ?*

Eliza souffla de mécontentement et sa peau bronzée s'assombrit.

— Cet homme est *impossible*, dit-elle en refermant ses poings contre ses flancs. Il espérait que je fasse quoi hier soir ? Juste attendre sur l'île que tout le monde revienne après être allé fêter la nouvelle année à Athènes ? Non. Je suis sortie aussi, parce que je suis une adulte capable de prendre ses propres décisions. Et cet enfoiré a l'audace de me réprimander pour ça ? ajouta-t-elle en montrant la porte. Dans une boîte de nuit ?

Elle se renfrogna.

— Qu'il aille se faire foutre !

— Vous êtes tous sortis hier soir ? demanda Lizzie en plissant le front. Après la fête sur la plage ?

Il y avait eu un grand feu de joie avec de la musique et de la danse à Hydria pour célébrer le Nouvel An. Rien d'extravagant, juste une soirée décontractée de conversations autour de coupes de champagne. Stas n'avait pas vraiment eu le cœur à la fête, son esprit encore absorbé par les vacances de la semaine dernière.

Gabriel.

Qui es-tu ?

— Ouais, Jacque a emmené tout un groupe, marmonna Eliza. Je me suis jointe à eux, seulement pour être pistée une demi-heure plus tard par...

Elle fit une pause et secoua la tête.

— Peu importe. C'est ta journée. Je ne vais pas laisser les discussions sur le *roi* ruiner tout ça.

Le gloussement de Balthazar le précéda lorsqu'il entra dans la pièce. En smoking.

Les trois filles restèrent bouche bée en voyant ce trop bel homme. Tout ce qu'il portait lui donnait l'air d'un dieu, mais ce costume représentait le péché personnifié. Cela aurait dû être illégal.

Lui et Issac, l'un à côté de l'autre, seraient...

— La perfection absolue, termina-t-il pour elle avec un sourire malicieux. Et imagine ce dont on aurait l'air ensemble.

— Je déteste vraiment quand tu fais ça, grogna Stas, faisant référence au fait qu'il lisait dans les pensées et non à l'image très sexuelle qu'il venait de provoquer dans sa tête.

— C'est toi qui as pensé à mon nom, mon cœur, dit-il en déboutonnant sa veste noire pour sortir un paquet de la poche intérieure. Luc voulait te donner ça, Lizzie. Avant qu'il ne soit distrait par les beautés dans cette pièce, si je puis dire.

Ses fossettes firent leur apparition, ce qui lui valut un soupir appréciateur d'Eliza.

— Maintenant que je vous ai vues par moi-même, je peux comprendre pourquoi, ajouta-t-il en déposant un baiser sur la tempe de la future mariée et en lui remettant le cadeau. Tu es éblouissante, Lizzie.

— Merci, répondit-elle en rougissant. Qu'est-ce que c'est ?

— Ouvre-le et tu verras bien, l'encouragea-t-il avec un regard chocolaté brillant.

Elle passa un doigt manucuré sur le long paquet, coinçant sa lèvre inférieure entre ses dents.

— OK.

Lizzie adorait toujours les cadeaux et cela se voyait dans son sourire lorsqu'elle souleva le couvercle. À l'intérieur se trouvait un collier avec un rubis en forme de cœur entouré de diamants.

Son petit cri de surprise fit tressaillir les lèvres de Balthazar.

— Je lui donne huit virgule sept points. J'en déduis quelques-uns parce qu'il ne l'a pas livré lui-même.

— Quoi ? demanda-t-elle, en clignant des yeux à cause des larmes qui les faisaient briller. Pourquoi Jayson a-t-il fait ça ?

— Parce que tu es son cœur, répondit doucement Balthazar en lui caressant la joue. Bienvenue dans la famille, Lizzie.

Elle renifla et jeta ses bras autour de son cou, ses mots devenant inintelligibles contre sa poitrine.

— Je suis vraiment contente d'avoir choisi un mascara waterproof, dit Eliza, ce qui fit que les lèvres de Balthazar se retroussèrent en un de ses sourires dévastateurs.

— Les émotions sont plus qu'acceptables de nos jours, dit-il, puis il embrassa Lizzie sur la tête et la libéra. Je lui ferai savoir que tu aimes le collier.

Elle hocha la tête.

— Dis-lui que je l'adore. J'adore tout ce qu'il a fait.

— Ce qui signifie que je dois remonter la note à un bon neuf. Je le lui ferai savoir, mais j'attends un dix de sa part ce soir.

Il fit un clin d'œil et s'esquiva de la pièce.

Lizzie garda son regard fixé sur lui.

— Il n'a quand même pas insinué... Je veux dire, il ne va pas vraiment noter notre... ?

— Jay est le seul qui doit occuper tes pensées, répondit Eliza. Il ne laissera rien ni personne te mettre mal à l'aise.

Les joues de la future mariée rougirent à nouveau, son attention se portant sur l'écrin dans sa main.

— Tu as raison. Il a tout organisé si parfaitement, dit-elle en fixant ses iris bruns sur Stas. Je n'ai rien eu à faire.

— Je sais.

— Même pas pour la nourriture ou le vin ou les fleurs.

— Je sais, répéta Stas.

— Comment se fait-il que ce soit ma vie ? demanda-t-elle en touchant son ventre, les manches ouvertes de sa robe flottant autour d'elle comme des ailes d'ange. Comment tout ça est-il arrivé ?

Sa lèvre inférieure frémit.

— Oh, bon sang, je vais pleurer. *Encore !*

— Euh... alors je reviens tout à l'heure, dit Tom depuis la porte où il se trouvait avec Amelia.

Celle-ci le rattrapa par le bras alors qu'il essayait de s'échapper et l'attira dans la pièce avec elle.

— C'était bien tenté, abruti.

— Quoi ? Je voulais juste lui donner un peu d'intimité.

— Tu étais en train de détaler.

Amelia haussa un sourcil et le mit au défi d'argumenter. Comme il n'en fit rien, elle hocha la tête.

— C'est bien ce que je pensais.

Lizzie lui sourit à travers son regard larmoyant.

— Je suis si contente que tu sois là.

— Je n'aurais manqué ça pour rien au monde, répondit-il doucement. Tu es éblouissante, Lizzie.

Elle jeta un coup d'œil à son ventre.

— Ça ne se voit pas ?

— Même si ça se voyait, ça ne ferait que te rendre

encore plus belle, dit-il en lui tendant les bras. Viens ici. Je promets de ne pas ébouriffer tes cheveux.

Une habitude qu'ils avaient prise suite à des années et des années d'affection fraternelle.

— Il n'a pas intérêt, ajouta Amelia.

Lizzie gloussa et accepta l'étreinte de Tom.

— Merci, chuchota-t-elle.

— De quoi ?

— De me conduire à l'autel.

— Ah, Liz, c'est moi qui devrais te remercier pour cet honneur, dit-il en la serrant plus fort et en embrassant le sommet de sa tête avec précaution. Je suis si heureux pour toi, ma chérie. Tellement, tellement heureux.

Stas eut les larmes aux yeux en voyant cette démonstration qui lui imposait la réalité de cette journée. Ce n'était ni les décorations ni même la robe, mais l'étreinte de Tom et Lizzie qui transmettait l'amour d'un homme la laissant enfin partir. Leur relation avait toujours été platonique, même lorsque Lizzie se languissait de lui, mais cela ressemblait à un dernier instant. Un moment intime rempli de joie et d'acceptation, et souligné par l'adoration.

— Je t'aime, murmura-t-il en refermant les yeux.

— Je t'aime aussi, répondit Lizzie tout aussi doucement.

Un silence réconfortant s'installa dans la pièce et les yeux de Tom restèrent fermés alors qu'il prêtait de sa force à Lizzie une dernière fois. Ce n'était pas un adieu, mais une renaissance pour une nouvelle vie dans laquelle il faisait confiance à un autre pour la protéger et la chérir comme elle le méritait.

Il croisa le regard d'Amelia par-dessus l'épaule de Lizzie et elle lui fit un signe de tête. Un message secret que

Stas ne put déchiffrer. Mais il était clair qu'Amelia approuvait cela.

— C'est l'heure, dit Tom à voix basse, en relâchant lentement Lizzie. Tu es prête ?

Elle hocha la tête, sans aucune hésitation sur le visage.

— Oui.

STAS

Amelia s'est éprise de l'Ancien, Eli. Elle a mentionné un échange de vœux à plusieurs reprises, désirant la promesse d'un amour éternel. C'est une chose que je n'ai jamais voulue pour moi-même. Mais si c'est le souhait de ma sœur, alors je m'efforcerai de l'accepter.

— Issac Wakefield
Vita mutatur, non tollitur

— ELIZABETH, veux-tu prendre Jayson pour époux, l'aimer et le chérir à partir de ce jour et pour le reste de l'éternité ?

La voix de Luc portait sur toute la plage, sa position à l'autel étant appropriée.

— Oui, répondit Lizzie, ses mains dans celles de Jayson, son regard souriant soutenant le sien.

Il n'avait pas cessé de sourire depuis qu'elle était apparue au bout de l'allée, il avait même versé quelques larmes en la voyant marcher vers lui.

— Et toi, Jayson, acceptes-tu de prendre Elizabeth pour épouse, de l'aimer et la chérir à partir de ce jour et pour le reste de l'éternité ?

L'adoration était gravée sur les traits de Jayson quand il répondit :

— Absolument, oui.

Stas croisa le regard brûlant d'Issac. Il était assis au deuxième rang, du côté du marié, Aidan à côté de lui. Stas, quant à elle, se tenait derrière Lizzie, deux bouquets de fleurs à la main.

Est-ce que ça va ? semblait-il demander du regard. Ou peut-être que c'était l'imagination de Stas. Elle semblait avoir quelque chose de coincé dans la gorge, une sorte d'émotion qu'elle ne pouvait pas nommer. Parce que partout où elle regardait, elle voyait un avenir qui ne serait jamais le sien.

Pourtant, l'euphorie remplissait également sa poitrine en observant l'amour qui rayonnait entre sa meilleure amie et Jayson.

Alors pourquoi ai-je l'impression d'être sur le point de pleurer ?

Peut-être était-ce les émotions de la journée, l'étreinte dont elle avait été témoin entre Tom et Lizzie, la dévotion indéniable qui épaississait l'air devant elle.

Et le fait de réaliser que Stas ne vivrait jamais un tel moment pour elle-même. Pas le mariage, mais les vœux : ce sentiment d'avoir quelqu'un pour l'éternité sans aucune condition ou préoccupation.

Je n'aurai jamais ça. Elle eut mal au cœur en y pensant.

Issac dut le voir sur son visage, même si elle s'efforçait de le cacher, car ses lèvres se retroussèrent aux coins. Elle déglutit et se concentra à nouveau sur la cérémonie, s'empêchant de penser à de telles choses. Pas en ce moment. Pas pendant la journée de Lizzie.

Parce qu'elle était vraiment heureuse pour sa meilleure amie. Stas savait que Lizzie méritait ce moment plus que quiconque et elle était si contente d'être présente.

— Jayson ? demanda Luc.

LEXI C. FOSS

Les yeux du marié brillaient avec chaleur lorsqu'il leva la main de Lizzie vers sa bouche pour embrasser son poignet.

— Dès notre première rencontre, tu m'as captivé comme personne d'autre n'a jamais su le faire dans ma très longue vie. Je devais te connaître, Rubis. Chaque détail, chaque mot qui te fait sourire, la raison pour laquelle tu te soucies tant des gens, ce qui te rend si *unique*, et la façon d'être le meilleur homme possible dans ta vie. Je ne fais que commencer à atteindre ces objectifs et, avec chacun d'eux, il y en a mille autres que je veux vivre et comprendre.

Il posa sa main sur la joue de Lizzie et son pouce essuya la larme sous son œil.

— Je veux passer le reste de nos très longues vies à créer une nouvelle histoire avec toi, Rubis, poursuivit-il doucement. À nous aimer, à élever notre magnifique fille ensemble et à profiter de chaque instant pour chérir ce lien unique et particulier qui nous unit. Je ne laisserai rien ni personne te faire du mal, à toi, à ton cœur ou à ton âme. Je ne t'abandonnerai jamais. Je serai toujours fidèle à toi, à notre famille, au lien entre nos âmes. Et je t'aimerai et t'adorerai à tout jamais, car tu es mon cœur, mon amour et ma vie.

Balthazar, le témoin de Jayson, lui tendit un écrin à l'intérieur duquel se trouvait une bague que Jayson fit glisser au doigt de Lizzie.

— *Vena amoris*, murmura-t-il. Une tradition plus jeune que moi, qui dit que la veine de ton annulaire gauche est reliée à ton cœur. C'est le but : s'attacher le cœur de l'autre. Mais, Lizzie, *tu* es mon cœur. Par conséquent, ceci n'est qu'un symbole de la dévotion que je te porte et, avec cette bague, je fais le vœu de passer l'éternité avec toi et toi seule. Toujours. À tout jamais. Pour tous les siècles et millénaires à venir. Tu es mon Elizabeth, ma Rubis, mon épouse.

Il embrassa à nouveau et mordilla son poignet, ce qui la fit sourire à travers les larmes.

— Tu as dit qu'on ne prononçait pas de vœux, chuchota-t-elle.

— Je n'ai jamais dit que je ne le ferais pas, rectifia-t-il, ces paroles n'étant audibles que pour ceux qui se tenaient près de l'autel.

Gros malin, pensa Stas en souriant, alors que Balthazar lui faisait un clin d'œil par-dessus l'épaule de Luc. *J'espère que tu as plus de mouchoirs*, lui dit-elle en pensée.

Le sourire qu'il lui adressa en retour contenait une note de confiance et une lueur entendue, comme pour dire : *bien évidemment*.

— Bon sang, Jayson, dit Lizzie en s'éventant le visage avec une main. Que veux-tu que je dise après ça ?

Le marié gloussa et embrassa sa main une nouvelle fois avant de la relâcher.

— Je ne m'attends pas à ce que tu dises quoi que ce soit.

— Mais tu viens de proclamer toutes ces choses et tout ce que j'avais prévu, c'étaient des vœux ordinaires, si ennuyeux en comparaison, et oh...

Elle passa le revers de sa main sur sa joue, qui était d'un rouge habituel à Lizzie.

— Je t'aime tellement. Tu vas être le plus merveilleux des pères et des maris et je te ferai autant de cookies que tu puisses rêver et... et... je suis en train de merder.

Elle pressa sa main sur sa bouche.

— Oh, mon Dieu, j'ai dit *merder* dans mes vœux...

Plusieurs rires fusèrent dans l'assistance tandis que Stas tentait de cacher son propre ricanement derrière les bouquets de fleurs qu'elle tenait.

LEXI C. FOSS

Balthazar se racla la gorge et tendit à Lizzie un écrin assorti à celui qu'il avait présenté à Jay.

— Ce n'est pas officiel tant que tu ne tiens pas la bague, murmura-t-il d'une voix chaleureuse et encourageante. Parle avec ton cœur, ma chérie.

Elle acquiesça, prit l'écrin et respira profondément pendant que le silence se faisait autour d'eux.

Stas risqua un autre coup d'œil vers Issac et il inclina la tête sur le côté, une profonde curiosité dans le regard. *Qu'est-ce que tu dirais ?* semblait-il lui demander. Ou peut-être voulait-il simplement savoir ce qu'elle pensait, ou pourquoi ses yeux pleuraient une fois de plus face à ce qui se passait devant eux.

Parce que je n'aurai jamais la chance de lui dire ces choses-là. Ils ne pouvaient pas avoir une éternité.

— Jayson, commença Lizzie, faisant une pause pour ravaler sa salive et redresser ses épaules. J'ai passé ma vie à me dire que je n'étais pas à ma place, une étrangère jouant le rôle pour lequel on m'avait préparée depuis mon plus jeune âge sans jamais saisir pourquoi. Je pensais avoir compris beaucoup de choses, comme l'amour, mais ce n'était pas le cas. Pas jusqu'à ce que je te rencontre.

Elle fit une nouvelle pause et il serra sa main avec un sourire sincère et encourageant dans ses yeux sombres. Elle répondit de la même manière, son expression rayonnant de chaleur et de conviction.

— Tu m'as appris à ressentir les choses, Jayson. À *vraiment* les ressentir. Et tu m'as appris à vivre, comme si je n'avais jamais vécu auparavant. J'ai hâte d'explorer l'avenir avec toi, avec notre nouvelle famille, notre fille, de te voir te transformer en papa, de vivre avec toi tous les jours pour le reste de notre vie. Mon Dieu, il y aura tellement de pizzas et de cookies que je vais devenir grosse, mais je sais que tu t'en ficheras parce que tu es mon Jay et

156

que je suis ta Rubis, et ensemble, nous formons un cœur géant. Parce que mon cœur t'appartient aussi, Jayson. À tout jamais, pour le meilleur et pour le pire, pour l'éternité. Je serai toujours à toi.

Elle fit glisser l'anneau sur son doigt en prononçant ces mots et remit l'écrin à Balthazar qui attendait.

— Je t'aime.

— Je t'aime aussi.

Les larmes revenaient dans le regard et la voix de Jayson, mais son sourire aussi. Avec une telle adoration et une telle dévotion que personne ne pourrait jamais remettre en question ce qu'il ressentait. Parce que c'était écrit dans la façon dont il regardait Lizzie, tout comme c'était évident dans la façon dont elle le regardait.

Il n'attendit pas Luc pour rendre la chose officielle, sa bouche s'emparant de celle de Lizzie dans un moment de chaleur qui provoqua de petits cris d'admiration dans l'assistance.

— Eh bien, je suppose que c'est tout, alors, dit Luc dont les fossettes apparurent soudain. Comme tu as déjà embrassé ton épouse, je vous déclare désormais, Jayson et Elizabeth, mari et femme.

Ils n'interrompirent pas leur baiser et n'entendirent pas les applaudissements autour d'eux, trop perdus l'un dans l'autre, dans leur amour, dans leur avenir. Un avenir qu'ils chériraient à tout jamais. Rien ne se mettrait en travers de leur chemin. Un partenariat éternel.

Stas sourit malgré ses propres émotions, heureuse du fond du cœur pour sa meilleure amie, tout en se sentant complètement brisée à l'intérieur. Parce qu'elle voulait cela avec Issac. Tout avait toujours été si limité entre eux, une date d'expiration planait au-dessus de leurs têtes. Et bien qu'ils aient lutté pendant des mois, cela devait inévitablement se terminer.

— Marche avec moi.

La voix de Balthazar se fit entendre à côté d'elle alors qu'il lui tendait le coude pour la raccompagner dans l'allée derrière Lizzie et Jayson qui battaient en retraite. La mariée n'avait même pas pensé à reprendre son bouquet, trop absorbée par la joie pour réaliser que Stas le tenait encore.

— L'amour rend aveugle, dit Balthazar en réponse à ses pensées.

Stas passa son bras dans le sien sans un mot. Il savait tout. Son cœur brisé. Ses frustrations. Sa fureur contre le destin. Son inquiétude sur ce que l'avenir lui réservait.

Que se passerait-il si Issac trouvait quelqu'un d'autre ?

Aurait-il un mariage comme celui-ci ?

Ne sois pas ridicule, se morigéna-t-elle. Issac n'était pas du genre à se marier. De plus, ce qu'il y avait entre eux était bien trop intense, les touchait jusqu'au plus profond de leurs êtres. Stas savait à chaque instant qu'elle ne trouverait jamais un autre homme comme Issac. Il était son unique, son tout.

Si jamais je le perdais... Elle se mordit la lèvre, se concentrant sur ses pas tandis que Balthazar la guidait aveuglément dans l'allée.

— J'ai chéri quelqu'un une fois, il y a très, très longtemps, dit son chevalier servant, tout bas, pour elle seule. Certains diraient même que je l'ai aimée. J'étais jeune, à peine une centaine d'années, mais elle a atteint une partie de moi que peu d'autres ont jamais touchée. Et elle était parfaite en tout point. Magnifique, licencieuse, aventureuse. Je n'avais pas repensé à elle depuis longtemps, mais récemment, je me suis surpris à revivre nos derniers moments. Surtout parce que je crains que vous ne vous retrouviez dans une situation similaire. Et je ne souhaite ça à personne au monde.

Ils arrivèrent au bout de l'allée, mais il continua à marcher, son bras tenant le sien avec aisance alors qu'ils traçaient un chemin loin de la fête, le long du rivage.

— Comment s'appelait-elle ? l'interrogea Stas, le regard fixé sur le soleil couchant à l'horizon et les magnifiques couleurs qui peignaient le ciel vespéral.

— Nythos, murmura-t-il. Je n'ai pas prononcé ce nom à haute voix depuis des siècles, peut-être même un millier d'années.

Le souvenir remplissait sa voix, lui donnant une couleur sombre que Balthazar laissait rarement entendre.

— Ce n'est pas une histoire heureuse, n'est-ce pas ?

Il secoua la tête avec tristesse.

— Non, ça ne l'est pas. C'est une tragédie.

Ils continuèrent à marcher en silence, le regard de Balthazar se perdant dans le lointain, ce qui toucha le cœur de Stas. Le séducteur aux commentaires suggestifs avait disparu derrière un masque de chagrin et de douleur, ses émotions palpables, bien qu'elles ne soient pas exprimées.

— Tu n'as pas besoin d'en parler, lui dit-elle.

Surtout pas ce soir, pas alors que tout le monde devrait se réjouir. Ils étaient garçon et demoiselle d'honneur. Il y aurait sûrement un meilleur moment que celui-ci.

— Au contraire, c'est le moment idéal, répondit-il, écoutant clairement les pensées de Stas. Mon meilleur ami depuis plusieurs millénaires vient de décider de passer une éternité dans la monogamie. D'un côté, je l'envie tandis que, de l'autre, je reste méfiant. J'ai vu tellement de choses, j'ai réellement vécu la perte de quelqu'un et je ne souhaite à personne de connaître ça, ni à lui ni à tous ceux que j'aime. Et, Stas, ça vous inclut aussi, toi et Issac.

Il s'arrêta finalement de marcher, se tournant pour lui faire face.

— Tu ne vas pas aimer ce que j'ai à dire.

Elle pouvait voir dans son regard qu'il le pensait.

— Je sais.

— Nythos a été tuée en représailles d'une chose que j'ai faite, juste après s'être livrée à un petit jeu de sang avec Aidan. C'est la première Ichorienne à avoir ainsi été créée et elle nous a beaucoup appris sur la résurrection immortelle. On a d'abord pensé qu'elle pouvait être une Hydraienne – bien sûr, le terme n'existait pas encore à ce moment-là. Mais elle était une Ichorienne de la lignée d'Aidan. Et aucun de nous ne connaissait les effets du sang hydraien à l'époque.

Oh, non... Elle comprenait pourquoi il avait choisi cette histoire avant même qu'il la termine.

— Elle m'a mordu, Stas, conclut-il pour confirmer ce qu'elle soupçonnait déjà. Elle est morte dans mes bras.

Le cœur de Stas s'arrêta et la douleur sur le visage de Balthazar lui coupa le souffle. La réalité de ce qu'il lui disait creusait une brèche dans son âme.

— Je sais que tu l'aimes, poursuivit-il. Nous le savons tous, mais toi plus que les autres. Je ne voudrais jamais que tu vives ce que j'ai vécu ce jour-là. Pour être honnête, je ne suis pas sûr que tu y survivrais.

Elle déglutit et son estomac se noua.

— Je ne sais pas comment faire. Je ne sais pas comment lui dire adieu.

— Je comprends, ma chérie. Je comprends, lui assura-t-il en l'attirant dans ses bras et en posant son menton sur sa tête. Je ne dis pas que tu dois le faire, mais tu dois rester prudente. Je peux entendre les pulsions entre vous. La lutte est palpable et elle me fait peur. Pour vous deux.

— Il a failli me mordre la semaine dernière.

— Je suis au courant.

— Mais nous n'avons pas...

Nous sommes restés chastes depuis ce jour.

— Oui.

Il passa sa main sur son dos, lui apportant le réconfort dont elle avait tant besoin.

— Je déteste ça, B. Je déteste tellement ça.

— Je sais, ma chérie, et j'aimerais pouvoir faire quelque chose pour toi. Vraiment.

Bien sûr qu'il aimerait cela. Il entendait chacune de ses pensées et c'est pour cela qu'il l'avait éloignée de la fête, afin de lui donner un moment pour se ressaisir. Et aussi pour lui faire savoir qu'il la comprenait, à sa façon.

Elle laissa ses larmes couler, les poings dans la veste de Balthazar. Le besoin de frapper quelque chose la submergea, de crier, de maudire, de laisser sortir la furieuse énergie qui grondait en elle. Ce n'était pas juste. Rien de tout ça. Et elle méprisait ça, détestant chaque foutue seconde.

Ils restèrent ainsi pendant plusieurs minutes, ses bras autour d'elle, les vagues qui roulaient sur le sable, l'air rafraîchi par la disparition du soleil. Bientôt, la lueur des bougies de la réception serait leur seule source de lumière en dehors de la lune. Une fête romantique pour célébrer l'union de deux âmes dignes, dont l'une était sa meilleure amie.

Stas devait être forte, soutenir Lizzie, lui offrir la soirée qu'elle méritait.

— Laisse Jayson s'en occuper, chuchota Balthazar. Prends ta soirée, profites-en avec Issac. Il y a toujours un lendemain, Stas.

Il s'écarta d'elle pour prendre sa joue dans sa main.

— Vous avez une éternité. Tout ce que je dis, c'est qu'il ne faut pas vous précipiter et que vous devez rester prudents. Et si tu as besoin de quelqu'un à qui parler, je suis là. D'accord ?

Elle acquiesça, le libéra et se recula pour glisser ses pouces sous ses yeux humides.

— Mon maquillage doit être ruiné.

— Tu es magnifique, répondit-il avec douceur, le regard pétillant. Tu l'es toujours et je crois qu'il y a quelqu'un ici qui serait d'accord avec moi sur ce point.

— En effet.

C'était la voix d'Issac. Il se tenait à quelques mètres d'eux, les mains dans les poches, son regard brûlant rempli de questions.

Balthazar eut un sourire en coin.

— Si c'était mon objectif, Wakefield, elle serait déjà nue.

Il fit une grimace en recevant ce qu'Issac lui avait répondu, ou peut-être était-ce une image.

— Oui, je devrais retourner à la fête maintenant. Sinon, Jacque va se mettre à jouer du métal gothique et je doute que Lizzie approuve.

— Non, probablement pas, répondit Stas avec un gloussement.

Il lui fit un clin d'œil et lui caressa le menton.

— Tu sais où me trouver.

— Merci.

— Quand tu veux.

Puis il salua Issac en passant devant lui.

— Elle est à toi.

Issac ne dit rien, son regard posé sur Stas, les mains toujours dans ses poches de pantalon.

Elle souffla.

— La cérémonie a fait remonter tout un tas d'émotions. Il me donnait juste un moment pour reprendre mes esprits.

— Tu n'as pas besoin de te justifier, Aya. Je te fais confiance.

— Vraiment ?

Parce qu'elle ne lui en voudrait pas si ce n'était pas le cas. Surtout avec un homme comme Balthazar, réputé pour séduire et posséder toutes les personnes sur son passage.

— Oui.

Il s'approcha d'elle, suffisamment près pour la toucher, mais pas tout à fait.

— En voyant que tu n'étais plus là ensuite, je me suis demandé si tu allais bien. Balthazar m'a montré où il t'avait emmenée.

— Ah oui ?

Issac hocha la tête.

— Tu vas bien, mon amour ?

Elle allait remuer la tête de haut en bas, puis se reprit et la secoua lentement d'un côté à l'autre.

— Non. Pas même un petit peu.

Les bras d'Issac s'ouvrirent juste à temps pour l'attraper alors qu'elle s'avançait vers lui, sa tête cherchant son torse. Balthazar lui avait offert un semblant de réconfort, mais Issac... Issac lui donnait la sensation d'être chez elle. Chez *elle*. Son endroit sûr. Son refuge.

Il ne dit rien en la tenant dans ses bras, déjà conscient de ses pensées troublantes. Cela donnait l'impression qu'elles se répétaient constamment, la tuant à chaque instant. Et elle savait qu'il devait vivre la même chose.

Cette agonie.

Cette insécurité.

Ce chagrin d'amour.

Les lèvres d'Issac étaient dans ses cheveux, l'embrassant doucement, l'ancrant à lui, lui rappelant pourquoi elle avait choisi de se battre. Mais l'avenir de Stas refusait d'accepter ça. Comment pourrait-elle lutter contre le destin ?

— Tu veux rentrer bientôt ? demanda-t-il doucement.

— Je ne pense pas que ça va aider.

— Alors que dirais-tu d'une soirée à boire du vin et à danser ? proposa-t-il. Sur la plage, sous les étoiles, sans penser au lendemain. Ça semble une bonne façon de célébrer ton anniversaire, non ?

Elle sursauta et leva la tête.

— Mon anniversaire ?

— Tu pensais que j'avais oublié ?

— Avec toutes ces festivités… J'y pensais à peine. Est-ce que ça compte toujours ?

Elle était devenue immortelle et aurait vingt-quatre ans pour l'éternité. Alors, à quoi bon ?

Il haussa les épaules.

— Ça ne veut pas dire qu'on ne peut pas se faire un peu plaisir, non ?

Elle s'écarta de lui juste assez pour croiser son regard.

— Tu ne m'as pas fait de cadeau, hein ?

— Bien sûr que si. Mais il est dans notre chambre.

Elle gémit.

— Issac, tu m'en as déjà trop fait.

— Je dirais plutôt que je ne t'ai quasiment rien donné du tout.

Stas pinça les lèvres.

— Je ne suis pas matérialiste.

— Qui a dit que c'était un cadeau matériel ? rétorqua-t-il.

Elle pinça la bouche sur le côté, en réfléchissant. Très bien. Maintenant, elle était intriguée.

— Du coup, je veux rentrer très bientôt.

Il eut un claquement de langue désapprobateur.

— C'est dommage, parce que tu as déjà accepté de danser sur la plage et, si je me souviens bien, tu m'as également promis toutes tes danses.

Le regard de Stas se rétrécit.

— Pourquoi ai-je l'impression d'avoir été piégée dans cet engagement ?

— Peut-être parce que je suis un maître des mots et des compromis.

— Ou juste une énigme sournoise, toujours capable d'obtenir ce qu'il veut, quelle que soit la situation.

Les adorables fossettes d'Issac firent leur apparition, dévastant ses sens féminins. Il ne devrait vraiment pas être autorisé à sourire. Jamais. C'était dangereux pour les femmes – et les hommes – partout.

— Une description habile. J'approuve.

Elle prit une profonde inspiration, réprimant le besoin qui brûlait en elle. Un regard de lui et elle était prête à s'allonger nue sur la plage, sans se soucier des conséquences. Et il n'essayait même pas.

— Danser, ça m'a l'air bien, décida-t-elle, ayant besoin d'une distraction.

Son regard complice lui disait qu'il voyait clair en elle, pleinement conscient de son influence sur elle.

— Permettez-moi de vous guider, madame, dit-il en lui tendant la main.

— Oh, c'est le moment où je t'appelle *Votre Altesse* ?

Stas avait récemment appris les origines de la famille d'Issac. Son père était duc et Issac était devenu duc de Wakefield après la mort de celui-ci. Stas ne l'avait pas encore asticoté à ce sujet, mais c'était le moment ou jamais.

— Techniquement, c'est *Votre Grâce*. Et non, tu ne m'appelleras pas comme ça.

— Et si je le fais, Votre Grâce ? demanda-t-elle, en battant des cils avec coquetterie.

Il plissa les yeux.

— Je serai obligé de te punir.

— Cela semble édifiant. Veuillez élaborer, Votre Grâce.

Il la toisa avec un regard évaluateur.

— Tu veux jouer, ma chérie ?

Elle sourit.

— Toujours.

— Alors on va jouer, lui dit-il en lui tendant la main. Appelle-moi comme tu veux. Je te défie.

La peau de Stas se réchauffa lorsqu'elle accepta la main d'Issac, son estomac se serrant pour une raison totalement différente de celle de tout à l'heure. *C'est exactement la distraction dont j'ai besoin.*

— Parlez-moi de votre histoire, Votre Grâce. Dansez avec moi comme vous le faisiez il y a des siècles.

— Nous allons devoir improviser avec la musique moderne, murmura-t-il en la guidant vers la fête. Mais j'accepte le pari.

Le cœur de Stas voletait dans sa poitrine.

— Alors, emmenez-moi danser, duc de Wakefield.

— J'en serais très heureux, Lady Aya.

STAS

Aidan m'a prévenu que les réceptions mondaines perdraient de leur attrait. Après avoir assisté au bal annuel de Wellington, j'avoue qu'il a peut-être raison sur ce point. Tout n'est que grand apparat pour vénérer richesse et beauté par-dessus tout. J'attends plus de ce monde banal...

— Issac Wakefield
Vita mutatur, non tollitur

— OK, OK, j'abandonne, dit Stas alors qu'Issac la faisait tourner dans ses bras pour la millième fois. Mes pieds ont besoin d'une pause.

— Ah, mais de mon temps, on dansait pendant des heures, sans arrêt, parce que c'était le seul semblant de préliminaires, lui dit-il en l'attirant contre lui, sa cuisse entre les siennes. Je croyais que tu voulais de la séduction à l'ancienne ?

— Oui, mais j'ai besoin d'une pause.

Son regard saphir scintillait dans le clair de lune.

— Astasiya Davenport, seriez-vous en train d'essayer de m'éloigner de la fête pour me séduire en privé ?

Il avait l'air si consterné qu'elle ne put s'empêcher de rire.

— Mon Dieu, tu étais vraiment un duc.

— En effet, répondit-il en lui caressant la joue avec la sienne. Techniquement, je le suis toujours puisque je ne suis jamais mort.

— Personne n'a jamais remis en question ton titre ?

— Ah, les avantages de vivre à une époque sans dossiers électroniques. Il était bien plus facile de manipuler le système financier et de transmettre les patrimoines familiaux. La plupart de mes investissements ont été financés par la vente de terres, mais j'en possède encore pas mal dans le sud de l'Angleterre, grâce à diverses sociétés.

— Plus que Wakefield Pharmaceuticals ?

— C'est juste ma couverture actuelle, mon amour, dit-il en la faisant à nouveau tourner, la ramenant contre lui, ses lèvres à son oreille. Un jour, je te montrerai tout. Si tu es intéressée.

Elle l'était. Vraiment. Non pas parce qu'elle voulait son argent, mais parce que la façon dont il manipulait le système la fascinait.

— Je...

— Arrête, s'exclama sèchement une voix grave à leur gauche.

Luc tenait Eliza par les épaules, le regard furieux et les joues rouges indiquant une sorte de débat animé.

Plusieurs personnes remarquèrent l'altercation au bord de la piste de danse, mais beaucoup continuèrent à profiter de leur soirée, en se balançant sur les rythmes que Jacque tramait dans l'air. Jayson et Lizzie étaient au centre, Balthazar à côté d'eux avec plusieurs autres personnes.

Alik n'était nulle part, indiquant clairement son désintérêt pour les mondanités.

Amelia se détendait avec Tom, Aidan, Anya et Clara à une table voisine où tous discutaient autour de leurs verres de vin. Stas leur sourit, légèrement envieuse, alors que ses pieds lui criaient dessus à force de rester debout. Mais c'était son idée, après tout. Ou celle d'Issac ? Elle s'en souvenait à peine.

—J'ai vraiment besoin de m'asseoir, lui dit-elle.

Au moins, elle avait abandonné ses talons avant de marcher pieds nus dans le sable.

— Très bien, Lady Davenport. Si vous...

Un claquement sur la gauche les fit sursauter.

C'était quoi ça, bordel ?

Un haut-parleur défectueux ? Non, la musique continuait à jouer et avait noyé le bruit pour beaucoup des danseurs. Mais Issac l'avait entendu aussi et se concentrait sur leur environnement.

Les poils sur les bras de Stas se mirent à danser. *Quelqu'un arrive.* Elle essaya de déterminer la source, mais ne put la trouver, l'énergie autour d'eux étant trop agitée.

Un autre coup de feu fendit l'air, suscitant un cri de la part de Luc alors qu'Eliza s'effondrait dans ses bras.

Tout le monde se mit à courir et les Gardiens formèrent des cercles autour des Anciens qu'ils étaient chargés de protéger, tandis que le chaos éclatait sur la plage.

Issac fit accroupir Stas à côté de lui, son regard scrutant les Hydraiens qui se précipitaient vers la mer.

Des tirs rapides transpercèrent l'obscurité et la première ligne de défense tandis que des braises flottaient dans leur sillage, enflammant la nuit. Les cauchemars de Stas menaçaient de s'éveiller, ses souvenirs remontant à la surface.

Une balle mettant papa à genoux. Maman hurlant à l'agonie et se tordant sur le sol. Stas voulait aider, mais ne savait pas comment.

Puis des plumes rouges étaient apparues à ses côtés, prenant...

Pas maintenant ! Elle prit une profonde inspiration par le nez et se concentra sur le présent, scrutant les environs.

Des treillis.

Une armée.

Des Sentinelles.

Ils étaient éparpillés sur la plage, courant vers la fête, déchargeant leurs revolvers sans se soucier de qui ils touchaient.

— Ils nous barrent la route ! cria Balthazar.

— Je sais ! répondit Issac en revenant à côté d'elle.

Un barrage ?

Comme une rune ?

Elle fronça les sourcils. Le docteur Fitzgerald avait-il suffisamment perfectionné la technologie des Sentinelles pour résister aux dons des Hydraiens et des Ichoriens ?

— Gare à vos pieds, annonça Jacque qui laissa tomber des armes devant eux et disparut en un éclair.

Luc, déjà là, en prit une et se mit à viser, Balthazar à ses côtés et leurs Gardiens autour d'eux.

Lizzie...

Stas se retourna pour la voir recroquevillée derrière un Jayson enragé et une autre rangée d'Hydraiens protecteurs devant eux. Jayson semblait concentré, son regard enflammé par la puissance.

Il essaye de manipuler le métal.

Est-ce que ça marche ?

Stas suivit son regard jusqu'à l'arme tordue dans la main d'une Sentinelle. Celle-ci la lâcha sur le sable et en tenait déjà une autre qu'elle déchargeait facilement.

Une indication que ça marchait ou pas ? Elle ne pouvait pas le dire, elle pouvait à peine voir dans le noir.

Et le mien ? se demanda-t-elle en fouillant profondément pour ramener son pouvoir à la vie alors qu'elle visait une Sentinelle qui approchait. Un tir net à la tête l'envoya au sol.

Concentre-toi. Essaye. Vois ce qui arrive.

Stas fit appel à sa capacité à contraindre, la fit passer à travers son aura, vers l'extérieur, en cherchant...

Voilà.

Un soupçon de malveillance qui n'appartenait pas à l'un des siens.

Lâche ton arme, insista-t-elle, son regard cherchant la source. *Maintenant,* exigea-t-elle.

L'arme tomba aux pieds de l'homme juste à temps pour que l'un des Hydraiens l'enflamme.

L'avait-il laissée tomber par inadvertance ou... ?

Un cri familier perça les oreilles de Stas. Elle se retourna juste à temps pour voir Aidan mettre Lizzie à terre, couvrant son corps avec le sien alors qu'il se prenait une série de balles dans le dos.

— Lizzie ! cria Stas, déjà sur pieds et en train de courir, son arme toujours en main alors qu'elle visait la Sentinelle qui était apparue derrière le groupe. Anya en combattit une autre à mains nues.

Sans arme.

Elle n'en avait généralement pas besoin puisqu'elle était capable de tuer une personne d'un simple toucher, mais la Sentinelle était entièrement vêtue.

Stas visa juste au moment où Tom apparut, pistolet à la main, envoyant une balle dans le crâne du soldat.

Mais celui-ci avait quand même réussi à appuyer sur la gâchette.

Anya tomba à genoux, la paume sur sa poitrine, avec une expression horrifiée.

Clara s'effondra à côté d'elle, les mains sur le visage de l'autre femme, les larmes coulant sur le sien.

Une balle incendiaire.

Oh, merde. Aidan !

Stas ne réfléchit pas.

Elle réagit juste et se mit à courir vers Lizzie et Aidan, tombant sur le sol à côté d'eux. Amelia apparut à côté d'elle, l'aidant à rouler l'ancien Ichorien sur le dos.

Ses yeux vitreux les fixaient sans vie.

— Papa...

La voix d'Amelia était étranglée par un sanglot.

Lizzie pleurait, sa robe blanche couverte de sable et noircie par la suie.

Le sang d'Aidan... brûlé...

Il est mort.

— Je n'ai pas... Je n'ai pas... Comment ?

Sa meilleure amie pleurait, son regard faisant des allers-retours entre Aidan et Amelia.

— Oh, bon sang...

Stas ravala un cri, son regard cherchant Issac qui se battait de l'autre côté de la plage, sa veste ayant disparu. Il braquait son arme, tirait avec aisance, tenant bien sa position.

Complètement inconscient que son créateur, l'homme qu'il appelait papa, était parti.

Oh, Issac... Le cœur de Stas se brisa pour lui. *Et Luc...*

— Amelia, souffla Tom, la prenant immédiatement dans ses bras malgré les combats qui éclataient autour d'eux. Je te tiens. Je suis là.

— Il est... il est...

Amelia tremblait violemment, le choc se transformant en hystérie.

— Jacque ! appela Jayson. Emmène-les !

Le téléporteur apparut, attrapa Lizzie et disparut en

un éclair. Tom et Amelia partirent une seconde plus tard, puis Aidan – Jacque se déplaçait trop rapidement pour que Stas ait le temps de faire un commentaire, ou même de penser.

Elle fixait l'espace vide, horrifiée. *Est-ce que Lizzie va bien au moins ?* Elle n'avait pas eu l'occasion de le lui demander.

D'autres cris retentirent sur la plage, donnant la chair de poule à Stas. *Des gens meurent.* Les Hydraiens n'étaient pas préparés à cela, ils n'avaient pas assez d'armes, et avec leurs dons psychiques qui n'étaient pas en fonction, leur première ligne de défense était sans valeur.

Jonathan savait... Il avait planifié cela parfaitement, choisissant un moment où tout le monde serait occupé à faire la fête. *Sale fils de pute.*

Stas se leva, sa colère augmentant chaque seconde. Ces Sentinelles étaient venues ici pour détruire. Elle s'était entraînée avec certains de ces hommes et savait qu'ils se fichaient que les Hydraiens soient des gens bien. Ils aimaient juste tuer.

Jonathan les avait recrutés pour une raison.

Mais c'était sans compter avec *elle*.

Les instincts de Stas prirent vie, sa capacité de persuasion fit couler de l'énergie dans ses veines jusqu'à son âme. Elle se sentait vivante, un phare de puissance canalisant en elle une ancienne bête qui ne demandait qu'à être libérée.

Maintenant, murmura cruellement son don, s'étendant autour d'elle, cherchant tous les esprits malfaisants qu'il pouvait trouver. Pas les Hydraiens. Non. Les Sentinelles.

Ceux qui étaient ici dans un seul but : tuer.

Voilà.

Elle se verrouilla sur eux, plongeant dans leurs pensées, tissant des liens persuasifs dans leurs êtres mêmes. C'était si facile. Trop facile. Et bien trop puissant.

Stop ! cria-t-elle à travers ses liens psychiques, de la sueur coulant de son front.

Plusieurs obéirent, se figeant en pleine action, la connexion se brisant alors qu'ils perdaient la vie. Elle ne savait pas comment elle avait réussi à passer à travers les runes, pourquoi son talent psychique avait fonctionné alors que ce n'était pas le cas des pouvoirs des autres immortels.

Aucune importance.

Contente-toi de les contraindre.

Encore...

Elle trouva d'autres esprits, s'attacha à eux, préparant sa contrainte à...

Un éclair violet la fit hésiter.

Des ailes.

Elle resta bouche bée lorsqu'un Séraphin, une femme, apparut à côté de Balthazar, les lèvres retroussées en un grognement. Une rage meurtrière était gravée sur ses traits, mais il ne la voyait pas.

Non ! Stas se mit en route vers eux, il fallait qu'elle le prévienne. Pour arrêter ce que l'ange avait l'intention de faire.

La femme se mit à tourbillonner dans un nuage de brume violette, déployant ses ailes et absorbant la balle d'une Sentinelle qui avait réussi à traverser la ligne de défense des Gardiens. Une autre frappa son flanc et aurait transpercé la poitrine de Balthazar si elle n'était pas apparue. Son visage se déforma sous l'agonie, le bout de ses doigts effleurant la mâchoire de Balthazar alors qu'elle volait en arrière, et un troisième coup de feu l'atteignit dans le dos plutôt que dans celui de l'Hydraien.

Stas se figea.

Balthazar n'avait rien vu, ignorant complètement le bouclier lumineux devant lui, concentré sur la Sentinelle qui le chargeait.

L'ange tomba à genoux, sa douleur palpable dans la nuit, l'éclat de ses ailes s'atténuant alors même qu'elle les déployait pour le sauver d'une autre balle.

Stas se concentra sur la Sentinelle qui les chargeait, s'attachant à son être et lui ordonnant de cesser de bouger. Les pieds de l'homme s'ancrèrent dans le sable, son bras se bloqua juste assez longtemps pour que Balthazar puisse lui lancer un couteau dans la poitrine.

Puis un autre Hydraien se jeta sur la Sentinelle pour le détruire.

Stas prit une grande inspiration, l'effort mental la rendait faible et étourdie.

L'ange...

Elle chercha la couleur violette, mais ne trouva que du sable.

Où est-elle allée ?

Stas se retourna, fouillant la plage du regard, essayant de comprendre. Des corps assassinés étaient éparpillés tout autour d'elle, aucun signe d'énergie éthérée, juste de la violence, de la douleur et du sang.

Quoi... ?

— Aya ! hurla Issac, ce qui la poussa à se tourner vers lui, d'un pas maladroit et désorienté.

Quelque chose de tranchant avait transpercé sa poitrine, la faisant haleter et reculer. Une autre secousse brutale pénétra son estomac.

Des balles.

Elle se retrouva à genoux et l'impact la fit basculer dans l'immobilité.

Tant de chaleur.

Comme si son corps était dévoré vivant de l'intérieur.

Chaud.

Elle pressa ses doigts sur la blessure, son sang étant

d'une étrange nuance noire calcinée qu'elle ne comprenait pas.

Comme la suie sur la robe de Lizzie.

C'est... fascinant... et tellement, tellement chaud !

Issac apparut devant elle, ses mains sur sa poitrine, sur ses flancs, sur son visage. Il devint flou devant elle. Elle n'arrivait plus à se concentrer.

Il lui disait quelque chose, mais le bruit dans ses oreilles le noya.

Concentre-toi, se dit-elle.

Son regard saphir cligna, disparaissant derrière un brouillard enfumé.

Issac ?

Il cria son nom, la force de ce cri lui rappelant les coups de feu.

Les flammes.

La mort.

Je ne peux pas... Pas encore.

Une partie inconnue d'elle, ancrée dans son cœur, vacillait et brûlait, appelant les esprits qu'elle n'avait que brièvement touchés auparavant. Elle lui vola son souffle, arrêta toutes ses pensées, consuma tout son être. Mais ça semblait *approprié*. C'était ce qu'elle était censée devenir, si seulement...

Pas le temps.

Elle rassembla tout ce qui lui restait d'énergie, de puissance, de force vitale, et les canalisa en une dernière vague de persuasion, cherchant à faire tomber l'ennemi, à sauver ceux qui survivaient, y compris son Issac.

Lâchez vos armes, exigea-t-elle en dépêchant la contrainte vers ceux qui avaient été envoyés pour détruire. Les Sentinelles. L'armée de Jonathan.

Ils... ne... gagneront... pas...

Ne bougez plus, ajouta-t-elle lorsqu'elle sentit leur réponse combative s'enflammer. *Vous allez mourir. Tous.*

Et elle ne ressentit aucune once de remords.

Pas une larme.

Seulement une intense satisfaction.

Parce que quelque part, elle savait que ça avait marché. Elle *sentit* leur acquiescement, suivi rapidement par leur mort alors que leurs vies s'éteignaient autour d'elle.

Ou peut-être que tout ça n'était qu'un rêve.

Elle ne savait pas. Elle ne pouvait pas vraiment le dire avec le feu qui dévorait son système et détruisait son corps. L'essence se glissait vers le haut, menaçant son esprit, la douleur l'étouffant.

Non.

Pas comme ça.

S'il vous plaît, pas comme ça.

La voix lui rappelait Issac et sa présence à ses côtés, là... et pourtant pas tout à fait. Elle essaya de le voir, de le toucher, mais ses sens ne trouvèrent que l'obscurité et la plongèrent dans un abîme.

Je suis en train de mourir, réalisa-t-elle. *De vraiment mourir.*

Elle s'était tellement focalisée sur la vengeance, sur le besoin d'éliminer tout le monde, qu'elle avait ignoré l'évidence.

Et elle avait raté l'occasion de dire adieu.

Issac !

Un moment de panique la frappa à la poitrine, la brûlure de l'air s'infiltrant dans ses poumons. Non pas de son propre fait, mais de celui de quelqu'un d'autre...

Il essaye de me sauver.

Oh, mon Dieu, Issac. Issac !

Toute cette énergie gaspillée pour son besoin égoïste d'éliminer les Sentinelles, alors qu'elle aurait pu la lui accorder.

Non !

Sa poitrine se fendit sous la pression, son âme glissant... disparaissant...

Elle combattit le charme obscurcissant du sommeil, refusant de laisser la mort la prendre.

Balthazar ! Oh, elle espérait qu'il pouvait l'entendre. *Dis à Issac...* Elle fit une pause, ses pensées s'évanouissant.

Qu'avait-elle voulu ? Qu'est-ce qui se passait ?

Son âme pleurait, brisée, perdant le contact... *Issac !*

Dis-lui que je l'aime, B. Dis-lui... Aide-le... Merde, les pertes qu'il avait subies aujourd'hui... Aidan... *Aide-le à guérir,* supplia-t-elle. *Mon Dieu, B, s'il te plaît, sois là pour lui et dis-lui... dis-lui adieu pour moi.*

Son monde vola en éclats.

Des ombres tapies à ses côtés, la guidant, la forçant à se diriger vers la lumière incandescente. Une magnifique nuance de bleu. *Des plumes.* Un halo d'or. *Maman ?*

Un visage angélique se tourna vers elle, un regard d'un bleu familier, retenant des larmes d'agonie.

— Oh, Astasiya... Je suis désolée, chuchota-t-elle. Je suis vraiment désolée qu'on t'ait abandonnée.

ISSAC

La préférence de ma mère pour la mortalité a eu des répercussions sur moi, dernièrement. C'est la réalisation brutale que ses années sont comptées et que le temps ne s'arrête pour personne. Aidan appelle cela la conséquence de nos destins choisis — vivre pour toujours avec des souvenirs figés dans nos cœurs.

— *Issac Wakefield*
Vita mutatur, non tollitur

Non !

Astasiya devait respirer.

Elle devait bouger.

Elle devait vivre !

Issac refusait d'accepter cela, intensifiant ses pressions et ignorant la substance noire qui suintait des blessures de Stas.

Non !

Merde !

Il lui insuffla plus d'air dans les poumons, en continuant les mouvements.

Mais rien.

Elle était juste allongée, les yeux fermés comme si elle dormait.

Elle va se réveiller... Elle doit se réveiller...

Il essuya le brouillard de ses yeux, rejetant ce destin. Ils n'en avaient pas encore fini. Elle était trop jeune. Ce... ce n'était pas la bonne façon.

Ils ne s'étaient pas dit au revoir.

Sa poitrine lui faisait mal, son estomac se soulevait alors qu'il s'effondrait sur elle.

— Aya, chuchota-t-il en prononçant son nom comme une prière, une bénédiction, un dernier souffle d'espoir. Ne me fais pas ça. Je ne peux pas...

Sa voix se brisa, ses doigts s'enfoncèrent dans les cheveux de Stas pour la retenir contre lui.

— Aya ! cria-t-il.

Son corps était anéanti par la douleur, ses poumons cessèrent d'aspirer l'air. Il ne pouvait plus bouger, ni penser, ni fonctionner.

Pas sans elle.

Pas sans Aya.

Pas sans...

Son âme vola en éclats : son autre moitié était *partie*.

Il secoua la tête, son cœur en lambeaux, son monde s'obscurcissant.

Ce n'était pas la bonne façon.

Ça ne devrait pas être...

Non.

— Aya...

Mon Dieu, elle devait respirer. Pourquoi son cœur ne battait-il pas ? Il reprit les pressions sur sa poitrine, il devait faire quelque chose, *n'importe quoi*. Elle ne pouvait pas être... Non. Il refusait l'idée. Ça n'arrivait pas, ça *ne pouvait pas* arriver. Il avait juste besoin...

Une main sur son épaule le fit tressauter. Il se leva, se tourna en arrière sans réfléchir et se retrouva dans les bras de Balthazar, incapable de bouger, incapable de se battre, respirant laborieusement après cet effort.

— Elle est partie, Issac.

— Va te faire foutre, grogna-t-il en luttant contre lui.

Il avait besoin de retourner auprès d'elle, de la sauver, de...

— Tu ne peux plus rien faire. Elle est partie.

Issac récusait ces paroles, balançant ses poings, Balthazar encaissant les coups et continuant à le tenir.

— Je suis désolé, murmura-t-il. Je suis vraiment désolé, Issac.

Balthazar répétait ces mots, mais Issac refusait de les entendre.

Ce n'était pas *juste*. Trop tôt.

— Elle ne peut pas être morte, s'écria-t-il, s'effondrant à nouveau sur ses genoux. Balthazar, dis-moi qu'elle n'est pas morte.

— Je ne peux pas faire ça, chuchota Balthazar, qui avait suivi Issac sur le sol. J'aimerais pouvoir, mais je ne peux pas. Elle est partie.

La tête d'Issac se balançait d'avant en arrière, son visage contre l'épaule de l'autre homme.

— Je ne peux pas...

— Je sais.

— Ce... ce n'était pas...

— Je sais, répondit-il en resserrant son étreinte. Je sais.

Le cœur d'Issac saignait, une pièce essentielle de son existence manquant à son âme.

— Nous n'avons pas...

Bon sang, il ne pouvait pas le dire. Il ne pouvait pas le dire, putain.

— Elle t'aimait, annonça-t-il avec douceur. Elle m'a

supplié de te dire au revoir pour elle, Issac. Ses dernières pensées étaient pour toi.

Issac fut brisé, ses membres perdirent toute sensation, chaque partie de lui fut détruite. *Ses dernières pensées étaient pour toi.* Oh, mon Dieu, ses pensées pour l'éternité seraient pour *elle*. Pour le temps qui leur avait été volé, pour la fin qui n'aurait jamais dû arriver.

Il se mit à claquer des dents, les battements dans ses oreilles emportaient tout et tous ceux qui l'entouraient. Il ne voulait plus rien ressentir. Il ne voulait plus vivre une seconde de plus de cette agonie. La douleur d'avoir été arraché à sa moitié.

Aya...

Comment as-tu pu me laisser comme ça ?

Mais il savait que ce n'était pas sa faute. Quelqu'un d'autre la lui avait prise. *Les Sentinelles.*

— Ils sont tous morts, dit Balthazar.

Ce n'était pas suffisant. Issac secoua la tête. *Pas suffisant, bordel !*

— On va tous les brûler.

Toujours pas suffisant.

— Jonathan...

— Brûlera aussi, acquiesça Balthazar. Mais nous devons penser...

— À quoi d'autre devons-nous penser, putain ? demanda Issac, s'éloignant de l'homme, seulement pour voir la torture gravée dans son expression.

Il y a autre chose.

Oh, putain, Aya n'était pas la seule...

— Qui d'autre ? demanda-t-il pour savoir. Qui d'autre ce fumier nous a-t-il pris ?

S'il a pris Amelia...

— Elle va bien, promit-il, son ton et ses mots ne faisant

rien pour apaiser la tempête qui couvait à l'intérieur d'Issac.

— Alors qui d'autre ? demanda-t-il, sachant par son expression qu'Astasiya...

Il ne put aller au bout de cette idée, son cœur ne pouvant supporter une seconde de plus. *Jonathan va payer pour ça.* Par le sang. Et Issac ne lui tirerait pas seulement dessus. Non. Ce serait trop facile. Il mutilerait d'abord ce salopard, le nourrirait de son propre sang et ensuite, quand il supplierait de mourir, il finirait le travail.

Issac permit à l'image grotesque de se dépeindre dans sa vision, ayant besoin de quelque chose – de quelqu'un – sur lequel se concentrer, qu'il puisse repousser...

Penser à Jonathan.

À son assassinat.

À son châtiment.

Astasiya...

Non. Tu la pleureras après tout ça. Tu feras ton deuil quand ce sera fini.

— Ce n'est pas comme ça que ça marche, répondit doucement Balthazar. Et ce n'est pas ce qu'elle voudrait.

Bon sang, il avait raison. Astasiya ne voudrait pas qu'il soit consumé par la vengeance. Mais elle ne voudrait pas qu'il soit triste, non plus.

— Elle aurait voulu que tu sois malin, termina Balthazar pour lui. Elle m'a supplié de te guider, Issac. C'étaient ses dernières volontés : te dire adieu, te dire qu'elle t'aimait et t'aider.

Un sanglot s'échappa de la gorge d'Issac, sa colère laissant place au désespoir. Comment était-il censé faire ça ? Vivre avec cette souffrance ? Vivre avec l'agonie de cette perte ?

Même Amelia ne l'avait pas désemparé comme ça.

Et il aimait sa sœur plus que la vie elle-même.

Mais Aya... Elle avait été une partie de lui, son cœur, son âme, sa raison.

Et elle a été emportée.

Les mots résonnèrent dans son esprit, les bras de Balthazar l'entourant une fois de plus, le soutenant pendant qu'il pleurait, sans jugement entre eux. Et Issac se fichait de savoir qui le voyait, de savoir qui ressentait son tourment, parce qu'il ne pouvait pas le supporter seul.

Son Aya... *Mon Aya...*

— Nous nous vengerons ensemble, jura Balthazar. Jonathan va devoir payer et je n'aurai pas de repos tant que nous n'aurons pas accompli ça. Ensemble.

Issac l'entendit, comprit les mots, mais sa bouche refusa de fonctionner. Son esprit consumé. Son être... brisé.

Aide-moi, supplia-t-il. *Aide-moi.*

— Je ne peux pas, murmura Balthazar. Je ne peux pas t'enlever cette douleur, même si je le veux...

Mais toi, tu peux. Il pouvait contrôler les émotions. *Pourquoi ne m'aides-tu pas ?*

— Parce que ce serait t'enlever ton amour.

Issac se fractura, l'anéantissement l'emportant sous une vague de ténèbres. Il ne voulait plus aimer, ne voulait plus rien ressentir, ne voulait plus vivre une seconde de plus.

Et pourtant, il n'échangerait cela pour rien au monde.

Astasiya avait été un cadeau, une personne qu'il n'avait jamais espéré voir entrer dans sa vie. Oublier tout ça, l'oublier elle, ce serait bafouer sa mémoire. Ce serait égoïste. Ce serait une mauvaise chose. Cela ne ferait que lui faire davantage de mal.

Elle voudrait qu'il soit fort. Faire passer la douleur, la porter dans son cœur, la venger de la bonne manière.

Et si je ne peux pas ?

Tu peux, l'entendit-il dire, cette voix qui serait pour

toujours dans son esprit, mais qu'il n'entendrait plus jamais.

— Je ne sais pas vraiment comment faire ça, admit Issac, se sentant vulnérable et faible.

—Je t'aiderai, dit Balthazar en le serrant plus fort dans ses bras. Je suis là et je t'aiderai.

Issac frissonna, son corps lui étant complètement inutile. Son esprit dans le vague. Son cœur démoli.

Ils restèrent ainsi pendant ce qui aurait pu être des minutes ou des heures, la présence de Balthazar étant la seule chose qui empêchait Issac de s'écrouler complètement. Sa force était tout ce qui lui permettait de respirer.

— Qui d'autre ? demanda Issac après un très long moment.

Il savait que la réponse ferait mal. Sinon, Balthazar lui aurait déjà dit. Il avait protégé son état fragile et, pour ça, Issac lui en était reconnaissant. Mais il avait besoin de savoir.

— Dis-moi qui d'autre il nous a pris.

— Eliza, mais la balle incendiaire l'a traversée et n'a pas enflammé son sang. Donc Luc pense qu'elle peut toujours se réveiller en Hydraienne.

Balthazar fit une pause et ravala sa salive.

— Anya est morte. Jeremy, Grace, Sebastian et Flora, aussi.

Tous des Gardiens. Ils avaient rempli leur mission, mais leur mort se ferait sûrement ressentir.

— Et, continua Balthazar en baissant la voix, et Aidan.

Issac en eut le souffle coupé.

— Aidan ?

— Il a sauvé la vie de Lizzie.

Il n'a pas...

Aidan ?

Il cligna des yeux, affolé.

Mon créateur, mon père... Aidan ?!

Le feu se répandit dans l'âme d'Issac, le choc initial se transforma en fureur pure et simple. *Jonathan m'a aussi pris Aidan ?*

— Tristan ? Mateo ? Où étaient-ils, bordel ? demanda Issac.

— Ils sont allés à Athènes avec Alik et Nadia pour un casse-croûte.

Pour se nourrir.

Sa progéniture avait abandonné tout le monde *pour se nourrir.*

— Issac, ils n'avaient aucun moyen de savoir. Tu ne peux pas...

— Je peux, s'emporta-t-il. Ils auraient dû être ici.

— Alik n'a pas supporté les réjouissances, Tristan et Mateo ont proposé de l'emmener en ville, et Nadia y est allée aussi, par mesure de sécurité. Tu ne peux pas leur en vouloir.

Logiquement, Issac savait qu'il avait raison. Émotionnellement...

— Aidan est mort à cause...

— De Jonathan, termina Balthazar. Parce qu'il a envoyé une armée pour nous éliminer alors que nous étions distraits et en position de faiblesse. Ne t'avise pas de blâmer qui que ce soit d'autre. C'est la faute de Jonathan, c'est tout.

Issac ferma les yeux, la douleur se mêlant à un besoin profond de tuer, de condamner, de mutiler.

Aidan.

Son créateur.

Son père.

Mort.

L'un des plus vieux Ichoriens existants, massacré.

Pourquoi ça ne fait pas plus mal ?

— Parce que tu es déjà à l'agonie, chuchota Balthazar, ses bras toujours autour d'Issac.

Depuis combien de temps étaient-ils assis comme ça ? Étreints ?

Est-ce important ? Non.

Issac repensa à l'homme qu'il considérait comme son père, se remémorant un souvenir d'il y a longtemps, de la nuit où ils avaient enterré la mère d'Issac.

— *Elle aurait pu choisir la vie, avait dit Issac. Pourquoi ne s'est-elle pas jointe à nous ?*

— *Parce que l'immortalité, ce n'est pas pour tout le monde, mon fils. Elle ne désirait pas la souffrance de la perte – ce que tu éprouves maintenant. Lui donner le choix a été le meilleur cadeau de son existence et elle a pleinement vécu une vie d'amour extraordinaire. Et un jour, je la rejoindrai dans l'au-delà.*

— *Tu y crois ?*

— *Oui. Nos âmes ont toujours été destinées à se retrouver. Je n'en aimerai jamais une autre comme je l'ai aimée et, le moment venu, je la retrouverai.*

Aidan avait eu raison. Il n'avait jamais aimé personne autant que la mère d'Issac. Anya, Nadia et Clara n'étaient que des distractions qu'il appréciait en attendant son heure.

Toute cette connaissance et cette sagesse anciennes partagées avec Lucian, tout ce qu'Aidan avait enseigné à Issac, et l'amour qu'il avait accordé à Amelia, tout cela était le moyen par lequel Aidan avait fixé sa mémoire en chacun d'eux.

Comme il l'avait promis.

Issac prit enfin conscience de la destruction qui les entourait, des corps qui jonchaient la plage, de la lune pâle qui les éclairait de façon morbide. Fantomatique. Mortelle. Inquiétante. Aucun signe de vie à part Balthazar et Issac.

Astasiya restait immobile à côté de lui, les yeux fermés, son corps non guéri.

Elle ne reviendra pas.

Aidan se trouvait-il avec elle dans l'au-delà ?

Est-ce que cela existait vraiment ?

Issac voulait y croire, imaginer Stas dans un endroit plus heureux, entourée de lumière et d'amour. La retrouverait-il un jour ?

Un bourdonnement dans sa poche le tira de ses pensées hébétées, les vibrations se faisant désagréables.

— Est-ce que Tristan et Mateo sont au courant ? demanda-t-il en sortant le téléphone pour regarder le numéro inconnu.

— Ils sont avec Amelia.

Issac hocha la tête. C'était exactement là où ils devaient être.

Il jeta un coup d'œil à l'heure locale, la convertissant en heure de New York. Ce n'était pas une heure normale pour passer un appel professionnel. Surtout, un jour férié. Il avait également pris un congé sabbatique de trois mois de son poste de PDG de Wakefield Pharmaceuticals, ce qui signifiait qu'ils n'auraient pas dû le déranger du tout.

Les vibrations du téléphone cessèrent et reprirent aussitôt.

Son cœur fit un bond, il venait de comprendre.

Cela ne pouvait être qu'une seule personne.

Il se leva et brossa le sable de son pantalon lorsque les vibrations cessèrent à nouveau. Ce salaud allait encore appeler. Il ne pourrait pas s'en empêcher.

Balthazar le rejoignit, debout, les bras croisés, un sourcil arqué. Il savait non moins clairement qui essayait de joindre Issac.

Seul Jonathan pouvait être aussi courageux que stupide.

L'appareil sonna.

— Jonathan.

Le nom brûla la langue d'Issac, lui envoyant une rage chauffée à blanc dans chaque nerf.

— Bonsoir, Issac, répondit le fumier, toujours aussi formel. À moins qu'il ne soit peut-être *trop tôt le matin* pour ton fuseau horaire ? Il est bien plus de minuit là-bas, non ?

Si désinvolte.

Si insouciant.

Comme si le monde d'Issac ne s'était pas écroulé autour de lui. Comme si Astasiya n'était pas morte à ses pieds.

Et l'insolent avait décidé de l'appeler, d'ouvrir la conversation par des bavardages sans intérêt.

— J'espère que tu te caches bien, Jonathan. Parce que tu viens de déclencher une guerre dont ta petite armée ne pourra pas te protéger.

Jonathan gloussa, le son irritant chacun des nerfs d'Issac.

— Je suppose que mon cadeau de mariage est arrivé donc ?

Le sang d'Issac était à la fois chaud et froid. Ce connard pensait que tout ça n'était qu'un jeu, il considérait que c'était une putain de grosse blague.

— Aidan est mort, grogna-t-il.

Par ta main. Parce que tu as envoyé les Sentinelles ici pour nous détruire. Et je te le ferai payer, même si c'est la dernière chose que je fais.

— C'est dommage, répondit Jonathan qui n'avait pas du tout l'air déçu. Mais il a vécu si longtemps, aussi.

— Aucun égard pour la façon dont il a sauvé ta pauvre existence ? demanda Issac, dégoûté. Tu serais mort sans lui.

Jonathan pouffa.

— Je suis un survivant, Issac. Je l'ai toujours été, je le serai toujours. C'est la différence entre toi et moi : tu comptes sur les autres alors que je ne compte que sur moi-même.

— Ce n'est pas la seule différence.

Issac avait une famille, il chérissait les autres et il *vivait*. Jonathan voulait juste le pouvoir, ce dont Issac n'a jamais eu besoin, car il en possédait déjà à la pelle.

Et Jonathan avait fait du mal à ce qui lui était le plus cher : son amour.

Astasiya.

Aidan.

— Réjouis-toi tant que tu peux, lui dit Issac à voix basse. Parce que ça ne durera pas longtemps.

Tuer Aya était la pire décision que Jonathan aurait pu prendre. Maintenant, il n'y avait plus de distractions, plus de questionnement sur l'avenir, ce qui permettait à Issac de se concentrer sur la seule tâche de détruire Jonathan.

— Tu as choisi le mauvais adversaire, *mon vieux*.

Son ennemi juré se mit à rire.

— Pas vraiment. J'attends avec impatience notre partie d'échecs, Issac. Ce sera amusant d'avoir un adversaire de taille.

— Tu sais ce qui sera amusant ? Le moment où je te trouverai, Jonathan. Parce que ta mort sera lente, méthodique et si atroce que tu me supplieras d'arrêter, mais je ne le ferai pas. Tu ressentiras une douleur comme jamais tu n'en as connu et je jouirai de chaque putain de minute. Je te conseille donc de te cacher, Jonathan. De bien te cacher.

— Hmm, tant d'émotions, répondit-il. C'est ce qui te perdra.

Faux.

— C'est ma force et c'est ce qui te détruira.

— Dans ce cas, nous verrons bien, n'est-ce pas ? dit-il d'un air songeur. Oh, avant que je ne raccroche, pourrais-tu m'accorder une faveur et transmettre mes salutations à mon fils ? J'ai entendu dire qu'il allait bien et qu'il profitait de la vie, avec ta sœur, si je ne me trompe pas. Une ruse intelligente. Dis-lui que je suis fier qu'il ait finalement réussi à m'embobiner, si tu veux bien.

Issac croisa le regard de Balthazar.

Osiris savait que Tom était vivant, mais il ne savait rien d'Amelia. Ce qui signifie qu'il avait pu donner à Jonathan certains détails pertinents, mais pas tous. Comme la date du mariage et le fait qu'Amelia soit en vie.

Nous avons un traître parmi nous, pensa Issac.

Le télépathe répondit par un hochement de tête sec, son expression s'assombrissant.

— Je ne manquerai pas de le faire savoir à Thomas, dit Issac à Jonathan, en faisant référence à sa requête.

— Parfait. Eh bien, je crois que c'est pour moi le moment de raccrocher. Passe une bonne soirée, Issac. Je vois un feu de joie dans ton avenir.

La ligne fut coupée, ce qui fit trembler le bras d'Issac. Dans un accès de rage, il jeta le téléphone dans les vagues déferlantes, son grognement faisant vibrer ses entrailles.

— Il va payer pour ça.

— Oui, convint Balthazar. Mais d'abord, nous devons honorer les morts.

Le cœur d'Issac s'effondra, son regard tomba sur Astasiya à quelques mètres de lui. Magnifique, même dans la mort.

— Oui, murmura-t-il, son âme se fracturant à nouveau.

Il ne pouvait pas faire face à Jonathan comme ça, son esprit étant incapable de former un plan au-delà du chagrin.

Et Aidan.

Jonathan lui avait beaucoup pris. Vraiment, vraiment beaucoup. Il n'était même pas au courant pour Astasiya, il ne savait pas à quel point son plan avait mal tourné. Parce que maintenant, Issac n'avait rien ni personne pour le retenir. Amelia comprendrait. Balthazar et Lucian, aussi.

Rien n'empêcherait Issac de mettre Jonathan en pièces. Le brûler de l'intérieur. Détruire tout ce qu'il avait construit et forcer ce fumier à regarder le tout s'écrouler.

La vengeance était un outil puissant et celle d'Issac était alimentée par l'amour.

Jonathan n'avait aucune chance.

Il allait mourir.

Et bientôt.

AMELIA

Le comte de Sanford est décédé aujourd'hui. Il sera le premier d'une longue série et, bien que je pleure sa perte, ce ne sera rien comparé à celle de mes proches. Aidan dit qu'on n'y est jamais préparé, que nous vivons pour l'endurer. Une telle morbidité dans la vie immortelle. Cela me fait parfois me demander si j'ai fait le bon choix.

— *Issac Wakefield*
Vita mutatur, non tollitur

Le domaine des Wakefield.

Aussi vaste, isolé et magnifique que jamais.

Le nord-ouest de l'Angleterre serait toujours la maison, ces terres, le refuge idéal d'Amelia. Elle avait beaucoup de souvenirs ici. Les bals, les mondanités, les baisers volés avec Eli. Elle sourit aux jardins familiers, tous recouverts d'une légère neige de janvier, la fontaine coulant grâce à l'eau chauffée par en dessous.

Tout ça m'a manqué, pensa-t-elle en serrant la main de Tom qui déambulait à ses côtés avec son air de vigilance constante.

— C'est ici que tu as grandi ? demanda-t-il.

C'était une question rhétorique, puisqu'il connaissait déjà la réponse, mais elle confirma quand même d'un signe de tête.

— Je ne suis pas revenue ici depuis un certain temps. C'est surtout Issac qui entretient la propriété, il l'a même fait rénover il y a une dizaine d'années. Vu son ancienneté, elle nécessite un entretien constant.

— Pourquoi ne viens-tu pas plus souvent ? En dehors de ton récent séjour à la FHC, je veux dire.

Elle s'esclaffa. *Séjour* était un terme si humain. Jonathan l'avait retenue prisonnière, permettant à son chercheur principal de la torturer pendant des années. *Emprisonnement* serait un bien meilleur terme pour ça. Non pas qu'elle ait pris la peine de le corriger. Tom ne voulait pas la contrarier et elle l'adorait pour ça.

— Eli préférait Hydria, murmura-t-elle en réponse à sa question.

Tom l'attira plus près de lui, enroulant son bras autour de sa taille, alors qu'ils se dirigeaient vers le manoir de quatre étages devant eux. Wakefield Hall, une magnifique demeure dotée d'une immense salle de bal, de trois cuisines, de plusieurs salons et de plus de chambres qu'elle et Issac ne pourraient jamais remplir. Mais le domaine appartenait à leur famille depuis le quinzième siècle et il représentait trop de choses pour être vendu.

— Et toi ? Que préfères-tu ?

— L'endroit me manque, admit-elle en contemplant les arbres environnants et le vaste paysage. Ça ne me dérangerait pas d'y venir plus souvent. Surtout maintenant...

Ses lèvres se tordirent et son cœur se serra au rappel de la raison pour laquelle ils étaient tous ici.

Pour enterrer mon père.

Elle trébucha et atterrit contre le torse ferme de Tom qui l'enveloppa aussitôt dans ses bras.

Quand cela s'arrêterait-il ?

Quand la douleur cesserait-elle ?

Tout ce qu'elle avait fait pendant la majeure partie de ces trois jours, c'était pleurer.

Et Tom, plus fort que jamais, lui apportait réconfort et amour, la tenant dans ses bras alors que ses épaules tremblaient et que son cœur se brisait à nouveau.

Elle venait de retrouver son père après ce qui avait semblé un siècle de séparation. En réalité, ce n'était même pas une décennie. La torture pouvait faire en sorte que la plus courte des secondes ressemble à des heures ou des jours.

— *Le fait de parler aide, avait murmuré son père il y a seulement quelques semaines. Et j'ai toujours su écouter.*

— *C'est vrai, avait-elle répondu avec un triste sourire. Mais parler de ce qui s'est passé – de ce* qu'il *a fait – me fait aussi me sentir faible.*

— *À cause des émotions que les souvenirs évoquent.*

Elle acquiesça en se mordant la lèvre.

— *D'après ce que je sais, les émotions sont aussi ce qui nous renforce. Elles peuvent faire mal au début, mais tu peux te servir des connaissances et de l'expérience liées à ces sensations. Exploite-les, affûte ces outils et crée des éléments plus solides sur lesquels tu pourras t'appuyer. Tu es l'une des femmes les plus fortes que je connaisse, Amelia. Et même si je ne souhaite à personne de vivre les mêmes choses que toi, je reconnais aussi qu'elles ont façonné la femme brillante que j'ai devant moi. Nous ne sommes pas ce que les autres font de nous, mais ce que nous faisons de nous-mêmes.*

Amelia retint ses larmes, la voix de son père était si forte et vivante dans sa tête. Il ne l'avait jamais pressée pour obtenir des détails sur ce qui s'était passé à la FHC, il n'avait jamais essayé de la psychanalyser non plus. Il était juste son père. Son mentor. Son instructeur pour toujours.

Sauf que ce n'était plus pour toujours.

— *Ce n'est pas vrai, mon amour. Ta mère sera toujours avec toi. Elle est ici, en ce moment même, dans tes pensées, dans ton cœur, et même dans tes actes. Nos proches ne partent jamais vraiment. Ils font partie de nous pour toujours, tout comme je ferai un jour partie de toi et de tes souvenirs, quand mon heure arrivera.*

Amelia avait froncé les sourcils.

— *Ton heure ? Tu es immortel.*

— *Oui, mais cela signifie seulement que je bénéficie d'une vie prolongée. Même les immortels peuvent mourir, ma chérie.*

Les mots qu'il avait prononcés le jour de l'enterrement de sa mère lui retraversèrent l'esprit et semblèrent augurer de son propre enterrement aujourd'hui.

— Il a toujours voulu être enterré à côté de maman, chuchota-t-elle, quelque chose que Tom savait déjà, quelque chose qu'elle avait probablement dit une dizaine de fois maintenant.

— Et il le sera, répondit-il en frottant le dos d'Amelia.

Elle hocha la tête. Les préparatifs de la cérémonie étaient en cours. Elle serait intime. Personnelle. Déchirante.

Stas serait également enterrée aujourd'hui, dans le même cimetière privé que le reste de la famille d'Amelia. Issac n'avait pas demandé la permission, non pas qu'il en ait besoin. Elle aurait accepté de toute façon. Stas était de la famille. C'était aussi simple que ça. Amelia aurait juste souhaité qu'Issac s'arrête un moment pour faire son deuil plutôt que de se lancer dans l'organisation des funérailles. C'était comme s'il voulait en finir avec elles pour pouvoir passer à autre chose et Amelia soupçonnait que cette chose était la vengeance.

Elle comprenait cette situation difficile.

Jonathan va mourir.

Ses poings se serrèrent en pensant à *lui*, son besoin de tuer ce salopard étouffant sa tristesse, la noyant dans une rage meurtrière.

D'abord, il lui avait pris Eli. Puis il lui avait volé des années de sa vie qu'elle ne récupérerait jamais, la torturant pour ses *recherches* et son plaisir personnel. Et maintenant Aidan. Stas. Ses compagnons hydraiens. Anya.

Il avait plus que mérité son châtiment.

Et elle voulait le lui infliger. Amelia voulait lui arracher les yeux, prendre des échantillons de ses côtes, graver son nom sur sa poitrine ensanglantée. Et le regarder sans remords pendant qu'il se tordait de douleur. Peut-être même rire, comme il l'avait fait tant de fois dans sa cellule.

Je le mettrais dans une cage en ciment.

L'arroserais d'eau de Javel.

Le laisserais dans une chemise sale.

Lui injecterais diverses drogues juste pour voir son cœur réagir sur un moniteur.

Couper sa main pour regarder combien de temps elle mettrait à se régénérer.

Le battre à mort juste pour tromper l'ennui.

Le retournement de situation serait équitable, après tout.

— John ? demanda Tom, en se penchant en arrière pour lui adresser un sourire.

Il n'appelait plus l'Ichorien son père, mais toujours *John*.

— Oui, dit-elle dans un grognement sourd. C'est comme si je ne pouvais plus respirer quand je pense à lui. Tout ce que je veux, non, tout ce dont j'ai *besoin*, c'est qu'il meure. De manière horrible. Lente. J'ai *besoin* de le faire souffrir. Trouver un moyen de lui arracher le cœur et de le brûler sans le tuer, sinon ce serait trop facile. La douleur, Tom. Je veux le faire *souffrir*.

Tant de souffrance. Tant d'horreur. Tant de sang... Elle en avait soif, son cœur battait la chamade à l'idée de voir Jonathan agoniser.

— Je t'aiderai, murmura Tom. Je t'aiderai à le trouver et à le tuer.

Elle étudia ses traits aigus, la forme ciselée de sa mâchoire, ses yeux bruns saisissants et ses longs cils blonds.

— Est-ce que ce sera difficile pour toi ? De faire du mal à ton propre père ?

La tristesse remplit son expression, une tristesse qu'il ne pouvait pas lui cacher, même s'il essayait. L'honnêteté était le fondement de leur relation, un vœu profondément ancré entre eux qu'aucun d'eux ne voulait briser.

— Je ne sais pas. Il a fait des choses vraiment horribles, mais il m'a aussi créé.

Et pour cela, Amelia lui était reconnaissante. Une partie d'elle aimerait toujours Eli, son premier partenaire dans la vie, mais son cœur et son âme appartenaient à Tom. Il la complétait d'une manière que personne d'autre n'aurait jamais pu faire, la comprenait à un niveau que très peu de gens avaient atteint et la fortifiait au-delà de l'entendement.

— Il mérite de mourir, ajouta Tom. Je veux qu'il meure.

— Mais le torturer ? le provoqua-t-elle.

— C'est peut-être en dehors de mes possibilités, admit-il doucement. Cependant, je comprends pourquoi tu veux qu'il souffre et je t'aiderai à te venger.

Il effleura ses lèvres avec les siennes, scellant ainsi sa promesse.

Elle lui rendit son baiser et ses bras s'enroulèrent autour de son cou.

— Merci.

Il répondit en approfondissant leur étreinte, sa langue

glissant dans la bouche d'Amelia d'une façon qui la distrayait de ses pensées et lui coupait le souffle. Cela l'étourdit et lui donna le vertige, elle dut s'appuyer contre lui. Il gloussa, d'un rire délicieusement entendu et souligné par l'arrogance. Tom savait l'effet qu'il lui faisait.

Hmm, le jeu était plus amusant à deux. Et elle pourrait utiliser la diversion pour garder son esprit loin des événements de l'après-midi. En plus, ça lui serait bénéfique plus tard.

— Il y a un champ au-delà de ces arbres, dit-elle en faisant un signe de tête vers la droite. Je suppose que ça ne t'intéresse pas, un petit combat dans la neige ?

— Une invitation à se rouler par terre et à mouiller le joli pull blanc que tu portes ? demanda-t-il en faisant semblant de réfléchir. C'est presque comme si tu essayais de flirter avec moi.

— Flirter ? s'écria-t-elle avec un rire moqueur. Une dame ne flirte jamais. Elle séduit.

Les lèvres de Tom se retroussèrent sur les côtés.

— Dans ce cas, considérez que je suis émoustillé, mademoiselle Wakefield.

— Il y a juste une chose, dit-elle en s'éloignant de lui et en testant l'allée pavée sous ses chaussures plates.

Il haussa un sourcil.

— Un défi, mon atout ?

Elle sourit.

— Tu devras d'abord m'attraper, abruti.

Elle s'élança vers la rangée d'arbres, canalisant toute sa douleur et toute sa rage dans ses talons qui martelaient le sol de façon déterminée. Juste comme son père le lui avait appris : utiliser ses émotions comme des forces.

Elle l'imaginait lui disant : *Je suis fier de toi. Je serai toujours avec toi, ma chérie.*

Je sais, murmura-t-elle en retour. *Dans mon cœur à tout jamais.*

———

Le feu de joie flamboyait dans l'air frais, envoyant des braises danser dans le ciel de minuit qui les entourait. Chaque étincelle ressemblait à un souvenir porté par la brise, tous axés sur un homme : Aidan. Il avait touché le cœur de tant de personnes, ses paroles et sa sagesse se perpétuant dans tous ceux qu'il avait côtoyés.

Amelia ajouta un autre morceau de papier dans le feu, souriant à travers ses larmes lorsqu'il se mit à crépiter.

C'était l'idée de Luc, écrire tous leurs plus beaux souvenirs d'Aidan et célébrer sa vie de manière positive. Les funérailles et l'enterrement de cet après-midi avaient respecté l'intimité des Wakefield, ce qu'Aidan aurait voulu en raison de ses liens avec la mère d'Amelia. Ce soir, tout le monde pouvait y participer, pour leur permettre de faire leur deuil les uns avec les autres et de se souvenir d'un homme qui avait marqué tant de personnes.

— Quel souvenir viens-tu de partager ? demanda doucement Tom, ses bras autour de la taille d'Amelia et le menton posé sur son épaule.

— Un souvenir d'Aidan dansant avec ma mère, chuchota-t-elle. Ils ont fait sensation avec leur tango, au bal des Summerlin, quand j'avais douze ans. La société voyait d'un mauvais œil que ma mère reste veuve tout en ayant ouvertement un amant.

— Ils ne se sont jamais mariés ?

Elle secoua la tête.

— Ce n'était pas le genre d'Aidan et ma mère ne souhaitait pas se remarier non plus. Je crois que ça leur plaisait aussi, ce côté interdit, dit-elle avec un frémissement de lèvres. Ils s'aimaient vraiment. J'espère...

Elle déglutit, son regard se portant vers les étoiles.

— J'espère qu'ils se sont retrouvés.

Tom passa ses lèvres contre sa joue et la serra contre lui.

— Je ne cesserais jamais de te chercher, chuchota-t-il. Tu le sais, n'est-ce pas ?

Amelia se détendit contre lui avec un soupir.

— Oui.

L'atmosphère sombre qui les entourait constituait un frappant contraste avec les souvenirs qu'elle avait de cette propriété. Mais les derniers jours avaient été consacrés à faire le deuil de vies perdues. Hier, les Anciens avaient prévu un hommage pour le défunt à Hydria, tandis qu'Issac avait tout organisé pour Astasiya et Aidan ici.

La mémoire d'Anya fut célébrée avec les Hydraiens qui avaient perdu la vie face aux Sentinelles de Jonathan. Bien qu'elle ait été la maîtresse d'Aidan durant plusieurs décennies, les sentiments qu'il éprouvait pour elle n'avaient jamais atteint les profondeurs de son cœur. Il gardait son amour pour la mère d'Amelia. Et Luc avait confirmé que la dernière volonté d'Aidan était d'être enterré sur le domaine de Wakefield.

Une histoire si complexe.

Une histoire qui soulevait tant de pensées morbides.

Amelia choisirait-elle d'être enterrée ici avec Eli et sa famille, ou ailleurs avec Tom ? Et Luc ? Balthazar ? Alik ? Issac et sa progéniture ? Elle frissonna, ces idées la refroidissant intérieurement.

Une guerre se préparait et tout le monde n'y survivrait pas.

J'ai déjà tellement perdu et ça vient à peine de commencer.

— Écris un autre souvenir, l'encouragea Tom, ses lèvres près de son oreille. Je veux en entendre d'autres.

— Quelque chose de particulier en tête ? lui demanda-t-elle en se tournant dans ses bras, contente de la distraction.

Les mains de Tom se posèrent sur ses hanches.

— Un de tes moments préférés.

— Lorsqu'il t'a rencontré, dit-elle aussitôt, avec un sourire. Tu étais terrifié.

Il eut l'air positivement offensé.

—Je n'étais pas terrifié.

Elle haussa un sourcil.

— Tu l'as appelé « monsieur ».

— Pour être poli.

— Et puis tu t'es incliné devant lui.

— Parce que c'était un Ancien et que j'ai supposé que c'était ce qu'il attendait.

Elle secoua la tête en pouffant.

— Tu tremblais quasiment.

— Et c'est un bon souvenir ? rétorqua-t-il avec amusement. Je vais finir par remettre en question notre relation, mon atout.

Elle plissa les yeux.

— Tu m'aimes, crétin.

— Seulement quand tu es gentille avec moi.

Un autre grognement.

— Tu veux dire quand je suis à califourchon sur toi.

— Ça aussi, convint-il en pressant sa bouche contre son oreille. Surtout quand on est nus.

Elle se mit à rire, un son que seul Tom semblait inspirer.

Il l'embrassa dans le cou avant de se retirer avec un sourire, son nez caressant le sien.

— Ça va mieux, ma chérie ?

Amelia hocha la tête, les larmes coulant à nouveau dans ses yeux, mais cette fois-ci des larmes de joie.

— Tu sais toujours comment me tirer de l'obscurité.

Des mots doux, prononcés uniquement pour lui.

Il prit sa joue dans sa main et se pencha pour poser ses lèvres contre les siennes.

— Je t'aime, Amelia.

— Je t'aime aussi, murmura-t-elle en lui rendant son étreinte.

Un raclement de gorge lui fit jeter un coup d'œil à gauche et elle trouva Tristan qui se tenait mal à l'aise près du feu, avec une expression contenue.

— Désolé de vous interrompre. Je me demandais si vous aviez vu Issac ?

Le bras de Tom se glissa autour de la taille d'Amelia alors qu'elle se rapprochait de lui.

— Je n'ai pas vu mon frère depuis l'enterrement, admit-elle. Je crois qu'il voulait être seul.

Tristan hocha la tête en passant sa main dans sa nuque.

— Je vais voir ce que je peux faire.

Il partit sans un mot de plus, les épaules voûtées d'une manière qui fit mal au cœur d'Amelia.

— Je déteste ça, murmura-t-elle, son attention se reportant sur Luc alors que Tristan passait devant lui.

L'expression stoïque sur le visage de son frère aîné l'avait encore plus peinée. Il faisait tout ce qu'il pouvait pour tenir le coup, au détriment de son propre chagrin. C'était son père, un homme avec qui il avait passé plus de trois mille ans, et il ne pouvait même pas le pleurer. Parce que Luc était celui sur lequel tout le monde comptait, le roi qu'ils révéraient tous et dont ils attendaient les conseils.

Balthazar se tenait à ses côtés, sirotant un verre du scotch préféré d'Aidan. Il releva les yeux vers Amelia, la compréhension scintillant dans ses profondeurs sombres.

Amelia ne pouvait qu'imaginer les pensées qu'il entendait dans l'esprit de son meilleur ami, sans parler de la douleur qu'il dissimulait tout au fond de lui.

Luc hocha la tête à ce que venait de lui dire Balthazar, les mains dans les poches de son pantalon. Les deux hommes avaient abandonné leur cravate, mais restaient en chemise et en veste. Une preuve de respect. Ou peut-être n'avaient-ils pas souhaité se changer.

— Il me déteste, dit une voix douce à la gauche d'Amelia.

Eliza était debout juste à côté d'elle, vêtue d'une robe noire, ses longs cheveux attachés en queue de cheval. Son regard d'ébène était fixé sur Luc et sa lèvre inférieure tremblait.

— Je ne voulais pas que ça arrive. Je ne voulais pas le distraire.

— Oh, ma chérie, non, réagit Amelia en serrant la femme dans ses bras. Ce n'est pas ta faute. Il le sait.

Eliza secoua la tête et ajouta dans un filet de voix :

— Il ne veut même pas me regarder. Il me déteste.

— Non, ce n'est pas toi, dit-elle en jetant un œil à Balthazar, mais celui-ci était concentré sur Luc qui semblait parler de quelque chose d'important. Il y a beaucoup de choses qui se passent en ce moment. Il essaye juste de faire en sorte que tout le monde tienne le coup.

Elle secoua à nouveau la tête et se recula légèrement, portant son attention sur le sol.

— Tu n'as pas vu la façon dont il m'a regardée après... quand je me suis réveillée.

Elle voulait dire réveillée en tant qu'immortelle, ce qui fit froncer les sourcils d'Amelia.

Depuis trois jours, Luc avait été submergé par les préparatifs des funérailles et pourtant il avait trouvé le temps de rendre visite à Eliza. Rien que ça, ça en disait long.

— Il ne t'en veut pas, promit Amelia. Il a juste beaucoup de choses à faire en ce moment.

Eliza ne semblait pas l'entendre, les mots s'échappant de sa bouche dans une vague de honte.

— Aidan serait en vie si je ne m'étais pas disputée avec Luc. Je ne me serais pas fait tirer dessus. Je ne serais pas morte. Il aurait été là pour son père. Il...

— Serait mort quand même, termina Luc à sa place, s'étant approché d'eux pendant qu'Eliza ne faisait pas attention. Tout dans ce monde ne tourne pas autour de toi, Eliza. Aidan est mort en protégeant Lizzie et son enfant à naître. Il n'aimerait pas que tu te tiennes responsable de la façon dont il a choisi d'agir.

La réprimande dans sa voix fit grimacer Amelia et Eliza se figea.

— Luc, commença Balthazar, mais un regard de son ami fit taire ce qu'il s'apprêtait à dire.

— Toutes mes condoléances, chuchota Eliza, puis elle se retourna et s'enfuit vers la maison.

Amelia lâcha un soupir et jeta un regard sévère à son frère.

— Ce n'était pas très gentil.

Il haussa un sourcil.

— C'est une gamine égoïste qui ne pense qu'à elle, Amelia. Ce n'est ni mon travail ni ma responsabilité de répondre à ses besoins. Elle doit grandir, bordel. J'ai déjà bien assez de choses à gérer pour avoir à me préoccuper de ses sentiments en ce moment.

Ce résumé brutal la choqua. Ce n'était pas son frère, mais un homme qui s'en remettait à son sens pratique pour survivre. Il avait mis ses émotions en sourdine pour fonctionner.

— Éviter la souffrance n'est pas une solution, lui suggéra-t-elle doucement. Peut-être devrais-tu suivre ton propre conseil et te rendre compte qu'Aidan n'apprécierait pas *cela* non plus.

Ses paroles furent reçues avec une expression impassible. Suivie d'un clin d'œil sans émotion qui lui brisa le cœur.

— Ce dont notre peuple a besoin, c'est d'un leader stratège qui peut concentrer et aiguiser la douleur en une vengeance, et non d'un fils émotif qui vient de perdre son père. Il y aura un temps pour le deuil. Mais ce n'est pas maintenant.

Cela laissa Amelia bouche bée, ses poings serrés contre son corps.

— Je vais lui parler, murmura Balthazar.

— Ça ne devrait pas être à toi de...

— Amelia, la coupa-t-il doucement, en prenant sa joue. Nous avons tous une raison d'être. Toi, plus que quiconque, comprends la mienne. Et ce dont ton frère a besoin en ce moment, c'est d'un ami. Il va s'en sortir. Je te le promets.

Elle le regarda fixement pendant un long moment, lisant entre les lignes. Si quelqu'un pouvait apporter du réconfort à Luc, c'était bien Balthazar. Non pas grâce à ses dons, mais grâce à la façon dont il maniait les mots. Grâce à son cœur. Sa présence.

— Prends soin de lui, dit-elle doucement, lui permettant de voir l'inquiétude dans son regard. Il ne peut pas garder tout ça pour lui trop longtemps.

Sinon, la façon dont il traitait Eliza ne serait que le début.

Le sourire de Balthazar était triste.

— Honnêtement, ma chérie, je suis plus inquiet pour ton autre frère.

Issac.

Elle eut un fort pincement au cœur. Son visage durant les funérailles... Elle déglutit. Bon sang, il était vraiment dans un sale état.

— Je ne sais pas comment l'aider, admit-elle.

— Je pense qu'aucun d'entre nous ne le peut, répondit-il. Mais je ne vais pas abandonner.

Là-dessus, il se lança à la poursuite de Luc qui avait disparu au-delà des arbres.

Tom prit Amelia dans ses bras, sa joue contre ses cheveux.

— À chaque jour suffit sa peine, ma chérie, chuchota-t-il. Nous allons prendre ça pas à pas.

Elle l'étreignit, pleine de gratitude pour sa force. Pour sa vie. Pour son amour.

Quelque part, Aidan souriait. Elle le sentait dans son âme, son approbation rayonnant sur elle. Ou peut-être que tout ça était dans sa tête. Mais elle aurait juré l'avoir entendu murmurer des choses bienveillantes, la félicitant de son choix.

— Il t'aimait bien, tu sais, chuchota-t-elle.

— Qui ? Balthazar ?

Elle gloussa en secouant la tête.

— Non. Bon en fait, lui aussi. Mais je parlais de mon père. Il t'aimait bien.

Tom la regarda fixement, avec une pointe d'incrédulité dans les yeux.

— Tu es sûre de ça ?

Elle hocha la tête.

— Il me l'a dit pendant nos vacances dans le Montana. Rien de profond, juste une affirmation, qu'il t'aimait bien, dit-elle avec un sourire, tandis que les larmes s'accumulaient dans ses yeux. Je pense que je devrais noter ça. Pour l'ajouter dans le feu.

Parce que c'était un souvenir qu'elle chérirait toujours. Juste trois mots.

Je l'aime bien.

Son regard se porta à nouveau sur la nuit étoilée. *Tu es pour toujours dans mon cœur, papa. Et Tom protégera mon cœur à tout jamais.*

Une autre vague d'acceptation la submergea et lui réchauffa le cœur. Son père était bien là, veillant sur elle, l'étreignant de son âme.

Je l'aime bien, écrivit-elle sur le papier que Tom lui tendait. Avec un sourire larmoyant, elle ajouta en dessous : *Oui, je l'aime bien aussi.*

———

Tom regardait Amelia lâcher son souvenir dans le feu et il avait mal à la poitrine pour elle. Pour tout le monde. Pour les pertes causées par son père. Il fallut beaucoup d'efforts à Tom pour ne pas réagir extérieurement, pour ne pas montrer sa colère, sa fureur face à tout ce que Jonathan Fitzgerald avait fait.

À Amelia.

À Stas.

À Lizzie.

À Aidan.

Aux Hydraiens.

Je dois le tuer. Un verdict souligné par le sang. *Il n'y a pas d'autre choix.*

Jonathan Fitzgerald avait créé Tom pour en faire un parfait soldat, un maître de l'échiquier. Ces particularités étaient sur le point de se retourner contre son paternel, car Tom allait les utiliser au maximum pour réclamer justice.

Son père devait payer pour ce qu'il avait fait.

Et Tom serait celui qui exécuterait la punition. C'était son devoir en tant que fils de cet homme.

Il prit un morceau de papier sur la pile pour noter son souvenir, mais cela ne concernait pas Aidan. Non, il en écrivit un à propos de son propre père. L'homme qui avait fabriqué l'arme que Tom était devenu.

Cinq mots qui lui avaient été répétés un certain nombre de fois au cours de sa vie. Toujours une raillerie ponctuée d'une menace.

Où irais-tu, mon fils ?

Tom avait finalement trouvé une réponse.

En enfer.

Et il emmènerait son père avec lui. Ensanglanté, hurlant et implorant sa pitié.

Pliant soigneusement le papier, il le jeta dans le feu et le regarda brûler, imaginant le visage agonisant de Jonathan Fitzgerald dansant dans les flammes.

Bientôt.

— Quel souvenir as-tu choisi ? demanda Amelia, en passant son bras autour de sa taille.

— J'en ai créé un nouveau, murmura-t-il. Avec une fin très satisfaisante.

ISSAC

Certains aspects de mon ancienne vie me manquent. L'un d'eux est la capacité de me perdre dans l'inconscience. L'immortalité guérit le corps trop rapidement pour connaître l'ivresse et, après la journée que j'ai endurée, j'aurais bien besoin de ce remède à l'ancienne.

— *Issac Wakefield*
Vita mutatur, non tollitur

— Tu aurais aimé cet endroit, Aya, murmura Issac, le regard fixé sur les étoiles au-dessus de sa tombe. Ça fait un moment que je n'y suis pas venu, peut-être une dizaine d'années. On essaye de garder notre présence ici discrète, de ne pas attirer l'attention sur nous pour des raisons évidentes. C'est incroyable ce qu'une contribution annuelle à des œuvres de charité peut faire pour satisfaire le public.

Il prit une autre gorgée fortifiante de son... whisky, lut-il sur l'étiquette. Pouah ! Il avait clairement touché le fond si c'était tout ce qui lui restait de sa réserve. Mais il avalait verre après verre.

— J'ai besoin de m'anesthésier, tu vois, dit-il en

210

prenant une autre gorgée. Mais cette merde ne fait pas l'affaire, ma chérie. Ça ne fait que me brûler la gorge et les entrailles à ce stade.

Il ne se souvenait pas de la dernière fois où il avait bu une telle quantité d'alcool. Peut-être après avoir transformé Tristan ? Les deux s'étaient soûlés par plaisir. Ça s'était terminé dans un enchevêtrement de blondes.

Issac pouffa de rire.

— Cela ne se reproduira plus. Jamais.

Un autre verre, suivi d'un soupir. Le sol était froid sous sa veste. Mort. Parce qu'il recelait tous ceux qu'il aimait : Aidan, sa mère, Aya.

— Bon sang, tu me manques, chuchota-t-il, sa poitrine lui faisant mal. Vous me manquez tous.

Au moins avec sa mère, il s'était attendu à son décès. Ça ne rendait pas les choses plus faciles, mais c'était bien plus supportable que ceux d'Aya et d'Aidan.

— Je vais le tuer, leur dit Issac. Jonathan, je veux dire.

Les coins de sa bouche tombèrent.

— Je devrais déjà être parti le chercher, en ce moment.

Mais Lucian avait exigé une veillée en l'honneur d'Aidan, déclarant que c'était ce que son père aurait voulu. La tradition. Putain de tradition.

Issac finit sa bouteille et la balança avec les autres.

— Je n'ai plus d'alcool, Aya.

Quatre bouteilles. Il pourrait bien aller en chercher d'autres, mais il préférait la solitude du cimetière qui l'entourait. Aidan aurait aimé une veillée, comme l'avait dit Lucian. Cependant, Issac ne savait pas ce qu'Astasiya aurait voulu. Ils n'avaient jamais parlé de la mort.

— Tu n'étais pas censée mourir.

Ses traits s'affaissèrent et son regard se porta sur la pierre tombale qu'il avait fait graver pour elle hier.

Aya Davenfield.

— Je n'ai pas pu mettre ton vrai nom, chuchota-t-il. J'aurais dû. Putain. Comment je vais l'annoncer à tes parents ?

Elizabeth s'était portée volontaire, mais Issac savait que ça devait venir de lui.

— Je veux leur dire la vérité, Aya. Je devrais ? Ou seront-ils incapables d'affronter ça ?

Il soupira, longuement et tristement.

— Normalement, c'est le genre de questions que je poserais à Aidan, mais...

Il déglutit, son attention se portant à nouveau sur les étoiles au-dessus de sa tête.

Issac ne croyait pas à la vie après la mort, à part l'aspect résurrectionnel de l'immortalité. Quant aux religions et aux dieux, il connaissait trop l'histoire du monde. Tant de ces dogmes découlaient des agissements d'un Hydraien ou d'un Ichorien.

— Mais je veux espérer, admit-il tranquillement. Je... je comprends pourquoi les gens sont croyants, Aya. Ça les aide à s'accrocher au passé, à savoir que l'âme s'épanouit toujours.

Il posa la paume de sa main sur son torse.

— Je te sens ici.

Il savait que ça semblait fou, mais il ne pouvait pas nier la sensation très réelle qu'elle faisait partie de lui.

— Tu ne peux pas être *partie.*

Sa voix se brisa sur ce dernier mot, son cœur éclatant pour la millième fois.

Je ne l'accepte pas, songea-t-il. *Je n'accepte pas que tu sois partie.*

Sa vision se brouilla, transformant la lune en tache étalée dans le ciel.

— Merde, dit-il en pressant ses paumes contre ses yeux. Je me sens...

Perdu. Comme si une partie de lui s'était détachée et qu'elle ne pourrait jamais être récupérée.

Un bruit de pas familiers crispa Issac et réveilla ses instincts.

— Ne fais pas ça, dit Tristan sur un ton bourru. Je t'ai juste apporté du vrai whisky, pas cette merde que tu as trouvée tout à l'heure.

Issac abaissa les mains et vit la bouteille au-dessus de la tête de Tristan. L'étiquette n'était pas de celles qu'il avait en réserve sur la propriété, ce qui signifiait que Tristan s'était aventuré en Irlande, probablement avec Jacque, pour récupérer cette marque décente.

— Merci, réussit à dire Issac, malgré le nœud qui s'était formé dans sa gorge.

Il accepta le cadeau et but plusieurs gorgées tandis que Tristan prenait place à côté de lui.

— Il y en a d'autres dans la maison, si tu en as besoin.

Issac hocha la tête, la brûlure du liquide dans ses tripes étant bienvenue. Il ferma à nouveau les yeux, imaginant une vie où il pourrait réellement être ivre après quelques verres et se languissant de l'aptitude à perdre toute sensation.

— Je déteste l'immortalité, putain.

Tristan grogna.

— Tu l'apprécieras à nouveau quand tu trouveras Jonathan et que tu le feras souffrir.

— Ça, c'est sûr, convint Issac en trinquant avec sa progéniture.

Ils restèrent assis en silence, sous les étoiles, ignorant l'air glacial de l'hiver.

Tu es là-haut, Aya ? se demanda Issac, pas pour la première fois. *C'est pour ça que je te perçois encore ? Tu seras toujours avec moi ?*

Un autre verre.

L'oubli se dérobait à lui.

— Elle me manque, avoua-t-il doucement. Je n'ai même pas... Nous n'avons pas...

Un son sec lui échappa de la gorge, lui coupa la parole et l'obligea à déglutir plusieurs fois. Au-dessus de lui, les étoiles se brouillèrent. Il laissa tomber la bouteille, sans se soucier qu'elle se brise.

— Je ne veux plus rien ressentir, Tristan.

L'aveu lui brûlait les entrailles, faisant éclater son cœur en un million de morceaux. Il se sentait faible, brisé, irrévocablement amoché. Il prit conscience de l'humidité sur ses joues, ses larmes coulant d'elles-mêmes. Il ne pouvait les arrêter, même en essayant.

— Je suis désolé, murmura Tristan. J'aurais dû être là. J'aurais dû... j'aurais...

Il lança un juron qui conduisit à un enchaînement de termes irlandais qu'Issac ne comprit pas, mais qui transmettait son agonie par le ton.

— Je n'ai jamais voulu ça pour toi, Issac. Pas comme ça.

— Tu la détestais, l'accusa Issac, les mots venant d'un endroit vulnérable en lui qui désirait se venger. C'était exactement ce que tu voulais, qu'on se sépare. Et devine quoi ? Jonathan a accompli l'exploit pour toi.

Les mots avaient un goût amer et irrité. Il savait qu'il ne pouvait blâmer Tristan, mais celui-ci était une cible facile pour la colère d'Issac.

— Tu *voulais* ça.

— Putain, Issac. Je n'aimais peut-être pas ta relation avec cette fille, mais je ne la détestais pas non plus, réagit-il en se passant une main sur le visage. Je n'ai jamais voulu ça. *Jamais*.

Issac secoua la tête, incapable de répondre, l'émotion lui serrant trop la gorge.

Tristan lâcha un soupir.

— Est-ce que j'ai été un crétin ? Oui. Je voulais protéger mon meilleur pote d'un éventuel chagrin d'amour, de...

— Ça, finit Issac à sa place.

Ils retombèrent dans un silence amical, le vent faisant bruisser les buissons voisins. Leur amitié, basée sur la compréhension, s'était épanouie au cours de nombreux siècles. La culpabilité de Tristan pour avoir constamment raillé Astasiya était palpable et son profond regret sur la façon dont tout s'était terminé était tout aussi tangible.

— Je ferai tout ce que tu veux, Issac. Il suffit de me dire quoi.

Le serment ainsi fait indiquait la soumission et les remords.

— Et si je pouvais la ramener, je le ferais.

— Elle est morte, murmura Issac. Elle est partie, Tristan.

— Je sais.

— Elle ne reviendra jamais.

— Je sais.

— Je ne... essaya-t-il de dire avant de ravaler péniblement sa salive. Je ne sais pas quoi faire.

Tristan eut un petit rire.

— Tu vas tuer le fils de pute qui lui a fait ça. Voilà ce que tu vas faire.

Une violente vision envahit les pensées d'Issac, envoyée par son meilleur ami.

Jonathan ligoté sur une chaise.

Ses hurlements.

Son sang.

Des flammes.

Des formes archaïques de torture apparurent.

Plus de sang.

Juste un cadavre qui revenait à la vie, pour répéter chacun de ces actes abjects.

— Tu as beaucoup d'imagination, dit Issac, la voix rauque.

— Ce n'est que le début. Quand on en aura fini avec lui, il ne sera plus que l'ombre d'un fantôme. Un putain de fantôme.

Ses yeux vert noisette brillèrent dans le clair de lune, une malveillance pure se dégageant de ses traits.

— Il va payer pour ce qu'il a fait.

— Oui, dit Issac en se redressant lentement pour imiter la position de Tristan. Tu crois qu'il se cache derrière ses Sentinelles ?

Sa progéniture eut un sourire en coin.

— Il n'y a qu'une seule façon de le savoir.

— Qu'est-ce que tu proposes ?

— Un divertissement.

Une intention malveillante agrémenta ses traits.

— Luc a trouvé deux Sentinelles qui sont arrivées en retard au massacre. Il les a gardés en vie pour les interroger. Je ne suis pas convaincu qu'ils aient déjà donné tous les détails. Peut-être que la privation sensorielle aidera à délier leurs langues.

Issac était tellement absorbé par les préparatifs des funérailles qu'il n'avait pas encore rendu visite aux prisonniers de guerre. Il avait à peine pensé à eux.

— Je doute qu'ils sachent grand-chose.

— Quoi qu'il en soit, ce sera une distraction amusante quand même.

Ses épaules se soulevèrent et s'abaissèrent dans un élégant haussement.

— Pourquoi ne pas tenter le coup, hein ? Peut-être que ça te fournira une nouvelle façon de t'engourdir ?

Il donna un petit coup dans les bouteilles vides pour ponctuer son propos.

Aya n'aimerait pas ça, le prévint sa conscience.

Aya n'est pas là, rétorqua une partie plus sombre de lui-même.

Issac regarda sa tombe pour la millionième fois, examinant la pierre tombale et la terre fraîchement remuée. Il plaça sa main au-dessus d'elle et ferma les yeux.

Ils t'ont pris à moi.

La vengeance est requise.

Tu comprends, n'est-ce pas ?

En réponse au silence, son cœur se serra et lui fit mal. Putain, la voix d'Aya lui manquait. Son sourire. Son toucher.

— Tu m'as quitté trop tôt, murmura-t-il. Tu m'as promis... *Toujours.*

Mais ces salopards avaient fait irruption dans ces promesses et l'avaient emportée.

Ils l'avaient tuée.

Et maintenant que les funérailles étaient terminées, Issac pouvait se concentrer sur l'avenir. Sur sa vengeance. À commencer par les deux Sentinelles que Lucian avait gardées en vie.

— Je reviendrai te voir, Aya, jura-t-il doucement.

Il ouvrit les yeux et aperçut Tristan debout à plusieurs mètres de là. Celui-ci s'était éloigné pour le laisser un moment seul.

C'étaient leurs derniers adieux.

L'acceptation par Issac de son destin.

Elle ne reviendra jamais.

Mais nous nous retrouverons.

— Je t'aime, Astasiya. Toujours.

Il se leva et rassembla les bouteilles. Tristan le rejoignit à quelques pas de là, son costume en bien meilleur état que celui d'Issac.

— Trouve-moi Jacque. Je veux aller à Hydria.

Une lueur d'approbation scintilla dans le regard de Tristan.

— Bien, père.

———

Pourquoi fait-il si sombre ici ?

Parce que mes yeux sont fermés.

Stas cligna des yeux.

Non. Ce n'est pas ça.

Que s'est-il passé ?

Pourquoi je me sens si faible ?

Elle recourba ses doigts engourdis par le froid.

Qu'est-ce que c'est que cette odeur ? La terre. Son nez se fronça. *La boue. Bordel !*

— Quelqu'un... ?

Merde, sa gorge ressemblait à du papier de verre. Sèche. Inexercée. Tout donnait l'impression d'être à vif. Ses muscles étaient raides. Ses membres ne bougeaient pas. Ses poumons fonctionnaient à peine, chaque respiration avait un goût de terre.

Ses yeux brûlaient alors qu'elle essayait d'évacuer la boule de sa gorge, son corps étant un vaisseau étranger. Presque comme la fois où elle s'était réveillée après que Lizzie...

Les yeux de Stas s'écarquillèrent alors que tout un tas de souvenirs l'assaillait.

Le mariage.

La réception.

Les Sentinelles attaquant la plage.

Le feu brûlant dans ses veines.

L'agonie d'Issac.

Maman.

Elle l'avait trouvée dans l'au-delà, ou dans un rêve. Un cauchemar. Sa mère divaguait, parlant de noyade, d'Osiris, de Sethios, puis disparaissait pour réapparaître avec les mêmes paroles. Et toujours des excuses.

Nous t'avons abandonnée.

Mais elle n'expliquait jamais ce qu'elle voulait dire. Chaque fois qu'elle avait commencé, elle avait disparu. Et quand elle revenait, le charabia recommençait. Une agonie répétitive.

L'enfer.

Sauf que c'était nouveau – Stas se réveillant dans un endroit sombre.

Elle étendit ses doigts sur le coussin sur lequel elle se trouvait, qui s'arrêtait à quelques centimètres de chaque côté. Là, elle se heurtait à un mur.

Bon.

Des picotements parcoururent ses membres, ses orteils se mirent à remuer.

Tout doucement, les sensations l'envahissaient et son estomac se serra. C'était comme si elle n'avait pas mangé depuis des jours. Sa langue épaisse dans sa bouche rendait la déglutition impossible. Sans parler des cailloux qui avaient élu domicile dans sa gorge.

Qu'est-ce qui m'arrive ?

Elle ne pouvait toujours pas voir, malgré ses yeux ouverts. Son cœur battait fort dans ses oreilles, le seul son dans cet espace étrange.

Après plusieurs minutes, ou peut-être des heures, ses bras se fléchirent, ses poignets purent bouger pour tester les murs de chaque côté d'elle.

Solides.

Bizarres.

Lentement, très, très lentement, elle fit glisser ses doigts vers le haut pour trouver un mur similaire au-dessus de sa tête.

Elle fronça les sourcils. *Est-ce que je suis dans une boîte ?*

C'était bizarre. Pourquoi aurait-elle...

— Oh, s'étouffa-t-elle. Oh, non.

La terre.

Le coussin.

La boîte.

L'obscurité.

Son cœur s'arrêta.

Elle retint son souffle.

Non.

Non.

Non.

Ça ne pouvait pas se produire.

Elle appuya contre le mur, la surface au-dessus de son visage. Elle ne bougea pas.

Non !

Ils n'auraient pas... n'auraient pas pu... *Oh bon sang !*

Elle commença à se tortiller, la panique l'emportant sur ses muscles raides. Mais elle ne pouvait pas bouger. La boîte la tenait à l'étroit. Le sol au-dessus restait immuable.

Un cri brisé lui érafla la gorge, l'hystérie étranglant le son.

— Issac !

Prononcer son nom lui fit mal, ses cordes vocales l'ayant réduit à un murmure rauque.

— Issac ! essaya-t-elle à nouveau.

Oh, putain.

Ils m'ont enterrée vivante.

Ils m'ont enterrée vivante, putain !

Mais je ne suis pas morte !

Balthazar !

Quelqu'un !

Au secours !

Elle cria de toutes ses forces, mais seul un souffle sortit. Des larmes coulaient sur ses joues, ses ongles s'enfonçant dans la matière qui l'entourait.

Je dois sortir d'ici.

Je ne peux pas...

Ça ne peut pas arriver.

— Issac !

———

Oh, mon Dieu, pas encore une fois.

Le noir complet.

L'enfer.

Les poumons de Stas brûlaient, sa bouche s'ouvrait sur un cri silencieux. Parce que la voix avait besoin d'air, et cette boîte... cette boîte n'en contenait pas. Elle l'avait déjà entièrement utilisé depuis des jours, des mois, des années. Merde, elle n'avait aucune idée du temps qu'elle avait été piégée dans cette boucle.

L'obscurité.

La suffocation.

Quelques minutes dans l'espace blanc, parfois accompagnée de sa mère.

Et on recommençait.

Aidez-moi !

Elle criait les mots dans son esprit, espérant que quelqu'un, n'importe qui, les entendrait.

Issac...

Il lui avait donné ce collier, en lui disant de l'utiliser quand elle aurait besoin d'aide. Elle l'avait allumé à un moment donné, non ? Mais ça n'avait pas fonctionné. Ou peut-être qu'elle avait mal fait.

Ses doigts l'agrippèrent une fois de plus, trouvant la pierre dans la bonne position.

S'il vous plaît... S'il vous plaît, venez me chercher.

Ça fait mal.

Pas d'air.

Pourtant, ses poumons continuaient à essayer de respirer.

Et puis la félicité. Ces quelques instants de mort, ou quelque que soit l'endroit où son âme allait, devenaient ses préférés.

— Astasiya, murmura sa mère d'une voix tourmentée. Je suis vraiment désolée, mon cœur. Je suis vraiment désolée qu'on t'ait abandonnée.

Encore ça.

— Je ne sais toujours pas ce que tu veux dire, maman.

— Je sais, je sais. On aurait dû t'expliquer, on aurait dû s'assurer que tu savais... Oh, le temps s'écoule à nouveau. L'amour vaut le sacrifice. Ton père et moi, on ne regrettera jamais notre décision, quoi qu'il arrive. Je t'aime, mon petit ange. L'amour...

Elle scintilla et disparut à nouveau, laissant Stas sans autre réponse. Tous ses discours étaient les mêmes, toujours sur le sacrifice.

Une larme coula sur la joue de Stas, suivie d'un gémissement d'agonie alors qu'elle était aspirée à nouveau dans son enfer personnel.

L'obscurité.

Encore une fois.

Issac, cria-t-elle. *Quelqu'un. S'il vous plaît.*

Mais il n'y avait pas d'oxygène.

Seulement la douleur.

Seulement... la mort.

Stas se mit à compter.

Chaque visite en enfer durait un peu plus de trois minutes, à quelques secondes près. Les quatre-vingt-dix premières secondes lui apportaient le plus de mobilité. Après cela, ses membres commençaient à faiblir et tout ce qu'elle pouvait faire était d'attendre la mort.

Cinquante.

Cinquante et un.

Elle grattait la surface au-dessus de son visage, ses ongles se cassant et provoquant des douleurs dans son bras. Mais elle la surmontait, sachant que son temps était limité.

Soixante-deux.

Bordel, ça faisait mal.

Mais personne ne venait la chercher. Elle devait se sauver elle-même. Et c'était le seul moyen : sortir de sa prison en creusant.

Que se passera-t-il quand la terre entrera dans le cercueil ? se demanda-t-elle, pour la énième fois.

Je commence à creuser.

Ou en tout cas, c'était le plan.

Quel choix avait-elle ? Rester ici et attendre ? Mourir encore et toujours ? Non.

Soixante-dix-huit.

Ses muscles étaient déjà fatigués, la sueur lui piquait les yeux.

Si sombre.

Si froid.

Pourtant, ses poumons brûlaient, réclamant de l'oxygène qui n'existait plus dans ce petit espace. Elle avait l'impression de s'effondrer en elle-même, son corps tordu par un besoin qui ne pouvait être satisfait.

Quatre-vingt-trois.

Non, quatre-vingt-treize.

Attends...

Ses pensées s'emballèrent, ses bras et ses jambes se convulsèrent. Et elle essayait toujours de respirer, d'aspirer l'air qu'elle désirait tant.

Issac, murmura son cœur. *Oh, Issac.*

Pourquoi l'avait-il laissée ici ?

Pourquoi le dispositif de localisation ne fonctionnait pas ?

Pourquoi ne m'entendez-vous pas ?

S'il te plaît, Issac, suppliait son âme. *Trouve-moi, s'il te plaît.*

Mais son côté logique savait que c'était futile. Il l'avait enterrée parce qu'il pensait qu'elle était morte.

Personne ne viendra me chercher.

Je dois sortir d'ici.

La prochaine fois qu'elle serait consciente, elle continuerait de creuser.

C'est mon seul espoir.

Issac

Rêver me manque. Un étrange aveu, sans aucun doute, mais c'est un
fait. Aidan croit que c'est lié à ma capacité à contrôler la vision. Je ne
suis pas sûr d'être d'accord. C'est presque comme s'il n'y avait plus
rien à espérer de ce monde. Dommage, vu que je vais vivre
éternellement. Peut-être que l'immortalité n'est pas aussi palpitante
que je le pensais.

— Issac Wakefield
Vita mutatur, non tollitur

Issac ne parvenait plus à respirer.

Tout a brûlé.

Ça n'arrête pas d'arriver. Le noir complet, pas d'oxygène, juste un
vide de folie qui le tire vers la conscience pour le noyer à nouveau.

Trois minutes d'agonie.

Quatre-vingt-dix secondes d'opportunité.

Putain, ça fait mal.

Tellement.

Ses ongles saignaient alors qu'il luttait contre les limites qui le
retenaient sous la surface.

Ses bras tremblaient.

Sa poitrine lui faisait mal.

La suffocation poussait sa bouche à réclamer de l'air. Une impossibilité. Un destin mortel.

Tout picotait, flétrissait, mourait.

Seulement pour se retrouver face à une paire d'yeux verts implorants, le suppliant de l'aider à l'heure de minuit, de la sauver...

Issac se réveilla en sursaut, la main sur son cœur qui battait à tout rompre. Merde, ça semblait réel. *Trop* réel.

Un autre putain de cauchemar. Il ne se souvenait pas de la dernière fois qu'il avait rêvé avant cette semaine, mais depuis les funérailles, il rêvait chaque nuit d'Astasiya. Toujours la même chose : elle le suppliait de l'aider.

La culpabilité. Il ne l'avait pas sauvée, une chose qu'il regretterait à tout jamais. Et il semblait que son subconscient était loin d'être prêt à lui accorder la paix. Ce n'est pas surprenant. Cela ne faisait que quatre jours qu'il avait enterré Astasiya.

Les cris de celle-ci ricochaient dans ses pensées et le firent se lever. Il n'aurait plus de repos ce soir.

Balthazar frappa à la porte.

— Wakefield, Luc et Alik sont dans le salon en train de regarder du football américain, si tu veux te joindre à nous.

Apparemment, Issac n'était pas le seul à avoir des problèmes de sommeil. Un coup d'œil au réveil lui montra qu'il était un peu plus de trois heures du matin.

Comme le sommeil n'était plus une option, autant aller se distraire.

— J'arrive dans un instant, répondit-il en passant ses mains dans ses cheveux.

— Je vais te faire du café, proposa Balthazar, clairement conscient du cauchemar qui avait réveillé Issac.

— Merci, répondit-il.

La présence d'Astasiya l'entourait alors qu'il se

déplaçait dans la chambre d'amis de la maison de Balthazar. Son parfum persistait sur les oreillers, sur ses vêtements dans les tiroirs, même sa brosse à dents était encore dans la salle de bains.

Tristan avait essayé de le convaincre de rester avec eux de l'autre côté de l'île, mais Issac avait refusé. Il avait besoin des souvenirs de la vie d'Astasiya pour garder les pieds sur terre, pour se concentrer sur la tâche à accomplir. Cela le réconfortait de maintenir sa présence auprès de lui. Il pouvait presque prétendre qu'elle était toujours là.

Ce n'était pas le choix le plus sain, sans aucun doute.

Il enfila un jean et un tee-shirt, puis rejoignit les autres dans le salon, sans se soucier du fait qu'il ressemblait à un invalide. Il ne s'était pas rasé depuis une semaine. Mais à quoi bon ? Tout ce qui comptait, c'était de tuer Jonathan. Ce salaud se ficherait bien de savoir si Issac utilisait un rasoir ou pas.

— Wakefield, dit Lucian en lui adressant un signe de tête depuis le fauteuil, une bière à la main.

— Lucian, répondit Issac, préférant s'appuyer contre le mur plutôt que de s'asseoir. On sait où se trouve Jonathan ?

Mateo avait passé la majeure partie des quatre derniers jours à essayer de localiser cette crevure, mais en vain.

Le roi d'Hydria secoua la tête.

— Non. C'est un fantôme.

— On va le trouver, intervint Balthazar en lui tendant une tasse de café fraîchement préparé. Noir. Sans lait, sans sucre.

— Merci, murmura Issac, en soufflant sur le liquide fumant.

— Je continue à penser qu'il faut tuer tout le monde à la FHC, dit Alik, concentré sur son téléphone et non sur la télévision. C'est le seul endroit où il pourrait se cacher.

— Trop d'innocents, répondit Lucian. Et ça

ressemblerait bien à Jonathan de ne pas être à l'endroit où on l'attend.

C'était vrai. Si Issac avait appris quelque chose sur ce fumier au fil des ans, c'était son penchant pour faire ce à quoi on s'attendait le moins.

Comme tuer Eli.

Et envoyer une armée pour prendre d'assaut une fête de mariage.

— Les meilleurs plans ont besoin de temps, poursuivit Lucian. Nous allons l'anéantir, Alik.

Issac fut d'accord avec lui. Même s'il souhaitait ardemment accélérer le processus, il comprenait la valeur de la stratégie. C'est ce qu'Aidan aurait recommandé. Et la meilleure façon d'honorer la mémoire de son créateur, c'était d'écouter la raison.

Nous devons l'attirer hors de la ville, dirait Aidan. *Pour éviter tout conflit avec le Conclave.*

Lucian l'avait, bien sûr, déjà suggéré, en plus de quelques idées sur la manière de faire sortir Jonathan de sa cachette. La plupart des propositions incluaient Thomas. L'ego de Jonathan ne supporterait pas de rater une occasion de déglinguer son fils, ce avec quoi ils étaient tous d'accord.

Issac sirotait son café. Malgré tous ses défauts, Balthazar approvisionnait bien sa cuisine. Ce mélange aromatique avait un goût divin. Ou peut-être était-ce l'heure matinale qui en améliorait la qualité.

— Divin, murmura Balthazar, laissant apparaître ses fossettes. D'ailleurs, je vais aussi faire des crêpes.

Lucian pouffa de rire.

— Un petit-déjeuner de bas étage !

— Si vous commencez à vous chamailler, je m'en vais, dit Alik en se levant. Tous autant que vous êtes, vous pourriez ne pas...

Un bourdonnement d'énergie fit danser les poils des bras d'Issac.

Qu'est-ce que c'est ?

Lucian se leva, Alik arriva à ses côtés pour le protéger, leurs regards parcourant la pièce.

Tout le monde le ressentait, mais la source restait inconnue.

Jonathan avait-il envoyé d'autres troupes pour... ?

Stark se matérialisa au centre de la pièce, flanqué d'Ezekiel et d'une femme aux traits frappants.

Issac posa sa tasse alors qu'Alik tirait une lame.

Ezekiel lui lança un regard suppliant.

— Nous ne sommes pas là pour causer des problèmes.

— Bien sûr, je vais te croire, dit Alik. Et toi, B ?

— Je n'arrive pas à les lire, répondit Balthazar en fronçant les sourcils devant le trio. Je n'arrive même pas à les sentir.

— Mais vous nous avez entendus annoncer notre arrivée, dit Ezekiel. Quelque chose que Stark et Leela n'avaient pas besoin de faire.

Le célèbre assassin était notoirement arrogant, mais toujours stratégique. S'il avait voulu tuer quelqu'un dans la pièce, il n'aurait pas annoncé son arrivée avant.

Balthazar et Lucian durent arriver aux mêmes conclusions, car ils se détendirent, mais Alik resta en alerte.

Jayson et Jacque apparurent, tenant tous deux des armes pointées vers le sol, leurs regards posés sur le trio.

— Parle vite, suggéra Issac. On est tous un peu sur les nerfs après la semaine dernière.

Et sans aucun doute, il y avait plusieurs Gardiens en route. Le fait qu'Alik soit télépathe faisait de lui un excellent diffuseur d'alertes, ce que Jayson avait visiblement reçu, d'où sa présence dans la pièce avec Jacque.

— Nous devons...

— Où est-elle ? demanda fermement Stark en interrompant Ezekiel.

L'assassin soupira.

— Excusez ses manières au chevet des malades. Malgré toutes mes tentatives ces dernières décennies, il est toujours en train d'apprendre.

— Où est-elle ? répéta Stark, son attention se portant sur Issac et personne d'autre.

Celui-ci haussa un sourcil.

— Qui ?

— Stas.

En entendant le nom sortir de sa bouche, Issac serra les poings contre ses flancs.

— Je ne dirai ça qu'une fois, agent Stark. Va... te... faire... foutre...

Ezekiel se passa une main sur le visage.

— Tu vois, c'est pour ça que j'ai suggéré de leur parler il y a six mois.

— Il marque un point, répondit la femme, la voix aussi sulfureuse que son apparence.

Balthazar pencha la tête sur le côté, les sourcils froncés.

— On s'est déjà rencontrés ?

— Je n'ai pas le temps pour ça, répondit Stark en faisant un pas en avant, empiétant sur l'espace d'Issac. Où l'avez-vous enterrée ?

Les sourcils d'Issac se haussèrent très haut.

— Pourquoi je te dirais ça ?

Et comment savait-il pour la mort d'Astasiya ? Aucune des Sentinelles n'était assez vivante pour faire un rapport à Jonathan sur leurs pertes et ce n'était certainement pas Issac qui l'en avait informé.

— Parce qu'elle me donne un sacré mal de crâne. J'avais déjà une femme qui criait tout le temps dans ma tête. Maintenant, j'en ai deux. Pour la première, je ne peux pas encore régler le problème. Mais la seconde, c'est votre responsabilité.

— Ouais, je ne te dois rien du tout.

Ezekiel gloussa.

— Je n'en serais pas si sûr.

— Où est Stas ? répéta Stark, une puissance inhumaine faisant scintiller son inquiétant regard vert.

Cet homme travaillait pour Jonathan. Issac préférerait le tuer plutôt que de lui donner des informations sur Astasiya. Il se contenta donc de le fixer en guise de réponse.

La femme secoua la tête et posa une main sur l'épaule de Stark.

— Dis-lui, Gabe.

Gabe ?

Issac échangea un regard avec Lucian.

Comme dans Gabriel ?

Il jeta également un regard à Balthazar, mais le télépathe se concentrait sur la femme, les yeux plissés par l'incrédulité. À cause du nom qu'elle avait utilisé ?

— Je ne lui dois pas d'explication, ni à lui ni à personne, grogna Stark en montrant une émotion inhabituelle. Sauf peut-être à Stas.

Stark est Gabe...

— Peut-être ? répéta Ezekiel avec un grognement. Dis plutôt *définitivement*. Et quelques excuses aussi, je crois.

Thomas entra dans la maison, une arme à la main, Amelia juste derrière lui. Son regard se porta sur Gabriel.

— Que faites-vous ici ? demanda-t-elle.

— J'essaye de savoir où ton frère a enterré Stas, répondit-il en la regardant. Mais il est têtu.

— Que comptez-vous faire de cette information ? demanda Lucian.

— La déterrer de sa tombe et la libérer. Sinon, elle

continuera à crier dans ma tête, répondit Gabriel en braquant son regard sur Issac. Vu que tu es presque lié à elle, je suis surpris que tu ne puisses pas la sentir.

Issac fronça les sourcils.

— Quoi ?

— Il ne sait pas ce que sont les liens, répondit brièvement Ezekiel. Comme je l'ai déjà dit plusieurs fois, ils ne savent rien des Séraphins. Si tu prenais juste cinq minutes pour leur expliquer, peut-être seraient-ils plus disposés à t'aider.

— Stas est un Séraphin, dit encore Lucian. Et vous suggérez qu'elle est vivante.

— Je ne fais pas dans les suggestions, seulement dans les faits, précisa Stark. Bon, où est-elle ?

Le cœur d'Issac fit un bond.

Ce devait être un piège.

Un jeu cruel créé par Jonathan.

Mais comment sait-il pour Aya ? De la même manière qu'il savait pour le mariage ?

— Tu ne peux pas la sentir ? insista Gabriel en baissant la voix. Elle étouffe encore et toujours parce que tu l'as enterrée vivante. Toutes les trois minutes, elle meurt. Et revient. Elle essaye de creuser pour sortir de là.

Une vision frappa Issac en pleine poitrine, lui coupant le souffle.

Les yeux d'Astasiya le suppliant de la sauver.

L'incapacité de respirer.

Le fait de compter les secondes…

— Comment sais-tu tout ça ? demanda Issac, la voix rauque sous l'effet de l'émotion. Et d'ailleurs, comment sais-tu qu'on l'a enterrée ?

— Parce que c'est ma sœur, répondit-il.

Le silence tomba dans la pièce et tous se figèrent.

Issac en oublia de cligner des yeux.

Astasiya a un frère ?

— Vous êtes Gabriel, s'étonna Lucian en se levant.

— C'est moi, répondit-il sans détourner son regard d'Issac. Et j'ai besoin que vous me conduisiez à ma sœur. Tout de suite.

— Elle est vivante, Issac, ajouta doucement Ezekiel. Je te le jure.

Une promesse venant d'un assassin. Issac serait fou de le croire.

Mais pour ce qui était de la description des cauchemars par Gabriel, il pouvait difficilement l'ignorer.

— Les balles incendiaires ne peuvent pas tuer un Séraphin. Elles vous mettent juste K.-O. pendant quelques jours, le temps que le sang se régénère, dit la femme à côté de Stark en jetant un coup d'œil à Balthazar pendant qu'elle parlait, puis en baissant le regard. Ça fait mal, très mal, mais on s'en remet.

— Je suis sûr qu'on s'est déjà rencontrés, dit Balthazar, en concentrant son attention uniquement sur la femme blonde. Quel est ton nom, déjà ?

— Leela, répondit Gabriel pour elle. Nous perdons du temps. Chaque instant que nous passons ici à débattre de la véracité de ce que je dis est un autre instant d'agonie pour Stas. Ce qu'elle t'a montré en visions et en rêves, ce n'est rien comparé à l'expérience de suffoquer sans fin. Elle vit un enfer, Issac. Aide-moi à l'aider.

C'est une sorte de jeu.

Et si ce n'est pas le cas ?

Putain ! Et s'il avait vraiment enterré Astasiya vivante ?

Il n'y avait pas d'option ici. Oui, ça pouvait être une ruse habile de Jonathan pour capturer Issac. Mais il s'en fichait. *Si Astasiya est en vie...*

— Le domaine des Wakefield, juste à l'extérieur de Chester, murmura-t-il. Dans le cimetière familial.

Gabriel lui tendit la main.

— Allons-y.

Issac accepta le geste par instinct seulement, toute pensée rationnelle fuyant un espoir qu'il n'aurait pas dû oser tolérer.

Mais elle pouvait être en vie.

Son Aya.

Tristan ouvrit la porte au moment même où tout autour d'Issac tournait, le monde glissant dans des teintes rougeâtres. Un doux battement d'ailes emplit ses oreilles, juste un léger soupçon de bruissement. Ou le fait de se « volatiliser », comme Astasiya avait appelé ça une fois. Similaire à la téléportation de Jacque, mais sans la sensation de tunnel. Cela semblait plus léger, c'était comme voler, et cela avait un toucher plus doux.

Gabriel Stark est vraiment un Séraphin.

Les pieds d'Issac atterrirent sur l'herbe fraîche. Un endroit familier. *À la maison.*

— Où ça ? demanda Stark en lâchant la main d'Issac.

Il ne pouvait pas répondre, ses cordes vocales étant trop étranglées pour former un son.

Personne ne lui avait sauté dessus en arrivant.

Il n'y avait que son domaine.

L'espoir se transforma en anéantissement lorsque la réalité écrasa son âme.

Je l'ai enterrée vivante.

Et elle avait essayé de le contacter, mais il l'avait ignorée.

— Oh, Aya... murmura-t-il, en se mettant à marcher, ses jambes le portant sur le chemin alors qu'il sprintait vers le cimetière.

Jacque apparut avec Lucian et Balthazar devant les pierres tombales, puis disparut.

Leela et Ezekiel étaient aussi là.

Tristan.

Amelia.

Thomas.

Issac les ignora tous, son regard cherchant une pelle. Ou n'importe quoi. *Un truc* pour la déterrer.

Quelqu'un lui en donna une.

Plusieurs autres se mirent à creuser.

Le temps s'écoulait trop lentement.

Son cœur battait dans ses oreilles.

Aya.

Ils devaient creuser plus vite. Oh, mon Dieu, elle se trouvait sous tant de terre. Étouffant. Mourant encore et toujours parce qu'il l'avait enterrée. Bordel, à quoi avait-il pensé ?

Elle était morte.

Mais elle ne l'est pas !

Il aurait dû le savoir. Une partie de lui aurait dû le *savoir.*

Je l'ai laissée tomber.

Ces mots résonnèrent dans son crâne, se solidifièrent dans son cœur, ses mains se crispèrent contre la poignée. Elle ne lui pardonnerait jamais ça. Elle ne *devrait pas* lui pardonner.

J'ai enterré l'amour de ma vie.

Vivante.

Elle n'a jamais été vraiment morte.

Mais comment aurait-il pu le savoir ?

Ça n'avait pas d'importance. Son âme le savait. Une partie de lui, celle qui lui permettait de rêver, le *savait.* Et il avait ignoré ses instincts. Il l'avait ignorée, *elle.*

Sa pelle heurta le cercueil, les secondes s'écoulant comme des heures. Il semblait ne pas pouvoir atteindre Stas assez vite, pour la sauver...

Le couvercle grinça lorsqu'il l'ouvrit, la preuve qu'elle

avait tenté de s'évader étant gravée dans le bois. Une image cauchemardesque de sang et d'ongles qu'il n'oublierait jamais, ancrée à jamais dans son cœur.

— Aya.

Cela sortit comme un son étranglé, à peine audible au-dessus du martèlement dans ses oreilles.

Les yeux sans vie de Stas le fixaient, affichant une terreur abjecte. Morte. Mais clairement pas de la même façon que lorsqu'il l'avait enterrée.

Et puis ses yeux clignèrent.

Les lèvres de Stas s'entrouvrirent dans un halètement douloureux qui remua le couteau dans la plaie d'Issac.

C'est moi qui lui ai fait ça.

Des larmes coulèrent sur le visage de Stas et sa respiration devint rapide, comme si elle était accro à cette sensation. Et puis sa bouche s'ouvrit sur un cri si angoissant qu'il le brisa jusqu'à son âme.

Gabriel apparut à côté de lui, la main tendue vers Astasiya.

Et puis ils étaient partis.

Aucun son.

Aucune sensation.

Juste... partis.

Stas

Aidan affirme que le monde aura toujours de nouvelles opportunités et connaissances à nous offrir, malgré notre existence éternelle. Même les plus petits détails comptent dans notre quête d'informations, dit-il. Je me demande s'il en sera toujours ainsi ou si, un jour, nous atteindrons l'intelligence maximale qui nous est allouée. Ce sera un bien triste jour.

— Issac Wakefield
Vita mutatur, non tollitur

De l'air.

Oh bon sang, de l'air.

Stas en avala de copieuses quantités, sa poitrine se gonflant et se dégonflant rapidement. Elle ne pouvait penser à autre chose qu'à la sensation, ou aux sons sortant de sa bouche.

Son monde avait changé.

Elle s'en fichait.

Les parfums frais de l'océan l'avaient envahie.

Elle les ignora.

237

Tout ce qui comptait, c'était l'oxygène qui circulait entre ses lèvres entrouvertes, dans sa gorge, jusqu'à ses poumons. Magnifique, addictif, indispensable. Ses poings étaient serrés contre ses flancs, ses membres tremblaient, son corps frissonnait sous l'avalanche.

Je suis en vie.

Je crois.

Ça n'a pas d'importance, parce que je peux enfin respirer.

Une conversation roulait à proximité, deux voix qu'elle reconnaissait d'un rêve. Et une troisième qu'elle n'avait jamais pensé réentendre.

Ne pense pas. Respire seulement.

Oui.

De l'air.

L'essence délicieuse et indispensable à la vie.

Ses yeux se refermèrent lorsque la lumière brûlante rencontra ses iris. Trop lumineuse. Beaucoup trop. Elle en fut déstabilisée et projetée dans une vague de réalité qu'elle ne comprenait pas.

— ... souvenirs, Vera.

— Tu te rends compte que ce n'est pas si facile, hein ?

— C'est nécessaire. Elle doit se souvenir de moi.

Quelqu'un pouffa de rire. Une femme ?

— Efface son esprit, Vera. Mais seulement certaines parties. Oh, maintenant j'ai besoin que tu défasses tout ce que tu as fait. C'est juste de la magie, non ?

— Tu as fini de te foutre de moi ?

— Jamais.

Une main chaude se posa sur le front de Stas, ce qui la fit sursauter, mais des bandes d'acier la maintenaient en place.

Qu'est-ce qui se passe ?

— Tu me redevras ça, Gabe.

— Je sais.

— Tant mieux.

Stas essaya d'ouvrir les yeux, mais les lumières aveuglantes rendaient la chose impossible, ses yeux étant trop habitués à l'obscurité pour voir. Et puis elle tomba tête la première dans une dimension alternative. Une vie antérieure. Un souvenir.

— *Je veux les voir, dit Astasiya avec une moue.*

— *Un jour, mon amour, répondit sa maman.*

— *Dans une vingtaine d'années, ajouta une voix grave.*

Elle appartenait à l'ange qu'elle ne pouvait pas voir, car il s'était volatilisé.

— *Il est méchant, marmonna Astasiya. Il se cache tout le temps.*

Elle croisa les bras et la consternation la fit ronchonner.

— *L'influence de Sethios est troublante.*

L'ange apparut devant elle, ses ailes invisibles. Parce qu'elle ne devrait pas encore les voir. Papa disait qu'elle devait d'abord laisser pousser ses propres plumes.

— *Combien de temps avant que je les voie ? demanda-t-elle en regardant son père qui lui souriait, assis à côté d'elle.*

— *Tu es si impatiente de grandir, murmura-t-il en posant un doigt sur son nez. Et comme ton frère l'a dit, ça va prendre vingt ans, à peu près. Tu n'en as que cinq.*

Elle pinça ses lèvres sur le côté.

— *Mon frère ?*

— *Ton ami l'ange, répondit-il en faisant un geste vers le haut avec ses yeux. C'est ton frère.*

— *Mon frère ? murmura-t-elle, ses sourcils se soulevant alors qu'elle suivait son regard. Mais il n'est pas très gentil avec moi.*

Son père gloussa.

— *C'est parce que c'est un Séraphin, mon petit ange. Il a peur des émotions.*

L'ange eut un petit rire.

— *Je n'ai peur de rien.*

— *Tu vois, même maintenant, il fait semblant d'être grand et effrayant, murmura papa. Mais ce n'est que du duvet.*

— *Du duvet ? demanda-t-elle, les yeux écarquillés.*

— *Du duvet, répéta papa avec un hochement de tête décidé.*

— *Du duvet, dit-elle. Du duvet d'ange.*

Oh, cela lui plaisait bien ! Ses lèvres se retroussèrent en regardant son ami l'ange.

— *Mon ami l'ange duveteux.*

— *Je préfère « Gabriel », répondit-il.*

Elle secoua la tête.

— *Non. Ami duveteux.*

Parce que « frère », c'était trop bizarre. Ce type n'était pas assez gentil pour être son frère.

— *Sois plus gentil et peut-être que je t'appellerai « mon frère ».*

Les lèvres de Gabriel tressaillirent.

— *On ne choisit pas ses frères et sœurs. Ce n'est pas comme ça que ça marche.*

— *Si, je peux ! argua-t-elle. Tu n'es pas mon frère. Pas encore. Pas avant d'être plus gentil.*

Il s'accroupit devant elle, les avant-bras sur les genoux.

— *Je suis ton frère, peu importe ce que tu en dis, petit ange. Il faudra que tu t'y fasses.*

— *Non.*

Il émit un son étouffé et secoua la tête.

— *Sans aucun doute, elle tient ça de Sethios.*

— *Tu viens de rire ? demanda son père, l'air stupéfait.*

— *Non, répondit l'ami duveteux. Je ne ris pas.*

— *Tu viens vraiment de rire. Tu as presque souri, aussi, dit papa en regardant maman. Aide-moi un peu, toi.*

— *Tu peux admettre que tu l'aimes, Gabriel, dit-elle doucement. Ce n'est pas une faiblesse.*

— *L'amour implique une émotion que je ne ressens pas, dit l'ami duveteux en se levant. Je suis juste passé pour vous informer que rien n'a changé. La dernière prophétie de Skye suggère que nous sommes sur la bonne voie. Si vous avez besoin de moi, vous savez où me trouver.*

Il disparut.

Astasiya pinça les lèvres.

— C'est certainement pas mon frère. C'est pas un gentil monsieur.

Stas cligna des yeux et sortit de son souvenir, la main sur son cœur, adossée contre un mur. Tout ce qui l'entourait était trop brillant, trop chaud, trop étrange.

Le sel était suspendu à la brise, troublant ses narines et rendant ses pensées confuses.

Où suis-je ?

Elle trébucha sur le côté, se heurtant à un autre mur.

— Stas, dit une voix familière.

Sa voix.

Stark.

Non, Gabriel.

Les plumes rouges.

Ses yeux se rouvrirent brusquement et les fenêtres vitrées devant elle lui montrèrent une plage qui menait à des kilomètres d'eau. Un haut plafond était suspendu au-dessus d'elle. Un ventilateur. Des lucarnes. Un canapé surdimensionné avec une table au centre de la pièce.

C'est quoi ce bordel ?

Elle prit une autre inspiration, sa poitrine la faisant souffrir pour une myriade de raisons.

— Tiens, un verre d'eau, murmura quelqu'un.

L'homme qui s'approchait n'était pas quelqu'un qu'elle s'attendait à revoir. Son visage était submergé par une vague de larmes, les teintes brunes de sa peau contrastant fortement avec les tons blancs qui les entouraient.

— Owen ? murmura-t-elle, le mur dans son dos étant chaud contre sa peau moite.

Puis les lumières devinrent plus nettes. Son nouvel environnement.

Oh, merde.

Je suis morte.
Bel et bien morte.

Parce que son vieil ami avait été assassiné il y a des mois. Tragiquement. Brûlé vif et décapité. Mais il se tenait devant elle maintenant, semblant frais et dispos dans un jean et une chemise à fleurs.

La tenue des îles.

Elle pouffa presque de rire. Owen Angelton ne portait pas de *tenue des îles*. L'homme adorait ses costumes raffinés, ses jeans de marque, ses chemises sur mesure. Pas les fleurs et les pantalons larges.

Alors peut-être qu'elle était en enfer.

Ce serait plus logique vu son lignage, non ? Sauf qu'elle n'avait jamais rien fait pour justifier son séjour ici.

— Stas, répéta Stark, cette fois avec plus de force, les bras croisés. Sais-tu qui je suis ?

Elle le regarda fixement. Bien sûr qu'elle le connaissait.

— Stark.

— C'est un surnom donné par Ezekiel. Quel est mon vrai nom ?

Gabriel.

N'était-ce pas le nom du mystérieux bienfaiteur qui finançait le bar d'Owen ?

Mais Stark travaillait pour la FHC. Et pourtant, c'était son frère ?

— Je ne comprends pas, admit-elle, ses mots lui faisant mal à la gorge.

Trop de cris. Ne devrait-elle pas ressentir moins de souffrance dans l'au-delà ?

— Bois, l'encouragea Owen en lui tendant le verre.

Bon, ça avait l'air d'être de l'eau.

N'y a-t-il pas une quelconque règle concernant la boisson au paradis ? Quelque chose à propos de l'ambroisie ? Des histoires de gens qui cédaient à la tentation et mouraient ?

Elle secoua la tête, ignorant tout le charabia de ses pensées. Qu'est-ce que ça pouvait faire ? Elle avait déjà connu l'enfer dans ce cercueil.

Le visage d'Issac apparut dans ses pensées, avec une expression anxieuse alors qu'il la fixait de toute sa hauteur. L'avait-il exhumée ?

Attends...

Quelque chose la tracassait, quelque chose d'important.

Elle sirota l'eau pendant qu'elle y réfléchissait, tentant de poursuivre le souvenir. Il lui échappait, se cachant dans les recoins de son esprit, lui refusant l'accès.

— Qui suis-je ? répéta Stark, attirant son attention sur lui.

Contrairement à Owen, il portait un pantalon noir et une chemise ajustée. *Ça*, c'était la tenue préférée d'Owen. Pourquoi avaient-ils échangé leurs vêtements ?

— Suis-je en enfer ? s'interrogea-t-elle à voix haute, curieuse de savoir si l'un d'entre eux pourrait le lui dire.

Owen gloussa.

— Ça dépend de ce que tu entends par là, Sassy.

Ce vieux surnom lui fit chaud au cœur. Elle ne l'avait pas entendu depuis bien trop longtemps.

— Ça n'aide pas, marmonna Stark.

Owen haussa un sourcil d'ébène.

— Quoi ? Combien de temps ça fait maintenant que je suis coincé ici à attendre ce moment ? Je ne peux appeler personne. Je ne peux rendre visite à personne. Tout le monde pense que je suis mort. Oui, je dirais que c'est un peu comme l'enfer.

Stark semblait en fait mal à l'aise, passant sa main dans ses courts cheveux blonds et se massant la nuque.

— C'était le seul moyen.

— Ouais, ouais, répondit Owen en enfonçant ses

mains dans ses poches et en se concentrant sur Stas. Tu sais, je m'attendais à une certaine réaction, Sassy. Soit un câlin, soit une claque en pleine tête. Peut-être même un coup de poing. Pas cette merde ennuyeuse. Qu'est-ce que Wakefield t'a fait en mon absence ? Tu étais tellement plus fougueuse avant.

Elle finit son verre d'eau et le posa sur l'étagère à côté d'elle. Cette maison – ou cet appartement – était entièrement meublée avec élégance. Et semblait être encerclée par la plage. Même l'air avait ici le goût de l'opulence.

— Sérieusement, où suis-je ?

— Chez moi, répondit Stark. Ma vraie résidence.

— Quelque part dans le Pacifique Sud, ajouta Owen. Ne me demande pas où, parce que ça n'existe sur aucune carte. C'est comme ça que les Séraphins s'amusent.

Cette fois, Stark eut un petit rire.

— *S'amuser* n'est pas un terme que j'utiliserais.

— Tu as raison. *Vachement ennuyeux* serait plus précis.

— Ça n'a même pas de sens.

— Parce que tu manques trop d'imagination pour comprendre les métaphores, mon gars.

— Ça non plus, ça n'a pas de sens, marmonna Stark. Et tu te demandes pourquoi je ne te rends quasiment pas visite.

Owen eut un petit rire moqueur.

— Tu passes ici assez souvent, crois-moi.

— Tu te disperses...

— Gabriel ! Où es-tu ?

La voix féminine venait d'ailleurs dans la maison. Forte. Exigeante. En colère.

Une superbe femme blonde entra dans la pièce, ses cheveux flottant jusqu'au bas de son dos.

Stas entrouvrit la bouche. *Je l'ai déjà vue.* Le Séraphin de la plage, enveloppé de plumes violettes.

— Tu as sauvé Balthazar.

Une paire d'yeux clairs la regarda.

— Hein ? Ah, oui. C'est vrai. On en discutera quand j'aurai fini de passer un savon à ton frère.

Son regard se rétrécit et se dirigea vers Stark.

— Tout de suite, Gabriel.

— Mec, elle t'a appelé par ton nom complet, dit Owen en ricanant. À ta place, je ne l'ignorerais pas.

Stark le regarda.

— Merci pour ce conseil utile, abruti.

Owen sourit.

— C'est ça, mon petit Starky. Il était temps que tu montres un peu de frustration.

— Donner un surnom attendu depuis trop longtemps n'est pas un signe d'émotion, répondit Stark. Et, Leela, je suis occupé.

— À faire quoi ? Te chamailler avec Owen devant Stas qui est clairement désorientée ? demanda Leela en croisant les bras. Tout ça aurait pu être évité si tu étais resté au domaine plutôt que de t'envoler sans un mot. Issac est dans tous ses états, parce qu'il pense qu'elle le déteste et...

— Issac ? l'interrompit Stas alors que son cœur faisait un bond. Qu'est-ce que tu as dit à propos d'Issac ?

Leela soupira.

— Il pense que tu le détestes parce qu'il t'a enterrée vivante. Ou peut-être qu'il se déteste lui-même. Quoi qu'il en soit, ça pourrait tout...

— Il m'a enterrée vivante ? répéta Stas, comprenant les mots.

Les souvenirs de son incapacité à respirer l'assaillirent, heure après heure, jour après jour. Le collier n'avait pas fonctionné. Ses ongles s'étaient cassés alors qu'elle essayait désespérément de se libérer.

— Il m'a enterrée vivante.

Son expression désemparée se refléta à nouveau dans son regard. Un aperçu de la souffrance dans le clair de lune, au-dessus de sa tombe. Lorsqu'elle était revenue à la vie pour enfin trouver de l'air.

Et j'ai crié.

Elle jeta un nouveau coup d'œil autour d'elle, son cœur battant plus vite dans sa poitrine.

La conversation qu'elle avait à peine entendue, qui avait quelque chose à voir avec ses souvenirs.

Stark étant en fait Gabriel, son frère.

Ce Séraphin, Leela, qui avait sauvé Balthazar.

Owen...

— Tu es vivant ? chuchota-t-elle en croisant son regard chocolat. Tu étais ici pendant tout ce temps ?

— Elle nous revient, murmura-t-il, une pointe de tristesse dans la voix. Je suis désolé, Sassy. Quand tu m'as invité au dîner de remise des diplômes, je n'ai pas pu dire non. Stark a fait la seule chose qu'il pouvait faire. Il a simulé ma mort pour satisfaire Jonathan, puis m'a caché ici. M'emmener à Hydria aurait soulevé beaucoup trop de questions et tu n'étais pas encore prête.

— Tu es *vivant* ? dit-elle une nouvelle fois, sa voix approchant de l'hystérie.

Une avalanche de sensations l'envahit, chaudes, froides, ses poings se crispant sur ses flancs, son cœur battant à cent à l'heure dans sa poitrine.

Owen n'est pas mort.

Elle avait passé tous ces mois à essayer de comprendre ce qui lui était arrivé, à se reprocher son meurtre, à faire son *deuil*.

—Je t'ai *pleuré*, souffla-t-elle, la gorge étranglée par trop de mots qui exigeaient d'être dits tous à la fois.

Ils l'étouffaient et ses membres se mirent à trembler

sous l'assaut. Elle avait tant de choses à dire. Tant d'accusations. Des mots blessants. Tous enrobés par un bonheur indéniable. *Il n'est pas mort.*

— Tout comme Lizzie a pleuré Tom, répondit Owen. Oui, je sais.

Stas entrouvrit la bouche. C'est ce que Lizzie avait vécu quand elle avait cru que Tom était mort. Sauf que c'était probablement pire à cause de ses sentiments amoureux. Pas étonnant qu'elle ait été si furieuse. La trahison ronronnait à la surface des pensées de Stas, son cœur se fissurant et se réparant à plusieurs reprises.

Owen m'a menti.

Il est vivant.

Il m'a trompée.

Mais il est là et il va bien.

Son ami – son ancien ami ? – sourit tristement.

— Tu m'as manqué, Sassy. Plus que tu ne le sauras jamais.

— Je pensais que tu étais mort, cracha-t-elle. Je croyais que la FHC t'avait tué à cause de moi !

OK, donc c'était la furie qui l'emportait.

Il fronça les sourcils.

— Pourquoi crois-tu ça, merde ?

— À cause des dossiers de la FHC. Ils disaient que tu devais être éliminé à cause de tes liens avec moi, quelque chose à propos du fait d'être trop proche de l'atout.

Elle ne se souvenait plus de la formulation exacte. Cela faisait des mois que Mateo avait piraté la base de données de la FHC. Mais une chose était certaine.

— Tu as été signalé comme devant être exécuté à cause de notre amitié. Alors oui, je m'en suis voulu.

Et merde, il n'était même pas mort.

Elle fit un pas, puis recula, ne sachant même pas où aller. Mais elle avait besoin d'un instant. De quelque chose.

Pour se calmer. Pour ne pas frapper son ancien ami mort décapité.

— Et toi, grogna-t-elle en se tournant vers Stark. Tu es mon putain de frère ? Tu ne crois pas que tu aurais pu me parler de ça... disons, je ne sais pas moi, à un moment donné au cours des deux dernières décennies de ma vie ?

Oh, mais non. Il avait fait effacer ses souvenirs. Des souvenirs désormais intacts, y compris ceux du jour où il avait demandé à un ange, Vera, d'effacer son esprit. Puis il l'avait laissée devant la porte des Davenport.

Le rire qui s'échappa de sa gorge eut l'air brisé à ses propres oreilles. Faux. Comme si elle avait oublié de respirer. Ce qui était peut-être le cas. Elle avait été enfermée dans un putain de cercueil pendant un sacré moment.

Par son petit ami.

Qui pensait qu'elle était morte parce que des Sentinelles lui avaient tiré dessus à plusieurs reprises.

— Pourquoi ne suis-je pas morte ? demanda-t-elle fermement.

Elle se souvint des balles qui avaient transpercé sa peau, qui s'étaient frayé un chemin ardent à travers ses entrailles.

— Pourquoi n'es-*tu* pas morte ? demanda-t-elle à Leela. Je t'ai vue. Ils t'ont tiré dessus au moins une demi-douzaine de fois.

— Les Séraphins ne peuvent pas mourir, répondit-elle d'une voix douce et avec une expression encore plus douce. Nos vies résident dans nos âmes. Ces corps ne sont que des vaisseaux, des peaux que nous revêtons pour notre forme corporelle. Mais évidemment, nos corps peuvent mourir, comme tu l'as remarqué, et plus la mort est brutale, plus il faut de temps pour les régénérer.

— Dans le cas d'une décapitation, il faut jusqu'à un

mois pour s'en remettre, selon l'âge, ajouta Stark. Juste à titre d'exemple.

— La régénération du sang prend quelques jours, continua Leela avec un haussement d'épaules. Pour la suffocation, c'est en fait plus court.

— Sans blague, dit Stas, impassible. Combien de temps suis-je restée sous terre ?

— Quelques jours, répondit Stark, un soupçon de honte passant sur son visage. Je ne savais pas qu'il t'avait enterrée jusqu'à il y a quelques heures. Tu m'as télégraphié dans un rêve.

— J'ai *quoi* ?

— Ça fait partie du lien familial. Tu peux transmettre des messages lorsque tu es dans certains états.

— Ou tout le temps lorsque tu es liée par le sang, ajouta Leela en lançant un regard à Stark. Ce qui n'est pas le cas, d'ailleurs, puisqu'il pense qu'il ne peut pas la mordre.

— On parlera de ça un autre jour.

— Tu vois, maintenant, c'est là que tu as tort. Je suis revenue ici pour te dire qu'Ezekiel est en train de tout expliquer aux Anciens.

— Merde ! s'exclama Stark en passant à nouveau sa main dans ses cheveux et en soufflant. Je savais qu'il allait craquer.

— Ce sont ses amis, Gabe. Et ils méritent de connaître la vérité, dit-elle en portant son attention sur Stas. Tout le monde le mérite.

— La vérité sur quoi ? demanda Stas. Qu'y a-t-il de plus à savoir ?

Sauf qu'en considérant tout ce qui s'était passé ces dernières minutes, elle réalisait qu'elle ne savait toujours rien.

Les Séraphins ne peuvent pas mourir.

Et je ne suis pas morte.

Est-ce que ça signifiait... ?

— Je suis un Séraphin.

Elle cligna des yeux. C'était bien trop. Rien de tout cela n'avait de sens. Gabriel qui était son frère, Owen qui se tenait devant elle, Stas qui était revenue à la vie à maintes reprises.

Parce que je ne pouvais pas mourir.

Elle déglutit, le monde dansant autour d'elle sur un rythme que son esprit refusait de comprendre.

— J'ai besoin d'Issac, souffla-t-elle. J'ai besoin... j'ai besoin de lui.

Quand ses genoux menacèrent de céder, le mur dans son dos trembla. Cette réalité dans laquelle elle était tombée n'avait aucun sens. Ça devait être une dimension de l'enfer. Un univers alternatif. *Quelque chose.* Ça ne pouvait pas être sa vie.

— Où est Issac ? murmura-t-elle, l'obscurité s'insinuant autour d'elle. J'ai... j'ai besoin...

Ses jambes cédèrent sous elle, des bras forts la rattrapèrent dans sa chute, suivie d'une litanie de jurons. Mais ce n'était pas le bon contact. Étranger. Pas celui qu'elle voulait.

Où suis-je ?

Qu'est-ce que je fais ici ?

Qui suis-je ?

Son esprit s'arrêta.

L'obscurité s'installa.

La renvoyant dans l'enfer dont elle venait de s'échapper. Sauf que cette fois, sa mère n'était pas en train de l'attendre. Juste une citerne de néant. Un trou vide créé pour Stas. Dans lequel elle s'installa en position fœtale et pleura.

ISSAC

Le fait de vivre pour l'éternité montre tout sous un nouveau jour. Ce sont les ombres, le souvenir de ceux qui se sont éteints, que je ressens le plus. Le reste, en grande partie, n'est qu'insignifiant, disparaît en un clin d'œil et je n'y pense plus jamais.

— *Issac Wakefield*
Vita mutatur, non tollitur

— RÉPÈTE ÇA, demanda Jayson.

Ezekiel soupira, ses jambes en jean étendues sur le fauteuil inclinable, sa veste en cuir de marque dézippée en haut. L'image même de la tranquillité malgré la horde d'immortels en colère qui l'entourait.

— La journée va être très longue si tu me fais tout répéter, Jay.

— Alors, explique-toi mieux, bordel, suggéra Alik, l'épaule appuyée contre le mur tandis qu'il faisait tournoyer une lame entre ses doigts.

Tous les Anciens, Thomas et la progéniture d'Issac étaient revenus chez Balthazar pour s'installer avec Ezekiel dans le salon subitement trop petit. Issac restait dans un coin, silencieux. Le cri d'Astasiya se rejouait en boucle dans sa tête, ce qui l'empêchait de se concentrer.

Elle est vivante.

Ces trois mots lui réchauffaient le cœur tandis que son esprit le tançait pour ce qu'il avait fait. Était-elle éveillée pendant qu'il était allongé sur sa tombe à lui parler ? Il l'aurait sûrement entendue.

Bon sang, suffoquer encore et encore... Astasiya devait le détester.

— Quelque chose ? demanda-t-il en adressant sa question à Mateo, à côté de lui.

Sa progéniture secoua la tête.

— Ça tourne toujours.

À son retour, Issac avait demandé à Mateo de vérifier le GPS du collier de Stas. Cela faisait *quatre jours* qu'elle l'avait activé, selon ses archives, mais il avait désactivé le dispositif et les mécanismes d'alarme après ses funérailles, parce qu'il n'y avait plus lieu de surveiller sa position.

Astasiya avait demandé de l'aide.

Et Issac l'avait ignorée.

Une autre raison pour qu'elle le déteste.

— Comment ça, Owen n'est pas mort ? demanda Lucian, dont le soupçon de fureur dans la voix se répercuta dans toute la pièce. Et il travaillait pour toi et Stark à faire quoi, exactement ?

— Sérieusement, je dois encore répéter ? répliqua Ezekiel en secouant la tête. Il nous aidait à protéger Stas, d'où le fait qu'il s'est lié d'amitié avec elle à Columbia. Et oui, il est bien vivant.

Les mots défilèrent dans les pensées d'Issac et une image du jour où il avait rencontré Astasiya apparut derrière ses paupières.

Un corps carbonisé sur une chaise.

Décapité.

Méconnaissable.

Très, très mort.

Mais Issac avait noté ce jour-là que la tête difforme ne ressemblait plus à celle de l'immortel qu'il avait connu. Il avait supposé que c'était le résultat d'une importante torture. Pourtant, les paroles d'Ezekiel faisaient apparaître une toute nouvelle possibilité.

Gabriel avait mis en scène un cadavre grotesque qui rendait impossible l'identification d'Owen.

C'est lui qui avait envoyé un SMS à Astasiya ce matin-là ? Pour lui permettre de trouver le corps ? Le rendez-vous pour étudier ensemble avait été pris avant, mais le message avait été envoyé après la probable heure du décès.

Ou est-ce que tout ça n'avait été qu'un coup monté ?

Non. Ça ne pouvait pas être ça. Gabriel n'avait aucun moyen de savoir que Lucian dépêcherait Issac pour enquêter sur les lieux du crime.

Mais quelqu'un avait envoyé un message à Astasiya.

— Je ne te crois pas, dit Jayson en croisant les bras, campé sur ses jambes et prêt à se battre. Tout récemment, tu as exprimé ton chagrin pour sa perte, en disant qu'il servait un plus grand objectif ou une connerie du genre, et qu'il te manquait. Maintenant, tu dis qu'il est vivant ?

— Note que je n'ai jamais dit qu'il était mort, juste que j'avais du chagrin pour ce qui lui était arrivé, répondit Ezekiel en passa sa main dans ses longs cheveux et en soufflant. Écoute, une fois que Jonathan a donné à Stark l'ordre de tuer Owen, il n'a pas eu d'autre choix que de mettre en scène le meurtre du jeune immortel. Parce que, comme je le répète, Stark n'a jamais vraiment travaillé pour Jonathan. Il a toujours travaillé pour lui-même, principalement pour garder sa sœur en sécurité.

— C'est pour ça qu'il lui a envoyé le message du

téléphone d'Owen ? demanda Issac en interrompant la conversation. Pour s'assurer qu'elle se présenterait ce matin-là ? Avait-il prévu de la retrouver à l'appartement ?

Ezekiel sourit.

— Tu vois, Wakefield fait preuve d'imagination. Bien joué.

— Il n'était pas là ce matin-là. Seuls les deux chiens de garde du Conclave étaient dans l'appartement. Et puis Astasiya.

— C'est ce que tu as vu, corrigea Ezekiel. Stas est d'abord tombée sur toi. Il a décidé de ne pas intervenir.

— Un risque, souligna Issac.

Les lois du sang exigent des Ichoriens qu'ils tuent les Novices à vue et l'immunité d'Astasiya à son don l'a certainement classée dans une catégorie différente ce jour-là. Heureusement, Issac ne se souciait guère des édits archaïques qui régissaient son espèce.

— Oui, c'est une situation que nous avons surveillée de près, je t'assure.

Ce qu'entendait Issac ne lui plaisait pas. Si Gabriel était un Séraphin, il pouvait se volatiliser sans bruit ni alerter de sa présence. De combien de choses avait-il été témoin ? Quels moments intimes avait-il gâchés ?

— Disons que, pendant un instant, je crois tout ça, dit Jayson, son ton trahissant son incrédulité. S'il n'a pas assassiné Owen, alors qui a-t-il tué ?

— C'était un corps de la morgue.

Ezekiel balaya cela de la main, suggérant que le détail était insignifiant.

— Stark a du mal à faire du mal aux innocents.

Thomas pouffa de rire.

— Tu ne le connais clairement pas aussi bien que moi.

— Au contraire, mon jeune Fitzgerald, je le connais

bien mieux que toi, dit Ezekiel en inclinant la tête sur le côté.

— Qui, d'après toi, a soutenu ton idée d'emmener Amelia hors du site l'été dernier ? Pourquoi crois-tu qu'il a fait ça ?

Il jeta un coup d'œil à Jayson.

— Et tu penses honnêtement qu'il ne t'a pas vu dans la cuisine de Rubis pendant ce dîner ? Celui où il t'a délibérément laissé la fiole de son sérum sur le comptoir ? demanda-t-il avec un claquement de langue désapprobateur. Vraiment, même s'il a été con de ne pas vous avoir mis au courant plus tôt, il vous a aidé de toutes les manières possibles.

Son attention se reporta sur Issac.

— Et tu n'as aucune idée de ce qu'il a dû endurer pour protéger Astasiya. Ce que nous avons tous enduré.

— Parce que vous nous avez laissés dans l'ignorance, grogna Jayson.

— Tout ça aurait pu être évité si vous aviez arrêté de jouer et si vous aviez été honnêtes dès le début.

— La prophétie en avait décidé autrement, ajouta une voix féminine au moment où Leela apparut au centre de la pièce.

Aucune énergie de volatilisation n'avait précédé son arrivée cette fois. Elle était juste soudain là. Un Séraphin. À Hydria. Encore une fois.

— Quelle prophétie ? interrogea Lucian, sans perdre une seconde.

— Tu n'en étais pas encore là ? demanda-t-elle sur un ton lyrique, la question s'adressant clairement à Ezekiel.

— Non. Ils me font tout répéter.

L'assassin avait l'air frustré. Ce qui était assez rare pour être noté, à coup sûr.

— Quelle prophétie ?

Cette fois, la question venait de Balthazar qui s'était levé dès l'arrivée de Leela. Jusqu'à présent, il était resté silencieux. Intéressant qu'elle l'ait poussé à parler.

— *Une puissance inconnue émerge. Elle possédera la force et la volonté de nous détruire tous, à moins que certaines mesures ne soient mises en place pour freiner ses inclinations,* annonça Ezekiel avec un haussement d'épaules, comme si ces paroles ne signifiaient rien. Pour ceux qui se posent la question, Stas est la puissance inconnue et les mesures mentionnées sont la raison principale pour laquelle on vous a tous gardés dans l'ignorance, comme le dit Jayson.

— Astasiya devait recevoir une éducation aussi humaine que possible et elle devait faire ses propres choix, dit Leela, dont le regard clair croisa celui d'Issac avec une expression douloureuse. Malheureusement, ça a trop bien marché, puisqu'on n'arrive pas à la calmer. J'ai été envoyé ici par Gabe pour venir vous chercher.

— Attendez, intervint Lucian. Cette prophétie, d'où vient-elle ? Et qu'est-ce que ça veut dire ?

Ezekiel sourit.

— Cela nécessite de vous raconter toute une histoire.

— Que tu pourras commencer dès que je serai partie.

Le Séraphin se recentra sur Issac.

— Nous avons besoin de ton aide. *Elle* a besoin de ton aide, dit Leela en lui tendant une main. S'il te plaît.

Tristan s'interposa entre eux avant qu'Issac ne puisse répondre.

— Vous nous emmenez tous les deux.

Le rire de Leela n'était pas du tout amusé.

— Tu ne me fais pas peur, jeune immortel. Et tu ne sais rien non plus de ce que je peux faire. Et bien que j'admire ta loyauté, je ne m'inclinerai ni devant toi ni devant qui que ce soit d'autre. Je suis ici pour conduire Issac à Astasiya, ce qu'il veut aussi, j'imagine.

Elle regarda par-dessus l'épaule de Tristan en haussant un sourcil blond à l'intention d'Issac.

Ce n'était même pas une question.

Si Astasiya avait besoin de lui, il irait la voir.

Au diable la logique. Au diable la stratégie. Au diable les détails.

— Conduis-moi à elle, dit-il sans se soucier des conséquences.

— Issac, nous avons d'abord besoin de plus d'informations, intervint Lucian dont la prudence transparaissait dans le ton. On ne sait même pas où elle t'emmène.

Ça n'avait aucune importance.

— J'y vais quand même, répondit Issac.

— Pense à ce que tu fais, à ce que tu risques, dit Tristan en se retournant. C'est peut-être un piège, père. Ce n'est pas parce que Stas est en vie que Jonathan ne l'utilise pas pour quelque chose d'infâme. Stark est sa Sentinelle numéro un, son bras droit.

— Qui chaque fois l'a défié, ajouta Ezekiel. Stark n'a accepté le job à la FHC que pour en savoir plus sur les liens entre Jonathan et Osiris et pour avoir un œil sur les expériences.

— Sans preuve, ce ne sont que des mots, argumenta Tristan, son expression implorant Issac. Attends que nous ayons plus d'informations. Qui sait où elle t'emmène, père ?

Il fit un geste en direction de Mateo.

— Il ne peut même pas localiser Stas.

Après tout ce qu'ils avaient appris, tout ce qu'ils avaient vu, non. Issac secoua la tête.

— Ce n'est pas un piège.

Aidan avait soupçonné le lignage d'Astasiya, tout comme Issac s'était interrogé sur sa naissance. Son sang n'avait pas le même goût que tout ce qu'il connaissait, sans parler des propriétés qui l'avaient satisfait de manière durable. Et elle avait vécu quelque chose qui aurait tué tous les autres immortels de son existence.

C'est un Séraphin.

Et elle a besoin de moi.

— Conduis-moi à elle, répéta-t-il, ignorant tous les autres et se concentrant sur Leela.

— Ne t'inquiète pas, jeune immortel, dit-elle en tapant sur l'épaule de Tristan, ce qui le fit tressaillir. Je ramènerai ton père en un seul morceau. Ou peut-être qu'Astasiya le fera.

Elle disparut avant que Tristan puisse réagir.

Les lèvres d'Issac s'entrouvrirent en signe de confusion, avant de ressentir cette étrange impression de voler à nouveau, tout comme il l'avait expérimentée en route pour le domaine de Wakefield.

L'électricité bourdonnait sur sa peau.

L'odeur de l'océan devint plus prononcée, l'entourant, s'infiltrant dans ses poumons.

La chaleur du soleil couchant l'enveloppa, sa perception du temps et de l'espace était complètement bouleversée, comme s'il avait été projeté à l'autre bout du monde. Et peut-être que c'était le cas. Le jour se levait sur Hydria. Ici, la nuit le regardait par-dessus l'horizon.

Ses pieds nus atterrirent sur le sable – il ne s'était jamais soucié de porter des chaussures – et une maison apparut devant lui, en bordure de la plage. Pittoresque, entourée par un porche et des palmiers, et pourvue d'une porte grande ouverte avec Owen qui se tenait sur le seuil.

Certainement pas un piège.

Leela ouvrit la voie, ses cheveux clairs tombant dans son dos en une coiffure bouclée.

— Si Gabriel est son frère, es-tu sa sœur ? se demanda-t-il à voix haute en remarquant qu'ils étaient tous les trois blonds aux yeux clairs.

Elle étouffa un rire.

— Non. Je n'ai absolument aucun lien avec Gabe, ni de près ni de loin. Je suis de la lignée de la Fertilité. Il est de la lignée des Guerriers.

Je vois. C'est tout à fait logique.

— Wakefield, le salua Owen avec méfiance.

— Toi et moi, on va avoir une sérieuse discussion plus tard, répondit Issac.

Une discussion qui pourrait ou non impliquer de lui mettre son poing dans la figure.

— Où est Aya ?

— Dans la chambre d'amis, répondit Gabriel qui apparut, impassible. Elle n'arrête pas de pleurer.

— C'est qu'elle doit être bouleversée, j'imagine.

Il ne put retenir le sarcasme. La semaine dernière avait été un véritable enfer. Il n'avait pas dormi. Son cœur avait été brisé en un million de morceaux, dont la plupart refusaient de se réparer sans son autre moitié. Et il avait enterré l'amour de sa vie vivant. Par accident.

— Où est la chambre d'amis ?

Gabriel se retourna sans un mot, traversant le salon recouvert de vitres et de lucarnes. L'homme appréciait manifestement la vue sur la plage.

Le large couloir, au-delà, comportait d'autres fenêtres, ainsi que des portes coulissantes donnant sur l'extérieur. Une cuisine équipée d'appareils électroménagers en acier inoxydable apparut sur la gauche, s'ouvrant sur une salle à manger qui avait une autre sortie vers l'extérieur.

Cette maison était plus grande que ce qu'Issac pensait.

Gabriel le conduisit en haut d'un escalier, le ciel sombre filtrant à travers les vitres du plafond, projetant des ombres sur la rampe en bois et les meubles.

Un autre couloir, celui-ci éclairé par le haut, bordé de portes. Gabriel s'arrêta à la deuxième sur sa droite, mais ne l'ouvrit pas.

— Elle est ici, dit-il doucement.

— Y a-t-il autre chose de pertinent que je devrais savoir avant de lui parler ? demanda Issac, la main sur la poignée.

Gabriel soupira, les premiers signes d'émotion se glissant dans ses traits.

— Elle n'est pas hydraïenne.

— J'ai compris. C'est un Séraphin, comme Elizabeth.

Aidan avait laissé entendre que c'était une possibilité, pendant leurs discussions. Clairement, Astasiya avait été génétiquement modifiée. Par Sethios, peut-être ?

— Non, pas du tout comme Elizabeth, dit Gabriel en s'appuyant contre le mur, à nouveau les bras croisés. Caro, notre mère, est un Séraphin. Et Sethios est le fils d'un Séraphin, ce qui le rend génétiquement compatible. D'après ce que je sais, Astasiya est essentiellement de sang pur. Ses ailes devraient pousser d'un jour à l'autre, maintenant.

Le cœur d'Issac fit plusieurs bonds dans sa poitrine.

— Sethios est le fils d'un Séraphin ?

Et Astasiya est considérée comme ayant un sang pur ? De naissance ? Pas à cause d'un laboratoire ? De tous les scénarios dont Aidan et Issac avaient discuté, *celui-là* n'en faisait pas partie.

Alors qu'il pensait que rien d'autre ne pourrait le choquer, Gabriel lui dit :

— Osiris est le Séraphin de la Résurrection.

Le monde s'arrêta.

Le temps s'arrêta.

L'oxygène disparut.

Le Séraphin de la Résurrection.

— Son lignage est la raison pour laquelle les Ichoriens et les Hydraiens existent, dit Gabriel dans un murmure de sons oblitérant les sens d'Issac. C'est pourquoi il peut contraindre ton espèce. Astasiya le peut aussi. Parce qu'elle est une descendante directe de la hiérarchie familiale. Le pouvoir est dans son âme. Elle aussi pourrait créer des serviteurs immortels, si elle le désirait. Mais elle descend aussi en partie d'une lignée de guérisseurs et d'anges gardiens messagers. Sa combinaison génétique est pour le moins puissante. Sans lien avec l'humanité, elle aurait représenté un grand risque pour les mortels. D'où...

— La raison pour laquelle les Davenport l'ont élevée, termina pour lui Issac, dans un souffle.

— Oui. Sethios et Caro connaissaient leurs destins depuis le début. Ils ont tout sacrifié pour qu'Astasiya devienne la femme qu'ils savaient qu'elle pouvait être et elle est enfin prête.

Gabriel l'étudia pendant un long moment.

— Elle a pu voir ma plume, non ? Avec le cadeau que j'ai laissé ?

Issac hocha la tête en silence, son esprit trop occupé à essayer de comprendre tout ce que Gabriel lui avait dit. Et Ezekiel, aussi.

— C'est la phase finale, le fait qu'elle soit capable de voir le royaume éthéré.

Gabriel se détacha du mur et repartit dans le couloir.

— Au fait, son sang n'est pas toxique. Mais à ta place, je ne la mordrais pas encore, pas avant que vous compreniez tous les deux le lien.

— Le lien ? répéta Issac, consterné par cette information.

Son sang n'est pas toxique. Parce que c'est un Séraphin, pas une Hydraienne.

Astasiya n'a jamais été inaccessible.

Et ce salaud le savait depuis le début.

Gabriel jeta un coup d'œil par-dessus son épaule en haut de l'escalier.

— Le lien du sang, une promesse d'éternité. Le lien. Tu l'as initié quand tu l'as mordue. C'est pourquoi elle a pu t'atteindre dans tes rêves. Tu es le compagnon qu'elle a choisi.

STAS

Aidan croit que les Séraphins sont liés d'une manière ou d'une autre à notre existence, qu'ils étaient peut-être les immortels originels, qui sont depuis morts de vieillesse. Je ne suis pas convaincu par ces deux points. Sachant ce que je sais maintenant de l'influence des Ichoriens et des Hydraiens sur l'histoire de la civilisation, je me demande si les Séraphins ne sont pas un mythe inventé par des êtres anciens. De même que Lucian et Balthazar ont influencé la mythologie grecque et romaine.

— Issac Wakefield
Vita mutatur, non tollitur

LE CANON de l'arme brillait dans la lumière du jour.

Une acceptation étrange s'était installée en elle. Elle faisait ça par amour. Pour l'avenir. Mais oh, ça brûlait, le feu se répandait dans ses veines. Cela la mit à genoux dans un cri d'agonie. Cela ne faisait pas partie du plan. Elle croisa le regard de son agresseur, la confusion irradiant dans ses membres. Mais un masque sadique obscurcissait les traits d'Ezekiel.

— Des balles incendiaires, expliqua-t-il nonchalamment. Elles *ont été conçues par les chercheurs de Jonathan pour les Sentinelles de la FHC. Cela dit, je ne crois pas que ce soit tout à fait au point, sur le plan scientifique, parce que ce n'est pas censé être aussi évident. Mais bon, ça l'est carrément.*

Un mouvement dans son champ de vision attira son attention : un jeune ange aux longues boucles blondes flottant dans le vent. Son petit visage prit la couleur du choc et de l'inquiétude, ses jambes la portant en avant.

C'est moi ? *se demanda Stas.* Pourquoi est-ce que je rêve de moi comme ça ?

Le choc traversa le lien, Sethios en était la source, suivi par l'agonie alors qu'il obligeait sa fille à courir. Pour se cacher.

L'expression du petit ange tomba, le tourment tordant ses traits. Mais elle obéit parce qu'elle n'avait pas le choix. La volonté de son père lui commandait de faire ce qu'il demandait, les derniers vestiges de son énergie étant canalisés dans le seul but de protéger sa petite fille.

L'image s'effaça pour laisser place à une paire d'exquis yeux bleu clair, implorants.

Et des lèvres si semblables aux siennes.

— Trouve-le, Astasiya, disait la voix sans un son. Trouve ton père. Sauve-nous tous.

Stas sursauta et se redressa dans le petit lit, son cœur battant à toute vitesse. Ses mains moites collaient aux draps autour d'elle, la chemise et le pantalon qu'elle portait étaient étranges contre sa peau humide. La femme, dont Stas ne se souvenait plus du nom, celle qui avait sauvé Balthazar, lui avait donné ces vêtements après une douche.

Une douche pendant laquelle Stas avait passé la majorité du temps à sangloter par terre.

Où suis-je maintenant ?

Une autre dimension de l'enfer ?

Un soupçon de bois de santal taquina ses sens, la berçant d'un faux sentiment de confort. La familiarité de cette situation lui faisait mal au cœur, provoquant une souffrance au plus profond d'elle-même : son âme avait besoin de son autre moitié.

— Issac, souffla-t-elle, ses paupières se fermant avec un soupir.

Oh, il lui manquait. C'est comme s'ils avaient été séparés depuis...

— Je suis là, répondit-il à voix basse.

Elle ouvrit soudain les yeux et se tordit le cou en entendant sa voix.

— Tu dormais et je ne voulais pas te déranger, ajouta-t-il doucement.

La lune éclairait la majeure partie de la pièce à travers les fenêtres surdimensionnées, mais pas les ombres dans le coin près de la porte. Issac était appuyé contre le mur, son visage caché par un nuage d'obscurité. Mais elle savait que c'était lui. Elle reconnaissait sa forme longue et maigre.

— Tu es là, murmura-t-elle, les mots restant coincés dans sa gorge.

Parce que le fait qu'il soit avec elle signifiait qu'elle rêvait encore. Ce qui expliquait l'environnement bizarre. Le fait de passer d'un souvenir qui ne lui appartenait pas à un monde qu'elle ne reconnaissait pas.

Un sanglot lui échappa lorsqu'elle se laissa tomber dans le havre de coussins derrière elle et qu'elle se roula en boule.

Elle détestait ça. Elle ne comprenait pas. Elle était perdue face à la nature écrasante de la vie.

— Pourquoi ? demanda-t-elle, suppliant le destin de lui expliquer cela. Pourquoi me fais-tu ça ?

— Aya.

Les bras d'Issac s'enroulèrent autour d'elle, la faisant pleurer plus fort. L'avoir si proche, mais savoir que rien de tout cela n'était réel rendait la chose bien pire.

— Tu me manques, admit-elle à travers ses larmes. Tu me manques tellement.

— Qui, ma chérie ? demanda-t-il. Qui te manque ?

— Toi, réussit-elle à dire dans un cri étranglé, ses épaules se mettant à trembler violemment.

Ça fait tellement mal, bordel. Elle avait besoin de lui, c'est pour ça qu'elle l'avait fait apparaître dans ce rêve.

— Mais tu n'es pas réel. Ce n'est qu'un rêve cruel.

Tout ça. Se faire tirer dessus. Voir sa mère. L'étouffement sans fin. Le fait d'être enfin sauvée. Qu'on lui ait dit qu'elle était un Séraphin. Qu'elle rêve de ses parents depuis un corps qui ne lui appartenait pas. Puis cette pièce bizarre.

— Aya, dit Issac, la tournant sur le dos et prenant son visage dans sa main. Ce n'est pas un rêve, mon amour. Je suis là. Tu es en vie.

Elle secoua la tête.

— Je suis en enfer.

Et elle ne savait pas pourquoi, ni ce qu'elle avait fait pour se retrouver ici.

— Tu es dans la maison de Gabriel Stark, dit-il en écrasant avec son pouce les larmes sur sa joue, son souffle chaud et menthol é contre son visage. C'est réel, mon amour. Je suis là.

Ses paroles ne firent que la faire pleurer davantage. C'était une blague cruelle créée par son subconscient pour la bousiller. Peut-être qu'elle était devenue folle sous terre.

— Je ne pouvais pas respirer, dit-elle, la gorge douloureuse à cause du souvenir. Mais je préfère ça à cette... cette... *souffrance*, dit-elle en serrant sa poitrine, son estomac lui donnant des crampes. Tu me manques trop. Et ça *fait mal*.

Le simple fait de l'admettre à haute voix envoya un

autre coup de poignard dans son cœur et fractura ce qui restait de son âme.

Un rêve si vicieux et diabolique.

— Tue-moi encore, supplia-t-elle. Remets-moi en terre. *S'il te plaît.* Ne me permets pas encore de me réveiller sans toi.

Issac s'étouffa avec un son qui la coupa en deux, sa tête tombant sur son cou.

— Bon sang, Aya.

Il tremblait contre elle, ses doigts glissant dans ses cheveux et la serrant violemment, la retenant contre lui.

— Je pensais que tu étais morte. Je pensais...

Sa voix se brisa, son corps frissonnait contre le sien. Ses larmes imprégnèrent la peau de Stas, rivalisant avec l'humidité de ses yeux.

Comment cela pouvait-il être si réel et n'être que dans sa tête ?

Elle cria son nom, ses entrailles se brisant en mille morceaux.

Et il la tenait sans faillir, son agonie gravée dans ses épaules, faisant trembler son échine, des excuses sans fin tombant de ses lèvres.

Je ne savais pas.

Je n'aurais pas dû t'enterrer.

Bon sang, je suis vraiment désolé.

Je suis vraiment, vraiment désolé.

Tu étais morte, Aya. Je... je n'arrive pas à croire que j'ai...

Est-ce que tu me pardonneras un jour ?

Ces déclarations se mélangèrent toutes avec le temps, les étoiles remplissant le ciel au-dessus d'eux. Tant de fenêtres.

Cet endroit était différent de tous ceux qu'elle avait visités, ce qui le rendait impossible à conceptualiser. Pourquoi l'avait-elle adopté comme cadre de son rêve ?

Ce n'est pas ce que je choisirais.

Mais clairement, c'est ce qu'elle avait fait.

Tout se brouillait, sa vision se transformait en nuances de bleu. Sombre. Profond. Froid.

Une bouche béante sur un cri.

Des chaînes l'enserrant étroitement sous la surface.

Si froide.

Seule.

Effrayée.

Mourant encore.

— *Sethios...* dit une voix obsédante qui sifflait dans ses oreilles. *Trouve Sethios... Il est temps.*

Stas en eut la chair de poule et un frisson lui parcourut l'échine alors que la pièce refaisait surface autour d'elle. Issac la regardait fixement, l'inquiétude gravée sur ses traits frappants, ses cils humides de larmes.

Ouah, même quand il pleurait, cet homme ressemblait à un dieu. Peut-être encore plus.

Non, pas un dieu.

Un ange.

Elle passa ses ongles sur ses lèvres parfaites, adorant sa peau douce.

— Tu es le plus bel homme que j'aie jamais vu, s'émerveilla-t-elle. Le seul que j'ai jamais aimé. Je t'aimerai toujours, même dans la mort. Tu le sais, n'est-ce pas ?

Elle se releva pour poser légèrement sa bouche contre la sienne.

La perfection divine.

Mon ange.

Elle enroula ses bras autour de son cou pour l'attirer vers elle, elle en voulait plus. Si son esprit souhaitait rêver, alors elle ferait en sorte que ce soit un beau rêve. Cela ferait plus mal plus tard, mais il avait trop bon goût pour qu'elle y résiste.

Il la laissa faire, sa langue douce contre la sienne, et ce n'était pas du tout ce dont elle avait envie.

Combien de jours, de semaines ou de mois s'étaient écoulés depuis qu'il l'avait vraiment prise ? Toute cette danse autour du destin, l'inquiétude que son sang puisse le tuer, l'inquiétude pour leur avenir qui s'y opposait. Et maintenant qu'elle l'avait sur un terrain de jeu où ils pouvaient faire n'importe quoi, être n'importe qui, il l'embrassait doucement ? Tendrement ? Non.

Elle grogna contre sa bouche.

— Embrasse-moi, Issac.

— C'est ce que je fais, chuchota-t-il, ses lèvres se fondant dans les siennes.

— Plus fort, exigea-t-elle. Embrasse-moi comme si c'était la dernière fois que tu me voyais.

C'était leur adieu, le moment qu'elle choisirait de se rappeler. Toujours.

— S'il te plaît, Issac. Embrasse...

Sa bouche posséda la sienne dans un grognement qui brûla les entrailles de Stas.

Chaud.

Dominateur.

Issac.

Sa paume s'enroula autour de sa gorge, la maintenant en place pendant qu'il l'emmenait au paradis avec sa langue. Mon Dieu, ça lui avait manqué. Aucune retenue. Aucune inquiétude. Pas de bombe à retardement au fond de son esprit.

Juste une passion pure et béate. Un accouplement de bouches si féroce qu'il arrêtait le temps et effaçait tout l'espace entre eux. Son refuge, son amour, son *compagnon*.

Elle passa ses doigts dans ses cheveux, s'accrochant à sa vie alors qu'il la dévorait. C'était plus extraordinaire que n'importe quel baiser qu'elle avait en mémoire, l'emmenant vers un nouvel endroit, lui faisant découvrir des sensations qui ne devraient pas exister. Comme s'ils volaient, planaient dans les nuages, leurs corps ne faisant qu'un. Si seulement ils pouvaient être dans un endroit qu'elle adorait, un endroit où ils pourraient créer un souvenir durable qu'elle chérirait pour l'éternité.

Le Montana apparut dans son esprit, le chalet qu'Issac lui avait offert.

Oui.

Elle voulait y aller. Pour être avec Issac dans un endroit qu'elle considérait comme chez elle. *Leur* maison. Une solitude paisible entourée d'arbres, de neige et d'eau. Elle pouvait presque sentir l'odeur fraîche des pins, le parfum de la nature sauvage qui lui chatouillait les narines.

La prise d'Issac se resserra, sa bouche exigeant qu'elle se concentre et lui rende la pareille. Et oh, elle n'hésita pas à s'exécuter, sa langue glissant contre la sienne dans la danse experte qu'il préférait. Aucune retenue. Pas maintenant. Non, elle lui donnait tout et il lui rendait la pareille, son contact marquant son âme. Elle lui appartenait, et lui à elle, et il n'y aurait jamais personne d'autre entre eux.

— Merde, tu es magnifique.

Une pointe d'admiration se dégageait de sa voix, ses mains glissant sur ses épaules et vers le haut, sur une partie étrangère d'elle qui faisait vibrer chaque fibre de son être. Tellement, tellement bon, quoi qu'il fasse. Elle n'avait jamais voulu que ça se termine.

Stas se mit presque à rire, son cœur battant de bonheur à cause de *lui*. Cet homme, séduisant et beau, la complétait. *Il est à moi.* Le destin ne pouvait pas lui enlever ça. Même si elle suffoquait un millier de fois encore, le prix à payer en valait la peine. Car elle se souviendrait toujours de ce sentiment, de cette sensation d'être pleine de lumière. Insouciante. Adorée.

— Elles sont si douces, s'émerveilla-t-il, ses lèvres caressant les siennes. Bon sang, si douces, Aya.

— Qu'est-ce qui est doux ? demanda-t-elle en souriant.

L'étonnement illumina ses iris saphir quand il répondit au curieux regard de Stas en recourbant ses lèvres en l'un de ces sourires qui étaient sa marque de fabrique. Cela lui coupait le souffle, la laissant immobile sous lui, captivée par son beau visage. C'est comme si elle le revoyait pour la première fois, se souvenant de chacun de ses traits magnifiques.

— Tes ailes, Aya.

Son contact lui donna de nouveaux picotements dans le dos et il reporta son regard sur sa main, au-dessus de l'épaule de Stas.

— Elles sont éblouissantes.

— Mes...

Elle s'interrompit, son attention se portant sur les plumes rose pâle étalées sur le lit.

Leur lit.

Dans le Montana.

Ses yeux s'écarquillèrent.

— Comment avons-nous... ?

Il se mit à glousser, ses doigts ratissant les plumes fixées à son corps.

— Tu nous as volatilisés, je crois, dit-il, puis il fronça les sourcils. Et apparemment, je peux te voir.

Ses lèvres effleurèrent sa mâchoire, son nez s'approcha de sa gorge.

— Je ne veux même pas songer à ce que ça signifie. Tu es en vie. Tu es ici. C'est tout ce qui m'importe.

Stas ravala sa salive.

— Je ne... Est-ce que je suis... ? Est-ce que c'est... ?

Elle n'arrivait pas à former une idée correcte, les mots se mélangeaient dans sa bouche. Trop de choses à dire. Trop de questions.

— Tu es un Séraphin, murmura-t-il contre sa gorge. Gabriel l'a dit, mais ceci le prouve certainement.

Il embrassa sa clavicule, remonta le long de son cou jusqu'à ses lèvres.

— Ça fait mal physiquement de voir à quel point tu es à couper le souffle, Aya. Et je t'aime aussi. Toujours, dit-il en faisant glisser son pouce sur sa bouche et en le suivant du regard. Il y a tant de choses que je n'ai pas dites, tant de choses que nous n'avons pas faites, avant...

Des larmes brillèrent à nouveau dans ses yeux.

— Je pensais que tu étais partie pour toujours.

Elle le dévisagea, sa barbe naissante sur sa mâchoire, ses cheveux hirsutes, le creux de ses joues. Toujours beau, indéniablement, mais aussi... négligé. Et tellement différent de son Issac. Même sa tenue, une chemise et un jean, ne correspondait pas à l'homme qu'elle connaissait.

Je ne l'aurais jamais imaginé comme ça, pleurant et ébouriffé.

Elle ne se serait jamais imaginée avec des plumes roses, non plus. Lizzie, oui. Stas, non.

Les lèvres d'Issac, chaudes et familières, touchèrent les siennes. Révérence et douleur se mêlaient dans son baiser, une myriade d'émotions traversant leurs bouches.

C'est réel.

C'était la seule explication. Parce que ça ne correspondait pas à un rêve.

— Tu es là, chuchota-t-elle.

Il hocha lentement la tête, sa cuisse glissant entre ses jambes, ses mains parcourant ses ailes, ses bras, comme pour la mémoriser.

— Et toi aussi, mon Aya. Tu es en vie.

Sa bouche recouvrit la sienne avant qu'elle ne puisse

répondre, sa langue plongeant à l'intérieur d'elle pour la réclamer encore une fois.

Elle gémit, son cœur battant la chamade dans sa poitrine.

Je suis en vie.

Parce que je suis un Séraphin.

Et Issac peut me voir parce qu'il est là.

Elle attrapa ses épaules et enroula une jambe autour de ses hanches, son autre jambe étant coincée sous lui. Mais ça n'avait pas d'importance. Parce qu'il était vraiment, physiquement, au-dessus d'elle. Et la sensation était incroyablement juste.

— Je ne veux plus penser à ça, admit-elle. Je veux juste être avec toi.

— Alors, sois avec moi, répondit-il contre sa bouche. Laisse-moi t'adorer comme je l'ai désiré pendant des mois. Avec mon corps, ma bouche, ma langue.

Il ponctua sa demande avec un baiser profond qui lui coupa le souffle.

— Tu m'as manqué aussi, mon amour. Tellement, bon sang. J'ai besoin de toi. J'ai besoin de savoir que tu es là. J'ai besoin de te *sentir*.

— Oui, souffla-t-elle en se cambrant contre lui. Tout. Je suis à toi.

— Non, Aya, lui dit-il en lui pinçant la lèvre inférieure, la sincérité faisant rayonner ses iris bleu roi. C'est moi qui suis à *toi*.

ISSAC

L'ingestion de sang est moins difficile que je ne le pensais. C'est une bonne chose que les femmes soient autrement distraites pendant les transports de la passion. Chacune possède une saveur différente, intriguant mes sens ichoriens. Je me demande si un jour je goûterai à tout ce que ce monde avait à offrir, ou si je continuerai d'être émerveillé.

Issac Wakefield
Vita mutatur, non tollitur

LES AILES d'Astasiya étaient le spectacle le plus merveilleux de l'existence d'Issac. Il ne pouvait s'empêcher de les toucher, ses doigts glissant sur la texture soyeuse, complètement impressionné par sa beauté absolue.

Elle enfonça ses ongles dans sa nuque et l'attira à elle pour un autre baiser. Il était impuissant à l'arrêter, son besoin étant bien trop grand pour qu'il puisse envisager une autre solution.

Bon sang, ça lui avait manqué. La possibilité de la prendre comme il le désirait, de glisser sa langue dans sa bouche sans se soucier des répercussions. Hmm... Elle avait si bon goût, comme son rêve préféré, mais plus doux et plus séduisant. Il resserra son étreinte, prenant les choses en main par instinct.

Le ronronnement guttural d'approbation de Stas alla directement à son entrejambe et son corps s'enflamma pour elle. Il fit onduler ses hanches jusque dans les siennes pour provoquer le son une fois de plus et sourit quand elle ajouta son nom au mélange.

— Encore.

Elle enfonça ses dents dans sa lèvre inférieure, le réprimandant clairement.

— Persuade-moi, osa-t-il en lui rendant sa morsure. Dis-moi ce que je dois te faire, Aya.

Il désirait sentir son pouvoir, se délecter de la réalité qu'ils pouvaient faire ce qu'ils voulaient sans conséquence. Parce que son sang n'était pas toxique pour lui.

Selon Gabriel.

C'est peut-être un mensonge.

Et si c'était le cas ? Issac ne savait pas s'il s'en souciait encore. Astasiya était en vie et c'était tout ce qui comptait. Son toucher. Ses magnifiques ailes. Son sourire épanoui.

— Déshabille-moi, dit-elle, un soupçon de persuasion entre ses mots obligeant ses mains à bouger.

Il laissa l'ordre diriger ses mouvements, mais l'utilisa à son avantage et lui enleva ses vêtements comme il le souhaitait : en agrippant sa chemise entre ses mains et en déchirant le tissu.

Les narines d'Astasiya se dilatèrent, ses jambes se resserrèrent autour de ses cuisses. L'excitation intensifia la couleur des iris de Stas jusqu'au vert foncé, ses cils s'abaissèrent alors qu'elle le regardait avec impatience. Hmm, approuva-t-elle. Tout comme lui.

— Encore ? demanda-t-il, ses paumes glissant déjà sur ses hanches tandis qu'il se déplaçait sur le côté.

Elle sourit et la vue arrêta presque son cœur. Si angélique et pourtant diabolique. Une combinaison enivrante qui lui donnait envie d'accélérer cet instant de séduction.

— Oui.

Déchirer son pantalon n'était pas une option, alors il le fit descendre lentement le long de ses jambes interminables, admirant sa peau crémeuse au passage. Mon Dieu, elle lui avait manqué. Pas seulement pour le sexe et l'intimité, mais pour tout ce qui la concernait. La courbure taquine de ses lèvres, la lueur affamée dans ses yeux, la façon dont ses muscles se tendaient lorsqu'il faisait courir ses doigts le long de ses cuisses, et son adorable penchant pour la dentelle.

Son esprit.

Son talent pour les mots.

Ses dons naturels.

Et maintenant ces ailes resplendissantes. Bon sang, comment avait-il trouvé quelqu'un d'aussi exquis ? Si *parfait* ?

Il s'agenouilla au-dessus d'elle, l'embrassant profondément tout en jouant avec la dentelle qui ornait ses hanches. L'élastique se cassa facilement, ce qui lui valut un sifflement de la part d'Astasiya, un sifflement qui s'allongea lorsqu'il fit lentement glisser le tissu d'entre ses cuisses.

— Tu es en manque, ma chérie ? la taquina-t-il.

— Je suis à deux doigts de te demander de me baiser.

Il fit claquer sa langue en signe de désapprobation.

— Ça gâcherait l'expérience, Aya.

Ses mains effleurèrent ses flancs, la demande de Stas de la déshabiller complètement étant toujours d'actualité.

— Je ne t'ai pas eue comme je le voulais depuis bien

trop longtemps. On va faire ça bien, mon amour. Et tu vas en adorer chaque minute.

Son soutien-gorge bleu en dentelle contrastait magnifiquement avec sa peau pâle. Il se pencha pour mordiller le fermoir entre ses seins et le défit avec ses dents, provoquant un gémissement appréciateur de la part de Stas.

Issac se glissa en arrière pour l'admirer, pour chérir ce moment, pour mémoriser chaque centimètre carré de Stas, juste parce qu'il le pouvait.

Il l'avait crue morte pendant sept jours horriblement longs.

Et maintenant, elle était étendue devant lui, bien vivante. Des plumes rose tendre encadraient ses formes nues et une auréole de cheveux dorés retombait sur ses épaules.

— J'ai toujours pensé que les anges étaient beaux, admit-il. Mais tu portes mes attentes à un tout autre niveau d'existence, Aya. Tu es ensorcelante, mon amour. La perfection. Tout à fait séduisante et tellement à moi.

Il prit son mamelon dans sa bouche, la réponse de Stas sortant en un son inintelligible souligné par le plaisir.

L'envie de la mordre l'envahit, ses incisives souffrant d'un désir ardent.

Et si...

Non.

Il cessa de penser et laissa l'instinct le guider, sa bouche effleurant sa chair, savourant, aimant, appréciant. Sa langue glissa vers le bas, cherchant sa chaleur, ayant besoin de se souvenir de son goût intime. Ils n'avaient pas fait ça depuis ce qui semblait être une éternité, le risque avait été trop grand. Mais *désormais*, il pouvait faire ce qu'il voulait.

Et il le fit.

Il écarta ses jambes, s'installa entre ses cuisses et la lécha en profondeur.

— Merde, gémit-elle, ses hanches se soulevant pour le rejoindre. Bon sang, Issac. Tu peux... ? Est-ce que c'est... ? Oh mon Dieu...

Elle se tordait sous sa bouche, sa chaleur humide ayant le goût de l'ambroisie sur sa langue. Il avait été si près de ne plus jamais vivre cela, de ne plus la sentir se tendre autour de lui, de ne plus entendre ces délicieux gémissements sur ses lèvres.

Plus jamais il ne prendrait cela pour acquis. Il la chérirait toujours, lui prodiguerait amour et adoration chaque seconde de la journée, et l'adorerait avec sa bouche dès qu'elle le permettrait. Comme à cet instant. Il mémorisa sa chair lisse, se rappelant tous ses mouvements préférés et ronronnant contre son clitoris juste pour la voir se tortiller.

Son Astasiya, son Séraphin, sa compagne.

Il lui appartiendrait à jamais.

Gabriel l'avait mis en garde contre le lien, en parlant d'éternité. Mais Issac s'en fichait. Cette femme le possédait corps et âme, tout comme il la possédait aussi.

Les ongles de Stas s'enfoncèrent dans son cuir chevelu, ses cuisses frémissant de part et d'autre d'Issac. La passion épaississant l'atmosphère, ses lèvres s'écartèrent dans un soupir d'agonie exquise, attendant qu'il prononce les mots.

Il sourit contre sa zone sensible, la mordillant et gloussant lorsqu'elle répondit par un grondement.

— *Issac.*

Il aurait eu envie de prolonger son tourment, mais il ne pouvait pas. Il avait besoin de la voir se briser presque autant qu'elle désirait s'effondrer.

— Jouis pour moi, Aya. Crie mon nom.

L'électricité grésillait entre eux, ses ailes bruissaient

sous elle. Elle le lâcha pour prendre les draps dans ses poings, son dos se cambrant sur le lit alors que le son le plus magnifique s'échappa de ses lèvres.

Son nom.

Un écho dans toute la pièce, dans toute cette foutue maison, qui marquait son cœur de façon permanente. Gabriel avait tort. Le lien entre eux existait déjà. Issac pouvait sentir l'attraction, la connexion qui se déployait à l'intérieur, le besoin de finaliser leurs vœux avec une morsure. Il évitait cela depuis des mois, cette envie profonde de la revendiquer, mais il ne voulait plus l'ignorer. Au contraire, il voulait l'accueillir.

Astasiya revint lentement vers lui, le regard alourdi, tandis qu'il rampait sur elle.

— Encore, chuchota-t-elle.

— Oui, convint-il en se baissant pour l'embrasser.

Elle tira sur sa chemise, la remontant et la faisant passer par-dessus sa tête. Les lèvres d'Issac revinrent sur les siennes, sa langue encore chargée de son plaisir à elle. Il la fit passer sur sa bouche avant de la glisser à l'intérieur et de l'embrasser profondément.

— Ton jean. Enlève-le.

Elle prononça les mots entre les morsures et les coups de langue, sa demande grésillant le long de la colonne vertébrale d'Issac. Alors qu'il préférait avoir le contrôle, il adorait ce côté d'elle : sa capacité à contraindre.

— Enlève-le toi-même, rétorqua-t-il en saisissant sa main et en la plaçant sur le haut de son pantalon. Maintenant.

Cela satisfaisait la contrainte de Stas tout en alimentant son besoin de domination à lui.

Astasiya soutint son regard et déboutonna son pantalon. Elle fit ensuite descendre la fermeture éclair, en ne disant rien et tout à la fois avec ses yeux. La chaleur. L'adoration. Le respect. Le désir.

Il se mit en équilibre sur ses mains de chaque côté de sa tête, en faisant attention à ses ailes, et eut un large sourire.

— Jusqu'au bout, madame.

Il voulait le taquiner, mais l'éclat de ses pupilles indiquait qu'elle appréciait cela.

— Comme vous le souhaitez, Votre Grâce.

Il lui avait demandé de ne jamais l'appeler comme ça.

Vu la façon dont ses testicules se resserrèrent face à ces formalités, plus précisément, la manière sulfureuse dont elle avait prononcé son titre, il devrait revoir sa demande.

Astasiya tira le tissu vers le bas lorsqu'il souleva ses hanches et elle utilisa ses talons pour le débarrasser complètement du jean, le laissant nu au-dessus d'elle.

— Pas de caleçon ? demanda-t-elle en fronçant les sourcils.

— Tu t'en plains ?

— Tu en portes toujours, dit-elle en saisissant sa queue. Mais non, je ne m'en plains pas.

— J'ai eu une semaine de relâchement.

L'euphémisme du millénaire. Il attrapa son poignet, stoppant ses mouvements alors qu'elle commençait à le caresser.

— J'ai besoin d'être en toi, Astasiya.

Et si elle continuait comme ça, il n'aurait pas le temps d'en arriver là.

Elle le serra et le relâcha, son autre main s'enroulant autour de son cou et l'attirant vers elle pour un nouveau baiser étourdissant. Il s'installa entre ses cuisses, ses coudes de part et d'autre de sa tête tandis qu'il la dévorait de sa bouche.

Issac ne se lasserait jamais de cette femme. De son goût. De son essence. De son être même. À chaque coup de langue, il se durcissait encore plus contre elle, le besoin de la réclamer provoquant des picotements dans tous ses muscles.

Il se glissa à l'intérieur d'elle en une seule poussée, le corps de Stas accueillant aussitôt le sien comme s'ils n'avaient jamais été séparés. C'était là qu'Issac avait sa place, son âme liée pour toujours à la sienne.

Elle passa ses ongles dans son dos, le bas de son corps se pressant contre le sien, cherchant une friction plus profonde et le poussant à bouger. Il ne pouvait rien lui refuser, surtout pas ça.

— Mon Aya, souffla-t-il, son corps se mêlant au sien dans un rythme qu'ils adoraient tous les deux.

— Je t'aime.

Les mots venus du fond du cœur résonnèrent comme de la musique à ses oreilles et le firent sourire contre ses lèvres. Ils n'avaient pas souvent exprimé leur amour, voire pas du tout, pendant le temps qu'ils avaient passé ensemble. Principalement parce que ce n'était pas nécessaire. Ils savaient tous les deux ce que l'autre ressentait sans les mots tendres. Mais maintenant, il voulait le lui répéter, chérir chaque syllabe jusqu'à son dernier souffle et ne jamais cesser de lui dire et de lui montrer à quel point il l'adorait.

— Je t'aime aussi, chuchota-t-il, ralentissant ses mouvements et savourant le moment. J'étais perdu sans toi.

Il frissonna en entendant cela et ses membres se crispèrent.

Les yeux verts séduisants de Stas prirent une lueur fiévreuse.

— Ça m'a fait mal, Issac. Ça m'a fait tellement mal.

Elle grimaça, ses ongles s'enfonçant dans ses épaules.

Il la souleva du lit, changeant leur position pour qu'ils soient tous les deux assis, les longues jambes de Stas entourant sa taille, sa queue toujours bien profonde en elle. Elle soutint son regard et passa ses bras autour de son cou.

— Je suis désolé, dit-il en prenant son visage entre ses mains, son pouce glissant sur sa joue. Je... je pensais que tu étais morte, Aya.

— Je sais.

— Je n'aurais pas...

Il déglutit brutalement, son front se pressant contre le sien.

— J'aurais dû le savoir. D'une certaine façon, peut-être que je le savais, parce que je sentais ta présence. Mais je pensais que c'était juste mon chagrin qui s'accrochait à un espoir perdu.

Les lèvres d'Astasiya se posèrent sur les siennes, s'attardant un long moment, son souffle chaud contre sa bouche.

— Tu n'avais aucun moyen de savoir, Issac. Je ne t'en veux pas.

Un autre baiser.

— Tu es ici maintenant. Je suis là. C'est tout ce qui compte.

— Je ne suis pas sûr de me pardonner un jour, avoua-t-il. Je...

La langue de Stas le réduisit au silence. Une demande profonde, sincère et passionnée, qui lui envoya une décharge dans le dos. Elle ne céda pas, sa bouche exigeante contre la sienne, comme si elle avait besoin qu'il la ramène au présent, et non au passé, pour consolider leur accouplement plutôt que de le retarder. Et il ne pouvait pas lui refuser cela. Il la voulait tout aussi farouchement.

Elle était *morte*.

Il l'avait enterrée.

Lui avait dit adieu.

Il avait prévu de la venger.

Et maintenant, elle était assise à califourchon sur lui, ses hanches bougeant avec les siennes, ses lèvres murmurant des promesses d'éternité contre sa bouche.

Elle est là.

Elle est vivante.

Elle est à moi.

Il lui mordit la lèvre, revendiquant son droit, et frissonna lorsque l'essence la plus douce glissa sur sa langue.

Astasiya.

Son sang.

Il avala le petit cri qu'elle poussa et en aspira plus dans sa bouche. Cela lui avait manqué, *elle* lui avait manqué. Elle essaya de le repousser, mais il ne la relâcha pas − il ne *pouvait pas*. Sa prise sur sa hanche devint du béton, son autre main s'accrochant à sa nuque. Il prit une autre gorgée, gémissant au goût avant de presser ses lèvres sur sa joue, puis sur son oreille.

— Ça m'a tellement manqué, Aya. Toi. Ceci. Nous, dit-il avec une poussée vers le haut, ce qui provoqua un gémissement dans la gorge de Stas. Aucune entrave. Aucune règle. Aucune condition. Je suis à toi, mon amour. Pas seulement maintenant, mais pour toujours. Si tu veux de moi.

Elle se cambra contre lui, ses ailes se déployant autour d'eux.

— Tu viens de boire mon sang, dit-elle avec une pointe d'admiration dans la voix. Et tu es toujours là.

Il releva sa tête du cou de Stas avec un sourire.

— Oui.

— Comment ? Mon sang n'est-il pas... ?

Elle laissa sa question en suspens, un soupçon de confusion se mêlant à la chaleur de son regard.

Apparemment, Gabriel ne l'avait expliqué qu'à Issac, mais pas à Stas.

— Tu n'es pas une Hydraienne, mais un Séraphin, dit-il en caressant le dessous de son aile, près de sa hanche, pour souligner son propos. Ton sang n'est pas toxique.

Une chose que Gabriel avait mentionnée et qu'Issac venait de prouver. Un risque, peut-être, mais c'était la seule façon d'en être certain. Et Issac faisait confiance à Astasiya pour ne jamais lui faire de mal.

Elle frissonna et ses pupilles se dilatèrent.

— Mords-moi encore.

La persuasion caressait les mots, attirant le prédateur en lui.

— Hmm, un ordre, répondit-il en reposant sa bouche sur sa gorge, taquinant sa veine avec sa langue. J'approuve, mon amour.

Ses incisives transpercèrent sa peau, un grognement se logeant dans sa gorge face au besoin possessif de récupérer sa femme, de la marquer aux yeux de tous.

Si longtemps.

Bon sang.

Encore.

Les parois lisses de Stas eurent des spasmes autour de sa queue, sa tête retomba en arrière avec un gémissement qui atteignit directement ses testicules. Tout s'intensifia : la chaleur, leur rythme, l'urgence. Son estomac se serra, le sang enivrant de Stas coulant librement, satisfaisant un désir intérieur si profond qu'il n'avait pas réalisé qu'il n'était pas alimenté. Pas ses sens ichoriens, mais un nouveau. Une caverne de désir, d'amour et d'aspirations. Cette femme était son autre moitié, sa raison d'être, l'amour de son existence.

L'éternité ne serait jamais assez longue.

Il la serra contre lui, sa bouche et son corps adorant le

sien alors que son nom s'échappait des lèvres de Stas comme une bénédiction qui lui allait droit au cœur.

Elle passa sa main dans les cheveux d'Issac et son regard se voila quand il se retira pour l'embrasser. Cela se transforma en une bataille de langues, de sang et d'ardeur entre eux. Chaque attouchement, chaque poussée, chaque coup de langue et chaque morsure, tout s'entremêlait pour les transporter dans un futur *d'éternité*.

— Ne t'arrête jamais, murmura Astasiya, ses ailes se repliant autour d'eux, les enveloppant dans un halo de plumes pâles. Je ne veux jamais m'arrêter.

Issac sourit contre sa bouche.

— Alors nous n'arrêterons jamais.

— J'ai besoin... dit-elle en faisant glisser ses lèvres sur sa mâchoire, sa langue caressant ensuite sa gorge. Je veux...

Ses dents égratignèrent sa peau, provoquant un frisson dans son âme.

Le destin murmura des intentions étranges à l'oreille d'Issac et son cœur fit un bond. Ce n'était pas tant des mots que des instincts, une connaissance fondée sur un plan de l'existence qu'il ne comprenait pas. Mais la gorgée les fit plonger, les incisives d'Astasiya perçant sa peau, son sang coulant dans sa bouche gémissante.

Il brûlait de la manière la plus délicieuse et fut catapulté au bord de l'oubli.

— Aya, gémit-il, le plaisir le parcourant, son orgasme lui volant l'air de ses poumons.

Sa main tomba entre eux, il avait besoin qu'elle le rejoigne, mais elle était déjà là, son corps tremblant au-dessus du sien, ses plumes bruissant sur les draps.

Il eut le souffle coupé par la beauté du moment.

Les couleurs chatoyantes, qui clignotaient, ses longues vagues de cheveux blonds retombant en cascade sur ses épaules. Et le sentiment de justesse qui les envahissait tous les deux.

— Issac, souffla-t-elle en se cambrant en arrière, ses lèvres d'un rouge délicat.

Il fit courir sa main le long de son sternum jusqu'à sa hanche, la tenant contre lui alors que ses ailes frémissaient dans son dos et disparaissaient. Son regard vert rencontra le sien, ensommeillé, rassasié et envoûtant. Elle sourit et l'embrassa, leur sang se mêlant dans leurs bouches, solidifiant une sorte de promesse.

Non. Un *lien*.

Une connexion éternelle unissant leurs âmes jusqu'à la fin des temps.

— Je peux t'entendre, s'émerveilla-t-elle en posant sa main contre sa joue. Tes pensées. Tu es *en* moi.

Il mordilla sa lèvre inférieure en souriant.

— Hmm.

Il pourrait s'habituer à cela, il en avait envie depuis qu'il l'avait rencontrée. Mais maintenant qu'il était en elle, il réalisait à quel point ça n'avait pas d'importance. Issac n'avait pas besoin d'accéder aux pensées d'Astasiya pour savoir ce qu'elle ressentait. C'était écrit dans la façon dont son corps acceptait le sien, la façon dont elle le regardait, la façon dont elle le touchait.

De l'amour.

Tant d'amour.

L'embrassant à nouveau, il ouvrit son esprit au sien, à son cœur, à son être même, et lui permit de ressentir toutes ses émotions, tout ce qu'il gardait caché, y compris la douleur de la semaine passée et sa joie de la retrouver, et son regret de ne pas l'avoir sauvée plus tôt.

Elle répondit par une vague d'acceptation et de pardon, son amour féroce réparant tous les morceaux de son âme brisée et apaisant les douleurs de son cœur.

Cette relation, leur *lien*, dépassait toute logique et tout faux-semblant, atteignant une zone de l'univers que personne n'avait jamais touchée.

L'avenir ne leur appartenait pas seulement pour qu'ils le vivent, mais aussi pour qu'ils le créent.

Tant de puissance, d'émotion, de *vie*, ondulait entre eux, leur connexion ne relevant pas de ce monde. Cela fit exploser l'esprit d'Issac, le laissant frissonnant sous elle. Mais son Aya, elle s'installa à califourchon sur lui, le repoussant sur le dos et plaçant sa paume contre sa poitrine en le chevauchant.

Son sourire charmeur le fit fondre et ses yeux lui adressèrent un regard sournois qui démentait sa nature angélique.

— On baise encore, dit-elle, déjà en mouvement.

Il gloussa et la fit rouler sous lui.

— Non, Aya. Nous faisons à nouveau l'amour. Toute la nuit.

Parce que maintenant, il pouvait voir à l'intérieur d'elle. Il ne pourrait jamais se retenir de la toucher, de la désirer, de l'adorer.

À moi.

À moi, convint-elle, la joie rayonnant dans cette pensée. *Emmène-moi, Issac.*

Jusqu'aux étoiles, Aya.

STAS

Le parfum de la mort ne m'attire pas, mais j'apprends qu'il y a des gens de mon espèce qui en raffolent. Je comprends pourquoi la peur rôde dans l'obscurité, pourquoi il y a ceux qui ne font jamais confiance. Parce que j'ai été témoin d'une cruauté absolument intense ce soir et pourtant, je n'ai pas essayé de la dissiper. Au lieu de cela, je suis resté calme en apparence, tout en hurlant à l'intérieur. Je crains soudain pour mon humanité et ce que des millénaires feront à mon esprit. Car cela a clairement rendu Osiris fou.

— *Issac Wakefield*
Vita mutatur, non tollitur

MES AILES SONT ROSES.

Stas pinça ses lèvres sur le côté, se rappelant la sensation de ses plumes contre son dos.

Elles avaient disparu pendant qu'ils faisaient l'amour, mais le souvenir était vif dans son esprit. Plus précisément, leur couleur.

Elle secoua la tête, irritée.

Bon, au moins, Lizzie les aimerait.

— *Lizzie*, s'écria-t-elle alors que son cœur faisait un bond. Sait-elle que je suis en vie ? Le bébé va bien ? Est-ce qu'*elle* va bien ?

— Elle va bien, mon amour. Jayson s'occupe très bien d'elle, murmura Issac en lui jetant un regard de côté depuis l'oreiller. Elle était désemparée, mais pour être honnête, je n'ai pas vraiment fait attention. Pas avec...

Il laissa sa phrase en suspens et déglutit.

— Je n'arrivais pas du tout à me concentrer.

La souffrance s'infiltra dans leur connexion, une souffrance qui rivalisait avec son expérience dans ce cercueil, une souffrance qui menaçait de broyer son cœur et de détruire son âme.

Elle frissonna sous l'assaut du tourment d'Issac, l'idée de sa mort étant encore fraîche dans son esprit.

Froid.

Seul.

Brisé.

La culpabilité lui piqua les entrailles.

— J'agis toujours avant de penser, chuchota-t-elle en se remémorant les événements qui ont conduit à sa perte.

Elle avait traversé la plage en courant pour rejoindre Lizzie, avait été distraite par le Séraphin devant Balthazar et avait utilisé son énergie pour détruire les Sentinelles.

Je n'ai pas réfléchi.

J'ai agi.

Et j'ai fait mal à tout le monde au passage.

— Tu as aussi sauvé plusieurs vies, murmura Issac. Les Sentinelles portaient des runes qui refoulaient nos dons sur leur treillis. Tu es la seule à les avoir percés.

Elle secoua la tête.

— Mais j'ai causé tant de douleur... Je t'ai fait du mal, Issac. Comme à Bora-Bora avec Lizzie. Je passe mon temps à faire les mauvais choix.

— Qui peut dire ce qui est bon ou mauvais, mon amour ? Te blâmer pour ça, c'est la même chose que lorsque je me reproche de t'avoir enterrée vivante. Comment pouvions-nous savoir ? Comment aurions-nous pu anticiper le résultat de cette journée ? demanda Issac avec un soupir. Nous pourrions tourner en rond à nous poser la question « *et si ?* » encore et toujours, mais tout cela ne ferait qu'abîmer notre histoire. Nous devons penser à l'avenir et à la manière de mieux réagir, d'utiliser notre expérience comme une force.

Le cœur de Stas se réchauffa à ses paroles.

— Tu parles comme Aidan.

Qui est aussi mort, se souvint-elle, la chaleur en elle se transformant en glace en un instant.

— Oh, Issac...

— Chut...

Il la fit taire avec un baiser, ses lèvres douces contre les siennes.

— Aidan a vécu pendant des milliers d'années. Dire qu'il a eu une existence bien remplie serait un euphémisme. Si je pleure sa perte, je célèbre aussi sa vie, dit-il en souriant. Comme il l'aurait voulu. Il a sauvé les générations suivantes – Elizabeth, Jayson et leur enfant à naître. Il serait fier de ça.

Stas se roula sur le dos, ses mains faisant pression sur ses yeux.

— Bon sang, j'ai raté tellement de choses.

Combien d'autres sont morts ? Combien de vies ce fumier leur avait-il prises ? Elle poussa presque un grognement.

— Dis-moi que John est toujours vivant...

Issac émit un son de pur dégoût.

— Il l'est. Ce putain de lâche se cache, mais je vais le trouver. On va le trouver. Et il paiera pour ce qu'il a fait.

Tant mieux.

— Il faudra que ce soit douloureux.

— Ça le sera.

— Et sanglant, ajouta-t-elle en imaginant la tête de son ancien mentor au bout d'un pieu.

Stas n'avait pas l'habitude d'éprouver des émotions haineuses, mais pour John ? Oh, elle le détestait totalement.

— Absolument, dit Issac qui se tut à côté d'elle.

Elle retira ses mains pour regarder le haut plafond, les événements de ces derniers jours ou semaines défilant dans son esprit. Comme le fait qu'elle était devenue un Séraphin.

Un Séraphin avec des ailes.

Comment puis-je les faire réapparaître ?

Fronçant les sourcils, elle chercha un muscle ou un déclencheur physique, mais n'en trouva aucun. Et ses plumes, ses plumes *roses*, restèrent cachées.

— Argh, gémit-elle en songeant que son incapacité à faire réapparaître ses ailes était peut-être une bonne chose. Mes foutues plumes sont *roses*.

L'amusement brillait dans le regard d'Issac.

— C'est ta principale préoccupation en ce moment ?

— Quoi ? Elles sont *roses*, Issac.

Le gloussement de l'Ichorien se transforma en un rire qui secoua le lit sous eux, ce qui entraîna un regard noir de la part de Stas.

— Ce n'est pas drôle.

— Tu as raison, dit-il entre deux rires. C'est plutôt hilarant.

Elle se redressa et lui donna une tape sur le bras.

— Ce n'est pas toi qui as des plumes roses qui sortent de ton dos.

Cela dit, elles semblaient être parties maintenant. Elle ne comprenait pas vraiment comment ça marchait.

— Tu crois qu'elles changent de couleur ?

Il continua de rire, son beau visage étant trop séduisant pour qu'elle l'étouffe avec un oreiller. C'était un crime d'être aussi sublime. Vraiment.

— Je suis sérieuse, dit-elle. Tu crois qu'elles seront toujours roses ?

Des larmes brillaient dans le regard d'Issac et il les écrasa de ses longs doigts aux coins de ses yeux.

— Tu découvres que tu es un Séraphin et ton plus gros souci, c'est la couleur ? Pas la façon dont tu t'es volatilisée dans le Montana ? Ou comment les plumes ont poussé ? Juste la couleur.

— Elles sont roses, grogna-t-elle. C'est comme si la Saint-Valentin avait organisé une fête dans mon dos.

Il éclata à nouveau de rire, suivi de nouvelles larmes qui la laissèrent soupirer à ses côtés.

— Eh bien, merci pour ton aide.

Elle essaya de se glisser hors du lit, mais il la rattrapa par la taille, l'attira sous lui et fit passer sa cuisse entre les siennes, tandis qu'il s'appuyait sur ses coudes de chaque côté de sa tête. Toujours en ricanant.

— On est en plein chaos, mon amour, et tu te focalises sur une couleur. C'est amusant. Mais tu as raison. Je devrais prendre ça plus au sérieux. Le rose est certainement...

Sa phrase fut interrompue par un petit rire, puis il se mordit la lèvre pour ne pas glousser davantage. À travers le lien, elle pouvait sentir son amusement, l'hilarité du moment. Et le stress qui résidait juste sous la surface et qui avait demandé cette éruption comique.

Elle lui toucha la joue.

— Je crois qu'on a tous les deux besoin de manger quelque chose.

Ils étaient au lit depuis... des heures... des jours ? Qui pouvait le savoir ? Et ils n'avaient contacté personne.

— Oui, la réalité, murmura-t-il en faisant glisser son nez sur sa joue. Même si je me sens bien repu pour le moment.

Elle sourit.

— Après toutes ces morsures, j'espère bien.

Les sourcils d'Issac se mirent à danser lorsqu'il lui répondit par un léger grognement. Il lui mordilla le lobe de l'oreille.

— Que penses-tu d'un petit-déjeuner, ma chérie ?

— C'est un repas que j'apprécie, répondit-elle en jetant un œil aux fenêtres sombres. Même, euh... à minuit ?

— Aucune idée de l'heure qu'il est, admit-il en se glissant sur ses pieds.

Nu. Magnifique. Le corps d'un dieu, à l'extérieur et à l'intérieur de la chambre. Ses lèvres se retroussèrent.

— Oh, j'aime bien ce regard sur toi. Mais je croyais que tu voulais faire une pause.

— Je n'ai mal nulle part, si c'est ce que tu sous-entends.

Au contraire, elle se sentait rajeunie.

— Non, la beauté de l'immortalité, c'est notre capacité à guérir.

Il lui fit un clin d'œil et se glissa hors du lit.

— Allons nous nourrir, peut-être l'un de l'autre, dans la cuisine, suggéra-t-il en lui tendant une main. En supposant qu'il y ait encore de la nourriture à préparer.

Hmm, oui. Ils avaient quitté la maison il y a quelques jours... euh... ou des semaines, peut-être ? Elle fronça les sourcils.

— Quel jour on est ?

— Honnêtement ? Je n'en ai pas la moindre idée pour le moment.

Il l'attrapa par la cheville et la tira à travers les draps.

— Allons faire un tour pour le découvrir, OK ?

Elle gloussa quand il la souleva du lit pour la mettre debout devant lui. Il baissa la tête pour effleurer sa bouche avec la sienne, puis la conduisit vers la garde-robe. Elle haussa les sourcils.

— D'où viennent tous ces vêtements ?

Elle était vide avant leur visite et Stas était repartie avec toutes ses affaires dans sa valise.

— J'ai peut-être demandé quelques services ici et là pour que la maison soit garnie afin de pouvoir l'utiliser plus tard.

— Et tu m'as commandé toutes ces robes ? l'interrogea-t-elle, incrédule.

Tout son côté de la penderie contenait ce que Lizzie aurait préféré porter, pas Stas.

Issac eut un sourire narquois.

—J'aime tes jambes.

— Et j'aime les jeans.

— Tiroir du haut, mon amour. Il fit un geste du menton vers la deuxième commode au fond de la pièce de la taille d'une chambre.

Bien sûr, plusieurs jeans étaient posés sur le dessus. Ainsi que des pantalons de yoga. Elle opta plutôt pour l'un de ces derniers et l'associa à un débardeur et un pull qu'elle trouva dans un autre tiroir. Issac enfila un jean et un tee-shirt, les cheveux savamment désordonnés – grâce aux doigts de la jeune femme – et les poils de sa barbe s'épaississant sur sa mâchoire.

— J'aime bien ce nouveau style, décida-t-elle. Tu es... détendu.

Il eut un petit rire.

— Je suis complètement négligé, mais merci de m'accepter comme ça, dit-il en la regardant et en la serrant contre lui, sa main dans le bas de son dos. Après avoir mangé, je vais avoir besoin d'une bonne douche et d'un rasage. Le style *homme des montagnes*, ça n'est pas mon look préféré.

— C'est mignon, quand même.

Elle était mi-taquine, mi-sincère. Issac pouvait porter avec succès presque tous les looks qu'il tentait, y compris celui-ci.

— C'est perturbant, rétorqua-t-il en lui tapotant le nez. Et ma mâchoire me démange atrocement.

— Tu veux plutôt te doucher d'abord ? suggéra-t-elle alors qu'il la faisait sortir à reculons du placard. Tailler ta barbe ?

Les lèvres d'Issac se retroussèrent.

— Ma chérie, si je cède à cette idée, on ne va jamais manger. Je vais juste te baiser sous la douche toute la journée, à la place.

— Je ne suis pas sûre de m'y opposer.

Son épaule effleura le mur de la chambre alors qu'elle se dirigeait vers la douche, et non vers les escaliers.

Issac la fit tourner de façon à la mettre dans la bonne direction et lui donna une tape sur les fesses.

— On mange d'abord.

— Je pensais que tu étais « bien repu » ? dit-elle en reprenant ses mots de tout à l'heure.

Il la ramena contre lui, sa main exigeante contre son bas-ventre, ses lèvres près de son oreille.

— C'est toi qui as suggéré la nourriture. Maintenant, je dois te nourrir. C'est dans les règles, mon amour.

— Les règles ? répéta-t-elle.

— Demande à Balthazar.

Il la poussa vers les escaliers.

Elle le regarda depuis la première marche.

— Balthazar, hein ? Vous êtes amis maintenant ?

— Nous avons toujours été amis.

Elle pouffa de rire et se mit à descendre.

— Ouais, je te crois...

Elle se figea quand le salon en dessous apparut. Plus précisément, lorsque le canapé surdimensionné et les fauteuils inclinables apparurent. Une lampe sur une petite table était allumée, éclairant un Stark allongé, tenant un livre sur ses genoux, ses longues jambes croisées aux chevilles.

Il leva les yeux, depuis sa posture paresseuse, un bras replié derrière sa tête le soutenant contre les oreillers près de l'extrémité du canapé.

— Il y a du café dans la cuisine, dit-il en guise de salut.

Puis il retourna à son livre, absolument indifférent.

— *Toi !* s'exclama-t-elle en descendant les escaliers à grands pas, prête à le tuer.

Il savait qu'elle était un Séraphin depuis le début et ne lui avait jamais dit. Il l'avait *sauvée* il y a tant d'années, avait fait modifier sa mémoire pour tout cacher et l'avait laissée croire que ses parents étaient *morts*.

Oh, mais elle se souvenait de tout maintenant.

Chaque foutu détail.

Le fait qu'il l'avait trouvée dans ce champ, l'avait emmenée et avait promis de revenir à elle. Il avait promis de l'aider à trouver sa mère. Puis il avait volé ses souvenirs sans sa permission, prétendant que c'était pour la *protéger*. Puis ce connard avait eu l'audace de devenir son instructeur à la FHC ? Et il ne lui avait toujours pas dit la vérité ? Non.

— C'est de *ta* faute, lâcha-t-elle. Tu... tu m'as laissée dans l'ignorance. Tu ne m'as rien dit. Issac m'a enterrée vivante parce que tu n'as jamais dit la vérité à aucun d'entre nous !

Elle se jeta sur lui, mais ce fumier fit appel à ses talents d'ange et se volatilisa derrière elle, les bras croisés, ses ailes rouges déployées derrière lui.

— Arrête de faire ta sale gosse.

— Ma *sale gosse* ?

Oh, maintenant elle comprenait la couleur des plumes de cet homme. Il voulait saigner. Eh bien, elle allait le peindre en vermillon.

Le poing de Stas rencontra la mâchoire de Gabriel avant qu'il ne puisse à nouveau disparaître et il trébucha en arrière avec une expression stupéfiée.

Issac siffla derrière elle.

— Tu m'as coupé l'herbe sous le pied, mon amour. Frappe-le encore, d'accord ?

— Avec joie.

Sauf que ce bâtard avait encore disparu, atterrissant cette fois-ci avec une certaine finalité sur la plate-forme en bois du bas de l'escalier.

Ses mains étaient sur ses hanches.

— Tout d'abord, joli coup. Ensuite, l'un d'entre vous pourrait-il utiliser le téléphone sur la table basse pour appeler Jacque ? Ça fait maintenant trois fois qu'il se téléporte pour me contrôler et il ne m'a laissé tranquille que parce que j'ai promis que l'un d'entre vous l'appellerait quand vous auriez fini là-haut, dit-il en faisant un signe vers l'étage.

Les joues de Stas se réchauffèrent.

— Tu étais ici pendant tout ce temps ?

Il eut un petit rire.

— Non. Je suis parti plus d'une dizaine de fois. Personne n'a envie d'entendre ces bruits de la part de sa petite sœur.

Oh, mon Dieu ! Elle faillit s'évanouir dans les bras d'Issac. Il ne semblait pas partager son embarras, son torse fermement contre son dos pour la retenir.

— Qu'est-ce que tu veux, Gabriel ? demanda-t-il d'une voix basse et pleine de rage.

Stark ne sembla pas perturbé le moins du monde, son expression toujours aussi stoïque.

— Discuter de notre avenir. Nous avons plusieurs tâches à accomplir.

— Nous ? répéta Issac et Stas savait, à son ton, qu'il avait haussé un sourcil incrédule. Qu'est-ce qui te fait penser que nous sommes intéressés ?

— Parce que ça implique de sauver Sethios et Caro, les parents d'Astasiya. Ça implique l'anéantissement d'Osiris. Et je sais aussi comment vous pouvez abattre Jonathan, annonça-t-il, puis il inclina la tête sur le côté. Ai-je votre attention maintenant ? Ou dois-je également préciser que je suis le seul à pouvoir aider Astasiya à contrôler ses nouvelles aptitudes ?

Stas déglutit, gardant seulement le début de son annonce en tête.

— Mes parents... ?

— Sont tous les deux vivants et souffrent beaucoup, termina-t-il pour elle. Ils se sont sacrifiés pour protéger ton héritage. La prophétie n'a jamais donné de nom à la puissance montante et Osiris a supposé que c'était notre mère, mais il a toujours été question de toi.

— Quelle prophétie ? demanda-t-elle, la gorge sèche.

Stark passa sa main dans ses cheveux clairs et soupira.

— Je dois commencer par le commencement. Vous voulez faire ça autour d'un café ? Ou on va devoir rester debout ?

La prise d'Issac se relâcha.

— Astasiya a besoin de café.

Normalement, elle s'opposerait à ce que quelqu'un prenne une décision pour elle, mais dans ce cas-là, Issac avait raison. Elle avait besoin de café.

— Noir avec...

— Du sucre brun, dit-il, en la relâchant avec un clin d'œil. Je sais, mon amour.

Bien sûr qu'il le savait. Il était dans sa tête, dans son cœur, dans son essence même. Il savait tout.

Issac lui fit un nouveau clin d'œil en passant devant Stark, ayant clairement entendu ses pensées.

— Si je m'assieds, tu vas encore m'attaquer ? demanda Stark d'une voix vide d'émotion.

— Tu vas encore me traiter de sale gosse ?

— Est-ce que tu vas continuer de te comporter comme telle ? rétorqua-t-il.

Elle plissa les yeux.

— Tu m'as cachée toute ma vie, tu m'as volé mes souvenirs, tu as simulé la mort de mon ami sans jamais rien me dire et tu t'es bien gardé de préciser que tu étais mon *frère* depuis tout ce foutu temps qu'on se connaît. Oh, *et* j'ai été enterrée vivante, parce que tu n'as dit à personne que j'étais un Séraphin. Alors ouais, je suis en droit d'agir comme bon me semble, merci.

Gabriel réprima un sourire.

Un sourire !

— Ce n'est pas drôle.

— Non, ça ne l'est pas, mais tu me rappelles tellement maman à cet instant, dit-il en émettant un bruit étranglé, un son étrange aux oreilles de Stas.

— Est-ce que tu... C'est ton rire ?

Cela devint plus sonore et les épaules de Gabriel se mirent à trembler.

— Oh, mon Dieu, mais tu rigoles vraiment !

L'homme n'avait pas esquissé un seul sourire pendant tout le temps qu'elle l'avait connu et maintenant il riait ?

— Qui diable es-tu ? demanda-t-elle, ne reconnaissant pas du tout cette version.

C'était censé être rhétorique, mais naturellement, l'ironie lui passa par-dessus la tête.

— Gabriel Stark, Séraphin de la lignée des Guerriers et des Messagers.

Il se volatilisa jusqu'au canapé, releva les jambes et se détendit.

— Et tu es un Séraphin de la lignée de la Résurrection et des Messagers.

— Je ne sais pas ce que ça veut dire, admit-elle.

— Je sais.

Il prit le téléphone sur la table basse et commença à taper tout en parlant.

— Notre mère est une messagère, c'est-à-dire qu'elle délivre des édits au nom du Conseil. Elle possède aussi un gène de guérison dormant, dont j'ai hérité et que tu pourrais aussi avoir. La plupart ne l'ont jamais considérée comme très puissante, mais ayant passé la majeure partie de deux décennies auprès des humains, je pense que notre espèce a déprécié ses compétences en raison de ses qualités de gardienne.

Stas s'assit finalement sur l'un des fauteuils, en plissant les yeux.

— Tu vas devoir recommencer depuis le début, Stark. C'est quoi un édit ? Qui est le Conseil ? Et quelles qualités de gardienne ?

— Le café d'abord, dit Issac en s'avançant derrière elle avec une tasse fumante paradisiaque qu'il lui tendit. Quelqu'un a rempli le frigo. Dois-je préparer quelque chose ? Un petit-déjeuner, peut-être ?

Un coup d'œil par les fenêtres qui bordaient le salon

montra une lune accrochée haut au-dessus du lac. Définitivement le milieu de la nuit. Non pas que ça ait de l'importance.

— Le petit-déjeuner semble...

— Parfait, les interrompit une voix grave. J'ai mon téléphone, Rubis. Attends une seconde.

Jayson et Jacque se tenaient dans la salle à manger. Enfin, juste Jayson, parce que Jacque avait déjà disparu.

— Je veux la voir, Jay, dit une voix féminine par le haut-parleur. J'ai *besoin* de la voir.

— Je sais, ma chérie. Donne-moi juste une seconde.

Des yeux brun foncé balayèrent le salon avec un regard implorant et se posèrent sur Stas.

— Toi. Au téléphone. Tout de suite.

Contente de te voir aussi, songea-t-elle. Mais le désespoir sur la tête de Jayson l'incita à poser son café, à se lever et à se diriger vers le téléphone. Le visage de Lizzie apparut sur l'écran.

— Stas ? souffla-t-elle, ses yeux bruns écarquillés. Tu vas bien ?

Elle prit l'appareil des mains de Jayson et sourit.

— Hé, Liz. Je suis là. Vivante. Est-ce que toi et le bébé...

Un cri aigu retentit dans le téléphone et Lizzie fondit en larmes.

— Putain, marmonna Jayson. Je pensais que ça aiderait, pas que ça aggraverait les choses.

Il regarda au ciel comme pour implorer de l'aide tandis que Stas regardait sa meilleure amie s'effondrer au téléphone.

— Lizzie, je vais bien, lui assura-t-elle. Je veux dire, j'ai maintenant des ailes roses que tu vas adorer, en fait. Mais je vais bien, je te le jure.

Encore des sanglots, suivis de mots incompréhensibles

impliquant un mélange alambiqué entre le nom de Stas, celui d'Issac et quelque chose à propos de Stark.

— Je ne peux pas...

— Ah, bordel ! Il a craqué, hein ? s'écria une voix féminine en arrière-plan. Viens, ma chérie, tu dois respirer. Inspire, expire, voilà, c'est ça. Chut...

L'image du téléphone devint floue, puis Lizzie se mit à pleurer :

— Stas !

— Je suis toujours là, répondit-elle en fronçant les sourcils devant les couleurs changeantes de l'écran. Lizzie ?

Une femme blonde aux traits saisissants apparut, le Séraphin qui avait sauvé Balthazar. *Leela*, lui rappela sa mémoire.

— Lizzie doit se calmer ou il y aura des complications, l'informa-t-elle doucement. Sa grossesse est suffisamment anormale, sans avoir besoin de tout ce stress, ce que je viens de dire à Jayson il y a cinq minutes.

Il poussa un soupir, visiblement agité.

— Elle avait besoin d'une preuve que Stas était vivante.

Les lèvres de Leela tressaillirent.

— Et tu t'es laissé faire.

— Techniquement, tu m'as dit de ne pas la téléporter. Tu n'as rien dit sur le fait de venir ici moi-même et de lui montrer que Stas était vivante.

— Non, je t'ai dit de ne pas la stresser davantage, corrigea Leela.

Elle était loin de ressembler à Stark qui parlait toujours sur un ton stoïque, elle avait plutôt l'air d'une femme irritée. *Étrange*.

— Écoute, elle était déjà dans un sale état au sujet de Stas. Et puis elle est devenue exigeante, me laissant...

— *Exigeante* ? répéta Lizzie, la voix tendue.

— Oui, Rubis. Tu étais en train de me crier dessus

pour que j'aille trouver Stas, dit-il avec une timidité que Stas ne lui avait jamais entendue. J'ai fait ce que tu m'as demandé, OK, mon cœur ?

— Non, je ne l'étais pas, dit-elle en reniflant. Je veux dire, ce n'était pas mon intention. J'ai juste... C'est juste... que Stas m'a manqué. Et tout ça est si confus.

Un autre reniflement suivit ses paroles.

— Sautes d'humeur, articula Jayson sans un son, en secouant la tête.

— Je t'entends, dit Lizzie, dont les larmes disparurent en un instant. Essaye de porter ce... ce... *bébé ange* en toi et tu verras !

Leela sourit avec une expression indulgente.

— Je prends le relais maintenant. Stas, rends visite à ton amie bientôt. Elle a besoin de te voir.

L'écran s'éteignit, le Séraphin lui ayant raccroché au nez.

— Pourquoi cette femme est-elle avec Lizzie ? demanda Stas, extrêmement confuse.

— C'est un Séraphin de la lignée de la Fertilité, répondit Stark depuis le canapé. C'est elle qui a aidé notre mère à te donner naissance et elle s'est portée volontaire pour assister Lizzie maintenant. Je lui ai aussi donné tous les dossiers de la FHC. Y compris ceux que Mateo n'a pas pu pirater.

Stas entrouvrit la bouche tandis que le regard de Jayson se rétrécissait.

— Ça ne me donne toujours pas confiance en toi, connard.

— Cela supposerait que je me soucie de ce que tu penses, ce qui n'est pas le cas, répondit Stark, concentré sur son téléphone. Retourne auprès de ta femme, Ancien. Elle a besoin de toi.

— Je l'entendais crier de chez moi, dit une voix masculine profonde depuis la cuisine.

Balthazar entra dans la salle à manger, une pile de boîtes à pizza dans les mains.

— Jacque m'a aidé à les acheter.

— Ouais. Gardez-en un peu pour moi. Je dois d'abord aller chercher Luc et Alik, et ramener Jay à Lizzie.

Le téléporteur se tenait déjà aux côtés de Jayson, avec ses cheveux ébouriffés par le vent de ses allers-retours.

— Prêt, Jay ?

— Non, marmonna-t-il. Lizzie ne semblait pas du tout satisfaite.

— C'est l'effet que la grossesse fait aux femmes, murmura Balthazar, une lueur sournoise dans les yeux. J'ai hâte que la petite LJ naisse.

Jayson jeta un regard noir au télépathe.

— On ne va *pas* l'appeler comme ça.

— Peut-être pas toi, mais moi si.

— Non, tu...

La réplique de Jayson se perdit dans les airs lorsque Jacque les téléporta tous deux hors de la salle à manger, laissant Balthazar glousser dans leur sillage.

— Bon, qui a faim ? demanda-t-il, l'image même de l'innocence, en posant les boîtes sur la grande table de la salle à manger.

— Moi, dit Issac, les lèvres retroussées en un sourire de petit garçon. Et je sens les pepperonis.

Depuis quand tu t'excites pour une pizza ? se demanda Stas.

Après le marathon sexuel à l'étage ? Je suis excité à l'idée de manger n'importe quoi.

Je croyais que tu avais bien été nourri ? le taquina-t-elle.

Il lui adressa un sourire narquois par-dessus l'épaule. *C'était le cas, mais je suis encore affamé. Je pense que la journée va être très longue, Aya.*

— Eh bien, c'est nouveau, ça, dit Balthazar d'un air songeur, son regard passant de l'un à l'autre. Et ce qui est fascinant, c'est que je sais que vous vous parlez, mais je ne peux pas vous *entendre*.

Issac haussa les sourcils.

— Tu veux dire que j'ai enfin trouvé un moyen de te garder hors de ma tête ? Excellent !

— Ils se sont liés, dit Stark depuis le canapé. Malgré ma recommandation contraire, pourrais-je ajouter.

— Parce que vos mises en garde influencent un grand nombre de mes décisions, dit froidement Issac.

— Liés ? répéta Balthazar en se rapprochant.

— Le lien du sang séraphique, expliqua Stark en se levant, sans aucune émotion sur le visage. Issac vient de rejoindre la lignée des Séraphins de la Résurrection, via Astasiya. Félicitations. Je suis sûr qu'Osiris sera ravi.

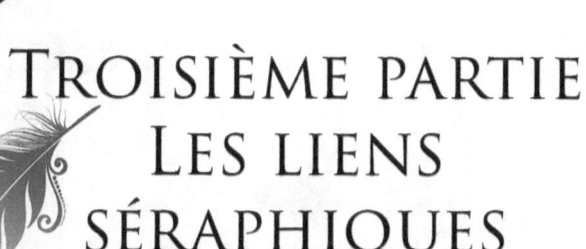

TROISIÈME PARTIE
LES LIENS
SÉRAPHIQUES

Un nouveau Séraphin s'est levé des cendres du désespoir. Il apportera une Fureur comme cette Terre n'en a jamais connu, et qui régnera même dans la mort. Des royaumes tomberont. De nouveaux pouvoirs émergeront. La fin de la partie commence maintenant.

— La Prophétesse Skye

STAS

— ISSAC SE TRANSFORME EN SÉRAPHIN, répéta Luc, incrédule.

Il était arrivé avec Jacque à la fin de l'explication de Stark — une explication que personne dans la pièce ne comprenait.

— C'est mignon, dit Alik qui s'effondra dans l'un des fauteuils et l'inclina d'un coup de pied. J'espère que ça lui donnera des pouvoirs supplémentaires. Oh, et puisque personne d'autre ne le dit, content que tu sois en vie, Stas.

— Oui, je suis heureux que tu sois de retour parmi nous, dit Luc, le regard toujours fixé sur Stark. Donc vous dites qu'en achevant ce lien de sang entre eux, une sorte de processus de transition s'est amorcé ?

Stas n'était pas offensée par son retour immédiat au sujet en cours, car elle voulait aussi une réponse. Ils pourraient tous célébrer sa vie *après* en avoir appris plus sur les déclarations cryptiques de Stark.

— Le processus a commencé la première fois qu'Issac a mordu Stas. C'est pourquoi il n'avait pas besoin de se nourrir. Le sang de Stas a guéri sa malédiction inhérente et lui a permis de survivre sans l'essence d'un mortel. Et maintenant qu'ils ont achevé le lien, son âme est unie à la sienne. Il n'est plus ichorien, il est en transition vers le royaume éthéré.

— Je ne me sens pas différent d'avant, intervint Issac qui se tenait dans le salon, le coude posé sur le manteau de la cheminée.

Les pizzas étaient restées intactes dans la salle à manger, tous ayant perdu leur appétit, y compris Stas.

— Je peux toujours voir la vision de tout le monde, à part la tienne et celle d'Astasiya, et je n'ai certainement pas fait pousser de plumes.

Stark pouffa de rire.

— Le processus prend des décennies, pas des heures. Pourquoi penses-tu qu'il a fallu vingt-cinq ans à Stas pour atteindre sa maturité ? Et elle est née séraphin. Tu ne l'étais pas. Il te faudra une vingtaine d'années pour passer complètement à ton état éthéré, probablement plus.

— Stas est née séraphin ? répéta Luc en fronçant les sourcils. Ezekiel a mentionné qu'Osiris était un Séraphin, mais que la mère de Sethios était mortelle. Cela ne fait-il pas de lui un métis ? Génétiquement parlant, je veux dire.

Stark secoua la tête.

— Vous pensez selon le point de vue des mortels. Les Séraphins peuvent ressembler aux humains dans leur état corporel, mais il n'y a rien d'humain dans leur génétique. Le sang contient nos propriétés élémentaires, qui surpassent la mortalité dans tous les domaines. Sethios est essentiellement un Séraphin en raison de l'influence génétique de son père, pas un métis. Ainsi, Stas est née pure, car la lignée de Caro a pris le dessus sur le peu de mortalité que Sethios portait dans son système.

— Comment peut-on être majoritairement séraphin et pas tout à fait à la fois ? demanda Luc.

— En accouplant un Séraphin à une mortelle, répondit Gabriel. Sethios a conservé juste assez de mortalité pour chevaucher les frontières entre les royaumes humain et éthéré. Ce qui signifie qu'il pouvait voir les Séraphins, mais pas le devenir complètement. Cela dit, je le soupçonne d'être totalement transformé maintenant, à cause du lien.

— Et le processus prend plusieurs dizaines d'années ? demanda Issac.

— Oui, c'est une évolution graduelle, mais tu finiras par devenir un Séraphin pur-sang, ce qui signifie que ton ADN humain se dissoudra au fur et à mesure que l'essence supérieure prendra le dessus. De nouveaux pouvoirs se manifesteront au fil du temps. Tu pourrais développer des aptitudes qui rivaliseront avec celles de la lignée de Stas, ou bien tes capacités de visionnaire se transformeront peut-être en quelque chose de spectaculaire. Nous n'avons aucun moyen d'en être sûrs.

— Fascinant, s'émerveilla Luc.

Stas était d'accord, mais elle avait une question plus pressante.

— Peux-tu revenir sur la partie où Osiris est un Séraphin ?

Parce que c'était nouveau pour elle. Tout le monde avait spéculé sur l'origine de Sethios, mais personne n'avait deviné qu'Osiris était autre chose qu'un Ichorien.

— Oui, c'est le Séraphin de la Résurrection, dit Stark en posant sa cheville sur son genou et en se détendant dans le canapé, les bras écartés de chaque côté alors qu'il était assis comme un roi. Il existe des centaines de lignées de Séraphins, toutes définies par leurs aptitudes ou leurs talents surnaturels. Chaque progéniture s'inscrit dans l'une de ces lignées familiales en fonction de son don supérieur, tout comme chaque lignée est représentée par une figure de proue considérée comme l'être le plus puissant de ce groupe. Dans ce cas, Osiris est le Séraphin le plus ancien et le plus influent de la famille de la Résurrection. Comme il n'a procréé qu'une seule fois, nous parlons de Sethios, il est logique qu'Osiris soit l'être le plus fort.

— Et c'est son sang qui a créé les Hydraiens et les Ichoriens, ajouta Luc, stupéfiant encore plus Stas.

— *Quoi* ?

Elle avait besoin de s'asseoir. D'abord, les nouvelles sur Issac. Maintenant, peu importe ce que c'était. Oui. OK. Elle s'effondra sur la causeuse qui était juste à côté du canapé sur lequel Stark se prélassait. Issac la rejoignit et passa son bras autour de ses épaules pour la serrer contre lui, sentant son besoin de réconfort.

Luc en profita pour s'asseoir lui aussi, mais pas sur le seul fauteuil libre. Il s'installa sur la marche de la cheminée en briques, le regard intense, juste en face de Stark.

— Ezekiel a dit qu'Osiris avait créé une poignée des premiers Ichoriens – lui et Aidan inclus – et que la malédiction, comme il l'appelle, s'était répandue à partir de là.

— Oui. Mon espèce y fait référence comme à une malédiction, car la vôtre ne devrait pas exister. Vous êtes tous des abominations de la race humaine, ramenés à la vie par la magie de la résurrection. C'est pourquoi Osiris peut tous vous persuader. Stas le peut aussi, puisqu'elle est une descendante de la même lignée.

Il disait cela comme si elle ne pouvait contraindre les Ichoriens et les Hydraiens que parce qu'ils avaient été ressuscités.

— Mais je peux aussi contraindre Osiris et les humains, et ils n'ont pas été ressuscités, dit-elle lorsque Balthazar les rejoignit.

Celui-ci tendit à Stas une nouvelle tasse de café, l'ancienne étant encore sur la table d'appoint, et en donna également une à Issac avant d'aller se placer aux côtés de Luc devant la cheminée.

Stark se gratta la mâchoire, les sourcils froncés par la réflexion.

— Il y a différents degrés de persuasion. Le contrôle d'Osiris sur les êtres qu'il a créés est immense, ce qui signifie que sa contrainte persiste indépendamment du temps et de l'espace jusqu'à ce qu'il annule activement son ordre.

— OK.

Elle avala un peu de son café, ayant besoin de chaleur.

Parler du pouvoir d'Osiris lui nouait l'estomac. L'immortel avait redéfini le terme *cruel*. Et le rappel de son lien de parenté avec lui perturbait ses entrailles. Elle ne voulait en aucun cas être comparée à lui. Hélas, ils partageaient un pouvoir identique.

— Alors...

Elle fit une pause et se racla la gorge.

— Pourquoi puis-je le contraindre s'il n'est pas ma création ?

— La lignée d'Osiris ne se limite pas seulement à la résurrection, mais elle peut aussi créer, précisa-t-il. Tu contrôles la vie et l'existence, Stas. Ceux de ta lignée peuvent persuader n'importe qui au monde. C'est l'un des dons les plus puissants, c'est pourquoi Sethios et Caro ont tenu à t'ancrer dans l'humanité. Il te fallait apprécier la vie pour la respecter. Sinon...

Il écarta les mains comme pour dire : *Vous connaissez la suite.*

— On devient Osiris, traduisit Issac, en prenant une gorgée de sa boisson.

— Exactement. Il a été condamné à dix millénaires sur Terre après avoir utilisé son don de persuasion sur les autres pour accomplir des actes abominables. Je ne vivais pas encore à l'époque et je n'ai donc pas été témoin de ses atrocités, mais tout ce que j'ai observé au cours des cinquante-cinq dernières années suggère que son exil était justifié.

— Vous n'avez que cinquante ans ? demanda Luc en haussant les sourcils.

— Presque soixante, en fait, précisa-t-il avec un haussement d'épaules. Je suis jeune, mais bien entraîné. J'ai déjà gravi les échelons de ma lignée paternelle, surpassant plusieurs de mes semblables qui ont quelques millénaires de plus que moi, car mon père, Adriel, est le Séraphin de la Guerre. Bien que je conserve les aptitudes de la lignée des Messagers de Caro, mes véritables forces sont dans le combat.

— J'ai vu ça, murmura Stas en se souvenant de toutes les heures éreintantes passées à se faire botter les fesses sur un tapis. Pas étonnant que tu sois un tel dur à cuire.

Gabriel pinça les lèvres.

— Non, c'est juste que tu n'es pas assez entraînée, petite sœur. Mais tu t'améliores de jour en jour.

La marque d'affection envoya une décharge dans son système sanguin. *Petite sœur.*

Gabriel Stark est mon grand frère.

Qu'est-ce qui se passe dans ce monde, bordel ?

Elle l'avait considéré comme un ennemi pendant si longtemps, la Sentinelle de Jonathan, mais maintenant elle ne savait plus quoi penser. Il lui avait tout caché, lui avait fait croire que ses parents avaient été tués, mais son côté logique comprenait pourquoi il avait fait cela. L'histoire fabriquée dans son esprit à propos de la mort de ses parents avait forcé Stas à dissimuler ses capacités par peur de répercussions. Et vivre avec les Davenport lui avait appris à valoriser la vie humaine, lui avait essentiellement donné une conscience dont Osiris était clairement dépourvu.

— Mais qu'en est-il de mon père ? se demanda-t-elle à haute voix. Sethios est-il comme Osiris ?

— Oui, répondirent simultanément Luc et Alik.

— Non, rétorqua Stark. Sethios a tout sacrifié pour te protéger, Stas. Osiris ne ferait jamais un tel choix pour quelqu'un d'autre que lui-même.

Le souvenir, le vrai, revint à l'esprit de Stas. Elle revit les yeux de son père alors qu'il la contraignait mentalement à courir. Il souffrait tellement...

Des iris verts, irradiant la douleur et la peur, étaient concentrés sur Astasiya. La persuasion avait secoué son être, forçant ses jambes à se mouvoir, à courir...

— Je peux le voir, s'émerveilla Issac, la tirant de ses pensées. Je peux voir Sethios.

Elle cligna des yeux en le regardant.

— Le souvenir ?

Il hocha la tête.

— Chaque détail.

— Oui, vous êtes liés, les interrompit Stark. Pour l'éternité.

Issac sourit simplement.

— Tu dis ça comme si c'était une mauvaise chose, mon ami, répondit-il en détournant son attention et en resserrant son bras autour des épaules de Stas. Est-ce que mes intentions envers ta sœur t'inquiètent ?

Stas se concentra sur la boisson caféinée qu'elle avait dans ses mains, ayant besoin de l'énergie liquide pour se préparer à cette conversation.

Stark eut un petit rire.

— Tu devrais plutôt t'inquiéter de la réaction de Sethios.

—Je n'ai pas peur de Sethios.

La certitude dans la voix d'Issac correspondait à sa détermination intérieure.

— Quoi qu'il en soit, il y a certaines choses que tu dois comprendre sur le lien. D'abord, il attache ton âme à la sienne, c'est pourquoi tu finiras par devenir séraphin. Désormais, tu peux voir la dimension où nous existons...

— J'ai pu voir Aya avant même que nous ayons complété notre lien, intervint-il.

— Oui, parce qu'il avait déjà été initié. Mais tu ne pouvais pas me voir. Maintenant, ce sera possible.

Issac baissa son menton.

— Très bien.

— Et tôt ou tard, tu seras capable de devenir éthéré aussi, mais pas avant que la transition soit complète, ce dont nous avons déjà discuté.

— Je vois. Mais je ne saisis toujours pas ce qui te préoccupe, Gabriel, dit Issac en prenant une dernière gorgée de sa tasse et en la mettant de côté. Tout ce que tu as énuméré jusqu'ici, ce ne sont que des avantages.

— C'est juste, répondit Stark en détournant son attention. Stas, fais-tu des rêves où tu es sous l'eau ? Où tu te noies ? Où tu cries à l'aide sans que personne ne t'entende ?

Ses questions lui donnèrent un frisson et des images frappantes passèrent d'elles-mêmes devant ses yeux. La tasse dans sa main devint soudain froide. Amère. Elle la déposa sur la table et se serra dans ses propres bras.

— Oui, admit-elle, hantée par les visions qui envahissaient son esprit.

Les cauchemars étaient presque aussi détestables que le fait d'être enterrée vivante, presque aussi réels.

— C'est maman qui télégraphie à travers le lien, dit Stark catégoriquement. Je les vois aussi, mais seulement quand je dors. Sethios, lui, ressent son agonie chaque seconde de chaque jour. À travers le lien. Et le pire ? C'est qu'il ne sait pas pourquoi.

— Il ne sait pas qu'il est lié ? demanda Luc, les sourcils froncés. Comment est-ce possible ?

— Osiris l'a contraint à oublier tout et tout le monde, devant Caro. Il l'a complètement effacée de son esprit. Puis il a jeté Caro au fond de l'océan.

— Où ? demanda Stas, les poings serrés. Et pourquoi ne l'as-tu pas aidée ?

— Tu ne crois pas que je l'aurais fait si je le pouvais ? répondit-il, son ton contenant enfin une note d'émotion, l'incrédulité, qui s'accordait à ses traits. Je n'ai aucune idée de l'endroit où Osiris l'a abandonnée et cette planète est principalement composée d'eau. Ezekiel ne le sait pas non plus. C'est pourquoi nous avons besoin de Sethios. Il est le seul à pouvoir la trouver.

— À cause de leur lien, dit doucement Issac.

— Oui, répondit Stark en soutenant son regard. Maintenant, tu comprends la complication. Si quelque chose arrive à Astasiya, tu vivras dans la souffrance jusqu'à ce que le problème soit résolu.

— Je serais malheureux, quel que soit le lien, insista Issac en inclinant la tête sur le côté. Une chose qui, je crois, est devenue évidente pour tout le monde cette dernière semaine.

Sa main glissa de haut en bas sur le bras de Stas, comme pour se rappeler qu'elle était toujours assise à côté de lui.

Stas se pencha sur lui et posa sa tête sur son épaule en lui caressant la gorge. *Je suis là.*

Je sais.

Je t'aime.

Ses lèvres se retroussèrent. *Je t'aime aussi, Aya.*

— Sérieusement bizarre, dit Balthazar, l'admiration

agitant son regard chocolat. Je sais que vous vous parlez, mais c'est inaudible.

— Tu n'imagines même pas à quel point ça me fait plaisir, répondit Issac. J'ai enfin trouvé un moyen de te déconnecter.

— Donc je dois me lier à un Séraphin pour le chasser de ma tête, annonça Alik comme s'il planifiait son avenir. Les avantages supplémentaires sont une immortalité intense – puisque, apparemment, Wakefield ne peut plus mourir désormais – et je pourrais me faire pousser des ailes.

Il hocha la tête.

—J'achète ! conclut-il.

Stark ne semblait pas du tout amusé.

— Ce n'est pas seulement un lien, c'est un accouplement éternel. Sacré et rare, il requiert un engagement intense. Issac ne sera jamais capable d'avoir une réaction romantique envers un autre être. Son âme appartient à Stas et vice versa.

Un soupçon de satisfaction se glissa dans leur lien, Issac se réjouissant à l'idée que Stas ne puisse jamais regarder ailleurs. Elle lui envoya un message bien senti en retour.

C'est toi, le play-boy milliardaire, tu te souviens ?

Il eut un petit rire. *C'est une image morte depuis longtemps que je n'ai pas l'intention de ressusciter.*

Tant mieux. Parce que je tuerai quiconque te touchera. Elle n'avait aucune idée d'où venait cet instinct possessif, mais il n'était pas question de le réprimer. Issac était à elle. Elle ne le partagerait pas. Jamais.

Il haussa un sourcil. *En fait, je pourrais aimer ça, Aya.*

Ne me tente pas ou je te rendrai la pareille en flirtant avec Balthazar.

Il plissa les yeux. *Touché, mon amour.*

— Bon, vous avez mentionné la libération de Sethios

comme prochaine étape. Et qu'en est-il de Jonathan ? C'est vous qui avez travaillé avec lui le plus longtemps. Où se cache-t-il ?

Luc s'était quelque peu détendu, le dos contre les briques qui bordaient la cheminée, ses longues jambes étendues devant lui.

— Meilleure question encore : pourquoi ne pas nous avoir prévenus de l'attaque ? demanda Alik, jouant avec une lame entre ses doigts. Si tu étais de notre côté, tu aurais dit quelque chose.

Stark ne broncha pas malgré la menace claire qui planait dans le regard d'Alik.

— John a assigné une autre Sentinelle pour diriger la mission. Je ne l'ai su qu'une fois trop tard.

— Mais Leela était là, dit Stas en fronçant les sourcils. Je l'ai vue.

— Oui.

La mâchoire de Stark se contracta.

— Nous nous relayons pour te surveiller et c'était la semaine de Leela. C'est grâce à elle que j'ai découvert l'attaque. Elle s'est volatilisée chez moi juste avant de mourir de ses blessures par balle. Owen s'est occupé d'elle et m'a appelé. Je suis allé voir John pour savoir ce qui s'était passé, puis j'ai demandé deux semaines de vacances pour m'éclaircir les idées.

— Et il ne s'est pas posé de questions ? l'interrogea Luc.

— Je veux savoir comment Leela a été tuée, intervint Balthazar. Les Séraphins peuvent-ils prendre des balles dans leur état éthéré ?

Il ne sait pas ? Elle cligna des yeux. *Bien sûr que non. Il n'avait pas pu la voir.*

Voir qui, ma chérie ? demanda Issac en entendant ses pensées.

Leela. Elle a protégé Balthazar. C'est pour ça que j'étais si distraite : j'ai vu ses ailes. Ensuite, je t'ai entendu appeler mon nom et... Elle déglutit. *Tu connais la suite.*

Stark changea de position, décroisant les jambes et se penchant en avant pour caler ses coudes sur ses genoux.

— Oui, les Séraphins peuvent subir des dommages dans leur état éthéré. Et non, John n'a pas remis ça en question parce que je lui ai dit qu'il n'y avait pas grand-chose à faire pour moi en ce moment et que je voulais une pause. Comme je n'ai jamais pris de congés, il me les a volontiers donnés. Mais il s'attend à ce que je revienne bientôt.

— Ce qui nous offre une opportunité, murmura Luc. Intéressant. Ezekiel m'a dit que vous pouviez modifier les protections au siège de la FHC ?

— Oui. C'est Osiris qui les a créées. Mais je sais comment les réviser et je l'ai fait à de nombreuses reprises.

— Donc Jonathan est au courant que vous êtes un Séraphin ? demanda Luc.

— Non. Il n'en a aucune idée. Osiris non plus. J'ai révisé les runes à leur insu et ça fait presque dix ans que je garde mon identité secrète. John pense que ses modifications génétiques ont fonctionné sur moi, expliqua Stark en fixant Luc du regard. Ezekiel a-t-il partagé tous les dossiers de recherche ? Pour vous donner un aperçu des mises à jour des Sentinelles ? John a été très occupé à la FHC à utiliser l'argent d'Osiris et les ressources des Séraphins pour créer plus d'abominations, certaines incroyablement meurtrières.

— C'est quelque chose que je ne comprends pas. Pourquoi Osiris a-t-il confié tous ces projets à Jonathan ? Quel est son objectif ? Il prône le conflit entre Hydraiens et Ichoriens depuis près de deux millénaires, a même mené une guerre dans l'un des camps et tué des centaines de ses créations. Qu'est-ce qu'il essaye d'accomplir ?

— Ça devrait être évident, répondit Stark en penchant la tête sur le côté. Vous êtes tous des fantassins créés pour son service personnel. Il a aiguisé ses outils au cours de milliers d'années de carnage, tuant les faibles et conservant les forts, et il vous garde tous sur le qui-vive pour que vous continuiez à vous entraîner. Il est en train d'amasser une armée, Lucian. Et les projets sur lesquels John a travaillé sont juste une autre ligne de défense : des humains avec des gènes de Séraphin.

— Comme Lizzie, souffla Stas.

— Oui, confirma Stark. Mais elle a été créée dans un but différent.

— Pour se reproduire, marmonna-t-elle en se souvenant de tout ce que Lizzie lui avait dit.

— Plus précisément, pour élever la progéniture d'Osiris. Il considère sa grossesse actuelle comme un test de survie. Il suppose également que l'enfant qu'elle porte lui sera utile plus tard. Cependant, dans un état futur, son objectif est de remplacer Sethios qu'il considère comme un lieutenant perdu après son badinage amoureux avec Caro. C'est pourquoi Lizzie a été génétiquement modifiée pour concevoir.

— Mais pourquoi ? insista Stas. Je veux dire, il a créé mon père avec une mortelle, non ?

— La procréation chez les Séraphins est très rare. Je soupçonne qu'il a essayé de produire un autre rejeton en utilisant des méthodes similaires et qu'il a échoué. C'est pourquoi il a assigné à John la tâche de fabriquer une femelle avec assez de génétique séraphique pour porter son enfant.

— Est-ce que Lizzie ressemble à mon père ? Ou bien elle se transforme en Séraphin ?

— Leela serait mieux placée pour répondre à cette question. La façon dont Elizabeth a été créée défie l'ordre surnaturel. Elle est un mélange de lignées, à la fois séraphiques et mortelles. Je ne sais pas si on peut la définir.

Stas frissonna.

— Cela signifie-t-il que son avenir est inconnu ?

— En substance, oui. Elle est unique en son genre. Les Sentinelles de la FHC utilisées pour l'expérimentation n'ont reçu que de petites quantités d'altérations séraphiques pour renforcer leur mortalité. Elizabeth a été en fait fabriquée dans un laboratoire.

C'est de mauvais augure, songea-t-elle, un autre frisson parcourant son échine.

Mais pas sans espoir, murmura Issac de façon rassurante. *Elizabeth est résiliente. On va trouver une solution.*

— Vous avez dit que la procréation était rare, intervint Luc. Y a-t-il une raison spécifique pour cela ?

— Il y en a une multitude. Premièrement, les Séraphins forniquent rarement, car mon espèce n'en voit pas l'intérêt. Deuxièmement...

— Oh, attendez ! Tu n'en vois pas l'intérêt ? réagit Balthazar, dont les sourcils étaient tellement haussés qu'ils touchaient presque la racine de ses cheveux. Genre... Ouais, non, je ne peux même pas finir cette phrase, tellement ça paraît insensé. Comment peut-il n'y avoir aucun intérêt dans le sexe ?

— C'est essentiellement un acte humain, accompli pour des raisons égoïstes, qui n'a aucune finalité pratique, à part la production d'un héritier, ce qui, comme j'allais le dire, n'est pas courant, car il faut du temps et une compatibilité sanguine appropriée.

Balthazar le regarda en clignant des yeux.

— Le plaisir est *égoïste* ?

— Ça n'a aucun sens pratique.

— Pas étonnant que les Séraphins soient si stoïques. Il est clair que tu ne sais pas vivre. Présente-moi à tes responsables, car je serai heureux de leur fournir quelques tutoriels. Le plaisir peut très certainement être un cadeau lorsque l'on applique les bonnes méthodes, dit Balthazar, puis il jeta un coup d'œil à Luc. Tu crois ça, toi ? C'est comme un royaume entier d'opportunités non testées – la mère de tous les défis.

Alik eut un petit ricanement.

— Tout le monde ne vit pas que pour le sexe, B.

Balthazar fit un signe de tête en direction de Stark.

— Clairement.

— Encore une fois, ça manque de sens pratique. Les Séraphins ne forniquent que dans le cas où les Devins prédisent un accouplement idéal. Comme lorsqu'une prophétie a auguré que Caro et Adriel allaient me créer.

— Tu es vierge ? demanda Balthazar, incrédule.

— Cela n'a aucune importance dans cette conversation.

— Je ne suis pas d'accord, insista le télépathe. Ta virginité expliquerait ton étroitesse d'esprit, ce que je serai heureux d'arranger pour toi. Tu n'as qu'un mot à dire.

— Non.

Une réponse catégorique. Aucun exposé minutieux. Juste un démenti sans ambiguïté de la suggestion, ou peut-être une réponse à la question de la virginité. Non pas que Stas veuille savoir. À ce stade, elle voulait juste une pause. Ou de l'alcool. Ou peut-être une très longue sieste.

— Vous avez parlé des Devins, intervint Luc. Que sont-ils ?

Stark s'éclaircit la voix.

— Les Devins sont nos oracles. Ils édictent l'avenir, mais certains pensent qu'ils pourraient être corrompus, répondit-il, puis son regard se porta sur Stas. Ils ont incité notre mère à délivrer un édit à Osiris, sachant que Sethios interviendrait. C'est ainsi que tu as été conçue.

— C'est peut-être trop d'informations, marmonna Stas.

— Mais c'est important, parce que les Devins voulaient que Caro tombe enceinte et ont omis de la prévenir de cette intention. Au lieu de cela, ils l'ont piégée dans une fausse mission. Puis les Devins – et le Conseil – ont voulu que tu sois élevée parmi les Séraphins, mais notre mère a refusé. Cela aurait nécessité d'éliminer Sethios d'une manière ou d'une autre. Cependant, Skye a prophétisé la nécessité de le garder dans ta vie, pour t'enseigner l'importance de l'humanité, pour te maintenir les pieds sur terre.

— Et Skye est la prophétesse sous la garde d'Osiris, ajouta Luc en se grattant la mâchoire. Comment savez-vous quel voyant dit la vérité ?

— Je ne sais pas, admit Stark. Caro et Sethios ont choisi leur voie et, d'après ce que j'ai vu jusqu'à présent, il semble que ce soit la bonne.

STAS

J'AI la tête qui tourne, admit Stas. *Vraiment... beaucoup. Je voulais juste prendre un en-cas et retourner à l'étage.*

Issac gloussa dans son esprit, l'attira à lui et embrassa le sommet de son crâne. *Tu crois que j'aurai aussi des plumes roses ?* demanda-t-il d'un air songeur, la distrayant efficacement.

Elle le regarda de travers. *Je ne veux pas penser à ça non plus.*

Tu ne crois pas que je pourrais me retrouver avec des plumets rosâtres ? Le rappel de l'expression qu'elle avait précédemment utilisée ne lui échappa pas. *Peut-être que les miennes seront fuchsia.*

Je l'espère vraiment. Alors tu regretteras d'avoir suggéré ça et tu comprendras peut-être mon chagrin.

Un autre ricanement. *Ma pauvre chérie. Peut-être que tu as raison. Peut-être qu'elles changeront de couleur.*

Je te revaudrai toutes ces moqueries...

Des plumes apparurent dans sa vision périphérique, la faisant se précipiter à l'autre bout du canapé, les yeux écarquillés.

— Oh mon Dieu...

Issac avait des ailes. Des ailes *roses*. Aussi voyantes que des néons dans l'obscurité et, bon sang, les siennes étaient encore pires que celles de Stas.

Et absolument fausses, chuchota-t-il dans ses pensées.

Elles disparurent lorsqu'Issac se roula sur le côté en riant bruyamment.

Elle pressa sa main contre son cœur qui battait fort.

— Ce... Quoi ? Comment ?

Il essuya les larmes de ses yeux et croisa son regard avec un sourire radieux.

— Une vision.

Ce fut tout ce qu'il put dire avant de s'écrouler à nouveau de rire.

Elle lui lança un regard noir.

— Tu as manipulé ma vue ?

Les ricanements d'Issac en réponse n'étaient pas des paroles d'excuse. Pas plus que la lueur amusée dans son regard.

— Tu verrais ta tête...

— Qu'est-ce qu'elle a, ma tête ? répliqua-t-elle en imaginant un pieu enfoncé dans le cœur d'Issac.

Il répondit en se greffant à nouveau des ailes et en les déployant autour d'eux. Elle n'était pas sûre de ce qui l'agaçait le plus : leur couleur ou le fait qu'il était toujours séduisant malgré les plumes fuchsia qui se dressaient autour de lui.

Elle le plaqua sur le canapé, le coinça sur un coussin sous elle et finit dans ses bras.

— Gabriel, je suis vraiment déçu par les compétences d'Astasiya en matière de combat. Je pense que tu n'as pas été assez dur avec elle.

Stas haussa un sourcil.

— Ah ouais ? Et si...

Les lèvres d'Issac recouvrirent les siennes avant qu'elle ne puisse émettre une demande.

Je peux toujours le faire en pensée, lui fit-elle remarquer.

Il glissa sa langue dans sa bouche, lentement et délibérément. *Hmm, pas si je te déconcentre, mon amour.*

La chaleur s'insinua dans ses veines. *Tu ne joues pas fair-play.*

Jamais avec toi.

Luc se racla la gorge.

— Bon, donc vous dites qu'Osiris crée une armée pour combattre les Séraphins.

— Plus précisément, le Conseil supérieur des Séraphins, répondit Stark. Ce sont eux qui l'ont exilé et qui continuent à émettre des édits pour dompter son comportement. Il n'a aucun intérêt à s'y conformer et tout intérêt à les détruire. Son but ultime, c'est de prendre le pouvoir sur les Séraphins autant que sur les humains.

— Il joue sur le long terme, murmura Luc.

Le très long terme, en effet, pensa Issac, ses lèvres couvrant toujours celles de Stas. *Devons-nous rejoindre la conversation ou continuer à les ignorer ?*

Je pourrais nous volatiliser à l'étage. Peut-être.

Le sourire d'Issac réchauffa son esprit. *Hmm, j'aime cette idée.*

Elle gloussa presque alors qu'il continuait à l'embrasser. Elle se sentait jeune, vivante, *nouvelle*. Elle n'avait pas agi comme ça depuis... en fait, jamais... Se laisser aller, devant un public... qui incluait son frère.

OK, peut-être pas.

— Stas...

La voix familière de l'homme lui donna un coup de fouet.

Tu réalises que c'est la deuxième fois dans notre relation que Thomas m'empêche de t'embrasser, n'est-ce pas ? Issac la relâcha avec un sourire narquois, se décalant sur le canapé et l'aidant à se remettre en position assise à côté de lui.

Une image de l'entrée du restaurant où elle avait échangé son premier baiser avec Issac défila devant ses yeux en référence à ce qu'il venait de dire. *Ça ne comptait pas.*

Issac releva les sourcils. *Pardon ?*

La limousine était mieux.

Il retroussa ses lèvres. *J'ai vraiment adoré cette robe.*

Je sais. Elle se concentra finalement sur Tom, qui se tenait debout, abasourdi, dans un coin de la pièce, avec une Amelia rayonnante à ses côtés.

— Salut, dit Stas sans grande conviction.

Qu'est-ce qu'on était censé dire après s'être relevé de l'au-delà ? Ça fait du bien de revenir ?

— Je suis en vie.

Elle était supposée se lever et faire un câlin à Tom maintenant ? Et à Amelia aussi ?

Le bras d'Issac passa autour de ses épaules, prenant la décision pour elle. Il n'était visiblement pas prêt à rompre le contact physique. Elle le comprenait, parce qu'elle ressentait la même chose, ce qu'elle montra en posant sa main sur sa cuisse et en se détendant à ses côtés.

— Tu es en vie et tu es un Séraphin, dit Tom avec admiration. Je suis... C'est si bon de te revoir.

— On est tous ravis que tu sois de retour parmi nous, ajouta Amelia, les larmes aux yeux.

Stas soupçonnait que cette émotion était liée à son frère d'une certaine façon.

Elle est soulagée pour moi, chuchota Issac. *Je crois que je lui ai donné quelques inquiétudes.*

C'est ton look d'homme des montagnes, plaisanta Stas. *Ça fait peur aux gens.*

Il la pinça. *Attention, Aya.*

Sinon quoi ?

Sinon je trouverai un moyen habile de te punir avec la barbe de trois jours. Peut-être entre tes jambes ? Avec toute cette peau sensible ? Ça pourrait être amusant...

Les joues de Stas s'échauffèrent. *Tu ne le ferais pas.*

Oh, Aya. Tu sais bien que si.

— Bon. Donc Stas s'est liée à Wakefield, ce qui non seulement lui confère une immunité totale contre la mort, mais l'a aussi renvoyé à sa crise d'adolescence excitée, fit remarquer Alik en haussant les épaules. C'est pour résumer ce que vous avez manqué. Oh, et Osiris semble croire qu'on va jouer le rôle de bons petits soldats dans sa guerre contre les Séraphins. Ce qui, attention spoiler, ne va pas arriver. Jamais.

Tom regardait l'Ancien bouche bée.

— Je pense que c'est la première fois que tu me parles depuis que tu m'as prévenu de ne pas faire de mal à Amelia.

Alik lui jeta un regard.

— Je n'ai pas eu besoin de te rappeler à l'ordre vu que mon premier avertissement a si bien fonctionné. Continue comme ça, bébé immortel, OK ?

Il se leva.

— Bon, on va faire quelque chose de concret ce soir ou on continue à parler pendant que Stas et Issac se bécotent ? Parce que, ce que j'en conclus, c'est que Starky ici présent sait comment altérer les runes. Je propose qu'il se rende au siège de la FHC, qu'il modifie les protections pour permettre à nos dons de fonctionner là-bas, et ensuite on prend d'assaut l'endroit et on juge Jonathan. Ça vous va ?

— Est-ce qu'on sait au moins s'il est là-bas ? demanda Tom. Et vous faites confiance à Stark pour ne pas nous trahir ?

Alik eut un petit rire.

— Certainement pas en ce qui me concerne.

— J'ai une meilleure question, dit Stark, détendu sur le canapé, l'image même de la tranquillité. Qu'est-ce qui vous fait penser que je voudrais vous aider dans ce scénario ?

— Parce que tu le feras, répondit Stas, sans hésiter. Tu le feras pour moi.

Il haussa les sourcils.

— Vraiment ?

— Vraiment, insista-t-elle en soutenant son regard vert clair. Tu as altéré ma mémoire sans ma permission. Tu m'as menti, à plusieurs reprises. Et tu as foutu en l'air ma vie d'innombrables façons. Parce qu'à ce stade, je suppose que la colocataire qui m'a été affectée en première année était le résultat de tes manipulations, tout comme mon amitié avec Owen a toujours été planifiée, ça n'était pas le destin.

Elle fit une pause pour attendre qu'il nie tout cela.

Il ne le fit pas.

— OK, je peux croire que tu as fait tout ça pour renforcer mon humanité et accomplir une sorte de prophétie – dont je ne saisis toujours pas complètement le but, d'ailleurs... Mais bon, comme je le disais, même si je peux comprendre tes motivations, tu m'as quand même trahie à chaque fois. Issac m'a enterrée vivante parce qu'aucun d'entre nous ne connaissait ma vraie nature, une chose que tu aurais pu me dire l'an dernier sans que ça ait une influence sur qui je suis aujourd'hui. Alors, arrête les conneries en disant que tu as attendu le bon moment pour ça. Le bon moment, c'était quand j'ai rejoint la FHC. Le bon moment, c'était après avoir passé une soirée au Conclave. Le bon moment, c'était avant que je meure et que je sois enterrée vivante.

Il la regarda fixement.

— Tu veux des excuses ?

— Non, Stark. Je veux que tu nous aides à capturer le fumier qui a essayé de me *tuer*. Qui a fait abattre nos amis. Qui a assassiné le créateur d'Issac, le *père* de Luc et d'Amelia. Pour me venger du fumier qui a fait subir à ma meilleure amie d'innombrables années de Dieu sait quel genre de tourments. Qui a simulé la mort d'Amelia et l'a torturée pendant des années. Je veux que *tu* nous aides à le détruire, lui et tout ce qu'il représente. Et tu le feras, si tu veux que j'envisage de te pardonner pour ces deux dernières décennies de ma vie.

Lorsqu'elle eut terminé, elle avait les poings serrés sur ses genoux et respirait difficilement à cause de l'effort.

Et ses ailes scintillaient dans sa vision périphérique.

Parce qu'elle était apparemment devenue éthérée.

Encore une fois.

Mes ailes sont encore roses.

Elles sont magnifiques, mon amour, chuchota Issac dans son esprit. *Tu es superbe.*

Tous dans la pièce clignaient des yeux en signe de confusion, sauf Stark qui semblait s'ennuyer.

— Nous allons devoir travailler sur tes liens émotionnels avec le monde éthéré, petite sœur.

Le regard de Stas se rétrécit.

— Nous allons devoir travailler sur bien plus que ça, grand *frère*.

Elle cracha les mots comme une malédiction, mais il ne réagit pas. Non, il resta aussi impitoyable que jamais. Stoïque. Un homme derrière un masque de néant. Stas ne pouvait même pas dire s'il avait entendu son coup de gueule d'il y a quelques secondes.

— Très bien.

Deux mots. Inexpressifs.

— Très bien ? répéta-t-elle.

— Je vais t'aider, dit-il en haussant les épaules. Si c'est ce que tu veux, considère que c'est fait.

Stas cligna des yeux, surprise qu'il soit d'accord.

Et ses ailes disparurent en un éclair.

Les lèvres de Gabriel eurent un soubresaut et elle en eut le souffle coupé. Un mouvement facial réel pour exprimer l'amusement ? Nom d'un chien !

— C'est comme marcher. Tu t'y habitueras.

— Marcher, répéta-t-elle lentement, son cerveau encore concentré sur l'émotion qu'il avait manifestée de manière inattendue. Oh, je vois.

L'ombre du sourire disparut lorsqu'il s'adressa à Luc.

— Apparemment, je vais vous aider dans cette situation critique. Pour Stas.

— Menteur, l'accusa Amelia qui s'écarta de Tom. Tu parviens peut-être à tous les berner, Gabriel, mais je sais que tu te soucies aussi d'eux. Nous avons des antécédents, toi et moi.

Il la regarda.

— Je ne faisais que mon travail.

Elle sourit et se rapprocha.

— Comme Sentinelle ? Ou comme ange gardien ?

Il pinça les lèvres. Une autre démonstration d'émotion.

— Tu as parlé à Leela.

Elle s'assit à côté de lui, toujours souriante.

— Oui, et elle m'a expliqué comment la lignée des Messagers a inspiré le mythe des anges gardiens. Tu étais le mien à la FHC.

Il ne répondit pas.

— C'est vrai ? le pressa Tom. Je sais que tu as aidé Amelia à guérir. Elle a dit que tu lui avais fourni des médicaments. Qu'as-tu orchestré d'autre ?

Stark les ignora tous les deux pour se tourner vers Alik.

— Quand part-on ?

— Maintenant ? suggéra Alik.

Balthazar se mit à glousser en secouant la tête.

— Essaye de lui dire ça à haute voix.

— Il n'écoutera pas, murmura Luc en réponse. Ça fait combien de millénaires que j'essaye de lui apprendre l'importance de la stratégie ?

— À peu près trois de trop, dit Alik en continuant à faire tourner la lame entre ses doigts, se tenant au pied des escaliers, prêt à partir. Allez, *Ta Majesté*. Faisons ça. Je suis prêt à botter le cul des Sentinelles.

— Je vois ça. Et si Osiris le découvre ? argua-t-il. Je vais te dire ce qui va se passer : le Traité deviendra caduc et nous entrerons en guerre. Encore une fois. Des gens vont mourir. *Notre* peuple. Tout ça parce qu'on n'a pas assez réfléchi.

Alik eut un ricanement.

— Selon Starky, Osiris nous veut vivants pour combattre les Séraphins. Il s'en fichera si on élimine Jonathan et ses sbires.

— Arrête de m'appeler Starky.

— Nan, je crois que ça me plaît bien.

— Moi aussi, convint Tom en remuant les sourcils. Starky.

— Très bien, Fitzy, répondit Stark.

Le sourire de Tom disparut.

— Va te faire foutre.

— Nan, je crois que ça me plaît bien, dit Stark, imperturbable.

Est-ce qu'il vient de faire une blague ? demanda-t-elle à Issac.

Je crois que oui. L'étonnement d'Issac traversa le lien, rivalisant avec celui de Stas. *Il semble que ton frère soit bien plus que ce que l'on croit.*

Sans déconner.

Alik se frotta les mains l'une contre l'autre.

— Bon, qu'est-ce qu'on fait ? Parce que si on n'y va pas ce soir, je plie bagage.

— Nous n'irons pas ce soir, déclara Luc sur un ton catégorique.

— Bien. Jacque ? appela Alik.

Le téléporteur apparut en un clin d'œil.

— Salut !

— Allons-y, dit Alik en lui tendant la main. Faites-moi signe quand vous serez prêts à faire sauter des trucs.

Le duo disparut, laissant Luc soupirer dans leur sillage.

— Un jour, il comprendra la stratégie.

— J'en doute, répondit Balthazar en tapant dans le dos de son ami. Mais nous pouvons discuter de la stratégie toute la nuit. On va trouver une solution ensemble.

Un long moment s'écoula avant que Luc n'acquiesce.

— Ouais.

Stas perçut une légère tristesse dans son regard, qui disparut en un instant.

Aidan, réalisa-t-elle, son cœur faisant une grimace. C'est avec lui qu'il avait l'habitude de discuter des plans et des idées. Mais ce n'était plus possible, puisque son père était mort.

Les traits de Luc se durcirent lorsqu'il se mit debout, refoulant clairement ses émotions.

— Vous venez avec nous, Stark. J'ai besoin d'en savoir le plus possible sur ces runes. Je veux aussi une description détaillée des lieux et des suggestions sur la façon d'entrer.

Stark avança son torse, posa ses coudes sur ses genoux et examina Stas.

— Pense à l'endroit où tu veux aller et la dimension éthérée apparaîtra pour te guider. De la même façon, pense à ta forme corporelle et tu la reprendras, expliqua-t-il en levant. Je vous retrouve tous à Hydria une fois que j'aurai parlé à Owen. Un nuage de plumes rouges tourbillonna autour de lui alors qu'il se dissolvait dans les airs.

— Merci pour la leçon, marmonna Stas.

Issac posa ses lèvres sur sa tempe.

— Ne t'inquiète pas, ma chérie. On va se débrouiller.

— Contente que tu sois confiant, grommela-t-elle.

Parce qu'elle ne l'était certainement pas. Il lui semblait que ses ailes n'apparaissaient que dans des moments de grande émotion. Mais quand elle voulait devenir éthérée, cela ne marchait plus.

Luc lui sourit.

— C'est vraiment bon de t'avoir à nouveau parmi nous, Stas.

— Ouais, tu nous as manqué, ajouta Balthazar, son expression renfermant un secret qu'elle comprit immédiatement.

Tu étais là pour lui comme je te l'ai demandé, pensa-t-elle en le regardant, son esprit s'ouvrant instinctivement au don de l'Hydraien.

C'était étrange. Avant, Balthazar avait un accès illimité à ses pensées. Maintenant, elle devait expressément le lui permettre, presque comme si elle ouvrait une porte et l'invitait à entrer. Ce n'était pas lié à sa génétique séraphique, mais au lien entre elle et Issac. Comme s'ils avaient formé leur propre nuage d'existence auquel personne d'autre ne pouvait accéder à moins d'y être autorisé.

Mais cela fonctionnait, car un subtil hochement de tête de la part du télépathe lui confirma qu'il l'avait entendue.

Merci, lui murmura-t-elle, le cœur serré. *Merci d'avoir été là pour lui.*

Un autre signe de tête, accompagné cette fois d'un petit

sourire.

Je peux toujours t'entendre, murmura Issac, ses lèvres sur sa tempe. *Mais Balthazar m'a dit que ta dernière volonté était qu'il soit là pour moi.*

C'est vrai. Je lui ai demandé de te dire au revoir, puisque je ne le pouvais pas.

La bouche d'Issac s'attarda contre sa peau, son corps frissonnant à côté d'elle. *Ne me quitte plus jamais, Aya.*

Plus jamais, jura-t-elle. *On est là pour toujours.*

Pour toujours, répéta-t-il doucement. *Pour l'éternité.*

Elle sourit. *Oui. Et apparemment, Stark pense que tu vas le regretter.*

Issac pouffa de rire. *Ça n'arrivera jamais, mon amour.*

Je sais.

Et elle en était vraiment certaine. Parce que cette relation entre eux, ce lien, c'était bien plus profond que ce que l'on pouvait imaginer. Cela faisait voler en éclat toutes les attentes, surpassait toutes les règles perçues et les réunissait dans une connexion qui n'était pas de ce monde.

— Bon, quelqu'un veut de la pizza froide ? demanda Balthazar. J'en ai encore quelques-unes.

— On peut en prendre d'autres en allant à Hydria, dit Luc. On a beaucoup de choses à planifier en peu de temps. Je veux utiliser la connexion de Stark pour faire sortir Jonathan de sa cachette, de préférence le plus tôt possible.

— C'est un coup habile, convint Issac. Il pense toujours que Gabriel est son bras droit.

— Exactement. Utilisons ça à notre avantage.

La satisfaction illumina le regard de Luc, ses lèvres se retroussèrent.

— Les jours de Jonathan sont comptés.

Une série d'acquiescements résonna dans la pièce.

L'approbation rayonnait dans l'expression de Luc.

— Allons chercher ce fumier.

ISSAC

TROIS ÉQUIPES.

L'équipe A, dirigée par Alik.

L'équipe G, dirigée par Gabriel.

L'équipe T, dirigée par Thomas.

Chacune avait des objectifs et un point d'entrée différents. Issac et Astasiya étaient dans l'équipe de Gabriel, avec Tristan. Leur objectif premier était de capturer Jonathan vivant.

— J'ai arrangé un rendez-vous avec lui dans trente minutes, confirma Gabriel, l'épaule appuyée contre le mur du salon de Balthazar.

Le même mur menait à la salle à manger et à la cuisine ouverte, offrant ainsi une pièce surdimensionnée dans laquelle tout le monde pouvait se tenir.

— Les protections ont aussi été modifiées pour permettre à vos dons de fonctionner.

— Je vais voir.

Jacque disparut en un éclair, emportant Ash avec lui. Elle avait été assignée à l'équipe d'Alik à cause de sa propension à jouer avec le feu.

— Et vous êtes sûr qu'Osiris ne le remarquera pas ? demanda Lucian depuis sa position à la table de la salle à manger.

Balthazar et lui passaient en revue le plan – *encore une fois* – à la recherche d'options stratégiques de dernière minute ou d'éventuelles menaces.

— Il n'a rien remarqué lorsque je les ai changées, après avoir commencé à la FHC. Il ne s'est rendu compte de rien non plus quand j'ai fait des mises à jour l'été dernier pour permettre aux dons de Stas de s'épanouir clandestinement, dit-il en haussant les épaules. Il n'a aucune raison de vérifier puisqu'il suppose que je suis juste un humain ayant subi des modifications génétiques.

— Attends, tu as modifié les protections pour que je puisse utiliser la contrainte ? demanda-t-elle, en fronçant les sourcils. Mais Issac et moi les avons testées avant de rencontrer John en juin. Avant que je ne devienne une Sentinelle.

Issac se souvenait très bien de cet après-midi-là. C'était le jour où il avait découvert la captivité d'Amelia, grâce à la caméra que Mateo avait fixée au chemisier d'Astasiya. C'était aussi le jour où il avait réalisé à quel point il lui faisait confiance.

— Ce test a-t-il été effectué en surface ? demanda Gabriel.

— Dans le parking, ouais.

— Si tu avais essayé en sous-sol, tu n'aurais pas été en mesure de persuader quiconque. C'est la seule faiblesse des Séraphins. Nous ne pouvons pas accéder au royaume éthéré, la source de nos dons, lorsque nous sommes sous terre. Pas sans les runes adéquates, en tout cas. C'est pourquoi les protections sont là, Osiris en a besoin pour pouvoir entrer et sortir en se volatilisant de la FHC. Je les ai juste légèrement modifiées pour m'accorder le même accès, et à toi aussi.

Elle écarquilla les yeux.

— C'est pour ça que maman est piégée.

— Exact. Tu ne peux pas créer une protection dans l'eau. Et elle ne peut pas se volatiliser parce qu'elle est piégée sous l'eau, bien en dessous du niveau de la mer.

Issac entoura Astasiya de son bras alors qu'elle frissonnait. Ils se tenaient tous les deux à côté de Gabriel dans le salon, parce que la majorité des sièges étaient déjà occupés. La plupart des personnes impliquées dans la mission en cours s'étaient réunies chez Balthazar pour revoir une dernière fois le plan. L'équipe d'Alik sèmerait la pagaille pour distraire les Sentinelles. L'équipe de Thomas s'occuperait de libérer les otages ou les victimes d'expériences. L'équipe de Gabriel capturerait Jonathan.

Aucun dérapage.

Aucun argument.

Aucun mouvement improvisé.

Tout était stratégiquement planifié et dirigé par Lucian, qui s'attendait à ce que tout le monde revienne vivant. Et ils le feraient. Avec Jonathan capturé.

Jacque réapparut avec un sourire radieux près de la porte d'entrée, Ash à ses côtés.

— J'ai vérifié. Nous sommes prêts à nous lancer, les gars.

Une flamme vacilla dans la main d'Ash.

— Ce bébé a fonctionné comme prévu.

— Excellent, murmura Lucian, toujours en train d'examiner les schémas. Et tout le monde se trouve là où Stark et Tom l'avaient prévu ?

— Ouais, répondit Jacque. La plupart des Sentinelles sont près de l'armurerie, à garder l'entrée du sous-sol. Je n'ai pas vu Jonathan, mais je ne le cherchais pas non plus.

Gabriel haussa les épaules.

— Il est probablement dans son bureau.

— Je ne me suis pas approché de là, confirma Jacque. Mais tout le reste est prêt.

— C'est suffisant pour moi, dit Alik en sautant du comptoir de la cuisine qui donne sur la salle à manger. Je suis prêt à botter le cul des Sentinelles.

— Ne les tue pas tous, lui rappela Lucian.

Alik inclina la tête sur le côté.

— Désolé, qu'est-ce que tu as dit ? Quelqu'un d'autre a entendu cette connerie ?

— Oui, sans aucun doute, dit Tristan qui était assis dans le fauteuil inclinable, avec un regard malveillant. Ça ressemblait à quelque chose comme « Ne tuez pas l'ennemi malgré tout ce qu'il a fait pour le mériter ». Il s'agit clairement d'un édit malavisé.

— Le but est d'extraire Jonathan sans déclencher l'alarme, dit Lucian, l'air épuisé. Le chaos équivaut à une future guerre. Et je voudrais éviter cette guerre.

— Selon Starky, elle est inévitable. Pourquoi ne pas donner le coup d'envoi plus tôt ? demanda Alik en tirant sur les revers de sa veste en cuir. Je suis prêt à tout brûler.

Lucian poussa un soupir.

— Essaye de te souvenir que les Sentinelles ne sont pas toutes coupables.

— Il a raison, convint Thomas, son bras autour d'Amelia sur le canapé. Beaucoup d'entre eux ont été soumis à un lavage de cerveau par mon père. Ils ne réalisent pas qu'ils sont dirigés par un connard aux proportions épiques.

Gabriel s'écarta du mur, ses mains retombant le long de son corps.

— Je ne suis pas sûr d'être d'accord avec cette évaluation, Fitzy.

Le regard de Thomas se rétrécit.

— Va te faire foutre, *Starky*.

— Explique-toi, Gabriel, dit Issac, sincèrement curieux. Tu ne crois pas qu'il y a des Sentinelles innocentes ?

— Je peux compter ceux que je *pense* être des hommes bons sur une main. Les autres aiment juste tuer et ne prennent pas la peine de rechercher les faits. Ils suivent les ordres parce qu'ils leur plaisent bien, dit Gabriel qui concentra ensuite son regard sur Thomas. Dis-moi que je me trompe.

L'ancienne Sentinelle serra la mâchoire.

— Certains d'entre eux sont des hommes bons.

— Comment suis-je censé faire la différence ? intervint Alik. En tant que télépathe, je suis capable d'envoyer des messages, pas de lire dans les pensées.

— C'est pour ça que je suis dans ton équipe, dit Balthazar. Je te ferai savoir si l'une d'entre elles est innocente.

Lucian le regarda.

— Ça ne me plaît toujours pas que tu y ailles. Ça ne semble pas une bonne idée.

Balthazar lui tapa sur l'épaule.

— Tu es juste contrarié de devoir rester ici avec Mateo. Je comprends.

— Il va s'en sortir, ajouta une voix féminine lorsque des plumes violettes firent irruption au centre de la pièce.

Brillantes, virevoltantes, magnifiques. Mais pas aussi séduisantes que celle d'Astasiya.

Menteur, souffla-t-elle dans son esprit. *Les plumes de Leela sont divines. Les miennes sont roses.*

Il gloussa, amusé de voir qu'après trois jours, cette question était toujours au centre de ses préoccupations. *Essaye encore de te volatiliser, ma chérie. Peut-être qu'elles ont changé.*

Si je savais comment le faire, j'essayerais. Mais contrairement à ce que dit Stark, ce n'est pas *aussi facile que de marcher.*

Tu te souviens de tes premiers pas ? Parce que c'est peut-être similaire à cette expérience, suggéra-t-il chaleureusement en effleurant sa tempe avec ses lèvres. *Laisse-toi du temps, Aya. Tu trouveras la solution.*

— Je rejoins l'équipe A, annonça Leela en prenant une forme corporelle.

Les sourcils de Balthazar se haussèrent.

— Pourquoi ?

— J'ai mes raisons.

Elle releva un sourcil en direction de Gabriel, comme si elle s'attendait à ce qu'il s'y oppose.

Le Séraphin haussa simplement les épaules.

— Si tu veux jouer, alors joue.

— Un autre être capable de se téléporter ne sera pas de trop, murmura Lucian. Oui, ça équilibre bien le plan.

Il se mit à fredonner en feuilletant une série de papiers sur la table, ses lèvres se retroussant en signe de triomphe.

— Cela augmente nos chances de réussite. Merci, Leela.

— Pas de quoi, dit-elle en portant la main à la garde d'une épée attachée à sa hanche. On y va bientôt ?

Je pense que je vais bien l'aimer, songea doucement Aya.

Pareil. Ce Séraphin n'était pas aussi stoïque que son homologue. Elle semblait avoir une personnalité et du feu sous les ailes. Y en avait-il d'autres comme elle ? Ou bien ses liens avec la fertilité influençaient-ils quelque peu ses émotions ?

— Ma chérie, on peut faire tout ce que tu veux, murmura Balthazar, son regard appréciateur se posant sur Leela.

Les lèvres de celles-ci tressaillirent.

— Tu es loin de pouvoir me manipuler, mon chéri. N'essaye même pas.

— Selon Stark, ton espèce nécessite plus de manipulation. Quelque chose à voir avec le plaisir qui est un besoin égoïste, dit-il en penchant la tête sur le côté. Où est-ce que tu te situes sur le spectre de l'expérience ? Puisque tu es la déesse de la fertilité et tout ça.

Elle s'avança vers lui, ses cheveux blonds se balançant au gré de sa marche, ses courbes attirant la plupart des regards masculins de la pièce. Une main se porta sur la hanche de Balthazar, tandis que l'autre appuyait sur sa poitrine pour le repousser contre le mur.

— J'ai un millénaire d'expérience de plus que toi, Balthazar, ronronna-t-elle. Fais-moi confiance, mon chou. Si on devait s'occuper l'un de l'autre, ce serait moi qui m'occuperais de toi.

Elle fit glisser ses ongles le long de son sternum jusqu'à son abdomen et les fit descendre encore pour s'arrêter à sa ceinture.

— Mais pas aujourd'hui.

Elle s'écarta de lui, mais Balthazar la rattrapa par la taille et la ramena à lui.

— On s'est déjà rencontrés, dit-il en fouillant son regard. Dis-moi quand.

Une partie de la braverie de Leela sembla disparaître et ses épaules se contractèrent.

Tu crois qu'il la reconnaît de la plage ? se demanda Issac.

Peut-être. Mais je ne me souviens pas l'avoir vue prendre une forme corporelle. Astasiya semblait tout aussi intriguée.

— Votre conversation va devoir attendre, dit Mateo en entrant dans la pièce avec l'une de ses tablettes. L'identification de Jonathan a été enregistrée au siège de la FHC il y a environ vingt minutes, confirmant qu'il est bien là. Je ne peux pas accéder aux caméras pour avoir un visuel, c'est le mieux que je puisse faire.

— On a aussi la confirmation verbale qu'il va rencontrer Stark, murmura Lucian. C'est notre meilleure chance. Saisissons-la.

Issac lui fit un signe de tête.

— Je suis prêt.

— Moi aussi, dirent plusieurs autres personnes en chœur.

— Putain, enfin ! dit Alik en secouant ses bras et en faisant rouler son cou. Ash, la souris ange gardien, Balthazar, vous êtes avec moi. On met en route les kits de communications.

Il cliqua sur le bouton à l'intérieur de son oreille, déclenchant la technologie que Mateo avait créée spécifiquement pour cette mission. Les oreillettes et les micros qui les accompagnaient leur permettraient à tous de communiquer dans les sous-sols et de faire un rapport à Lucian et Mateo à Hydria.

— Cette conversation n'est pas terminée, murmura Balthazar, sa main contre le dos de Leela qu'il poussa doucement vers Alik.

Elle enroula sa paume autour de sa nuque et l'attira dans un baiser qui fit taire la pièce.

Bon sang, s'émerveilla Aya. *Elle est comme...*

Une version féminine de Balthazar, termina Issac pour elle, tout aussi étonné.

— Considère que la discussion est close, répondit Leela, ses dents s'accrochant à sa lèvre inférieure. Tu n'es pas encore prêt pour moi.

Il passa sa main dans les cheveux de Leela alors qu'elle essayait de s'éloigner et posa sa bouche sur la sienne en un mouvement habile que même Issac trouva impressionnant.

— J'ai besoin de deux nouveaux volontaires pour mon

équipe, annonça Alik en jetant un coup d'œil dans la pièce. Quelqu'un ?

Tous les autres étant déjà affectés, personne n'était disponible pour se joindre à eux.

— Je suis prêt, mon cœur, dit Balthazar. Et vraiment, je t'ai déjà embrassée auparavant.

Leela frissonna visiblement.

— Seulement dans tes rêves.

— Hmm, non. Je me souviens de ta bouche, très précisément, mais je n'arrive pas à resituer le souvenir. Tu me le diras. Un jour ou l'autre, dit-il en la relâchant avec un sourire. En attendant, je vais prendre plaisir à nos préliminaires de séduction.

— Oh, vous avez fini, tous les deux ? demanda Alik, feignant l'incrédulité. Sinon, on pourrait aussi encore passer au moins cinq minutes de plus à baiser dans ton salon.

Balthazar lança un regard d'avertissement à l'homme légèrement plus petit.

— Il me faudrait plus de cinq minutes pour faire une démonstration appropriée. Tu le sais bien, Alik.

Celui-ci eut un petit rire.

— On peut y aller maintenant ?

— Je suis prêt. J'attends juste que tu donnes l'ordre.

Comme Balthazar incarnait l'innocence même, Alik leva alors les yeux au ciel.

— Jacque. J'ai vraiment besoin de tuer quelque chose maintenant.

Il tendit son bras, paume vers le haut.

— Ne les tue... lança Lucian, mais il s'interrompit avec un grognement alors qu'Alik disparaissait, Jacque l'ayant déjà téléporté avec Ash hors de la pièce. Il va tous les tuer, n'est-ce pas ?

— Je vais le retenir, promit Balthazar en tendant la main à Leela. On y va ?

Elle glissa ses doigts sur les siens.

— Accroche-toi, mon amour. Ça va secouer.

Les lèvres de Balthazar se retroussèrent.

— Oh, je t'aime vraiment beaucoup.

— Je sais, répondit-elle, ses plumes violettes scintillant autour d'eux, projetant leur couleur dans la pièce.

Surréel, songea Issac. À la fois au sujet des plumes et de la dynamique intense entre Leela et Balthazar.

— On ferait mieux de partir avant qu'ils ne brûlent la FHC, dit Thomas, debout avec Amelia à ses côtés. En supposant que Jacque revienne pour nous.

— Oui, répondit le téléporteur, ses cheveux noirs balayés par le vent et plus bouclés que d'habitude. L'équipe d'Alik est déjà en position. À votre tour.

— Fais attention, murmura Issac à l'intention d'Amelia.

Elle avait insisté pour y aller, voulant aider à libérer tous les sujets des expériences de Jonathan qui auraient pu subir son sort. Issac comprenait son besoin de tourner la page et il faisait confiance à toute l'équipe pour l'assister et la protéger si nécessaire.

Elle sourit.

— Tom ne laissera personne me toucher.

— Sacrément vrai, convint Thomas qui lui tenait la main. Allons-y.

— Je dois aller chercher Nadia, marmonna Jacque en jetant un coup d'œil autour de lui. Une minute. Je crois qu'elle est avec Clara.

Et il disparut.

— On ne peut pas les attendre, dit Gabriel en jetant un œil à sa montre. Je suis toujours en avance et John le sait.

Issac hocha la tête.

— Bien, emmène-nous au point de ralliement.

Le plan, c'était qu'ils y attendraient Gabriel alors qu'il ferait son entrée au siège de la FHC par les voies normales.

— L'équipe d'Alik est en place, murmura Lucian. Allumez vos oreillettes, Wakefield.

Bien. Issac toucha son oreille et enclencha le dispositif de communication. Astasiya l'imita, tout comme Gabriel.

— Nous sommes en route, annonça Issac.

— Dépêchez-vous, répondit laconiquement Alik. Je m'ennuie déjà.

Les plumes cramoisies de Gabriel se déployèrent autour d'eux. Il saisit d'abord un Tristan silencieux, puis Astasiya et Issac, les faisant tourbillonner à travers l'espace et le temps jusqu'au siège de la FHC.

— Mesdames et messieurs, le spectacle va commencer, déclara Issac quand ils arrivèrent dans le couloir.

STAS

Voler avec Stark était bizarre. Ça paraissait inapproprié. Comme si Stas devait être capable de le faire toute seule, mais qu'elle avait besoin de stabilisateurs pour se déplacer. Et elle n'aimait absolument pas cette sensation. Cela lui fit dresser les cheveux sur la tête, même une fois qu'il eut disparu pour entrer dans la FHC par les moyens habituels. Ou peut-être que c'était le sous-sol de la FHC qui lui donnait la chair de poule.

Tristan se tenait de l'autre côté du couloir, les mains enfoncées dans son pantalon noir, une épaule appuyée contre le mur. Il n'avait ni regardé ni salué Stas depuis son retour. C'était comme s'il la détestait encore plus, ce qu'Issac avait aussi remarqué. Pas à voix haute, mais dans sa tête.

Quand ils auraient terminé cette mission, elle prévoyait de demander à l'Ichorien quel était son problème avec elle. Elle n'avait rien fait pour mériter ce traitement et elle ne représentait plus une menace pour son meilleur ami. Il n'avait plus aucune raison de se comporter comme un tel abruti reclus.

On dirait qu'il boude, murmura-t-elle, plus pour elle-même que pour Issac.

Ne t'inquiète pas pour lui, mon amour. Il tiendra ses promesses quand on aura besoin de lui. Fais-moi confiance.

La confiance était la seule raison pour laquelle elle n'avait pas demandé que Tristan soit transféré dans une autre équipe. La foi d'Issac en sa progéniture était réelle et sincère, et elle ne pouvait s'empêcher de croire également en cet homme. Même s'il se comportait comme un connard.

— Stark vient de passer la sécurité en bas, murmura Leela dans son micro. Quelqu'un lui avait manifestement donné un kit de communication. Probablement Balthazar.

Il y avait une dynamique très étrange entre ces deux-là et Stas avait bien l'intention d'examiner la question plus tard. Plus spécifiquement, elle voulait savoir pourquoi Leela l'avait sauvé sur la plage ce jour-là. Et plus important encore, pourquoi elle ne l'avait dit à personne.

Issac inclina la tête sur le côté et sourit. *Prête, ma chérie ?*

Tu sais que je le suis, répondit-elle en lui rendant son sourire. Ils se tenaient dans le couloir adjacent au bureau de John. Tristan masquait tous les sons associés à leur présence tandis qu'Issac les dissimulait à la vue. Même si personne ne s'était aventuré par là depuis leur arrivée.

Tu sens John ?

Issac se concentra, mais ses lèvres se tordirent. *Je ne suis pas sûr. Difficile pour mon esprit d'identifier tout le monde, il y a trop de gens dans ces bureaux en ce moment pour que je puisse le distinguer des autres.* Il lui donna un aperçu de son pouvoir, tous les « moniteurs », comme il les appelait, présentant différentes scènes, aucune d'entre elles n'étant identifiable, sauf celles qu'il surveillait le plus, comme Tristan. Mais Issac avait rarement joué dans l'esprit de Jonathan et il ne semblait pas pouvoir identifier sa fréquence.

Elle hocha la tête. *Espérons que John est l'un d'entre eux.*

— L'équipe T est en place, dit Tom à travers l'oreillette.

— Il était temps que tu arrives à la fête, répondit Alik. J'ai cru qu'on devrait commencer le spectacle sans vous.

—Jacque a eu du mal à localiser Nadia.

D'après le ton de Tom, il n'était pas content de ce retard. C'était étrange, parce que tout le monde était arrivé à l'heure.

— Clara est en pleine déprime, marmonna Nadia, sa voix lointaine indiquant qu'elle n'avait pas reçu de kit de communication.

Issac fit la grimace à côté de Stas. *Elle n'a pas très bien pris le décès d'Aidan.*

Je croyais qu'elle ne faisait pas vraiment partie de leur... euh... arrangement ? Issac lui avait expliqué un jour que, si Clara vivait avec Aidan et son harem, elle ne participait pas vraiment à leurs frasques sexuelles.

Je pense qu'elle tenait à lui dans un sens familial, comme un père.

Oui, ça n'est pas du tout louche, songea-t-elle en frissonnant.

Ils n'étaient pas vraiment intimes, chérie. Il prit son visage entre ses mains. *Ce n'est pas une dynamique que nous choisirons un jour.*

Elle se pencha contre lui. *Tant mieux.*

L'ardeur du regard de Tristan échauda pratiquement la peau de Stas qui répondit par un regard en coin à l'Ichorien bien habillé. Lui et Issac portaient tous deux des pantalons sombres et des chemises. À la différence de tous les autres qui avaient choisi des jeans et des tee-shirts décontractés, comme elle.

Elle releva un sourcil à son intention, le mettant au défi de dire quelque chose.

Il baissa les yeux en réponse.

Sérieux, c'est quoi son problème ?

Je lui parlerai à notre retour, murmura Issac dans ses pensées. *Concentrons-nous sur Jonathan pour l'instant.*

Comme s'il avait entendu ces paroles, Stark apparut au bout du couloir. Il ne marqua pas de pause en passant devant eux et leur fit juste un signe de tête pour leur indiquer qu'ils devaient le suivre.

Stas ravala sa salive. Ils y étaient. Le moment qu'ils avaient attendu : la vengeance. Elle espérait qu'une certaine légèreté s'emparerait d'elle, un soupçon d'excitation, même un tressaillement de son cœur.

Rien.

Seulement la moiteur de ses paumes.

Et ses tripes qui se tordaient.

Quelque chose... cloche. Elle ne pouvait pas expliquer ce qu'était cette sensation, ni d'où elle venait. Cela semblait commencer dans sa poitrine, pour se propager dans ses membres et lui donner des crampes dans les jambes lorsqu'ils se mirent à marcher. *Je ne me sens pas à cent pour cent.*

Issac glissa sa main vers le bas de son dos, lui offrant un soutien. *Parle-moi, mon amour.*

C'est... Je... Elle ne trouvait pas ses mots. *Les nerfs, peut-être ?* Non. Ce n'était pas ça. La bile remontait au fond de la gorge et elle fronça les sourcils. *Issac...*

Stark frappa à la porte.

Stas attrapa son estomac.

— Entre, Sentinelle, appela Jonathan, mais il semblait sinistrement loin.

Issac passa son bras autour de Stas lorsqu'elle se mit à chanceler, sa vision défaillant par intermittence. *Je n'aime pas ça*, chuchota-t-elle.

Moi non plus, admit-il. *Parce que je ne sens personne dans ce bureau. Surtout pas Jonathan.*

Elle le regarda bouche bée. *Quoi ?*

Je pensais l'avoir senti, mais ce n'est pas...

Stark poussa la porte.

Au-delà, il y avait un bureau surdimensionné avec un écran d'ordinateur.

Mais pas de docteur Fitzgerald.

Non, quelque chose clochait. Le docteur Fitzgerald était là, mais pas de la manière dont ils le souhaitaient.

Il leur adressa un sourire depuis l'écran.

— Ah, c'est donc vrai, murmura-t-il. Tu sais, quand ma source m'a dit que tu étais en fait un Séraphin et que tu aidais les Hydraiens, j'ai pensé que ça devait être un mensonge. Mais en voyant maintenant Issac et Stas derrière toi...

Il fit un signe de la main comme pour dire : *Nous y voilà donc.*

À côté de la caméra de l'écran, une petite lumière verte clignotait dans leur direction. Et Issac ne pouvait pas manipuler une image capturée via la technologie. Donc ouais, la partie était finie. Jonathan les voyait sans aucun doute.

Stark s'appuya contre le cadre de la porte, sa posture disant : *je n'en ai rien à foutre.*

— Oh, s'il vous plaît, entrez tous. Asseyez-vous. Et discutons.

Jonathan affichait l'un de ces sourires charismatiques, qu'elle avait adorés et respectés, et qu'elle détestait désormais.

— C'est un piège, dit Stas. Tout ça, c'était un coup monté.

— Quoi ? demanda Tom à travers son micro. Qu... *Un craquement...* moi ?

Stas jeta un œil à Issac. *Quelque chose interfère avec nos émetteurs.* Et elle se sentait toujours mal, presque faible.

Mon don fonctionne encore. Il se pressa contre son dos et la poussa doucement à avancer. *Jouons le jeu pour l'instant.*

— Jonathan, ravi de te voir, le salua Issac en guidant Stas dans le bureau, vers un fauteuil proche.

Stark resta près de la porte. Tout comme Tristan dont le visage était impassible.

— De même, Issac, répondit Jonathan avec un sourire. Je suis impressionné. Honnêtement, pendant toutes ces années, je n'ai pas soupçonné que tu connaissais la vérité. Comment as-tu réussi à retenir ta rage ?

— C'est simple, répondit Issac alors que ses lèvres se retroussaient. Il me suffit d'imaginer la façon dont tu finiras par mourir – par ma main – et ça illumine considérablement mon humeur.

— Si confiant.

— En effet, convint Issac. Alors, y a-t-il un but à cette diversion ? Ou devons-nous continuer à attendre ?

John gloussa.

— Je t'ai toujours apprécié, Issac. Tu sais presque aussi bien que moi comment jouer à ce jeu. Hélas, dit-il en haussant les épaules, j'espère que vous aviez prévu une issue de secours. Les ascenseurs devraient être bloqués dans à peu près...

Boum !

L'explosion fit trembler le sous-sol, secouant les équipements sur le bureau et faisant vaciller les lumières au-dessus d'eux. Le visage de Jonathan se figea sur l'écran et la pièce autour d'eux se mit à trembler sous l'effet de l'onde de choc.

— Merde.

Issac se mit debout, et Stark et Tristan étaient déjà à la porte.

Mais Stas ne pouvait pas se lever. Ses jambes lui

donnaient l'impression d'être en caoutchouc et refusaient de fonctionner. Et bordel, sa tête lui faisait *mal*.

Je ne me sens vraiment pas bien, chuchota-t-elle à Issac.

Il l'attrapa par la main, mais elle le sentit à peine.

— Aya ? Oh, merde, dit-il après avoir posé sa main sur son front et sur son cou. Gabriel !

— Quelque... passe...

Les mots avaient un drôle de goût. Non, ils avaient *l'air* bizarres. Un goût ? Peut-être. Hmm.

Elle jeta un coup d'œil autour d'elle. Tout était devenu noir.

Oh, elle n'aimait pas ça.

La dernière fois qu'elle avait connu une absence de lumière, elle avait suffoqué.

D'innombrables fois.

Non, merci.

Un tremblement la secoua, suivi d'une secousse brutale qui lui fit ouvrir les yeux. Elle se retrouva face à une paire d'orbes saphir. *Si jolis.* Elle tendit la main pour les toucher, mais non, ils étaient trop loin. Oh, mais il avait une belle bouche. En disant son nom, songea-t-elle.

Qu'est-ce qui ne va pas chez moi ?

Un rêve vraiment bizarre.

Non, la réalité.

Attends... *Où suis-je ?*

Une pièce inconnue l'entourait. Des murs pleins de saleté, ressemblant à ceux d'un cachot antique, à l'exception du magnifique ciel au-dessus d'elle. Des chaînes attachaient ses poignets. Ses jambes étaient encastrées dans du ciment. Et oh, ça brûlait ! Pourtant, elle continuait à verser le liquide brûlant dans son espace confiné parce que c'était ce qu'*il* lui disait de faire.

Elle fronça les sourcils. *Pourquoi ferais-je une telle chose ? Comment suis-je arrivée ici ?*

Astasiya ! L'explosion brisa sa vision, la faisant tomber en cascade dans une pièce entourée de fenêtres. Le plafond. Les murs. Si ouvert. Si beau. Et l'odeur de l'océan, ah, elle aimait ça.

La maison de Stark, reconnut-elle. Ou l'endroit qu'elle avait vu peu après être sortie de terre. Attends... C'était une sorte de boucle temporelle ? Elle venait encore de se réveiller ? *Suis-je dans un cauchemar ?*

— Tiens, dit une voix familière.

Owen.

— Salut, répondit Issac.

L'odeur du café attira son attention sur la tasse qu'il avait en main. Il la lui tendit.

— Bois, Aya.

— Pourquoi ?

Elle toussa, le son sortit rauque et douloureux. Merde, sa gorge lui faisait mal. *Comment ?* Elle prit la tasse, but quelques gorgées chaudes et les avala. *Le Ciel.* Qu'est-ce qui s'est passé, putain ? *Où est Jonathan ? La FHC ?*

— Tout le monde va bien, lui assura Issac. La mission n'a pas été un échec total. Mais Jonathan a détruit son propre bâtiment.

Elle écarquilla les yeux.

— Quoi ?

Sa voix reprenait doucement son timbre habituel.

— Il a fait sauter le couloir, ce qui a provoqué l'effondrement du bâtiment. Honnêtement, c'est un miracle qu'on en soit tous sortis vivants. Mais tu as été assommée, dit-il en lui touchant la tempe. Un des panneaux du plafond t'est tombé sur la tête.

Elle cligna des yeux, ne se souvenant de rien d'autre que de l'explosion et du fait que tout était devenu noir.

Et le cauchemar vraiment bizarre à propos du ciment.

Stas eut un frisson.

— Et tout le monde... ?

— Ils vont tous bien. Amelia et Thomas étaient en train de libérer une ancienne Sentinelle d'une cage lorsque le bâtiment s'est effondré. Jacque a téléporté l'équipe T à Hydria. Gabriel nous a ramenés ici. Et Leela...

— A décidé de nous donner quelques vacances, termina Alik. L'équipe A est sur la plage. Enfin, sauf Balthazar. Il est avec Luc, dit-il en haussant les épaules. J'ai préféré rester ici. Ça me donnera l'occasion de botter le cul d'Owen quelques fois avant que Luc ne lui accorde l'immunité.

— *À supposer* qu'il me l'accorde, marmonna Owen. Il pourrait ne pas le faire.

— Il ne devrait pas, répondit Ash depuis la porte. Tu as rompu le vœu.

Stas leur jeta à tous un coup d'œil, son sang martelant toujours sa tête.

— Quel vœu ?

— Un engagement implicite d'honorer les Anciens et nos compagnons hydraiens, à tout moment, expliqua Owen en ayant l'élégance d'avoir l'air penaud. Quand j'ai accepté d'aider Ezekiel et Gabriel, j'ai agi dans le dos de Luc. C'est perçu comme une trahison, même si je l'ai fait pour la bonne cause.

Ash eut un ricanement et franchit les portes vitrées ouvertes.

— Ouais, tout le monde me déteste, marmonna Owen. Honnêtement, je n'ai pas très envie d'y retourner maintenant.

— Ils s'en remettront, répondit Alik. Quand tu nous auras laissés te botter le cul quelques fois.

Il lui tapa sur l'épaule et se dirigea vers la cuisine où Tristan était en train de siroter une bière.

— Où est Stark ? demanda Stas, complètement désorientée par son environnement.

Elle était allongée. Sur un canapé. Les cuisses d'Issac comme oreiller. Si elle continuait à perdre les notions du temps et de l'espace de cette façon, elle pourrait en devenir folle.

— Il boude à l'étage, dit Owen en s'effondrant sur le fauteuil à côté d'elle. Stark n'aime pas la compagnie et sa propriété est envahie par les visiteurs en ce moment.

— On ne va pas rester ici longtemps, murmura Issac en écartant les cheveux du visage de Stas. Lorsqu'Astasiya se sentira mieux, nous retournerons à...

Alik lâcha un juron.

Issac se crispa.

Et Ezekiel apparut au centre de la pièce, haletant.

— Stark ! cria-t-il avec un regard farouche. Stark !

— Je suis là.

Les plumes rouges de Stark scintillèrent dans la lumière.

— Qu'est-ce qu'il y a ?

— C'est Sethios, souffla Ezekiel. Osiris... *Putain*. Osiris est... il... il est en train de tuer Sethios.

TOM

Quinze minutes plus tôt

— Jonathan a infiltré un informateur chez nous.

Luc était assis en bout de table, les mains jointes sur les schémas sans valeur de la FHC. Ce foutu bâtiment s'était complètement effondré. Tous ces gens... morts.

Une attaque terroriste, selon les médias.

Tom eut un frisson. Son père était un salopard malfaisant, un fumier égoïste qui ne se souciait pas de la vie des innocents. Les mâchoires de Tom menaçaient de se briser à force de les serrer si fort. *Quand je vais mettre la main sur lui...*

— Nous l'avons appris lors du mariage, mais nous pensions qu'il s'agissait d'un Hydraien de rang subalterne, poursuivit Luc. Nous savons désormais que ce n'est pas le cas. Seule une poignée de personnes étaient au courant de notre opération contre la FHC aujourd'hui, un secret que nous avons volontairement gardé. Et Jonathan en a malgré tout eu vent. C'est la seule façon d'expliquer le piège, ainsi que le fait qu'il sache que Stark est un Séraphin.

Tom acquiesça, frustré que leur plan soit parti en

fumée. Au moins, lui et Amelia avaient pu sauver l'une des victimes des expériences. Toutes les autres avaient sans doute disparu dans l'effondrement du bâtiment.

Ses mains se crispèrent sur la table, il était furieux contre les agissements de son père et encore plus en colère contre celui ou celle qui les avait trahis. Trop de vies perdues. Des amis et des employés que Tom avait probablement rencontrés ou auxquels il avait souri en passant étaient tous *morts*.

Alik avait signalé qu'il ne restait qu'une poignée de Sentinelles pour garder l'entrée. Ce qui signifiait que ces salauds savaient ce que John avait l'intention de faire et avaient laissé tous ces gens mourir. Ou il leur avait donné une mission hors de la FHC. Mais Tom penchait fortement pour la première hypothèse. Ces hommes n'avaient pas d'âme.

Et ils étaient censés être des soldats de l'aide humanitaire.

— Qui soupçonnes-tu ? demanda Jay, ses yeux sombres trahissant un léger épuisement.

La grossesse de Lizzie s'intensifiait rapidement, laissant l'Ancien inquiet pour sa santé. Beaucoup d'entre eux partageaient son inquiétude, mais si quelqu'un devait y survivre, c'était bien Lizzie Watkins. Cette femme était résistante jusqu'au bout des ongles.

Balthazar secoua la tête.

— Les deux semblent peu probables.

Il avait clairement entendu les noms dans l'esprit de Luc. Ils n'étaient que tous les quatre dans la salle à manger de la maison de B. Tout le monde avait été excusé, sauf Amelia, mais elle avait choisi d'aller voir Lizzie au lieu d'assister à cette réunion.

— Qui ? demanda Jay.

Luc se pencha en avant.

— Nadia et Tristan.

Balthazar secoua à nouveau la tête.

— Je n'y crois pas, Luc.

— Réfléchis, B. Ils étaient tous deux à Athènes pendant l'attaque...

— Comme Alik, ajouta-t-il.

— Oui, parce qu'ils lui ont demandé d'y aller avec eux. Et nous savons que ce n'était pas lui.

— Je sais, mais je dis juste que je ne crois pas que ce soit Nadia. Ni Tristan, non plus. Ça ne semble pas coller.

— Alors, explique le comportement de Tristan ces derniers temps. Et Nadia, c'était quoi ce bordel tout à l'heure ? demanda Luc, son ton manquant de sa patience habituelle. Elle ne s'est pas présentée à l'heure prévue. Elle a torché son rôle, selon le rapport de Tom, et elle était incroyablement distraite. Auparavant, elle était aussi amie avec Jonathan.

Tout était vrai et juste. Mais Tom était plutôt d'accord avec Balthazar pour dire que ça ne collait pas. Tristan était un choix trop évident. C'était peut-être un abruti, mais il se souciait clairement de Wakefield. Toutes ses actions, même les plus sinistres, avaient pour but de soutenir son créateur. Qu'est-ce qui aurait pu le pousser à aider John ? À part peut-être sa jalousie à propos de la relation entre Wakefield et Stas, mais ça n'avait pas pu se transformer en un besoin de vengeance. Du moins, pas sur un plan logique.

Quant à Nadia, et bien, ses émotions semblaient perturber sa capacité à se concentrer. Tom ne connaissait pas bien cette femme, mais il avait déduit de sa performance peu brillante qu'elle avait beaucoup de choses en tête. Peut-être qu'elle était au courant de l'attaque imminente et qu'elle s'inquiétait pour sa vie, mais il n'avait pas perçu cela chez elle. Elle semblait juste triste.

— Dans ce cas, nous sommes tous suspects, Luc, lui fit

remarquer Balthazar. Parce que nous étions aussi amis avec Jonathan.

— Mais elle était plus proche de lui. Tristan, aussi.

— Et Clara, ajouta Balthazar. Si tu veux accuser Nadia, alors tu dois aussi accuser Clara.

Luc soupira.

— Cette femme est brisée par la mort de mon père. Tu l'as dit toi-même.

— Oui, tout comme Nadia, que j'ai également mentionnée dans cette conversation.

— Bien, dit Luc en se passant la main dans les cheveux. Alors qui est responsable, selon vous ? Parce que quelqu'un proche de nous, au courant de nos mouvements, donne des informations à Jonathan. Seule une poignée de personnes connaissaient la mission d'aujourd'hui et Clara n'en faisait pas partie.

— À moins que Nadia ne lui en ait parlé, murmura Tom. C'est là que Jacque l'a trouvée.

Luc prit une autre grande inspiration.

— J'ai réduit la liste en éliminant ceux qui ne peuvent pas l'être : nous quatre, Alik, Amelia, Stas et Wakefield, nous ne sommes définitivement pas impliqués.

— Ce qui laisse également Stark, Ezekiel, Leela, Mateo, Jacque et Ash comme possibles suspects, estima Balthazar. Ce sont tous ceux qui étaient au courant de nos plans d'aujourd'hui. Plus, Tristan et Nadia.

— Ce n'est pas Jacque ou Ash, dit Luc avec confiance. Ezekiel ?

Tom se redressa sur son siège, les épaules tendues.

— Ouais, où était-il quand le bâtiment a explosé ? Il était au courant des plans, mais ne s'est pas porté volontaire pour nous aider.

— Il a dû faire son rapport à Osiris, dit Luc.

— Ce qui est plutôt commode, leur fit remarquer Tom

en se grattant la mâchoire, réfléchissant à tout ce qu'il savait sur le célèbre assassin. Il a prouvé qu'il travaillait contre Osiris, mais il rampe toujours vers ce salaud comme un fidèle toutou. Est-ce qu'on sait pourquoi ?

— Quand je lui ai demandé, il a affirmé qu'Osiris avait son cœur, dit Balthazar en croisant les bras, ses biceps se gonflant sous son tee-shirt. Je ne suis pas sûr de comprendre ce que ça veut dire, mais je pense qu'il fait référence à Skye.

— La prophétesse ? demanda Tom, se souvenant du nom qu'il avait parfois entendu en passant, toujours à propos de l'avenir de Stas. C'est un genre de voyante, non ?

— Je crois que c'est une Ichorienne qui a la faculté de voir les dénouements futurs, répondit Luc. Stark a mentionné qu'elle est une descendante des Devins. Apparemment, toutes nos aptitudes, qu'elles soient ichoriennes ou hydraiennes, peuvent être liées à l'une des lignées de Séraphins. Il y en a des centaines.

— Et où sont-ils ? demanda Tom. Nous n'en avons rencontré que deux, trois si on compte Stas.

— Ils ont une société entière dans le Pacifique Sud, dissimulée par des protections, expliqua Luc d'une voix rendue plus grave par l'intrigue. C'est fascinant.

— Et complètement hors sujet, grommela Jay en passant une main sur son visage fatigué. Écoute, même si j'aimerais en apprendre plus sur les Séraphins, ce n'est pas le moment. En ce qui concerne Ezekiel, d'une manière ou d'une autre, il tire bénéfice de tout ce qu'il fait, mais je ne vois vraiment pas en quoi le fait de cafarder à Jonathan lui profite le moins du monde. N'oublions pas non plus que le coupable, quel qu'il soit, a informé Jonathan du fait que Stark est un Séraphin, ce que Jonathan ignorait manifestement jusqu'à cette semaine. Pourquoi Ezekiel exposerait-il Stark maintenant, après avoir gardé sa confiance pendant plus de vingt-cinq ans ?

L'homme marquait un point.

— Il pourrait jouer sur le long terme, dit Tom. Mais je suis d'accord, ça ne semble pas lui profiter.

— À moins qu'Osiris ne le contraigne à dire la vérité, suggéra Luc. Cependant, en ce qui concerne la trahison, ça n'a pas beaucoup de sens ni pour Ezekiel ni pour Stark. Et par association, j'exclurais Leela aussi.

— Ce n'est pas Leela, dit Balthazar avec certitude. Je parierais ma vie là-dessus.

— Tu as l'esprit légèrement embrouillé du fait de ton intérêt évident pour cette femme, mais j'ai tendance à être d'accord dans ce cas, murmura Luc. Ce qui nous ramène à Mateo, Nadia et Tristan. Comme Mateo était littéralement avec moi tout le temps, je ne pense pas que ce soit lui.

— À moins qu'il n'ait envoyé un message électronique qu'on ne pouvait ni entendre ni voir, dit Tom qui savait bien, pour avoir travaillé à la FHC, que les technologies permettaient toutes sortes d'innovations. Les communications se sont également détériorées.

Luc secoua la tête.

— Il m'a expliqué tout ça. Ça a quelque chose à voir avec la détonation qui a interféré avec le signal radio. Je ne pense vraiment pas qu'il travaille avec Jonathan.

— Il n'a jamais rien fait de suspect, a toujours aidé Wakefield, et nous aussi lorsqu'on le lui a demandé, et il est également trop jeune pour avoir des liens réels avec Jonathan, argua Balthazar en se détendant dans son fauteuil. Ce n'est pas lui.

— D'accord, dit Jayson. Ce qui laisse Nadia et Tristan, comme Luc l'a dit. Et peut-être Clara.

Le silence s'installa autour de la table, tous réfléchissant à la manière de procéder. Alik avait fait exprès de rester avec son équipe chez Stark pour tenir Tristan à l'œil, conscient que Luc mettait en doute la loyauté de cet homme. Nadia, quant à elle, était de nouveau aux côtés de Clara.

— Quelqu'un doit tenir Nadia à l'œil, dit Tom.

Des hochements de tête autour de la table.

— Je peux le faire, murmura Balthazar. Les filles me font confiance. Je peux aussi surveiller leurs émotions et leurs pensées, écouter tout ce qui sort de la norme.

Luc inclina la tête en signe d'accord.

— Pendant ce temps, nous devons réduire la liste des endroits où pourrait se trouver Jonathan.

— Euh… intervint Mateo en se raclant la gorge depuis le salon, étant apparemment entré alors qu'ils étaient tous en pleine discussion. Oui, à ce propos, j'ai sa position.

Ils se tournèrent tous les quatre vers la voix, sous le choc, à l'exception de Balthazar. Ce dernier fit un signe de tête à Mateo, ayant clairement entendu ses pensées lors de son approche.

Préviens-nous un peu, la prochaine fois, d'accord ? pensa Tom à son intention.

Balthazar se contenta de hausser les épaules, sans s'excuser.

— J'ai conscience que vous avez demandé à ne pas être dérangés et je comprends pourquoi maintenant, mais j'ai… euh… pensé que vous voudriez savoir que je l'ai trouvé, annonça Mateo en ravalant sa salive. Alors, je vous montre ou je suis toujours sur la liste des potentielles taupes ?

Luc soupira.

— Nous savons que tu n'en es pas une, Mateo.

— Tant mieux. Cool. Évidemment.

Un autre éclaircissement de la gorge.

— Parce que je pourrais vous montrer la preuve que je ne le suis pas, si vous en aviez besoin. Et je n'ai jamais beaucoup aimé Jonathan. Donc si vous avez besoin d'une preuve du contraire ou quoi que ce soit, juste...

— Mateo, nous savons que tu n'es pas la taupe, répéta Luc, l'autorité sonnant dans sa voix. Maintenant, dis-nous ce que tu as trouvé.

— Cool. Ouais, commença-t-il en entrant timidement dans la pièce et en déposant son ordinateur portable sur la table. Il est dans le nord de l'État de New York, dans un endroit...

Tom lâcha un juron, reconnaissant immédiatement l'emplacement sur l'écran.

— Bien sûr. J'aurais dû le savoir. Quel enfoiré, s'écria-t-il en s'écartant de la table et en se mettant à faire les cent pas, les mains dans les cheveux. Je vais l'étrangler. C'est la maison de Rosalie.

— Rosalie ? répéta Balthazar. Ta défunte tante ?

— Elle-même.

Son père s'était servi d'elle pour le faire sortir de sa cachette une fois, avant de révéler que Rosalie avait travaillé avec lui pendant tout ce temps. La pauvre femme avait cru les mensonges de son père et en avait payé le prix ultime – avec sa vie. Et maintenant, il semblait que ce connard utilisait sa maison comme refuge.

— Tu es certain qu'il est là ? Que ce n'est pas un autre piège ?

Parce que ça semblait presque trop évident.

— J'ai traqué la communication de son bureau à cette adresse. Il est d'abord passé par plusieurs endroits, assez pour masquer sa position vis-à-vis de la plupart des hackers. Mais je suis bon, expliqua Mateo avec un sourire. En fait, je suis le meilleur.

— Quels étaient les autres sites ? demanda lentement Luc. Peux-tu nous donner la liste ?

— Euh, ouais, bien sûr. Mais il n'y est pas.

— Je comprends, mais j'ai peut-être une idée.

— OK.

Mateo fit défiler son ordinateur et répertoria plus d'une dizaine de sites physiques par lesquels le message était passé avant de finalement se connecter au siège de la FHC.

— Reconnais-tu l'un de ces endroits, Tom ? l'interrogea Luc.

Tom hocha la tête.

— Plusieurs. Aux Caraïbes, c'est une propriété qu'il possède. Je suis presque sûr que c'est la même chose pour l'adresse en Arizona. De plus, le site de Calgary, tout comme l'appartement de Munich, ce sont des refuges connus de la FHC.

— Dans lequel de ceux-là, ça te paraîtrait plus plausible de le trouver ? Hypothétiquement, je veux dire.

— N'importe lequel, répondit Tom. Bien que les refuges de la FHC soient plus probables, puisque ses propriétés sont trop faciles à trouver. Et il aurait accès aux armes et au personnel disponibles sur place. En supposant qu'il n'ait pas tué toutes les personnes impliquées à la FHC.

Amelia et Tom n'avaient pu aider qu'une seule victime à s'échapper vivante : Blake. Luc avait attribué à l'homme inconscient la même cellule que Tom avait occupée il y a seulement quelques mois après avoir permis à Amelia de retrouver sa famille.

Ils n'avaient aucun moyen de savoir dans quel état mental se trouvait Blake. Cependant, le penchant de John Fitzgerald pour la torture psychologique permettait de supposer que l'ancienne Sentinelle n'était pas en grande forme.

— J'aime ça, murmura Balthazar, répondant à quelque chose dans les pensées de Luc. C'est une bonne épreuve de foi.

Luc se gratta la joue.

— On dit à Tristan qu'on va à Calgary pour attraper Jonathan. Puis on donne à Nadia l'adresse dans l'Arizona, mais on l'envoie à Munich à la dernière minute.

— Tout en lui laissant le temps de prévenir Jonathan, ajouta Balthazar.

— Exactement, convint Luc. En supposant qu'il a posé des pièges comme au QG, on peut baser nos recherches sur l'endroit qui implose.

— Et s'il n'a rien arrangé ? demanda Mateo, ce qui fit secouer la tête à Tom.

— Ce n'est pas le style de mon père. Il adore jouer au chat et à la souris. Je peux vous garantir qu'il a posé des pièges à tous ces endroits, mais il n'en surveillera qu'un seul − celui qu'il soupçonne d'être sur le point de partir en flammes. Parce qu'il voudra admirer son travail.

Luc sourit.

— Pendant ce temps, on va se faufiler derrière le chat pendant qu'il rôde, dit-il en se frottant les mains. Bon, Alik mènera l'équipe de Tristan, car il est probablement le seul à pouvoir le maîtriser s'il est notre coupable. Jay et B, je veux que vous fassiez équipe avec Ash pour gérer Nadia. Et puis, Fitzgerald, Wakefield et moi, nous irons chercher Jonathan.

— Amelia aussi, dit Tom, catégorique. Elle a gagné sa place dans cette équipe et je ne vais nulle part sans elle.

Si quelqu'un méritait le droit de se venger, c'était Amelia. Il était hors de question que Tom lui enlève cette possibilité.

— Elle vient avec nous. Et j'imagine que Stas voudra en faire partie aussi.

— Très bien, répondit Luc. Mais je compte sur toi pour assurer la sécurité de ma sœur.

— Elle n'a pas besoin de moi pour ça, répondit-il en souriant. Cette femme est une tireuse d'élite née.

Son cœur se réchauffa à cette pensée. Son petit atout s'était transformé en une véritable guerrière et c'était aussi très excitant dans la chambre à coucher.

Balthazar s'éclaircit la gorge.

— Je t'arrête là, Fitzgerald. J'ai compris. Elle peut se débrouiller toute seule. C'est décidé. On peut passer à autre chose.

Tom eut un sourire satisfait.

— Je n'aurais jamais cru que tu puisses être si prude, B.

— Tu veux que Luc te frappe, Tom ? rétorqua-t-il. Parce qu'il le fera. Une seule mention de ce que tu veux faire à sa petite sœur et...

— Compris, l'interrompit Tom. On n'était pas en train de discuter d'un plan tactique ?

Balthazar sourit, son regard disant : *C'est bien ce que je pensais.*

— J'étais sur le point de suggérer qu'on appelle Wakefield, dit Luc, complètement indifférent à la conversation.

— Tristan va entendre la discussion, les prévint Mateo.

— Oui, j'ai déjà un moyen de contourner ça, dit Luc en jouant avec son téléphone. Très bien. Tom, va trouver Amelia et informe-la de nos plans. Jayson, va montrer un peu d'amour à ta femme. Elle en a besoin. Balthazar mettra Ash au courant. Et, Mateo, nous avons besoin de kits de communication et de fréquences séparés pour chaque groupe. Oh, et tiens Jonathan à l'œil. Si ce bâtard bouge, je veux le savoir aussitôt. Pendant ce temps, je m'occupe de Wakefield.

— Bonne chance, dit Balthazar à voix basse. Il ne va pas prendre ton accusation avec grâce.

Luc lui renvoya une expression sinistre.

— Je sais, mais pour l'instant, les agissements de Tristan prouvent qu'il est le suspect le plus plausible.

— Pour ce que ça vaut, je ne pense pas que ce soit lui, dit tranquillement Mateo. Mais je vais vérifier tous leurs relevés téléphoniques pour voir si je peux trouver quelque chose de révélateur.

— Bien, dit Luc en jetant un coup d'œil autour de lui, avec une expression sévère. Cela va sans dire, mais la localisation de Jonathan reste entre nous.

Toutes les personnes autour de la table exprimèrent leur accord.

Luc se leva.

— Très bien. Ce salaud s'est joué de nous une fois. Maintenant, c'est notre tour. Et je refuse de perdre deux fois.

L'énergie dans la pièce s'assombrit, tous les Anciens voulaient la peau de John. Il avait fait du mal à trop de gens, y compris aux proches de ceux qui étaient dans la salle. Le père de Tom méritait son sort.

C'est un monstre.

Un terroriste.

Un manipulateur cruel.

Mais c'est aussi mon père.

Tom jeta un œil par la fenêtre, ses poings se serrèrent sur ses genoux. Il détestait John Fitzgerald pour tout ce qu'il avait fait. Mais une minuscule voix ne cessait de rappeler à Tom qu'il ne serait pas là aujourd'hui si John ne l'avait pas créé.

Il m'a envoyé à l'école militaire.

Il testait constamment mes facultés en faisant en sorte que je me fasse presque tuer.

Il a fait de moi l'arme parfaite, pour son usage personnel.

Il a fait du mal à Amelia. Il l'a torturée pendant des années. Sans pitié.

La liste était sans fin, chaque point creusant un peu plus profondément la tombe de l'homme qui avait engendré Tom. Il n'y avait aucune qualité pour le racheter, aucune raison pour que John soit maintenu en vie.

Mais est-ce que kidnapper et torturer le monstre les ferait se sentir mieux ? Ça ne changerait pas l'histoire. Bien sûr, un exutoire à la rage de chacun pourrait aider temporairement.

Malheureusement, tourmenter quelqu'un ne changerait-il pas une personne sur le plan psychologique ? C'était comme ça que John s'était engagé dans cette voie, non ? Et si Tom participait à la persécution de son père, cela l'entraînerait-il sur le même chemin ? Il était clair que ces gènes malfaisants se cachaient quelque part en lui. Et si ces actes mettaient en avant ce côté de lui ?

Tom eut un frisson. *Je ne veux pas devenir mon père.*

Une main se posa sur son épaule, le regard intense de Balthazar le tira de ses pensées.

— Ça n'arrivera pas.

Tom cligna des yeux. Les autres étaient déjà partis à leurs tâches, les laissant seuls dans la salle à manger.

— Oh, désolé. J'étais en train...

— Tu te souviens de la première fois que tu as pris une vie ? l'interrompit Balthazar, sa main clouant Tom sur son siège, même s'il essayait de se lever.

Un souvenir de l'enfance de Tom lui fit froid dans le dos.

— Oui.

Il se souvenait très bien de l'incident, de la façon dont son père l'avait provoqué pour qu'il appuie sur la gâchette, de l'agitation de ses tripes lorsque le corps était tombé à terre sans vie.

— Je ne savais même pas le nom de cet homme. Ni pourquoi.

— Mais ensuite, tu as pleuré la vie que tu as prise, non ?

— Je le fais toujours, répondit Tom, sa gorge se resserrant à chaque mot.

Et chaque fois, il essayait d'éviter de tuer quand il le pouvait, neutralisant l'individu suffisamment longtemps pour qu'il puisse s'échapper. Mais à l'occasion, il n'y avait pas d'autre option. Et même si ces êtres méritaient leur sort, Tom pleurait tout de même leur disparition.

— C'est ce qui me permet de rester humain, ajouta-t-il en se rappelant une conversation similaire qu'il avait eue avec Amelia après qu'elle avait tué le docteur Patel il y a quelques mois. *C'est quand tu commences à apprécier le meurtre que tu as des raisons de t'inquiéter*, lui avait-il dit.

— Et c'est là que Jonathan et toi êtes différents, dit doucement Balthazar. Il aime faire du mal aux autres. Pas toi.

— Mais je suis son fils. Et si cette partie de lui était en moi quelque part ?

— J'ai entendu assez de tes souvenirs pour savoir ce que ton père t'a fait quand tu étais enfant. Et pourtant, tu as survécu à tout ça avec un cœur intact. Tu sais ce que j'en déduis, Tom ?

Celui-ci ravala sa salive, secouant lentement la tête. Repenser à son histoire lui retournait l'estomac, surtout l'éducation à laquelle Balthazar faisait référence. Tom préférait éviter le sujet, ne le mentionnant que lorsque l'expérience était pertinente. Ou quand Amelia lui demandait quelque chose de spécifique.

—J'en déduis que ta mère fait autant partie de toi que Jonathan. Ce qui me fait penser que tu es une bonne personne, Tom, lui assura-t-il, puis il lui serra l'épaule et la relâcha. Contrairement à ton père, tu valorises l'amour et la famille. Utilise ça pour te rendre plus fort. Je sais que tu as été élevé toute ta vie avec l'impression de n'avoir ta place nulle part, mais tu l'as ici. Tu es l'un des nôtres. Fais en sorte que notre savoir et nos conseils dessinent plus clairement ton avenir, et non ta relation avec un homme bientôt mort.

Tom resta assis, stupéfait. Il n'avait pas réalisé à quel point il avait besoin d'entendre cela avant que Balthazar ne le dise.

J'ai ma place ici.

Son père lui répétait constamment qu'il ne serait jamais accepté nulle part, ni par les Hydraiens ni par les Ichoriens. Cependant, non seulement les Anciens avaient prouvé que son père avait tort, mais ils avaient également permis à Tom d'entrer dans leur cercle restreint. Ils lui faisaient confiance. La réunion d'aujourd'hui le prouvait : ils l'avaient inclus, *lui*, parce qu'ils appréciaient son opinion et son expérience. Bien sûr, c'était aussi en grande partie parce qu'il en savait le plus sur John, mais ils l'avaient également écouté. Ils le traitaient comme un égal, comme un être de réelle importance, et non comme un informateur ou une arme.

— Merci, dit Tom, une partie de la tension quittant ses membres.

Balthazar hocha la tête.

— Pas de quoi.

Il allait partir, mais s'arrêta sur le seuil du séjour et se retourna pour croiser son regard.

— Et si tu ne veux pas qu'il soit torturé, Tom, alors tue-le. Les autres s'en remettront. Parce que si quelqu'un a gagné le droit d'exécuter la sentence de Jonathan, c'est toi.

ISSAC

EZEKIEL MARCHAIT de long en large, tout en faisant dangereusement tournoyer ses couteaux dans ses mains.

— Skye a eu une prophétie, expliqua-t-il. Elle a prédit la mort de Sethios par la main d'Osiris.

— C'est impossible, répondit calmement Gabriel. Les Séraphins ne meurent pas et Sethios doit être complètement transformé maintenant.

— Eh bien, sa prédiction dit le contraire, insista Ezekiel, une énergie sauvage se déversant de lui par vagues. Et je n'ai pas réussi à le trouver dans toute la propriété.

— Il doit s'agir d'un malentendu, dit Gabriel en l'examinant. Qu'a dit Skye exactement ?

— *Un pouvoir tombe quand un autre s'élève*, c'était sa phrase exacte. Ensuite, elle a cligné des yeux et m'a dit qu'Osiris allait tuer Sethios. Je l'ai cherché pour le prévenir, mais il est introuvable. Et la seule façon dont il aurait pu partir, c'est si Osiris l'y avait contraint.

Astasiya se raidit aux côtés d'Issac, l'image d'une

tombe lui traversant l'esprit. *Qu'est-ce que c'est ?* demanda-t-il en étudiant la vision.

Le cauchemar que j'ai fait pendant que j'étais K.-O., souffla-t-elle en pensée. *Tu ne crois pas que c'est mon père, n'est-ce pas ? Comme la façon dont ma mère s'est projetée vers moi depuis le fond de l'eau ?*

Montre-moi encore.

Plus de détails apparurent cette fois, le sol terreux et le ciel bleu pâle. Certaines des émotions d'Astasiya s'en échappèrent également, y compris un besoin profond de verser du ciment sur ses membres. Il tressaillit face à cette sensation, ce qui le fit décrocher.

Ça faisait partie de ton rêve ? se demanda-t-il. *Cette contrainte ?*

Elle hocha la tête, en frissonnant. *Ça avait l'air... réel.*

Il ouvrit la bouche pour faire un commentaire, mais des vibrations dans sa poche le prirent au dépourvu.

— C'est Lucian, dit-il. Je dois répondre.

Tristan se leva dans la cuisine, sa capacité à contrôler le son lui permettant d'écouter l'appel. Issac acquiesça, sachant que son meilleur ami souhaitait également être informé de la situation de Jonathan.

— Dis-lui que je m'ennuie et que j'ai besoin de détruire quelque chose, dit Alik depuis la salle à manger.

Issac l'ignora et prit l'appel.

— Lucian. Ezekiel vient d'arriver avec des nouvelles d'une autre prophétie. Il semble que la vie de Sethios est en danger.

— Les Séraphins ne peuvent pas mourir, répondit-il, faisant écho à l'opinion de Gabriel.

— Il semble qu'Osiris ait trouvé un moyen de contourner ça, dit Issac en regardant l'assassin qui faisait les cent pas.

Les couteaux dans les mains d'Ezekiel étaient un peu trop proches d'Astasiya pour rassurer Issac.

— Peu probable, dit Gabriel en secouant la tête. Ça n'a pas de sens. On peut démembrer un Séraphin et le mettre sous terre pour lui couper l'accès au royaume éthéré, mais il ne mourra jamais. L'âme trouve toujours un moyen de revenir à son hôte.

Astasiya attrapa le genou d'Issac et le serra.

— Je pense que c'est ce qu'Osiris a fait, souffla-t-elle, son cauchemar se reproduisant à nouveau.

Ezekiel s'immobilisa aussitôt.

— Qu'est-ce que tu veux dire ?

— Je... j'ai fait un cauchemar, ou j'ai eu une vision, lorsque j'étais inconsciente, à propos d'une tombe et du fait de verser du ciment dedans parce que... parce que quelqu'un m'a dit de le faire, expliqua-t-elle avec un frisson. C'est... c'est comme quand maman me parle.

Ses mots n'étaient qu'un murmure et son attention se porta sur Gabriel.

— Mais je pense, peut-être... Peut-être que c'était mon père ?

Tu crois que c'est pour ça que je me suis sentie si bizarre à la FHC, Issac ? C'est de là que vient la terreur ?

Tu n'as jamais vécu ça avec ta mère, n'est-ce pas ?

Elle secoua la tête. *Non. Mais peut-être qu'il...*

— Où étais-tu dans le rêve ? demanda Ezekiel en lui coupant la parole. Décris-le-moi.

— Je... je ne sais pas. J'étais déjà dans la tombe, avec seulement le ciel au-dessus de moi.

— Le jour ? La nuit ? insista Ezekiel, sa panique devenant tangible.

Issac localisa l'esprit de l'assassin et prit le contrôle de ses récepteurs visuels pour afficher l'image qu'Astasiya avait partagée. L'homme trébucha alors, s'accrochant au dossier d'une chaise pour se stabiliser près d'une des fenêtres ouvertes. Il secoua la tête comme pour s'en libérer.

— C'est quoi ce bordel ? Qu'est-ce qui vient de se passer ?

— Tu es en train de voir l'endroit du cauchemar d'Astasiya, répondit Issac.

Il lui montra chaque détail dont il se souvenait de sa vision : la terre, le ciel, le soleil. Même le ciment qui se déversait sur le sol.

— Comment est-ce possible ? demanda-t-il, la respiration saccadée. J'en ai vu assez. Arrête ça.

— OK.

Issac mit fin à la vision d'Ezekiel, lui permettant de voir à nouveau dans le présent.

— C'est le lien, explique Gabriel à l'assassin. La rune dont Osiris t'a fait don ne te protège que de ses créations et Issac n'en fait plus partie. Il appartient au royaume des Séraphins désormais.

— Fascinant, dit Lucian à son oreille. Ton pouvoir augmente déjà.

— En effet, murmura Issac en passant le téléphone d'une main à l'autre pour pouvoir glisser son bras autour d'Astasiya.

Elle tremblait contre lui, le nom de son père se répétant dans son esprit avec une série de questions et de scénarios.

— Tu peux me donner des nouvelles de Jonathan ? demanda Issac, qui avait besoin de se concentrer sur la femme à ses côtés.

— Que Jonathan aille au diable, intervint Ezekiel avant que Lucian ne puisse répondre. Nous devons trouver Sethios. Tout de suite.

Gabriel secoua la tête.

— Nous avons besoin de Stas et elle n'est pas prête. Elle ne peut même pas encore se volatiliser.

— Alors, apprends-lui, bordel, grogna Ezekiel, son vernis calme disparaissant dans une vague d'émotions ardentes. J'ai vu mon meilleur ami souffrir pendant presque vingt ans et j'ai juré que je le protégerai. Maintenant, Skye prédit qu'il va mourir. Je ne peux pas rester assis et attendre. J'arrête de travailler à ton rythme, Gabriel. J'ai fait tout ce que tu m'as demandé et j'exige que tu me rendes toutes ces faveurs aujourd'hui. Sethios a besoin de nous. Il a besoin de nous *maintenant*.

— Il a raison, ajouta Leela qui apparut dans l'embrasure de la porte. Nous avons tous suivi ta façon de faire et, même si j'admets que Stas a de ce fait été élevée de manière adéquate, il est temps d'aller sauver Sethios.

— On dirait qu'il se passe pas mal de choses là-bas, dit Lucian à voix basse.

Issac observa l'assassin qui regardait de travers un Gabriel toujours stoïque.

— Ce n'est rien de le dire.

— Bon, je vais être bref. Mateo vient de t'envoyer un message qui pourrait être utile. Rends-moi service et lis-le.

La façon désinvolte dont Lucian parlait piqua la curiosité d'Issac. Le roi d'Hydria ne prononçait pas de mots à la légère. Il avait toujours un motif ou une stratégie quelconque.

— Un moment, répondit Issac en regardant l'écran.

Les messages n'étaient pas de Mateo, mais de Lucian.

Ne réagis pas devant tout le monde, dit le premier.

Nous avons discuté de la taupe et avons réduit la liste à deux coupables, potentiellement trois. Et tu ne vas pas aimer nos conclusions.

Issac tapa en réponse :

Dis-moi.

D'après le timing et ce que nous savons, Tristan est notre principal suspect. Nadia et Clara sont également des candidates potentielles.

Issac lut le message quatre fois avant que les mots ne se fixent dans son esprit. Ils accusaient la plupart des Ichoriens résidant actuellement à Hydria. Des Ichoriens qui étaient amis et alliés depuis des décennies, voire des siècles.

Et Tristan ?

Jamais de la vie.

Issac connaissait sa progéniture mieux que quiconque. Cet homme était son meilleur ami. À cet instant, il le regardait, une certaine inquiétude effleurant ses traits. Il avait manifestement saisi la demande et s'interrogeait sur les messages affichés à l'écran. Tristan était un trou-du-cul, mais pas un imbécile. Il devait savoir que Lucian voulait transmettre un message qu'il ne pouvait pas entendre. Et le soupçon de tristesse qui s'insinuait dans son expression le confirmait.

Ils savaient tous qu'il y avait un informateur parmi eux. Tristan jouait ce jeu avec Issac depuis longtemps ; lui, plus que quiconque, saurait ce que signifiait un message secret : un retrait du cercle restreint. Cela impliquait un manque de confiance, quelque chose que sa progéniture n'avait rien fait pour mériter. À part être un peu grossier ces derniers temps.

Ce n'est pas Tristan, répondit Issac en se reconcentrant sur son téléphone. *Il est loyal jusqu'à la moelle.*

— Je serai dehors, l'informa froidement sa progéniture, les épaules crispées alors qu'il passait la porte.

Alik le suivit sans un mot, mais Issac savait que ce n'était pas pour lui parler. Non. Lucian avait assigné à l'Ancien la tâche de surveiller le suspect, ce dont Tristan se rendrait vite compte.

Merde. Issac n'avait pas besoin d'un autre problème à gérer pour le moment.

La réponse fit vibrer son téléphone.

Nous avons une idée pour tester les loyautés. Alik a déjà été briefé. Lui et Tristan se dirigent vers Calgary. On indique à Nadia une autre adresse, mais elle sera envoyée à une troisième. Et nous avons la localisation réelle de Jonathan, ce qui est la vraie raison de mon appel.

Le cœur d'Issac fit un bond.

— Tu es certain ? demanda-t-il à voix haute, le téléphone à nouveau posé contre son oreille.

— Absolument, répondit Lucian. Nous partons dans trente minutes.

Les ongles d'Astasiya s'enfonçaient dans sa cuisse et attirèrent son attention. *Ils ont trouvé Jonathan*, lui dit-il.

J'ai suivi la conversation, lui murmura-t-elle en retour. *Et je ne sais pas si tu as entendu, mais Stark vient d'accepter d'aider Ezekiel à trouver mon père. Ils veulent partir. Maintenant.*

Issac leva les yeux, réalisant qu'il n'avait pas écouté toute la conversation autour de lui.

— ... la propriété ? demanda Gabriel, la partie initiale de la question perdue dans la cadence violente qui battait les oreilles d'Issac.

Ils avaient une autre occasion d'attraper Jonathan, de faire payer ce salaud. Il devait partir maintenant s'il voulait les rejoindre, pour voir enfin sa vengeance aboutir.

— C'est là qu'il était en dernier, répondit Ezekiel.

— Alors c'est par là qu'on va commencer, répondit Gabriel qui se concentra ensuite sur Astasiya. Tu n'es pas prête à affronter Osiris, mais on ne peut pas le faire sans toi. Tu es la seule à avoir le pouvoir de briser la contrainte de Sethios.

Les lèvres d'Astasiya s'entrouvrirent et un choc se produisit à travers leur connexion.

— M-mais je ne sais même pas comment me volatiliser

ni même comment persuader correctement. La dernière fois que j'ai affronté Osiris, on n'a gagné que parce qu'il est parti.

Ce qui avait maintenant beaucoup de sens, sachant qu'Osiris voulait que les Hydraiens et les Ichoriens se battent à ses côtés dans une guerre contre les Séraphins. Détruire les Anciens aurait retiré certaines des pièces les plus puissantes de l'échiquier. Osiris avait besoin d'eux vivants. Astasiya, aussi.

— Le pouvoir est en toi, tu dois juste le laisser sortir, dit doucement Leela.

— Et vous vous attendez à ce que j'y parvienne en affrontant Osiris ? glapit-elle, le corps tendu sous le bras d'Issac.

Ils ont perdu la tête ? Je ne peux pas faire ça, Issac. Je... j'en ai envie, mais c'est démentiel.

Si quelqu'un peut le faire, ma chérie, c'est toi, lui assura-t-il sincèrement. *Tu es née pour ça, Aya. Tu es l'être le plus puissant que j'aie jamais rencontré.*

À part Osiris, rectifia-t-elle. *Ou est-ce que tout le monde dans cette maison a oublié ça ?*

La force ne se mesure pas toujours en facultés surnaturelles. Tu as de l'amour, ma chérie. Osiris n'a que son égo. Il effleura sa veine rapidement avec son pouce. *Tu peux le faire, mon amour. Je sais que tu peux.*

Elle tremblait à côté de lui, le doute et l'incrédulité obscurcissant son aura.

— Issac ?

La voix de Lucian lui rappela le téléphone dans sa main opposée. Il avait complètement oublié la tâche à accomplir quand Astasiya s'était approchée de lui, son besoin l'emportant sur tout et tout le monde sans raison.

— Pardon, dit Issac en replaçant l'appareil contre son oreille. J'ai été distrait par la conversation d'ici. Ton information est intrigante, bien que je doute de son exactitude. Je veux dire en ce qui concerne ceux qu'ils soupçonnent.

Il faisait implicitement confiance à Tristan.

De plus, Nadia et Clara étaient de la famille. Issac ne pouvait pas imaginer l'une d'elles se retourner contre Aidan. Bien sûr, il ne les connaissait plus aussi bien, ayant passé la majeure partie des dix dernières années à établir sa présence à New York. Une présence qui avait pratiquement cessé le mois précédent. Heureusement, il avait mis en place un protocole pour les absences prolongées qui permettait de maintenir son entreprise en état de marche.

— Nous en saurons bientôt plus sur l'exactitude de nos informations, répondit-il. Cela dit, nous devons avancer. Tu en es ou pas ?

Issac jeta un coup d'œil à Gabriel et Leela avant de se tourner vers Astasiya. Bien qu'elle soit terrifiée, il savait quelle décision elle prendrait. Sethios était son père. Sa loyauté ne lui permettrait jamais de le laisser tomber, même si elle ne se sentait pas prête. La seule raison pour laquelle elle hésitait toujours était que ses précédentes décisions dans des situations similaires avaient mal tourné. Il pouvait entendre l'inquiétude dans ses pensées : si elle agissait encore impulsivement, cela pourrait déboucher sur un autre résultat horrible et elle refusait de *le* perdre ou de *lui* faire du mal.

Il poussa un soupir.

Elle n'était pas la seule à ne pas avoir le choix, puisqu'il ne pourrait jamais laisser Aya s'aventurer dans une situation dangereuse sans lui à ses côtés.

— On a besoin de moi ici, Lucian, dit doucement Issac, sa décision déjà prise.

Entre soutenir Astasiya ou assouvir sa soif de

vengeance, il choisissait toujours la première. Ils formaient une équipe. Tout le temps. Et pour l'éternité.

— Je suis désolé.

— Vu les circonstances, je comprends et j'admire ta détermination. Mais, Issac ?

— Oui ?

— Essaye de ne pas te faire tuer. Nous avons besoin de toi en vie.

Issac sourit.

— Tu n'as pas entendu, Lucian ? Je suis invincible maintenant.

Celui-ci eut un petit rire.

— Ne laisse pas ces conneries te monter à la tête.

Une pause.

— Sérieusement, sois prudent. J'ai besoin de toi, mon frère.

— Pareil, Lucian. Bonne chance.

— Pas nécessaire. Tu sais que je ne perds pas sans raison.

Lucian raccrocha et envoya un message juste après : *Je te ferai part du résultat dès que je l'aurai.*

Ce n'est pas Tristan, répondit Issac, certain de lui.

J'espère que tu as raison.

Issac n'avait pas besoin d'espoir. Il n'avait aucun doute sur le fait que Tristan ne le trahirait jamais.

— Ils ont trouvé Jonathan, dit Issac en empochant son téléphone. On a besoin d'Alik et de Tristan à Hydria.

— Je peux les emmener, répondit Leela. Je dois de toute façon aller chercher quelque chose.

Elle jeta à Gabriel un regard éloquent.

Il hocha la tête.

— Oui. Il est temps.

— Bien, répondit-elle, puis elle jeta un coup d'œil à Ezekiel. Retourne à la propriété, vois ce que tu peux trouver. Essaye de reparler à Skye, si tu peux. Je te retrouverai en dehors du périmètre dans soixante minutes.

— Tu veux que je reste à me tourner les pouces, traduisit-il.

— Nous ne pouvons pas nous volatiliser là-bas tant que les protections n'ont pas été modifiées, dit Gabriel en jetant un coup d'œil à Leela. J'emmène Stas pour qu'elle puisse au moins voir comment ça se passe, ensuite nous vous attendrons avant d'entrer.

— Tu m'emmènes aussi, lui dit Issac. Je vais où va Astasiya.

Celle-ci frissonna.

— Oui, mais je ne me rappelle pas avoir dit que j'y allais.

— Tu es la seule à pouvoir briser la contrainte d'Osiris sur Sethios, en raison du lien familial qui t'unit à lui, Stas, expliqua Gabriel. Sans toi, nous n'avons aucune certitude que Sethios pourra même partir avec nous.

Owen entra en tenant ce qui ressemblait à un verre de scotch et s'assit dans le fauteuil le plus proche d'Astasiya.

— Tu te souviens de ce professeur de première année qui a commencé son premier cours sans nous donner le programme et qui s'attendait à ce qu'on sache tous ce qui se passait ? demanda-t-il.

Astasiya le regarda fixement.

— Hein ?

— Je te retrouve à la limite de la propriété, près des arbres, Gabe, dit Leela tout bas en disparaissant.

Et voilà Tristan parti. Issac soupira. Il s'occuperait de sa progéniture quand les autres auraient réglé le problème de Jonathan. Parce que son innocence serait prouvée. Issac en était certain.

Ezekiel fit un signe de tête à Gabriel et disparut sans un mot, le plan déjà défini entre eux.

Si Owen avait remarqué le départ de tout le monde, il ne le montra pas. Il poursuivit :

— Ce crétin qui t'a interrogée sur la lecture qu'on ne savait même pas qu'on avait à faire, et qui t'a traitée de fainéante parce que tu n'étais pas préparée ?

Astasiya fronça les sourcils.

— Bien sûr, je m'en souviens. J'avais envie de le frapper.

Owen hocha la tête.

— Eh bien, ce crétin est comme Stark ici. Il n'a pas le temps de faire une bonne présentation ou de proposer un manuel, principalement parce qu'il a tardé à te fournir les notes du cours, n'est-ce pas ? Mais il a besoin que tu passes un examen aujourd'hui. Et tes résultats finaux seront affectés par ta note.

— Ça ne m'aide pas à me sentir mieux.

— Alors je vais le dire autrement, dit-il en posant le verre qu'il n'avait pas encore touché. S'il y a une chose que j'ai apprise, c'est que les prophéties de Skye se réalisent généralement. Donc si tu ne surmontes pas ce manque de confiance – et vite – alors ton père va mourir. Soit tu l'aides, soit tu ne le fais pas. Tu dictes son destin.

Elle lui lança un regard noir.

— Ça n'aide pas du tout.

— Je te le dis juste comme je le vois, Sassy.

Il s'installa plus confortablement et posa une cheville sur son genou.

— Tu me donnes envie de te frapper, là, tout de suite, rétorqua-t-elle. Ce que tu mérites plus que tout pour avoir simulé ta propre mort.

Il haussa les épaules.

— Honnêtement ? Je ne suis pas inquiet. Je veux dire, vu l'humeur pathétique dans laquelle tu sembles être tombée, je doute que ça fasse beaucoup de mal.

Elle laissa échapper un petit cri.

— Pardon ?

Issac resserra sa prise, plus pour donner quelque chose à faire à ses mains que pour retenir Astasiya. Elle n'était pas la seule à avoir soudain envie d'un peu de violence. *Une humeur pathétique* ? C'était un peu dur et inutile.

— Quoi ? Tu es là-bas à te morfondre au lieu d'être proactive. Qu'est-il arrivé à la femme insolente que j'ai rencontrée il y a un an ? Celle qui a contraint cet idiot de professeur à trébucher trois fois sur ses pieds pendant notre premier cours ?

OK, maintenant les lèvres d'Issac avaient envie de sourire. Et le fait qu'Astasiya se remémorait le souvenir n'aidait pas puisqu'il se jouait de façon éclatante dans son esprit.

— Ça n'est pas moi qui l'ai fait, s'exclama-t-elle.

Mais ses pensées prouvaient que c'était un mensonge. Il semblait qu'elle avait mis ça sur le compte de la coïncidence, mais qu'elle réalisait maintenant la vérité.

Vilaine élève, la taquina Issac.

Arghhhhhh, lui répondit-elle seulement.

Il pouffa de rire.

— Oui, c'est toi. Je t'ai entendue marmonner dans ta barbe.

Les joues d'Astasiya s'empourprèrent.

— Il a trébuché par sa propre faute.

— C'est des conneries ! C'est *toi* qui as fait ça. Tu es beaucoup plus puissante que ce que tu crois. Ça commence à devenir clair, dans la mesure où tu as trop peur d'aider ton père.

Ah, c'était donc la raison pour laquelle Owen avait fait dérailler la conversation. Il essayait de motiver Astasiya. Issac se détendit alors et approuva.

— Je ne te vois pas te porter volontaire pour venir avec nous, marmonna-t-elle.

— Si je pensais être utile, je le ferais. Et je n'aime même pas Sethios. Pourtant, j'irais parce que c'est ton père. Je le ferais pour *toi*, dit-il en penchant la tête sur le côté. La question est de savoir si tu peux mettre tes nerfs de côté et faire ce qui semble juste. Parce que la Stas que je connais n'aurait jamais hésité à aider ceux qui avaient besoin d'elle. Tu as risqué ta vie en te liant d'amitié avec Wakefield et, c'est vrai, tu l'as fait pour en apprendre plus sur tes pouvoirs, mais je sais que tu l'as aussi fait pour découvrir ce qui m'était vraiment arrivé. Trouve cette femme et ramène-la pour jouer. Son père a besoin d'elle.

De manière inquiétante, Astasiya s'était figée à côté d'Issac, les épaules raides, la bouche pincée.

— Je ne suis plus cette fille, Owen. Je suis morte, *deux fois*. Et les deux fois parce que j'ai pris une décision impulsive pour aider les autres. Pardonne-moi d'avoir besoin de quelques minutes avant de sauter sur l'occasion de mourir à nouveau.

— Eh bien, si c'est ton état d'esprit, alors je peux comprendre pourquoi tu ne veux pas y aller. Tu as déjà échoué.

— J'essaye d'être intelligente.

— Non, tu es lâche, rétorqua Owen. Je comprends que tout ça est accablant, que tu n'as pas encore pleinement développé tes ailes, mais ton père a besoin de toi. Sinon, pourquoi se serait-il projeté vers toi ?

Elle déglutit, sa culpabilité se glissant dans leur lien. Issac frotta son bras, lui offrant le peu de réconfort qu'il pouvait. Car même si Owen n'était pas le plus doux des communicateurs, sa tactique semblait fonctionner. Astasiya avait besoin d'un regain de courage, d'un rappel de sa force.

Ce n'est pas une décision impulsive, mon amour, murmura-t-il à son esprit.

Je veux l'aider, Issac, admit-elle. *Mais je suis terrifiée à l'idée d'échouer.* Ce qui la dérangeait le plus, il pouvait le voir dans son esprit, c'est qu'elle n'avait jamais douté d'elle-même. Pourtant, elle manquait de confiance à cet instant. Principalement à cause des dernières semaines, de tout ce qu'elle avait enduré, et elle ne pouvait pas supporter l'idée qu'elle pourrait ne pas être capable de l'aider. Et puis elle s'en voulait de penser ainsi, prétendant que ce n'était une faiblesse que dans sa tête.

Reconnaître tous les résultats potentiels est intelligent. Ça ne te rend pas faible, lui dit-il. *Mais tu dois te souvenir de ton pouvoir. Tu as tenu tête à Osiris une fois. Tu peux le refaire. Rappelle-toi, tu as l'amour de ton côté. C'est l'un des motivateurs les plus puissants de tous.*

Elle déglutit et hocha la tête.

— Très bien, dit-elle doucement. Très bien.

Elle regarda Owen.

— J'ai quand même toujours envie de te frapper.

Cela le fit glousser.

— Tant mieux. Tu pourras me frapper quand tu reviendras.

— De façon répétée, ajouta-t-elle.

— Bien. Mais pas sur le visage, dit-il en lui faisant un clin d'œil. Parce que c'est mon meilleur atout et tout ça.

— Ce ne sera plus le cas quand j'en aurai fini, dit-elle.

Il plaqua ses mains sur sa poitrine, comme si elle l'avait blessé.

— C'est juste méchant, Sassy. Tu adores ma tête. Ne fais pas des menaces comme ça.

— Si vous avez terminé, nous devons partir, intervint Gabriel. Démanteler les protections prend du temps et nous avons déjà perdu dix minutes.

— Et pourquoi devons-nous les démanteler ? demanda-t-elle avec méfiance.

—Je t'expliquerai une fois qu'on y sera, répondit-il en tendant une main. Venez. Tous les deux.

Issac jeta un coup d'œil à Astasiya.

— Je vais où tu vas, lui dit-il. Si c'est ton choix, alors allons botter des culs.

Merci, souffla-t-elle, les mots enveloppant son cœur et le réchauffant de l'intérieur.

Ne me remercie jamais de faire ce qui est juste, mon amour. C'est toi et moi. Toujours.

Toujours, acquiesça-t-elle, ses lèvres se retroussant doucement.

— Alors ? demanda Gabriel, complètement inconscient de leur moment d'intimité – ou peut-être qu'il ne s'en souciait pas. Ça fait maintenant onze minutes.

Astasiya prit une profonde inspiration et se leva.

— Bon. OK. Il y a quelque chose que je dois savoir ? demanda-t-elle, le regard fixé sur Gabriel.

— Bien sûr. Je te brieferai sur place, dit-il en attrapant sa main et le poignet d'Issac. À plus tard, Angelton.

—Je serai ici à ne rien...

Sa réponse fut coupée par le coup de vent qui se mit à fouetter l'air autour d'eux.

Issac ferma les yeux, stabilisant son souffle, attendant que le sol apparaisse sous ses pieds. Cela arriva en quelques secondes, lui faisant perdre la notion du temps et de l'espace. C'était comme si le Séraphin pouvait imaginer un endroit et le faire apparaître.

J'espère que tu trouveras bientôt comment faire ça, Aya, admit-il. *On va pouvoir s'amuser.*

Elle ne répondit pas, une note de stupéfaction traversant le lien. Il ouvrit les yeux et la trouva à côté de lui.

Aya ?

Elle avait froid, leur lien était instable entre eux. Et son regard était posé sur l'homme qui se tenait à un mètre devant eux.

Non, pas un homme.

Un Séraphin avec des ailes noires géantes façonnées par le feu.

Osiris.

— Bienvenue, Stas, la salua-t-il. Permets-moi de te faire visiter les lieux.

Le cri d'Aya résonna dans la tête d'Issac alors que l'obscurité tombait autour d'eux.

Oh, put...

TOM

Tom TENDIT une arme à Amelia.

— Celle-là n'a pas de sécurité.

— Règle numéro un : savoir comment utiliser une arme avant de la manipuler, récita-t-elle.

Cela le fit glousser.

— Tu es une si bonne petite élève.

Elle pouffa de rire.

— Tu veux dire sexy. Je suis une élève sexy.

Il l'imagina aussitôt dans un uniforme d'écolière. Un répit bienvenu parmi les scènes de meurtre qui se jouaient dans son esprit.

— Est-ce que c'est un jeu de rôle ? demanda-t-il en fronçant les sourcils. Parce que ça pourrait me plaire. Professeur Tom, ça sonne bien.

— Tout comme « défunt Tom », répondit Luc en entrant dans la pièce. Et c'est ce que tu seras si jamais je te trouve en train de jouer à ça avec ma petite sœur.

Tom soupira. *Foutu rabat-joie.*

Amelia leva les yeux au ciel en sécurisant l'arme, comme il le lui avait appris.

— C'est comme s'ils voulaient tous que je sois une vraie prude, marmonna-t-elle.

— Une nonne, en fait, dit Luc en choisissant une arme à feu et en y chargeant des cartouches. Tom t'a briefée sur le plan ? Ou il était trop occupé à écrire sa future nécrologie ?

Tom eut un petit rire moqueur, mais ne dit rien. C'était entre Amelia et son abruti de grand frère.

— Tu es pire qu'Issac, l'accusa-t-elle. Et oui, il m'a fourni les plans de la maison de Rosalie et nos points d'entrée.

— Bien.

Luc fixa l'arme à sa ceinture et choisit un dangereux couteau qu'il fit tourner entre ses doigts. Les Anciens semblaient avoir un penchant pour les lames.

Tom préférait les balles.

— Très bien, alors nous sommes prêts. Allons-y, dit Luc.

Ses larges épaules étaient tendues lorsqu'il sortit de l'armurerie, ses longues jambes se déplaçant rapidement.

Amelia pinça ses lèvres sur le côté.

— Je suis inquiète pour lui, admit-elle doucement. Il n'est pas si brusque d'habitude.

Vraiment ? Parce que depuis que Tom le connaissait, il avait toujours été direct et concis. Mais encore une fois, Luc n'avait pas l'air très heureux que Tom baise sa petite sœur. Et, bien sûr, il y avait le fait qu'il prenait la place de son meilleur ami, Eli.

— Je ne pense pas qu'il ait vraiment fait son deuil, ajouta Amelia. Il a juste gardé tout ça à l'intérieur. Ce n'est pas sain.

— Chacun gère sa peine différemment, répondit Tom en appuyant sa main sur le bas de son dos pour la guider hors de la pièce. Tout ce qu'on peut faire, c'est être là pour lui quand il sera prêt.

Si ce moment arrivait un jour. Quelque chose disait à Tom qu'au moment où Luc s'effondrerait, ce serait en privé et loin de tous les autres habitants de l'île.

Amelia s'arrêta juste devant la porte, ses yeux bleus brillaient alors qu'elle penchait la tête en arrière pour le regarder.

— Luc ne fera pas son deuil tant qu'on n'aura pas retrouvé Jonathan.

— Alors on ferait mieux de le trouver.

Il fit glisser son pouce le long de sa colonne vertébrale jusqu'à sa nuque qu'il prit dans sa main pour l'attirer dans un baiser.

— Tu es sûre que tu veux faire ça, ma chérie ? Affronter John sur son propre terrain ?

Ils en avaient déjà discuté longuement, mais il devait être certain que c'était ce qu'elle voulait. Ou peut-être que c'était lui qui avait besoin d'être rassuré.

— Et toi ? rétorqua-t-elle, un sourcil arqué d'un air entendu.

Elle était la seule personne dans sa vie à pouvoir lire en lui si facilement.

Il soupira et posa son front contre le sien.

— Il a fait du mal à beaucoup de gens, Amelia. Si on ne l'arrête pas, il en fera encore bien plus.

Des mots qu'il avait déjà prononcés, qu'il croyait, et pourtant, la douleur demeurait en lui.

— Ça ne me dit pas si tu es prêt à l'affronter, murmura-t-elle en lui caressant la joue.

— Je ne sais pas si je le serai un jour, admit-il doucement.

Son côté obscur désirait infliger de la souffrance à l'homme qui l'avait tourmenté pendant la majeure partie de sa vie. D'un autre côté, il voulait simplement que tout cela se termine, ne plus avoir à craindre la terrible torture que son père lui ferait subir plus tard. Mais il y avait une chose dont Tom était certain :

— Nous devons en finir. Et la fin de la partie commence maintenant.

Elle acquiesça.

— C'est la dernière ligne droite.

— Oui, répondit-il, puis il passa ses lèvres sur les siennes, cherchant sa chaleur et son confort. Et c'est une partie que nous allons gagner.

Luc apparut au bout du couloir, l'air de les attendre.

— Vous venez ?

Bon. Le roi d'Hydria était clairement impatient de se mettre en route. Et comme les autres équipes étaient parties depuis vingt minutes, Tom comprenait pourquoi.

— Ouais.

Il s'écarta d'Amelia et tira sur les revers de sa veste en cuir. Celle-ci cachait ses armes dans leur étui, comme toujours. Et il avait un couteau dans sa botte gauche, glissé sous son jean. Il attrapa la main d'Amelia, la serra une fois avant d'entrelacer ses doigts dans les siens.

— Bien, dit Luc en ouvrant la voie.

Ils parcoururent le couloir de pierre et montèrent les escaliers pour retrouver Mateo et Jacque à l'extérieur. Luc verrouilla la porte en fer derrière eux et empocha la clé. Apparemment, il n'en existait que trois. Seuls Jay et Alik en avaient chacun une, car Balthazar semblait ne pas en vouloir. Si quelqu'un avait besoin d'accéder aux armes, il devait passer par les Anciens.

— Tout le monde est en position, annonça Mateo en remettant à Tom et Amelia leurs kits de communication.

Amelia alluma le sien en premier, testant le microphone une fois et hochant la tête lorsque la fréquence lui sembla correcte. Tom en fit de même et leva le pouce après avoir vérifié le sien. Jacque et Luc étaient déjà prêts à partir.

— Dis-leur d'attendre, l'informa Luc.

Mateo tapa quelque chose sur sa tablette.

— C'est fait.

— Parfait.

Luc jeta un coup d'œil à chacun d'entre eux, cataloguant clairement chaque détail : le pistolet d'Amelia, la veste ample de Tom et la garde métallique de l'épée attachée dans le dos de Jacque qui dépassait par-dessus son épaule.

— Très bien. Emmène-nous à un pâté de maisons de là.

— Enregistré et prêt, dit le téléporteur qui tendit son bras. Accrochez-vous et ne lâchez pas.

Tom garda une main dans celle d'Amelia et utilisa celle qui était libre pour saisir le poignet de Jacque. Amelia attrapa son avant-bras. Et Luc prit son épaule.

Le monde se mit à tourbillonner autour d'eux, littéralement, lorsque Jacque les téléporta dans le nord de l'État de New York, dans une rue que Tom n'avait pas vue depuis des années. Mais il la connaissait bien.

Les étoiles scintillaient au-dessus de leurs têtes et le quartier faiblement éclairé était plongé dans le silence de la nuit.

Pas de voitures.

Pas de témoins.

Et environ trente centimètres de neige.

Super.

Tom fit un signe de tête vers la gauche, indiquant qu'il passerait en premier. Techniquement, c'était l'équipe de Luc, mais Tom maîtrisait le terrain. Il connaissait ce quartier comme sa poche, ayant déjà à l'esprit tous les coins où il cacherait une Sentinelle s'il était à la place de John.

Ils se planquèrent tous les quatre derrière une maison avec une énorme haie. Là, Tom s'accroupit.

— Amelia est avec moi. Jacque, toi et Luc, vous devez passer par l'arrière, comme on l'a dit.

Les deux hommes hochèrent la tête.

— On se retrouve au milieu, dit Tom en souriant.

C'était son terrain de jeu. Le jeu pour lequel il avait été créé. Et maintenant, il était temps pour l'élève de devenir le maître.

L'adrénaline coulait dans ses veines alors qu'il se faufilait silencieusement à travers les arrière-cours avec Amelia juste derrière lui. Ils laissaient sans aucun doute une piste, grâce à cette foutue neige, mais les Sentinelles ne devraient pas rôder par ici. Leur équipe serait plus près de chez Rosalie et, avec un peu de chance, ils se prélasseraient, car personne ne soupçonnait cette attaque.

Il continua d'avancer, la maison au bout étant sa première cible. C'était un poste d'observation parfait pour un sniper avec une vue sans entraves sur toute la rue, y compris sur l'allée de Rosalie.

Il s'arrêta aux arbres qui bordaient l'arrière de la propriété, le regard fixé sur le toit. *Te voilà*, pensa-t-il en souriant. D'un geste, il dit à Amelia de rester ici et d'ouvrir l'œil. Elle acquiesça et se posta à la périphérie de la cour, tandis qu'il avançait sans bruit pour s'occuper de la Sentinelle campée sur le toit de la maison.

Le silence était crucial, pour ne pas alerter sa cible ou les personnes à l'intérieur.

Heureusement, ils avaient une terrasse à deux niveaux.

Il sauta prudemment sur la balustrade enneigée du premier et s'agrippa à la plate-forme gelée au-dessus de lui. Encore une chance qu'il aimait faire des tractions, parce que ce passage était un peu délicat. Il se hissa juste assez haut pour regarder autour : une porte de balcon fermée et encore plus de neige. *Parfait !* Il s'agrippa à un poteau glissant pour se hisser le reste du chemin et se mit debout sur une autre balustrade enneigée pour attraper la gouttière en aluminium qui longeait le toit.

La neige ne me manque pas, décida-t-il en se frayant tranquillement un chemin jusqu'aux bardeaux métalliques gelés. Heureusement, le toit n'était pas trop incliné, sinon il aurait déjà le cul dans l'herbe à cet instant.

Il s'accroupit, observant la Sentinelle perchée sur le rebord qui regardait dans la mauvaise direction.

Justin.

Sérieux ? C'est *lui* que son père avait affecté au poste de tireur d'élite ? *Putain, mon vieux, Justin est à peine sorti du centre de formation.*

Avec un soupir silencieux, il s'approcha doucement du pauvre gamin. Le tuer n'était pas une option. Peut-être qu'il connaissait la vérité sur l'attentat de la FHC. Peut-être pas. Son père avait probablement prétendu que c'était une attaque terroriste ou blâmé les immortels. Ou peut-être leur avait-il dit la vérité. Quoi qu'il en soit, aujourd'hui, Tom n'était pas là pour jouer les rôles de juge, de juré et de bourreau avec ses anciens coéquipiers.

Il se glissa derrière l'homme qui ne se méfiait pas : il était toujours tourné dans la mauvaise direction et ne faisait pas du tout attention à son entourage. Tom secoua la tête, se retenant d'émettre un claquement de langue désapprobateur. Il avait besoin que cela reste aussi silencieux que possible.

Ce qui fut totalement gâché quand Justin jeta finalement un regard par-dessus son épaule.

Le jeune homme écarquilla les yeux.

— Mer...

Tom bondit sur lui, son pistolet déjà dans sa main droite, et frappa ce salaud à la tête. Celui-ci retomba mollement sur le toit.

Tom retira l'oreillette de Justin et écouta attentivement les conversations.

Rien.

En fouillant dans la veste, Tom trouva le micro. *Éteint.*

Putain, merci.

— Jacque, j'ai une livraison sur la trois, dit-il doucement, en notant sur la carte le numéro qu'ils avaient attribué à cet endroit.

Le téléporteur apparut à ses côtés, attrapa la Sentinelle inconsciente et disparut sans un mot. Ils avaient convenu que tout homme capturé vivant serait consigné dans les cellules d'Hydria. Apparemment, il y en avait plusieurs.

— T'aurais aussi pu me téléporter en bas, merci, marmonna-t-il en entamant une descente silencieuse vers le sol.

Amelia pinçait les lèvres pour retenir son rire lorsqu'il revint vers elle, ses jurons clairement entendus à travers les communications.

Il la regarda de travers, ce qui ne fit qu'élargir son sourire.

— La une et la quatre sont dégagées, dit Luc d'une voix basse mais claire. Et la rue semble déserte aussi.

— Pour la deux ? demanda Tom.

— Vous êtes plus près, répondit Luc.

— On vérifie maintenant, murmura Tom, indiquant à Amelia d'un signe de tête de le suivre.

Il la punirait plus tard pour s'être moquée de lui.

La neige collait à son jean et il était ravi d'avoir opté pour des bottes. Amelia avait choisi des chaussures similaires, ainsi qu'un pull qui épousait ses courbes et son cou pour la tenir au chaud. Il approuvait, et pas seulement parce qu'elle était très sexy dans sa tenue. Bien que ce soit un avantage supplémentaire.

Elle haussa un sourcil devant son évaluation flagrante, ce qui le fit sourire, mais il continua à avancer sur le terrain glacial. Presque jusqu'à la route. L'emplacement suivant était...

Crack !

Tom chancela, la douleur se propageant sur son flanc.

— Putain, marmonna-t-il, ses genoux cédant sous lui. Aïe !

Il ressentit le choc du pavé glacé contre le côté du visage en tombant, son cœur martelant ses côtes.

Le cri d'Amelia s'était perdu dans le fracas de sa tête, ses yeux embués par la collision. Merde, il n'arrivait pas à respirer. Ses poumons brûlaient, sa bouche ouverte sur un gémissement silencieux.

Il leva la main, touchant son côté, trouvant la source de la douleur. En plein dans sa putain de veste. Et il l'aimait aussi, cette veste.

Un autre coup de feu retentit, cette fois-ci trop proche. Et bruyant. Cela résonna dans ses oreilles et libéra son esprit.

On doit bouger, se dit-il, en essayant de se redresser.

Une série de jurons le frappa ensuite lorsqu'Amelia tomba à côté de lui, ses mains parcourant son corps. Elle inspecta ses bras, son cou, son torse, descendant vers ses abdominaux et remontant le pull noir qu'il portait sous sa veste.

— Plus bas, l'encouragea-t-il en toussant.

Argh, ça faisait mal. Impossible de bouger. Pas encore.

— Bon Dieu, dit-elle en posant son front contre le sien. Tu m'as foutu la trouille, abruti !

Il essaya de rire, mais n'y parvint pas, son flanc

souffrant à cause de la balle qui avait touché le fin gilet que Mateo avait créé pour tout le monde.

— L'armure fonctionne, réussit-il à dire, la voix plus haute que d'habitude.

— Tant mieux. J'apprécie le fait que tu la testes pour moi, mais essaye de ne pas te faire tirer dessus à nouveau, OK ? demanda Mateo.

— Ouais, répondit Tom. Je vais y penser.

Il essaya de s'asseoir, mais le monde tournait autour de lui. Amelia l'attrapa par les épaules, lui prêtant sa force. Elle avait une lueur sauvage dans les yeux qui donnait à Tom l'envie de l'embrasser.

— Je l'ai tué, chuchota-t-elle. Je... j'ai juste réagi.

Et voilà son envie inappropriée qui s'envolait. Il suivit son regard jusqu'au corps étendu face contre terre à quelques mètres de là. La carrure trapue et les cheveux bruns suggéraient qu'il s'agissait de Greg. Cette satanée Sentinelle précipitait toujours les choses et essayait de jouer les héros. Apparemment, il avait finalement payé le prix de ses actes bravaches.

Tom se força à bouger, son corps se plaignant même en guérissant. Le gilet fabriqué par Mateo bloquait toutes les balles, y compris la balle incendiaire que Greg lui avait tirée dessus. C'était une bonne chose, sinon, Tom serait mort à cet instant.

Amelia se tenait à ses côtés, les mains jointes devant elle, les lèvres tordues.

— Tu as fait ce qu'il fallait, ma chérie, lui assura-t-il alors qu'il se dirigeait lentement vers le corps.

C'était définitivement Greg.

Et il respirait encore.

— Il n'est pas mort.

Tom s'agenouilla à côté de la Sentinelle inconsciente. L'homme était tombé devant une maison à l'extrémité de la rue, ce qui laissait penser qu'il patrouillait sur le trottoir lorsque Tom et Amelia étaient apparus.

Tom secoua la tête. *Une erreur de débutant.* Il aurait dû vérifier autour de lui avant de sortir d'entre les maisons.

— Il est vivant ? demanda Amelia qui semblait surprise.

— Oui, juste assommé par l'impact contre son gilet pare-balle.

Ce qui aurait probablement dû arriver à Tom aussi, mais il réfléchirait à ce détail plus tard.

—Jacque, j'ai du nettoyage à environ trente mètres au sud-est de la deux.

—Je m'en occupe.

Le téléporteur apparut avec un signe d'approbation avant de disparaître avec le corps de Greg.

Amelia se tenait debout, les bras enroulés autour d'elle, tremblante. Tom la prit dans les siens et posa ses lèvres sur sa joue.

— On doit...

— Mec, allume ta putain de radio, dit une voix grave derrière eux. John a demandé d'éteindre les micros sauf en cas de problème. Pas tout le putain de kit.

Charlie.

Tom indiqua le porche voisin et fit signe à Amelia de se cacher pendant qu'il plongeait derrière un buisson. La Sentinelle apparut quelques secondes après, son regard balayant le jardin. Il avait clairement suivi les traces de Greg, ce qui signifiait que ses yeux se posèrent directement sur l'endroit où son ami était tombé. Ce qui s'était passé était assez évident, vu l'empreinte du corps masculin dans la neige.

Charlie sortit son pistolet, le portant bas à deux mains, faisant montre de son entraînement et de sa forme physique. Il suivit les traces au sol pendant que Tom se faufilait en silence sur le côté, loin des buissons, vers l'ombre de l'auvent au-dessus de lui.

Viens un peu plus près, l'encouragea-t-il.

Il aurait souhaité avoir le pouvoir de contraindre les gens, comme Stas. Malheureusement, il n'avait que ses pensées. *Encore quelques pas, Charlie. Tu peux le faire.*

La Sentinelle avança encore sur le chemin, pointant son arme sur le buisson que Tom venait d'occuper. Mais il ne tira pas. Non. Charlie était plus futé que ça. Il s'approchait doucement, vigilant, et se servait du canon de son arme pour écarter les branches et jeter un coup d'œil dans l'espace vide derrière elles.

Tom utilisa la brève distraction à son avantage, bondissant sur la Sentinelle et frappant les mains de Charlie pour faire tomber son revolver. Il partit sur le côté, disparaissant dans la terre blanchie, tandis que les deux s'engageaient dans une bagarre à coups de bras et de jambes.

— Fitzgerald, grogna Charlie en essayant de prendre le dessus.

— Je t'ai manqué ? demanda Tom, son poing percutant la mâchoire carrée de la Sentinelle.

Charlie répondit par un coup de genou vers le haut qui le toucha presque dans les bijoux de famille et par un crochet de la cheville astucieux qui fit tomber Tom sur le dos.

— Merde, tu as appris à te battre.

— J'ai toujours su, connard.

Charlie donna un coup de coude dans la poitrine de Tom, lui coupant le souffle. Cela, couplé à son flanc encore douloureux, commençait à lui faire regretter son idée de combattre au corps à corps.

Un éclair au-dessus d'eux fit se rétrécir le regard de

Tom juste au moment où quelque chose s'abattit sur la tête de Charlie. Deux fois.

Une chauve-souris ?

Amelia balança un troisième coup, assommant suffisamment la Sentinelle. L'homme atterrit avec un bruit sourd à côté de Tom, envoyant des éclaboussures rouges sur la neige.

— Merde, souffla Tom en levant le regard vers sa vengeresse. Tu es très en forme, mon atout.

— J'ai trouvé ça sous le porche, dit-elle alors que sa poitrine se soulevait en succession rapide et que la batte en métal tombait de ses mains. Je déteste toujours le baseball. Mais je te concède que ça fournit des armes utiles.

Il rit, amusé comme un fou malgré la douleur qui ricochait dans son corps.

— Je t'avais bien dit qu'elle n'avait pas besoin de moi, dit-il dans son micro. Ça fait deux fois qu'elle sauve mon cul.

Luc pouffa de rire.

— Tu ne la mérites pas.

— Tu n'as pas tort, répondit Tom en se soulevant du sol. Jacque, récupération finale.

— Attends, dit Amelia quand le téléporteur apparut.

Celui-ci haussa un sourcil noir touffu.

— Quoi ?

— J'ai une idée.

Elle retira son pull, révélant le gilet qu'elle portait en dessous – sans rien d'autre – et commença à déboutonner son pantalon.

Tom se plaça devant elle, bloquant la vue du téléporteur.

— Qu'est-ce que tu fais ?

— Je me change, répondit-elle. J'ai besoin des vêtements de Charlie.

Il fronça les sourcils.

— Pourquoi ?

Elle croisa son regard.

— Parce que je vais me faire passer pour lui et entrer dans la maison de Rosalie.

AMELIA

— De quoi ai-je l'air ? demanda Amelia, avec une voix profonde et masculine, exactement identique à celle de la Sentinelle que Jacque venait de téléporter.

— Horrible, répondit Tom énergiquement. Tu ressembles à Charlie, ce qui n'est pas attirant.

Elle retint un sourire.

— Tu es en train de dire que tu ne veux pas m'embrasser tout de suite ?

Il la regarda fixement.

— Je t'aime, mais non, ce n'est pas un souvenir que je veux garder.

— Alors on va faire vite, suggéra-t-elle en se penchant pour l'embrasser sur la joue.

Il grimaça en réponse, ce qui la fit ricaner.

— Je suis prête, Luc,

— Tu entres, tu détermines s'il y a d'autres Sentinelles dans la maison et tu ressors, répondit-il à travers l'oreillette. C'est compris ?

Sérieux ?

— Je peux prendre soin de moi, Lucian.

Comme elle l'avait juste prouvé en aidant Tom. Bien sûr, elle apprenait encore, mais elle avait un sacré instructeur et elle venait de l'assister *deux fois*.

— C'est compris ? répéta son frère. Je t'ai déjà perdue une fois. Je ne veux pas revivre ça.

Bien qu'il ait prononcé cet aveu d'une voix sévère, elle entendit le soupçon d'émotion sur ces derniers mots.

Elle soupira, tout en comprenant. Il ne s'agissait pas de son manque de confiance en ses capacités, mais de sa crainte de la perdre. Il n'avait même pas commencé à faire le deuil d'Aidan. Elle ne pouvait pas ajouter à sa misère et refusait de lui donner une autre raison de se fermer à tous.

— Très bien, Luc, murmura-t-elle. Je ne ferai rien d'imprudent.

— Bien. Tom, je te retrouve derrière.

— Entendu, répondit Tom prenant la main d'Amelia pour la serrer. Si tu penses une seconde qu'il réalise qui tu es, tu lui tires dessus.

Elle hocha la tête.

— Je tirerai pour tuer, pas pour blesser.

Cela faisait partie d'une leçon qu'il lui avait apprise très tôt : ne jamais essayer de neutraliser un agresseur, cela ne marchait que dans les films.

— Une si bonne élève, dit-il en lui faisant un clin d'œil. Essaye de faire vite. Cette tête, ça ne le fait vraiment pas pour moi.

Elle lui tira la langue, ce qui le fit rire.

— Je retire ce que j'ai dit. *Ça*, c'est amusant.

Amelia pouffa de rire.

— Va retrouver mon frère, crétin.

— Comme tu voudras, mon atout.

Il s'éloigna d'un pas, puis se retourna pour l'attraper par la taille, l'attirant contre son corps ferme, ses lèvres près de son oreille.

— Sois prudente.

Ah, elle ne pouvait pas gérer ses inquiétudes pour elle en plus. Elle avait besoin de sa confiance, de sa force, de son assurance que tout irait bien. Elle déglutit, cherchant un moyen d'alléger l'atmosphère. Si elle laissait ses nerfs prendre le dessus maintenant, elle ne serait jamais capable de faire ça.

— Essaye de ne pas te faire tirer dessus, suggéra-t-elle.

Il eut un petit rire et lui donna une tape sur les fesses.

— Tu viendras me sauver.

Oui, beaucoup mieux.

— Évidemment !

Il sourit et s'éloigna.

— La prochaine fois que je te vois, j'espère que ce sera sous ton vrai visage.

— Je vais rester comme ça pendant une journée, juste pour le fun.

De vraies conneries, bien sûr. Elle préférait de loin sa propre peau.

Il eut un rire moqueur.

— Je te donne une heure, dit-il en remuant les sourcils. On sait tous les deux que tu ne peux pas résister à mes lèvres, ma chérie.

Il lui envoya un baiser et s'éloigna, la laissant soupirer derrière lui. Parce qu'il avait raison.

Abruti.

Elle essuya ses mains moites contre son jean et prit une profonde inspiration pour calmer ses entrailles. *Tu peux le faire*, se dit-elle. C'était un plan solide : entrer dans la maison de Rosalie, chercher d'autres Sentinelles et ressortir pour faire un rapport à Tom et Luc.

Amelia pouvait le faire.

Facile.

Elle ravala sa salive et se mit en marche dans la neige

épaisse. Heureusement, la route était pavée. De même que certains trottoirs et l'allée menant à la maison de Rosalie.

Jonathan n'est peut-être même pas là, se rappela-t-elle. *Mateo aurait pu se tromper.*

Mais elle soupçonnait que ce n'était pas le cas. D'autant plus qu'ils avaient trouvé plusieurs Sentinelles rôdant dans les parages. Pourquoi seraient-elles ici sans Jonathan ?

OK, donc il est là, songea-t-elle. *C'est bon. Je peux m'occuper de son cas.*

La sueur perlait sur son front alors qu'elle s'approchait du porche, presque dix ans de souvenirs la submergeant en un instant.

Toutes ces tentatives pour capturer le don qui lui permettait de changer son apparence.

Les tests de laboratoire.

La torture sans fin de Jonathan.

Elle frissonna et son estomac se retourna.

— Tu peux le faire, ma chérie, lui murmura Tom à l'oreille. Je suis juste là.

Comment savait-il ?

Elle secoua la tête, ses lèvres menaçant de se retrousser. Il savait toujours. Il était son cœur, sa tendre moitié, celui qui la ramenait chaque fois des ténèbres.

— Respire profondément, poursuivit-il doucement. Et monte ces escaliers comme si tu étais moi. Mets-y un peu d'esbroufe.

Elle faillit rire. Luc et lui s'étaient manifestement repositionnés pour surveiller la maison depuis l'avant. La tentation de jeter un coup d'œil par-dessus son épaule la frappa de plein fouet, mais elle se força plutôt à se redresser.

J'ai survécu à l'enfer, songea-t-elle en s'approchant de la porte. *Maintenant, il est temps de se venger du diable. De Jonathan.*

— Ne frappe pas. Entre juste, lui dit Tom. Tu es censée être là. Assume.

Elle hocha la tête pour acquiescer.

La poignée remua sous sa main énorme et la porte s'ouvrit sans hésitation. Au-delà, il y avait un vestibule recouvert par un tapis terne, une petite table contre le mur et un escalier sur le côté. Un salon s'ouvrait sur l'autre, les courtepointes et les tapisseries donnant à la pièce une atmosphère familiale. C'était le genre de maison d'où devait se dégager l'arôme des tartes aux pommes ou des biscuits fraîchement cuits, pas l'odeur de cigare et de l'after-shave. Mais c'est tout ce qu'elle flairait quand elle se glissa à l'intérieur.

De la poussière s'était accumulée sur les photos qui décoraient le couloir. Amelia en repéra une du jeune Tom. Il ne souriait pas comme un garçon de cet âge aurait dû le faire. Non, il fixait l'objectif comme un soldat sans émotion, son uniforme de l'école militaire ajoutant à l'ambiance.

Le cœur d'Amelia se mit à cogner inconfortablement dans sa poitrine face à ce rappel de l'enfance peu chaleureuse de Tom. Au moins, elle avait eu une mère et un père qui l'adoraient. Bien qu'Aidan lui manque, elle chérissait leurs souvenirs ensemble, tous affectueux et chaleureux. Si elle avait le choix entre plusieurs destins, elle choisirait à nouveau le sien.

Elle s'enfonça plus profondément dans la maison, atteignant une pièce avec un énorme canapé, qui s'ouvrait sur un petit coin repas et une cuisine. Les portes coulissantes derrière la table à manger donnaient sur l'arrière-cour. Et à sa gauche, il y avait un autre escalier qui menait en bas.

Pas une Sentinelle en vue.

Et la maison était également silencieuse.

Où est J... ?

— Qu'est-ce que tu fais ? demanda une voix grave derrière elle.

Quand on parle du loup...

— Répète après moi, lui dit Tom dans l'oreillette. Je fais juste le tour.

Elle se racla la gorge et fit face au diable familier derrière elle.

— Je fais juste le tour, répéta-t-elle, sa voix de baryton sonnant faux à ses oreilles.

— J'avais besoin d'un peu d'eau, ajouta Tom.

Elle répéta la phrase.

Jonathan lui lança un regard blasé.

— Alors, va chercher de l'eau, dit-il en faisant un geste vers la cuisine. Tu as trouvé Justin ?

— Oui, répondit-elle en pivotant vers la cuisine avec raideur.

Tourner le dos à Jonathan ne semblait pas une bonne idée, c'était même plutôt dangereux. Elle ravala sa salive deux fois, se rendit dans la pièce et ouvrit le réfrigérateur pour prendre une bouteille. Heureusement, il y en avait une sur l'étagère du haut. Elle la déboucha et en prit deux gorgées.

— Je serai juste dehors.

Jonathan fronça les sourcils.

— Pourquoi ?

— Dis-lui que tu veux prendre l'air, dit Tom, sa voix chaude et réconfortante à l'oreille.

Elle répondit comme il lui avait demandé, ce qui fit hausser les épaules à Jonathan.

— Très bien. Mais j'ai besoin de toi... Attends.

Il glissa sa main dans la poche de son pantalon noir et en sortit un téléphone. Après avoir lu les informations sur l'écran, il répondit à l'appel :

— Oui ?

Il leva un doigt, faisant signe à Amelia de patienter pendant qu'il écoutait ce qui semblait être une voix féminine à l'autre bout du fil.

Il serait si facile de dégainer le pistolet à sa ceinture et de le tuer. Il se tenait tout près, à seulement un mètre et demi, sa hanche s'appuyant nonchalamment sur le comptoir à côté de la cuisinière.

Une balle.

Entre les yeux.

Et il serait mort.

Ça la démangeait de réagir, d'envoyer cet homme dans sa tombe, de lui rendre la monnaie de sa pièce pour tout ce qu'il lui avait fait. Mais elle ne pouvait pas faire ça à Tom. À Luc. À Issac. Tout le monde avait le droit de se venger. Leur prendre ça serait égoïste.

— C'est intéressant, murmura Jonathan. Merci de m'avoir informé. Oui, ma chère, je vous verrai bientôt.

Il rangea le téléphone dans sa poche avec un sourire.

— Désolé pour ça. De quoi parlions-nous ?

— J'étais sur le point de sortir, répondit-elle en faisant un pas dans cette direction.

— Exact. Tu sais, c'est drôle, ça me rappelle cette période en Bulgarie. Un déjà vu fou. Tu te souviens de cette mission ? Celle avec Alan ?

— *Merde.*

Le juron de Tom lui secoua la colonne vertébrale.

— Il sait. Sors. Sors tout de suite !

Amelia déglutit.

— Je... euh... je ne sais pas, répondit-elle honnêtement en faisant un pas de plus vers la sortie. Rappelez-moi ce qui s'est passé ?

Jonathan gloussa.

— En fait, je vais plutôt te le montrer.

Il se jeta sur elle, l'attrapa par les épaules et la poussa contre le mur. La bouteille lui glissa des mains alors qu'elle essayait de s'emparer de son arme, mais il l'atteignit en premier, saisit le pistolet sur sa hanche et plaça l'extrémité du canon contre sa tête.

— Recule, Amelia.

Un ordre létal ponctué par le métal qui s'enfonçait dans sa peau.

— J'ai toujours adoré ton joli visage. Montre-le-moi.

Elle ne pouvait pas bouger, son cœur martelant contre ses côtes, ses bras relâchés contre son corps. Au moindre tressaillement, il lui enverrait une balle incendiaire dans le cerveau.

— Maintenant, Amelia, lui ordonna-t-il sèchement.

Ses membres tremblaient alors qu'elle reprenait sa forme naturelle, rétrécissant de plusieurs centimètres dans ces vêtements trop grands. Le pistolet la suivit, les lèvres de Jonathan se recourbant en un sourire triomphant.

— C'est mon fils qui te chuchote à l'oreille ? demanda-t-il en regardant le petit appareil placé juste à l'intérieur de son conduit auditif. Transmets-lui mes salutations.

Aucune réponse de Tom.

Ou de Luc.

— J'ai entendu dire que toutes mes Sentinelles ont été transférées à Hydria. C'est décevant.

Jonathan fit glisser un doigt le long de son sternum, son autre main retenant toujours aussi fermement l'arme contre son crâne.

Quand il atteignit sa gorge, il l'entoura de sa main et pressa dessus. En guise de réponse, elle se mit à trembler, le contact physique faisant défiler une myriade de souvenirs en elle, tous empreints de douleur.

Le savoir, murmura une partie d'elle. *Sers-toi de ce savoir.*

Mais elle resta figée, la gorge serrée, incapable de bouger ou de parler.

Jonathan l'avait encore capturée. Il l'avait plaquée contre le mur, une main autour de sa gorge et un engin destiné à la tuer dans l'autre main.

Il va me buter.

— Tu m'as causé tant de problèmes, ma chère Amelia. Tu as séduit Tom, tu l'as transformé en mauviette et tu l'as convaincu de tourner le dos à un brillant avenir. Sans parler de tous les problèmes entre Issac et moi maintenant et, je suppose, avec Lucian et Aidan aussi. Bon, ce dernier est mort et n'est plus une préoccupation. C'est dommage, parce que je ne voulais pas qu'il devienne une cible, dit-il en haussant les épaules. Mais il est difficile de contrôler des hommes en colère, Amelia. Je crois que nous avons déjà eu cette discussion, non ?

D'innombrables fois, songea-t-elle. La dernière fois, c'était après qu'Issac avait fait quelque chose qui avait énervé Jonathan. Il avait alors brisé la cheville d'Amelia et l'avait frappée à plusieurs reprises, mais ne l'avait jamais blessée superficiellement. Ses punitions étaient toujours internes. Toujours atroces. Son sang était trop toxique pour qu'il le répande.

Jusqu'à ce que Stark la guérisse.

Mais il n'était pas là à présent.

Il n'y aurait pas de remède ce soir.

Seulement la mort.

— Tu y penses, dit-il en penchant la tête sur le côté. À toutes ces fois où je t'ai domptée.

La haine bouillonnait en elle. Une rage aveugle. Mais sa gorge restait fermée, la prise de Jonathan resserrée juste au point où elle pouvait tout juste respirer. Il voulait prolonger le tourment, faire traîner sa souffrance.

C'est notre avantage, réalisa-t-elle, *son arrogance.*

Il ne voulait pas la tuer avant le moment parfait, avant d'avoir détruit sa détermination. Toute autre solution le laisserait insatisfait. Si elle se défendait, il serait obligé de faire plus d'efforts pour la remettre à sa place.

Elle sourit vraiment. Probablement l'effet des délires, des années de tourments, de la finalité de l'instant, mais ses lèvres se recourbèrent. Et le haussement de sourcils de Jonathan trahit sa surprise.

— Va te faire... foutre... lui cracha-t-elle au visage, sans se soucier du son que les mots produisaient à travers sa trachée.

Tant qu'elle possédait son esprit, il perdait. C'est ce qu'elle avait oublié quand il l'avait attrapée, la situation la stupéfiant momentanément. Mais à cet instant-ci, elle se souvenait de sa plus grande faiblesse : il détestait perdre.

Peu importe ce qu'il lui faisait, elle ne craquerait jamais.

C'est pourquoi il l'avait gardée en vie pendant toutes ces années. L'expérimentation n'était qu'un prétexte. Il avait tout ce dont il avait besoin, à part son âme. Et le monstre en lui n'était pas satisfait sans cela.

Elle se mit à rire, le son sortant comme un croassement, puis disparaissant complètement quand il resserra sa prise, lui ôtant son souffle.

— Tu flirtes avec la mort, n'est-ce pas ? la railla-t-il. Je vais te l'accorder. Et quand tu te réveilleras, je te la redonnerai.

La poitrine d'Amelia continuait à vibrer d'un rire silencieux, même si ses voies respiratoires l'imploraient d'inspirer. Cela ne semblait qu'exaspérer Jonathan davantage. À tel point qu'il ne remarqua pas l'homme qui se glissait derrière lui.

Tom s'empara de l'arme posée sur la tête d'Amelia, la tirant violemment vers le haut et sur le côté avant que

Jonathan ne puisse réagir. Elle laissa échapper un cri lorsque Jonathan la relâcha, ses jambes chancelant.

Jurons et fracas se firent entendre alors que Tom luttait contre son père au sol, lui donnant un coup de poing à la mâchoire qui fit gicler du sang à travers la pièce.

— Espèce de salopard ! grogna Tom, avec une expression éperdue.

Un autre coup de poing, celui-là bloqué par Jonathan qui lui envoya un uppercut. Mais cela ne perturba pas Tom, la rage se déversant de lui alors qu'il serrait ses doigts autour de la gorge de l'autre homme.

— Je vais te tuer, putain ! bafouilla Jonathan, les yeux écarquillés, alors qu'il agrippait les avant-bras de Tom.

Amelia prit une grande inspiration, ses poumons lui faisaient mal. Elle ne pouvait pas parler, sa gorge guérissant encore des dommages que Jonathan lui avait infligés.

Mais Tom ne lâchait pas prise, sa poitrine se soulevant sous l'effort, ses muscles se gonflant comme s'il essayait d'arracher la tête de Jonathan de son corps.

— Tu as tué maman. Tu as tué Rosalie. Tu as tué tous ces innocents. Tu es un monstre. Tu ne mérites que ça. Tu ne peux pas... tu ne peux pas *rester*... Tout ce que tu as fait, tout ce que tu continues à faire.

Les larmes coulaient des yeux de Tom, un violent tremblement ricochant le long de ses bras.

— Putain, je dois le faire. Tu vas juste faire souffrir plus de gens, faire plus de choses horribles. À Lizzie. À Stas. À Amelia, cria-t-il en tremblant. Putain !

Il relâcha sa prise et laissa retomber sa tête.

— Pourquoi ne pouvais-tu pas être normal et te soucier des autres ? Être un vrai père ? Tout ce que j'ai toujours voulu, c'était ton approbation. Mais tu ne me l'as jamais donnée, bordel.

Tom le relâcha, ses épaules tremblaient, d'autres

larmes coulaient alors que Jonathan haletait. Il restait piégé sous le corps plus puissant de Tom, cloué au sol.

— Mon fils, souffla-t-il d'une voix brisée qui rappelait à Amelia la sienne.

— Tu mérites de mourir, poursuivit Tom dans un murmure, ignorant ce seul mot. Mais je ne peux pas être comme toi. Je refuse ce destin. Je ne serai jamais toi.

Il frappa le visage de Jonathan d'un coup de poing et l'assomma.

— Je ne peux pas le tuer, dit-il en regardant Amelia. Je... je ne peux pas.

Elle s'agenouilla à côté de lui, prenant son visage entre ses mains, l'attirant dans une étreinte alors que Luc entrait dans la cuisine. Il jeta un coup d'œil à Jonathan et hocha la tête.

— Personne d'autre dans la maison, dit-il tranquillement. Nous devons l'attacher.

Il s'agenouilla pour sortir le téléphone de la poche de Jonathan.

— Et je dois apporter ça à Mateo. Celui ou celle qui l'a appelé est notre taupe.

Jacque apparut, l'air sombre.

— Dans la cellule ? demanda-t-il.

Luc hocha la tête, mais Amelia dit :

— Non.

Les deux hommes la regardèrent.

— Quoi ? demanda Luc en arquant un sourcil. Qu'est-ce que tu veux dire ?

— Non, répéta-t-elle, sa main trouvant l'arme à la taille de Tom.

Sa décision était prise. S'il ne pouvait pas tuer son propre père, comment supporterait-il de le voir se faire torturer ? Il se sentirait coupable. Il s'inquiéterait de devenir le monstre qui l'avait créé. Et cette partie de lui, l'histoire, serait toujours là pour le hanter.

Mais si Jonathan mourait, cette histoire disparaîtrait avec lui.

— Non, dit-elle encore, la voix rauque mais claire. Ce n'est pas ce que nous sommes, Luc. Ce n'est pas ce qu'Aidan voudrait que nous soyons. Nous devons tourner la page, aller de l'avant. Pas vivre dans le passé. Pas torturer un homme pour nous sentir mieux. On n'arrivera jamais à dépasser ça, si on le garde. La pire punition qu'on puisse infliger à Jonathan, c'est de l'oublier.

Elle retira l'arme de la ceinture de Tom.

— Amelia, la mit en garde Luc.

— Non, Luc, dit-elle en relevant la tête vers lui, les larmes aux yeux. Je t'aime, grand frère. Vraiment. Mais c'est la meilleure chose à faire. Il doit mourir. On doit l'oublier. Il doit brûler dans les péchés du passé. Par lui-même. Tu ne vois pas ? Tu ne comprends pas ? Tant qu'il sera là, il nous hantera. Le torturer ne fera rien d'autre qu'apporter plus de chagrin. Mais c'est la meilleure chose à faire.

Et plus ils en débattaient, plus cela donnerait satisfaction à Jonathan. Il n'avait pas besoin d'être réveillé pour pavoiser. Il saurait juste que, tant que son âme demeurait, il se raccrocherait à chacun d'eux. Cela lui donnait une certaine importance qu'elle refusait de lui accorder.

Elle voulait retrouver sa vie.

Il l'avait gardée captive assez longtemps.

Amelia n'attendit pas.

Elle souleva l'arme.

Et appuya sur la gâchette.

Tom sursauta à côté d'elle. Luc jura. Et Jacque... sourit juste.

C'était fait.

— Il est mort, murmura-t-elle, s'émerveillant du sang carbonisé qui s'accumulait entre ses yeux fermés.

La balle incendiaire avait agi instantanément, réduisant ses entrailles en cendres.

Jonathan Fitzgerald ne soufflerait plus jamais un mot.

Ne ferait plus jamais souffrir qui que ce soit.

Ne serait plus jamais la source d'un autre cauchemar.

Amelia était libre. Ils l'étaient tous.

— Il est mort, répéta-t-elle en rendant l'arme à Tom.

Il la regardait avec adoration, respect et tristesse.

— Il est parti, dit-il, comme s'il avait besoin de le dire lui aussi. Il est enfin parti.

Elle lui caressa la joue.

— Ça devait être fait.

— Je sais, répondit-il en se penchant contre elle. Mais je n'ai pas pu le faire.

— C'est ce qui te rend si fort, dit-elle à voix basse. Même après tout ce qu'il a fait, tu te soucies toujours de lui. Ça s'appelle l'amour, Tom. Ne perds jamais ça de vue. C'est ce qui fait de toi ce que tu es.

Elle le prit dans ses bras et entoura ses épaules musclées, le tenant serré pendant qu'il faisait son deuil en silence.

Luc et Jacque les laissèrent à leur sérénité pour leur permettre ce moment de compréhension partagée. Et Amelia les aimait tous les deux pour ça.

Jonathan était peut-être un monstre, mais il avait créé Tom.

Tous les fils et les filles étaient en droit de pleurer leurs parents. Une chose que Luc savait, même s'il n'avait pas encore pris le temps de le faire.

— Je le détestais, chuchota Tom. Mon Dieu, je le détestais tellement.

Ce qu'il ne prononçait pas, c'étaient les mots : *Mais je l'ai aussi aimé.*

Amelia entrouvrit la bouche pour répondre quand la voix de Mateo se fit entendre dans les oreillettes.

— Euh, les gars ? Je viens de recevoir un appel d'Owen. Il n'a pas de nouvelles de Stark depuis plus de deux heures. Et Stas vient d'activer son traceur, mais la localisation est inconnue. Quelque chose ne va pas.

STAS

Aya.

Bon sang, il faisait froid. Et humide. Et cette odeur, comme de la rouille mélangée au soufre. Beurk. Stas n'était pas du tout fan. Elle fronça le nez, ses muscles se contractèrent lorsqu'elle essaya de rouler sur le côté.

Aya.

La pierre éraflait sa peau à travers son fin tee-shirt et son jean, lui donnant des frissons dans le dos. Son estomac se soulevait, la secouant sur le sol dur. *C'est nul.*

Aya.

La voix de l'homme semblait impatiente. Elle n'en trouvait pas l'origine, son environnement étant trop sombre. Et si glacial. *Où suis-je ?*

Dans le cachot d'Osiris. J'ai besoin que tu te concentres.

Elle cligna des yeux. *Quoi ?* Qui lui parlait et comment ? *Attends...* Un autre clignement lent, une teinte jaunâtre apparaissant. Quelque chose lui éclaboussa les yeux. Cette puanteur s'infiltrait encore plus dans ses poumons. *Oh, beurk.*

Cet endroit puait. Et, bon sang, dans quoi était-elle

allongée ? Une sorte de liquide glacé qui pénétrait ses vêtements.

Stas se mit sur le dos et essaya de s'asseoir, mais la douleur martelait son crâne. Qu'est-ce qui l'avait assommée ? Un boulet de démolition ? Merde. Elle déglutit, la gorge sèche. Elle avait besoin d'eau. Non, elle devait déterminer ce qui s'était passé.

Avec toute l'énergie qu'elle pouvait rassembler, elle se souleva du sol et força ses yeux à s'ouvrir. Un ensemble de barres métalliques remplit sa vision. Au-delà se trouvait une pièce archaïque aux murs de pierre et à l'éclairage désordonné.

Comment la voix avait-elle appelé ça ? Un cachot ? Ouais. C'était exactement ça. Un vieux cachot avec du métal rouillé, de l'eau stagnante et... des taches de sang.

Elle recula précipitamment pour s'éloigner du cadavre à sa gauche, le revers de sa main sur la bouche. *Bordel !* C'était ça, l'odeur : de la chair en décomposition. *Merde. Merde. Merde.* Son estomac se retourna et son esprit se mit à vrombir. *Où est-ce que...*

Aya, appela sèchement la voix. Un homme. Familier. Sévère. *Respire et concentre-toi sur moi. Je suis dans la cellule voisine.*

Elle jeta un coup d'œil à gauche au mur gris. *Issac ?*

De l'autre côté, mon amour.

La même vue envahit sa vision lorsqu'elle tourna la tête dans la direction opposée. *Comment le sais-tu ?*

D'après ce que tu vois de la pièce à l'extérieur des cellules, répondit-il. *Tu as toujours ton collier ?*

Elle fronça les sourcils. *Mon collier ?* Elle toucha le pendentif en forme de cœur qui pendait à sa gorge. *Je ne l'ai jamais enlevé.*

Bien. Peux-tu activer le traqueur ?

419

Elle secoua la tête. *Ça ne marche pas. J'ai essayé quand, euh, tu sais...*

Ça marche, répondit-il, l'air triste. *Mais Mateo avait arrêté la surveillance après... la fête.*

Oh. OK. Elle pressa son pouce sur le rayon métallique à la base et déplaça celui-ci sur le côté. *C'est activé.*

Quand Osiris reviendra, n'oublie pas de le désactiver, au cas où il te scannerait. Même si je soupçonne qu'il l'a déjà fait.

Elle frissonna à l'idée que cet homme la touche. *Qu'est-ce qui s'est passé ?* La dernière chose dont elle se souvenait, c'est de s'être volatilisée jusque dans la propriété et d'être tombée nez à nez avec Osiris. *Il nous a tendu une embuscade.*

En effet. Issac garda le silence pendant un long moment. *Quelqu'un nous a piégés. Seule une poignée de personnes savaient où nous allions.*

Ça t'inquiète que Tristan puisse nous avoir trahis.

Un autre silence, puis un *oui* faible et hésitant.

Où est Stark ? se demanda-t-elle. *Et Ezekiel ?*

Gabriel est dans la cellule de l'autre côté de la tienne. Il continue à me montrer des images de plans d'évasion potentiels.

Elle fronça les sourcils. *Pourquoi ne nous volatilise-t-il pas dehors ?*

Nous sommes sous terre. Il est en train de travailler sur une rune. Mais bon, en fait, il doit utiliser son propre sang pour la dessiner.

Elle en resta bouche bée. *Quoi ?*

Il n'a rien d'autre pour écrire, Aya.

Elle jeta un coup d'œil autour d'elle. *Et l'eau ? Ou...* Son regard tomba sur le corps en décomposition dans le coin. Ce n'était pas exactement un squelette, plutôt une sorte de zombie.

C'est ce qui arrive quand on laisse un Ichorien mourir de faim pendant très longtemps, murmura Issac.

Tu es en train de me dire que cette chose pourrait être... vivante ?

C'est possible. Je ne m'en approcherais pas.

Ouais, c'était un conseil inutile. Stas se recula en glissant jusqu'à ce qu'elle heurte le mur du côté de la cellule de Stark. *On ne peut pas rester assis là*, dit-elle. *Il doit bien y avoir quelque chose qu'on peut faire, quelque chose qu'on peut utiliser.*

Elle attrapa l'une des pierres les plus saillantes au-dessus d'elle et s'en servit pour se hisser sur pied. Se tenir debout ne faisait aucune différence dans sa cellule de trois mètres sur trois. Cela ne révélait rien de plus au-delà des barreaux. Mais rester les bras croisés lui semblait vain.

Stas tenta de mobiliser son pouvoir, cherchant au plus profond d'elle, et se heurta à un mur de néant. *Attends. Comment arrives-tu à te servir de ton don visuel ?* se demanda-t-elle.

Grande question, répondit-il. *Je ne sais pas vraiment, mais je pense que ça a quelque chose à voir avec le fait de ne pas être encore complètement transitionné. Mes pouvoirs ont toujours fonctionné sous terre.*

Un tremblement la secoua jusqu'au plus profond d'elle-même. *Est-ce que ça signifie que tu n'es pas totalement immortel ?*

Possible. Il n'avait pas l'air inquiet. *Tu sais, je viens de comprendre pourquoi Osiris a construit le Conclave sous l'Arcadia, pour empêcher les Séraphins d'y entrer. Il a choisi un puissant refuge pour ses créations. Tu imagines ?*

Si tu me demandes d'admirer ce monstre, tu perds ton temps. Elle fit glisser ses doigts sur les barreaux de sa cellule, à la recherche d'un point faible.

Ça prouve juste ce que Gabriel a dit à propos du fait qu'Osiris rassemble une armée. Il s'y prépare depuis plusieurs milliers d'années. Et personne n'en avait la moindre idée. L'admiration dans son ton lui rappela un peu Aidan. Lui aussi aurait trouvé cette révélation fascinante.

Un cliquetis métallique figea Stas sur place, son regard cherchant la source. *Tu as entendu ça ?*

Oui.

Un autre grincement se fit entendre.

Puis des bruits de pas.

Forts.

Lourds.

Autoritaires.

Elle pressa son pouce sur le traqueur et le désactiva au moment où Osiris entra dans la pièce.

— Oh, parfait, vous êtes tous réveillés, dit-il en guise de salutation.

La coupe élégante de son costume agissait comme une façade dissimulant le mal qui se tapissait dessous. Il semblait presque accessible et amical, même avec l'horrible halo qui se reflétait autour de son crâne chauve.

— J'espère que vous avez tous bien dormi ?

Personne ne répondit.

Cela le fit glousser.

— Eh bien, je dois dire, je suis en fait impressionné. Surtout par toi, dit-il en se concentrant sur la cellule à gauche de celle de Stas. Honnêtement, je n'ai jamais soupçonné que tu étais un Séraphin, Gabriel. J'ai juste supposé que les gènes que nous t'avions implantés avaient pris. Comment as-tu réussi à tromper les chercheurs ? Je sais qu'ils ont fait des prises de sang, mais tous les résultats montraient que tu étais mortel.

— C'était assez facile de les échanger avec ceux d'un hôpital du coin, dit Stark avec l'air de s'ennuyer comme jamais. Pas de quoi être trop excité.

— Tu as raison, convint Osiris. Je m'extasie juste sur le fait que tu aies réussi à cacher ton identité pendant si longtemps. Cela prouve que tu pourrais m'être utile. Par contre, te volatiliser avec Ezekiel, eh bien, c'était regrettable. Je pensais sincèrement qu'il était apprivoisé depuis longtemps. Hélas, voilà où nous en sommes. Pauvre

Skye. Elle portera le poids de ses offenses et apprendra à le détester encore plus. Tout comme je l'ai contrainte à donner cette fausse prophétie sur Sethios à Ezekiel. Je veux dire, je ne peux pas le tuer. Crois-moi, j'ai essayé.

La façon dont il dit cela, comme s'il s'attendait à ce qu'ils aient pitié de lui, poussa Stas à se mordre la langue pour ne pas répondre par un sarcasme. Ce n'était pas le moment de narguer le monstre.

— Par chance, ça a marché, n'est-ce pas ? Vous êtes tous ici maintenant, comme je l'avais prévu. En fait, comme elle l'avait prédit. Une petite prophétesse bien utile. Et ça a servi de punition amusante pour Sethios aussi. Tout le monde y gagne, non ?

Il fit une pause en souriant, laissant son auditoire digérer son aveu.

La prophétie était un mensonge.

Un moyen de les forcer à réagir, de tomber entre les mains d'Osiris.

Ce fumier les avait tous brillamment roulés et son expression impudente disait qu'il le savait aussi.

— Ah, eh bien, un jour, Ezekiel filera vraiment droit. Je dois juste finir de le briser d'abord.

— Et mon père ? demanda Stas en croisant les bras. C'est ce que tu fais avec lui ?

Le regard vert d'Osiris scintilla sous les lumières, il pinça les lèvres.

— Sethios est une cause perdue. En ce qui te concerne, par contre, j'ai de l'espoir. Et le fait d'apprendre que tu t'es liée à Issac m'a fourni l'idée du plus délicieux des modules d'entraînement.

Comment sait-il pour notre lien de sang ? se demanda-t-elle, choquée. *Est-ce une chose qu'un Séraphin peut sentir ?*

Ça, ou quelqu'un lui a dit, lui répondit Issac avec de la fureur dans le ton. *Je pense que c'est la deuxième solution.*

Ce qui signifie qu'il pourrait ne pas en être certain...

— Je ne sais pas à quel point je peux t'être utile, dit-elle, une idée se formant à mesure qu'elle prononçait chaque mot. Je n'arrive même pas à me volatiliser.

Il lui adressa un sourire indulgent.

— Tu es encore jeune. Un bébé, vraiment. Je t'apprendrai ce que tu dois savoir.

Puis il reporta son attention sur la cellule à côté de la sienne.

— L'offre vaut aussi pour toi. J'ai toujours été impressionné par toi et ta vision pratique de la vie. Tu as un avenir ici, si tu le désires.

— En supposant que je puisse être digne de cet avenir, ajouta Issac calmement. La trahison est difficile à surmonter.

— C'est vrai, oui, convint Osiris. Que tu reconnaisses ce fait prouve ce que j'ai dit. Tu as de la valeur.

Il jeta un œil autour de lui, ses lèvres se retroussant en un de ses charmants sourires qui rendaient Stas mal à l'aise.

— Vous en avez tous, en fait. Nous parviendrons à un accord au cours des prochains siècles. J'en suis certain.

Le sang de Stas se glaça, son cœur menaçait de s'arrêter dans sa poitrine. *Des siècles ?* Stas jeta un coup d'œil aux restes macabres à côté d'elle. Est-ce que c'était son destin ? Est-ce qu'elle dépérirait et se décomposerait ici ? Elle deviendrait une enveloppe avec une âme errante ?

Cette image paralysante et désolée la fit frissonner.

Je deviendrai ma mère.

Une vision du fond de l'océan apparut autour d'elle, les algues grimpant le long de ses membres et la retenant sous la surface. Piégée pour l'éternité. Mourir encore et toujours. Un destin pire que la mort.

Tout comme le cercueil.

Étouffant.

Sauf que Stas pouvait respirer ici.

Combien de temps avant que son corps ne commence à s'éteindre ? Son esprit ?

Non.

Ce n'est pas *mon destin.* Elle ne l'acceptait pas. Il refusait de le reconnaître.

La vie brillait en elle.

La création.

La puissance.

Je ne mourrai pas ici.

L'énergie tourbillonnait dans son âme, se déversant dans ses veines et inondant ses membres. Ses doigts se contractèrent.

Osiris dit quelque chose, mais elle ne put l'entendre à cause du rugissement dans sa tête : celui d'une lionne suppliant qu'on la libère.

Et elle ouvrit la porte.

Au sens propre comme au figuré, elle ne pouvait plus contrôler son esprit. Il appartenait à l'être puissant qui était en elle.

Le fer se brisa sous *sa* volonté, faisant reculer Osiris de quelques pas. Ses sourcils se haussèrent, non pas sous l'effet de la peur, mais sous celui de l'admiration. Elle le fit reculer d'une poussée mentale, l'envoyant vers les escaliers.

— *Marche*, ordonna le Séraphin en elle.

Cela allait au-delà de la persuasion, un contrôle comme elle n'en avait jamais ressenti, et Osiris succomba à son pouvoir avec un sourire.

— Magnifique, dit-il, ses pieds le faisant reculer. Absolument stupéfiant.

Il ne dirait pas ça quand elle l'aurait rattrapé, quand elle l'aurait *détruit*. Ils montèrent à l'étage, Stark et Issac derrière elle. Elle les sentait à peine, ne les entendait pas, son attention entièrement concentrée sur le monstre devant elle.

— Encore, l'encouragea-t-il lorsqu'ils sortirent.

La nuit était tombée.

Les étoiles brillaient au-dessus d'elle d'un éclat rassurant.

— Montre-moi tes ailes, demanda Osiris.

Son pouvoir l'envahit et elle fit jaillir ses plumes de son dos, son âme se retirant dans le royaume éthéré. Elle faillit trébucher, effrayée. Mais le visage impressionné d'Osiris la fit s'endurcir et sa colonne vertébrale se redressa.

— Tu n'as pas à me donner d'ordres, lui dit-elle, une autre vague d'autorité l'envahissant. Je ne t'appartiendrai pas.

Ses ailes battaient dans son dos, envoyant une rafale vers lui d'un mouvement instinctif et puissant.

Mais il répondit de la même manière, ses plumes d'ébène s'épanouissant autour de lui tandis qu'il lui décochait une nouvelle salve, la forçant à reculer d'un pas.

Garde-le occupé, dit Issac. *Ne lui permets pas de voir.*

Elle ne comprit pas ce qu'il voulait dire, trop concentrée sur le fait de lutter contre Osiris. Son esprit ancien tentait de repousser le sien, une force bizarre essayant de rabaisser la lumière en elle. Cela faisait mal, sa colonne vertébrale était secouée par des spasmes alors que son âme se battait pour une raison d'être.

Cela allait au-delà de l'énergie psychique. Il l'attaquait dans le royaume éthéré. Et elle ne savait pas comment le combattre. Elle savait à peine comment déployer ses ailes, comment voler, comment *se volatiliser*.

Et elle sentait qu'il y allait doucement avec elle.

Il voyait ça comme un test.

Une leçon.

Osiris voulait explorer ses compétences, afin de

déterminer comment les aiguiser au mieux pour son usage personnel.

Non ! Elle ne le permettrait pas. *Je ne suis pas à toi !* Elle envoya un autre souffle d'air qu'il contra d'un coup d'aile, de la joie pure sur le visage.

— Tu feras un excellent lieutenant, affirma-t-il dans un murmure. Encore.

Elle lâcha un grognement, cherchant à l'intérieur quelque chose de plus, quelque chose pour le secouer, pour le mettre sur le cul. Mais il répondit à sa contrainte par des ordres de son cru, la neutralisant à chaque étape, la laissant abasourdie et épuisée.

Son dos lui faisait mal, ses ailes étaient fatiguées à force de tournoyer sur l'herbe et de danser avec les étoiles. Il l'emmenait dans des dimensions qu'elle ne saisissait pas, son âme quittant son corps et revenant par vagues, la confusion de *ce qu'il faisait* déconcertant ses sens.

Et pendant tout ce temps, il l'encourageait à repousser ses limites, à lui montrer tout ce qu'elle pouvait faire, la forçant à poursuivre ce jeu mortel qu'elle comprenait à peine.

Elle tomba à genoux dans l'herbe, la respiration rauque à ses propres oreilles, ses ailes exténuées autour d'elle. Osiris se tenait devant elle, triomphant, ses plumes d'encre les encerclant tous les deux tandis qu'il la regardait.

— Ah, tu m'impressionnes, Stas. Briser ta combativité sera ma plus grande réussite, dit-il en lui caressant les cheveux et en roucoulant son nom. Tu seras un peu plus extraordinaire...

Il fit un bond en arrière, son attention se reporta sur le côté.

— *Vera*, grogna-t-il.

— Bonjour, chéri.

Un Séraphin aux ailes marines apparut avec un sourire radieux.

— Tu devrais t'en prendre à des anges de ton âge, dit-elle avec un claquement de langue désapprobateur. Tu as vraiment perdu ta forme.

Il s'effondra, un son de pure rage s'échappant de sa gorge.

— Je vais...

Les mots s'éteignirent dans sa gorge lorsqu'il roula sur le dos, ses ailes disparaissant et ses yeux se fermant.

— Eh bien, c'était plus facile que je ne le pensais, dit Vera. Tu l'as épuisé pour moi, Stas. Bien joué.

Stas ne put répondre, sa propre fatigue prenant le dessus. Elle n'avait aucune notion du temps, de l'espace ou même de ce qui venait de se passer.

— Il l'a enterré à trois kilomètres d'ici, dit Vera en montrant les arbres. Cherchez la tombe fraîchement creusée au pied de la montagne. Sous la terre se trouve un sarcophage en ciment. Mais dépêche-toi, Gabriel. Je ne peux pas retenir Osiris longtemps, dit-elle en rejetant la tête en arrière dans un frisson, la puissance se répandant dans l'air autour d'elle. Et Skye...

Elle roula son cou, sa voix devenant creuse.

— Le lac, près des embarcadères. Il n'y a pas assez de temps...

— Vas-y, dit Stark, sa voix étrangement proche, mais lointaine.

— Mais Sethios...

On aurait dit Ezekiel.

— Issac et moi, on s'en occupe, l'interrompit Stark. Va sauver Skye.

La réponse d'Ezekiel se perdit dans le vent qui rugissait dans la tête de Stas. Elle se sentait rompue. Seule. Complètement désorientée.

— Skye sera celle qu'il tourmentera, car elle n'est pas remplaçable.

Est-ce Leela qui parle ?

— Sauvez-la. On s'occupera de la contrainte plus tard. C'est son seul espoir.

Une autre rafale violente, quelque chose qui se battait pour avoir accès. Pour prendre le contrôle. Pour commander. *Osiris*, réalisa-t-elle.

— Il est...

— Faites-la partir d'ici, dit quelqu'un.

Le monde changea, l'environnement de Stas se fondant dans la nuit et réapparaissant en un clin d'œil.

— Là !

La voix masculine lui fit chaud au cœur. *Mon Issac.*

— J'ai besoin d'espace pour percer le béton, dit Stark avec une expression distante et froide.

— Tu peux faire ça ?

— Je suis un guerrier séraphin. Maintenant, tiens bien Stas.

Un autre tourbillon.

Les étoiles qui nageaient au-dessus de leurs têtes.

Des bras chauds qui l'entouraient. Qui la protégeaient. Elle se blottit dans la familiarité, se délectant du bois de santal qui s'infiltrait dans ses sens. *Mon amour.*

Je suis là.

Je sais, murmura-t-elle en retour. *Je te sens.*

Gabriel utilise ses ailes pour détruire le béton qui retient ton père. Une onde de choc suivit ses paroles, la faisant sursauter. *J'avais tort. Je devrais craindre ton frère.*

Elle voulait rire, mais cela demandait une énergie qu'elle n'avait pas.

Et puis ils recommencèrent à se déplacer. Merde, elle avait la tête qui tournait.

— Combien de temps cela va-t-il durer ? demanda Issac.

— Ça dépend de l'intensité avec laquelle Osiris a endommagé son âme.

L'épuisement se ressentait dans la voix de Stark. Parce qu'il détruisait du béton, peut-être ?

— Tu as dit qu'un Séraphin ne peut pas mourir.

— Ça ne veut pas dire que son âme ne peut pas être attaquée, répondit Stark. Allez, Sethios. Réveille-toi.

Issac soupira.

— On ne devrait pas bouger... ?

Les bras qui entouraient Stas se resserrèrent, la tirant en arrière lorsqu'une vague de puissance lui coupa le souffle.

De l'énergie.

De la force.

Une intention létale.

Elle ouvrit soudain les yeux, son cœur battait à cent à l'heure. Elle *reconnaissait* cette essence, elle en avait rêvé des milliers de fois.

Des iris verts identiques aux siens se rétrécirent en la regardant.

— Qui êtes-vous, bordel ? demanda-t-il fermement d'une voix rauque.

Elle ravala sa salive.

Papa, murmura la petite fille à l'intérieur d'elle en se souvenant de *lui*. Même avec ses cheveux bruns hirsutes, sa barbe ébouriffée, sa carrure fine et son air éteint, elle le *reconnaissait*.

— Papa, souffla-t-elle avec crainte.

— Pardon ? dit-il en tressaillant.

— Osiris l'a obligé à oublier, lui rappela Stark. Fais en sorte qu'il se souvienne.

Le cœur de Stas battait à tout rompre.

— Comment je fais ça ?

Elle pouvait à peine se tenir debout, se concentrer sur le présent, et Stark voulait qu'elle surmonte le commandement d'Osiris ?

—Je... je ne...

Elle déglutit à nouveau, sa poitrine lui faisait mal.

Il ne me connaît pas.

Mais je le connais.

Je me souviens de tout.

Elle repensa aux fois où il l'appelait son *petit ange*. À toutes ces fois où il l'avait tenue dans ses bras, où il lui avait raconté des histoires sur les ailes de sa mère, sur le fait qu'elles étaient belles quand elles battaient. Elle l'imagina en train de la réprimander pour avoir utilisé la contrainte de manière inappropriée, de lui offrir des cornets de glace en cachette et de jouer à cache-cache dehors. Il lui avait appris tellement de choses en si peu de temps, il lui avait inculqué une détermination qu'elle n'avait comprise que récemment.

Il était son sauveur.

Son père.

Celui qui avait tout sacrifié pour elle.

Et à cet instant, il ne se souvenait pas d'elle.

Il ne se souvenait pas de sa mère.

Il ne se souvenait pas de ce qu'il représentait.

L'ombre d'un homme sous l'influence d'Osiris.

Elle détestait ça, elle détestait tout ce que cet être maléfique lui avait pris à elle, à *eux*. C'était un monstre. Il détruisait tout. Il faisait *souffrir*.

À cause de lui, elle n'avait pas eu d'enfance. Il avait volé des années de la vie de ses parents, l'avait forcée à grandir sans son père.

Je suis ton petit ange, voulait-elle lui dire maintenant. *C'est moi, Astasiya.* Mais elle ne savait pas comment exprimer ce qu'elle réalisait, pas quand il la regardait comme si elle n'était rien.

Il ne me reconnaît pas.

Son cœur menaçait de se briser.

Mon Dieu, il ne sait absolument pas qui je suis. Une larme coula sur sa joue, le désespoir couvait en elle. *Comment puis-je lui faire voir ?*

D'autres souvenirs affluèrent et son esprit se fractura sous l'assaut. La dernière fois qu'elle l'avait vu, il lui avait ordonné de fuir, de l'abandonner à son sort.

— Je ne comprenais pas, chuchota-t-elle en se brisant. Je ne savais pas pourquoi tu me faisais courir. Mais j'ai ressenti ta douleur. Oh, mon Dieu, je l'ai *ressentie*.

Et elle pouvait toujours la sentir à cet instant, se brisant à l'intérieur d'elle, torturant son âme.

— Je la sens encore.

Ses genoux cédèrent sous elle et les bras d'Issac la rattrapèrent alors qu'elle s'effondrait.

Elle ne pouvait pas faire ça.

Elle ne savait pas comment défaire ça.

Elle n'éprouvait qu'un immense tourment. Un morceau brisé de son être, à jamais désarticulé. Elle imagina sa mère, suppliant sous les vagues, permettant à ces pensées d'alimenter son supplice. La souffrance, la peine, le chagrin se répandirent à travers elle, lui arrachant un cri. *Ça fait mal*, gémit-elle. *Oh, mon Dieu... ça fait mal !*

— Caro ? souffla son père en tombant à genoux devant elle, ses mains sur son visage, forçant son attention vers le haut.

Il cligna des yeux de surprise et se redressa. Ses pupilles s'élargirent et il ouvrit la bouche.

— *Astasiya* ?

La terre gronda sous eux, une secousse qui déséquilibra tout le monde.

— Osiris se réveille, dit Stark. Nous devons partir.

Son père les regarda bouche bée.

— Gabriel ?

Un sourire s'afficha brièvement sur les traits du Séraphin.

— Content de te revoir, Sethios, dit-il en l'attrapant par l'épaule. Accroche-toi.

La main opposée de Stark se posa sur l'épaule de Stas et les bras d'Issac enserrèrent sa taille alors que le temps et l'espace se déplaçaient à nouveau.

Mais c'était trop.

Elle ne pouvait pas garder les yeux ouverts, ne parvenait plus à se concentrer.

Le sable toucha ses sens.

Suivi d'un nuage apaisant d'énergie masculine.

Dors, murmura Issac. *Je serai là à ton réveil.*

ISSAC

ASTASIYA ÉTAIT froide comme la glace, l'esprit vide.

Issac l'allongea sur le canapé dans le salon de Gabriel et s'agenouilla à ses côtés.

— Qu'est-ce qui se passe ? Pourquoi je ne l'entends pas ?

— Elle est en train de guérir, expliqua Gabriel en s'effondrant sur le fauteuil à côté d'eux avec une expression éreintée. Combattre Osiris lui a demandé beaucoup d'efforts. Tout comme le fait d'avoir brisé son emprise sur Sethios.

— En quelle année sommes-nous ? demanda Sethios, les mains dans ses cheveux trop longs. C'est quoi ce bordel ? Pourquoi diable touchez-vous ma fille comme ça ?

— Ils sont liés, répondit Gabriel, les yeux fermés. Et elle a vingt-cinq ans. Fais le calcul. J'ai besoin d'une sieste.

Sethios se mit à faire les cent pas avec une énergie étonnamment forte pour quelqu'un qui venait d'être encastré dans du ciment. Issac n'avait aucune idée de la façon dont cet homme avait pu guérir si rapidement. Ça devait être lié à sa génétique de Séraphin et à son ancien lignage.

Et Astasiya.

Nom... d'un... chien...

Elle avait brillé comme une déesse dans ce champ ce soir, ses ailes s'agitant avec une puissance dont Issac n'avait jamais été témoin. Et elle avait tort : ses plumes n'étaient pas roses, mais opales. Elles avaient étincelé au clair de lune, faisant se succéder un éventail de couleurs dans le ciel alors qu'elle se battait avec Osiris dans une dimension qui avait déconcerté son esprit.

Osiris avait presque oublié tout le monde au moment où le pouvoir d'Astasiya avait pris le dessus et il était uniquement concentré sur sa petite-fille. Issac comprenait. Astasiya l'avait captivé par sa beauté, sa puissance, son existence même. Aussi, lorsque Gabriel l'avait chargé de rester à côté d'elle, de lui garder les pieds sur terre et de lui prêter sa force, Issac n'avait pas discuté. C'était la seule option : la soutenir et l'observer avec une totale admiration.

— Comment a-t-elle fait ça ? s'émerveilla Issac.

Il se rappelait la façon dont sa peau avait brillé dans le cachot. Même ses cheveux s'étaient illuminés, devenant d'un blanc blond qui coulait autour d'elle comme une cape de soie.

Gabriel l'examina en plissant les yeux.

— Il va falloir que tu sois plus précis.

— Astasiya, sous terre. Comment nous a-t-elle libérés ?

— Pourquoi as-tu pu manipuler la vision ? rétorqua-t-il. Les runes, Wakefield. Osiris en laisse partout. Elle a puisé dans cette extension en tant que membre de sa lignée et ça lui a donné du pouvoir. Comme à toi.

— Mais elle ne le pouvait pas au début.

Il l'avait entendue essayer et échouer à travers le lien.

— Pourquoi ai-je pu y accéder avant elle ?

— Parce qu'elle ne croyait pas en elle. Osiris l'a poussée à bout, dit-il en refermant les yeux. Quant à savoir pourquoi tu n'as pas souffert du même problème de confiance, c'est parce que tu as l'habitude de puiser dans les runes d'Osiris.

Sethios pouffa de rire.

— Le Conclave. Je n'ai pas manqué ce cirque perso...

Un cri à l'extérieur l'interrompit et Gabriel se leva immédiatement. Sethios le suivit dehors alors qu'Owen descendait en courant de l'étage.

— J'ai dit à Mateo que vous alliez tous bien, mais il essaye de t'appeler, l'informa-t-il en passant la porte.

Issac fronça les sourcils et sortit son téléphone.

Dix-sept appels manqués.

Plus d'une dizaine de SMS.

Le nom de Mateo apparut sur l'écran. Issac appuya sur le bouton pour répondre à l'appel, plaçant sa progéniture sur haut-parleur.

— Est-ce que tout le monde va bien ? demanda celui-ci, inquiet.

Soit ils s'étaient tous inquiétés pour lui, à juste titre, soit il s'était passé quelque chose.

— Vous avez attrapé Jonathan ?

— Ta sœur l'a tué, répondit Mateo. Elle lui a tiré une balle incendiaire entre les deux yeux.

Issac haussa les sourcils.

— Elle a fait ça ? demanda-t-il en souriant presque. Je peux difficilement lui en vouloir.

Même si cela leur ôtait toute possibilité de vengeance. Une mort bien trop douce pour un tel psychopathe, mais Issac se sentait étrangement en paix avec ça. Peut-être parce qu'il était trop épuisé pour ressentir autre chose à ce moment-là. Avec tout ce qui se passait autour de lui, c'était presque un soulagement d'avoir à se soucier d'une chose de moins.

Les cris à l'extérieur s'intensifièrent, faisant froncer les sourcils d'Issac.

— Je vais peut-être devoir te rappeler, Mateo.

— Attends, dit sa progéniture. Tu dois savoir qu'on a identifié la taupe.

— Qui ? demanda-t-il.

— Clara.

Issac cligna des yeux.

— Vous êtes sûrs ?

— Oui. Elle a appelé Jonathan pendant l'attaque pour l'informer que ses Sentinelles étaient à Hydria. Elle a senti leurs auras quand Jacque les a déposés et apparemment, elle a reconnu l'un d'entre eux. Ce qu'elle a fait a failli coûter la vie à Amelia.

La main d'Issac se resserra autour du téléphone.

— Et elle était la source des autres fuites ?

— Affirmatif. Je t'enverrai un rapport détaillé, mais en résumé, j'ai pu relier les données du téléphone et de l'ordinateur de Jonathan à elle. Elle lui a tout donné et il semblerait qu'il ait fourni ces informations à Osiris.

— Ce qui explique comment il a appris ce que faisait Ezekiel avec Gabriel, répondit Issac, la mâchoire serrée. A-t-elle joué un rôle dans les plans de Lucian ? Comme alerter Jonathan sur les autres sites ?

— Oui, mais il n'a pas donné suite à l'information. Tom pense que c'est parce qu'il manquait de Sentinelles après l'explosion de la FHC et le massacre lors du mariage. Jonathan surveillait ses propriétés à distance et je soupçonne que quelques-unes d'entre elles étaient câblées pour les faire sauter, mais nos équipes n'ont pas eu le temps d'entrer pour le découvrir.

— Je vois, dit Issac en se massant la nuque, grimaçant aux souvenirs de cette nuit. Alors tout le monde va bien ?

— Aucune victime, lui rapporta Mateo. Toutes les Sentinelles sont en vie et enfermées. Il n'y a qu'un seul mort, c'est Jonathan.

— Bien.

Peut-être qu'ils auraient à ajouter Clara à la liste des victimes. Comment a-t-elle pu faire ça à Aidan ? À ses amis ? À sa famille ? À Issac ? Putain, à quoi pensait cette femme ?

— Sait-on pourquoi Clara a fait ça ?

Il prononça ces mots entre ses dents avec dureté, désirant férocement étrangler cette femme.

Mateo souffla longuement.

— D'après ce que Balthazar a tiré de son esprit, elle travaillait avec Jonathan depuis des mois. Ils étaient tous les deux des outsiders : lui n'était pas la véritable progéniture d'Aidan et Clara n'était pas membre du harem. Parce que, tu sais, elle a été créée pour toi.

— T'es vraiment sérieux ? l'interrompit Issac, livide. Elle ne voulait même pas de moi !

— Peut-être pas, mais elle ne s'est jamais sentie à sa place et il semble que Jonathan ait joué là-dessus. Aidan l'a sans doute adoptée, mais il ne l'a pas *créée*. Apparemment, ils ont sympathisé. Beaucoup.

— Putain, pourquoi elle n'a rien dit ? demanda-t-il. Et comment personne ne s'en est-il rendu compte ?

Même Issac n'aurait pas soupçonné Clara d'être capable d'une telle trahison. Elle semblait toujours si... *heureuse*.

— Nous sommes certains ? demanda-t-il encore, ayant besoin de le réentendre.

— Oui, il y a suffisamment de preuves et de messages. J'ai même trouvé une note sur ton lien avec Stas.

Apparemment, elle a entendu Tristan en parler à Nadia. C'est pas bon, mec. Elle a tout balancé à Jonathan.

Issac résista à l'envie de frapper quelque chose. Il se concentra sur Astasiya. Ses beaux traits aimables. Ses lèvres parfaites. Ses doux cheveux blonds.

Après plusieurs inspirations, il sentit la colère diminuer en lui.

— Je ne l'aurais jamais soupçonnée de ça, admit-il. Putain, Mateo. Comment a-t-elle pu faire ça ?

— Nadia est stupéfiée et énervée, répondit-il. Tristan, aussi. Bon sang, tout le monde l'est, père. Ils veulent sa peau.

— À juste titre.

Issac n'approuvait pas le meurtre, mais si Clara les avait trahis pendant si longtemps ?

— Elle le mérite.

— Oui, dit doucement Mateo. Lucian et les autres sont encore en train de discuter de son sort. Pareil pour les Sentinelles en détention. Ça va prendre des jours, peut-être des semaines, pour régler ça.

Issac se frotta la nuque.

— Oui. Certainement.

Leela apparut dans l'embrasure de la porte, ses cheveux blonds décoiffés.

— J'ai besoin de toi maintenant.

— Y a-t-il autre chose ? demanda-t-il.

— Nan. On a des Sentinelles carrément énervées en ce moment et Clara a été appréhendée. Honnêtement, le reste peut attendre. Mais je voulais que tu saches que ce n'était pas Tristan.

— Je n'ai jamais pensé que c'était le cas, répondit-il en se levant. Merci, Mateo.

— Père.

Il mit fin à l'appel.

LEXI C. FOSS

Issac glissa le téléphone dans sa poche.

— De quoi as-tu besoin, Leela ?

— Que tu mettes fin à la misère de Skye, dit-elle en lui faisant signe d'approcher. Stas va bien. Mais pas Skye.

Il supposa que c'était la personne qui criait dehors. En franchissant le seuil, ses soupçons se confirmèrent. Une femme aux cheveux noirs beuglait sur la plage, ses deux poignets entravés par les mains d'Ezekiel alors qu'elle tentait de le traîner vers l'eau.

Issac capta sa vision, curieux de savoir ce qu'elle pensait, et arrêta de respirer.

Le chaos tourbillonnait dans son esprit.

Des images de suicide.

Ses supplications à genoux.

Ses pleurs.

Sa noyade dans l'océan.

Osiris l'enchaînant au fond d'un lac. Ezekiel la sauvant. La vision d'une déesse blonde tourbillonnant dans les nuages. La foudre.

Pour revenir à son désir de s'ouvrir les veines.

Un revolver, celui d'Ezekiel, tirant une balle dans son cerveau.

Issac ne pouvait pas dire ce qui était réel et ce qui était désiré. Et la déesse blonde dansait à nouveau, le pouvoir s'épanouissait autour d'elle et ses ailes opales scintillaient.

Aya.

Du sang.

La tête d'Aya roulant sur le sol, ses yeux morts.

Issac trébucha en arrière, s'arrachant de l'esprit de la femme, son cœur s'emballant.

— C'est quoi ce bordel ? s'écria-t-il en se serrant la poitrine. *C'est quoi ce bordel ?*

— Fais-la dormir, dit Leela. Elle va se rendre folle.

— Elle est folle !

Il s'appuya contre le côté de la maison, puis jeta un œil par les fenêtres pour se rassurer qu'Aya dormait toujours profondément. Son esprit était calme – trop calme.

— Bon sang !

Il ne voulait plus jamais revoir cette vision.

— Osiris l'a contrainte à se tuer si quelqu'un la lui enlevait. Son esprit est le résultat de cette contrainte. Fais-la dormir jusqu'à ce qu'on trouve comment neutraliser le pouvoir d'Osiris.

— Mais il n'est pas là. Ça devrait atténuer l'effet, non ? Gabriel a dit qu'Osiris ne peut pas nous atteindre ici.

Techniquement, ils se trouvaient dans le royaume des Séraphins, dont Osiris était banni. Les autres avaient tous été autorisés à y accéder grâce à des protections, des runes ou tout autre moyen magique utilisé par Gabriel. Issac était trop épuisé pour analyser tout ça maintenant. Ils étaient en sécurité. C'est tout ce qui importait.

— Ça ne change rien. C'est une Ichorienne. Il l'a créée et donc sa coercition demeure, dit Leela en attrapant son épaule. Reprends-toi et endors cette femme. Tout de suite.

Mon Dieu, à l'entendre, ça semblait si facile.

— Elle a juste imaginé la tête coupée d'Astasiya roulant sur le sol. Donne-moi une minute, bordel.

Leela en eut le souffle coupé.

— Quoi ?

— Ouais.

— Ici ?

Il ravala sa salive.

— Non. Ce n'était pas dans le sable, répondit-il en se passant la main sur le visage. Est-ce que c'était une prophétie ? demanda-t-il doucement, espérant de tout cœur qu'il en avait mal compris le dénouement.

Leela secoua la tête.

— Non, les prophéties sont dites à voix haute. Elle n'a

rien fait d'autre que de hurler de douleur. Les Devins travaillent en harmonie. Ils *voient* tout, tous les potentiels aboutissements. Seuls ceux qui sont prononcés à voix haute sont les destins qui, selon eux, se réaliseront.

— Et elle n'a jamais prophétisé la mort d'Astasiya ?

— Pas à ma connaissance, non.

En entendant cela, il se sentit un peu mieux. Il secoua la tête pour se débarrasser du choc résiduel et jeta un nouveau coup d'œil à l'intérieur. Son Aya était toujours immobile, son visage doux comme le sommeil.

— D'accord, murmura-t-il. Je vais essayer de l'aider à dormir.

Mais ça n'allait pas être facile.

Il accéda prudemment de nouveau à la vision de Skye, tressaillant à l'image sanglante qui vacillait dans ses pensées.

— Elle est en train de voir une lame perçant son propre cœur, murmura-t-il.

— Une des nombreuses façons dont elle est morte, lui apprit une nouvelle voix.

Une femme. Vera. Ses ailes bleues battaient dans son dos lorsqu'elle apparut à côté d'eux, le regard fatigué.

— Je peux voir le jour où Osiris a déclenché ce commandement, mais je ne peux pas le réécrire. Il est plus fort que moi.

— Sethios peut-il l'annuler d'une manière ou d'une autre ? demanda Leela.

Vera secoua la tête.

— Il n'a pas assez de forces dans son état actuel. Sa libération du contrôle d'Osiris est trop récente.

— Stas ? suggéra Leela. Une fois qu'elle sera réveillée, je veux dire.

— Elle en a certainement le pouvoir, après ce dont je viens d'être témoin, mais je doute qu'elle sache comment accomplir ça. Peut-être les deux ensemble ? dit-elle avec un soupir. Je vais contacter certains de nos alliés, pour voir s'ils ont des idées à ce sujet. Pour l'instant, je suis d'accord pour la faire dormir.

Ses yeux argentés se levèrent vers lui.

— Montre-moi ton utilité, petit jeune.

— Petit jeune ? répéta-t-il.

— Tu n'as que quelques siècles, n'est-ce pas ? Un bébé par rapport à moi. Mais montre-moi ce que tu peux faire. Fais-moi comprendre pourquoi une personne aussi puissante que Stas t'a choisie comme compagnon, dit-elle en faisant un signe de tête vers Skye. Aide-la.

— Bien sûr. Ensuite, tu pourras expliquer ce que tu as fait à Osiris.

Ce qu'elle avait fait avait mis l'être ancien à genoux et l'avait assommé. Issac voulait savoir comment pour que cela puisse être refait. Mais il se concentra d'abord sur sa tâche, en verrouillant les récepteurs visuels de Skye et en l'amenant à l'inconscience.

Les cris de celle-ci se turent, ses cils se refermèrent et Ezekiel la rattrapa dans ses bras.

— Qu'est-ce qui vient de se passer ? demanda-t-il, alors qu'il fouillait la plage d'un regard féroce.

Issac comprit enfin en voyant les pièces du puzzle s'assembler.

Skye était la raison pour laquelle Ezekiel avait choisi de rester avec Osiris.

L'assassin l'aimait.

Et Osiris avait utilisé cela à son avantage, tout comme il avait prévu de se servir d'Issac contre Stas – pour former une nouvelle marionnette.

— Ezekiel, l'appela Vera. Issac a calmé l'esprit de Skye pour lui accorder un répit temporaire. Dis-lui ce dont tu veux qu'elle rêve.

Le regard d'ébène de l'assassin se tourna vers Issac.

— De quoi rêve-t-elle maintenant ?

— De rien, répondit Issac.

— C'est bien, dit-il en soulevant Skye dans ses bras. S'il te plaît, maintiens ça aussi longtemps que tu peux.

Il la porta vers la maison et s'arrêta sur le seuil, jetant un coup d'œil à Issac.

— Merci.

Issac fit un signe de tête à l'homme.

— C'est le moins que je puisse faire.

Et il était sincère. Après tout ce que tous ces gens avaient fait pour Astasiya, les épreuves et les tourments auxquels ils avaient survécu, aider une prophétesse à dormir semblait insignifiant en comparaison.

— Pour répondre à ta question sur Osiris, j'ai démantelé son esprit en réécrivant son histoire, expliqua Vera. C'est le traumatisme qui l'a assommé. Ça et tout ce qu'Astasiya lui a fait avant mon intervention.

— Elle manipule les souvenirs, traduisit Leela. Et elle est très douée pour ça.

— Donc tu as modifié son passé ? demanda Issac, les sourcils froncés.

— Oui, mais seulement temporairement. Il est trop fort pour que ce soit permanent. C'est pareil pour Astasiya. Elle a démêlé plusieurs de mes distorsions au fil des ans, au point que lui rendre ses souvenirs l'autre jour a été en fait assez facile.

— Quelqu'un peut me mettre au parfum ? demanda Sethios en s'approchant de la plage avec une mine circonspecte. Mes souvenirs de ces dernières dizaines d'années sont... bousillés.

— Je te mettrai au courant dès que tu auras pris une douche, rasé cette barbe hideuse et coupé ces fichus cheveux, répondit Vera. Tu as une tête affreuse.

— Eh beh ! Merci de t'en inquiéter, Vera. Bon, dis-moi, où est Caro, merde ?

Leela et Vera eurent un mouvement de surprise manifeste.

Gabriel croisa les bras.

— Quelque part au fond de l'océan.

— *Hein ?*

Sethios cligna des yeux et son regard se perdit dans le lointain. Il pinça les lèvres.

— Je ne la ressens pas.

Il regarda autour de lui et sa paume attrapa sa poitrine.

— Pourquoi je ne peux pas la ressentir ? Bon sang, pourquoi n'ai-je pas remarqué ? demanda-t-il en s'attrapant les cheveux et en tirant sur les mèches crasseuses. Qu'est-ce qui s'est passé ces dernières... ?

Il s'interrompit, son attention se portant sur l'intérieur de la maison.

Sethios se mit en route, incitant Issac à le suivre, car l'homme apparemment dérangé se dirigeait tout droit vers Astasiya.

Mais il s'arrêta brusquement et Issac faillit lui rentrer dedans.

— Astasiya, souffla-t-il en tombant à genoux à côté du canapé. Mon Dieu, elle ressemble à Caro.

Il leva la main comme pour la toucher, mais s'arrêta à mi-chemin.

— Vingt-cinq ans ? demanda-t-il.

— Oui, confirma Gabriel depuis le seuil de la porte.

— Comment va-t-elle ? Tout s'est déroulé comme prévu ? l'interrogea-t-il. Elle a fini sa métamorphose ? Elle a des ailes ? Elles sont bleues, comme celles de sa mère ?

Il avait les larmes aux yeux en regardant Gabriel.

— Est-ce qu'elle sait qui je suis au moins ? Et Caro ?

— Elle sait qui vous êtes et nous a aidés à te faire

évader, répondit-il en s'asseyant sur le fauteuil le plus proche du canapé. Elle est encore en train d'apprendre ce qu'elle est, comment contraindre et tout ça. On a réussi à la tenir à l'écart du monde surnaturel jusqu'à l'été dernier, quand elle a rencontré Wakefield.

Sethios se raidit et fit glisser son regard. Une paire d'yeux verts, si semblable au magnifique vert de ceux d'Aya, se posèrent sur Issac.

— Et maintenant, tu es *lié* à ma fille ?

— Oui, répondit-il, sans se laisser impressionner par la brutalité qui se cachait notoirement sous la peau de cet homme.

Sethios était réputé pour sa cruauté, pour être le bras droit d'Osiris et pour avoir la capacité d'influencer les autres. La plupart des gens étaient terrifiés par l'homme.

Issac n'avait pour ainsi dire rien à foutre des pouvoirs de cet homme.

— Astasiya est belle et loyale, parfois à l'excès. Elle se soucie des autres plus que d'elle-même et c'est l'une des femmes les plus fortes que j'aie jamais rencontrées. Elle a affronté Osiris pour te libérer, a canalisé le chagrin de vous avoir perdus, Caro et toi, pour briser les restes de la contrainte de ton père, et m'a demandé du réconfort dans les dernières secondes avant de s'évanouir. Je lui ai promis que je serais là à son réveil et je ne manquerai pas à cette promesse, dit-il en arquant un sourcil pour renforcer sa déclaration et s'assurer que Sethios lisait bien entre les lignes.

Tu ne te mettras pas entre moi et mon Aya.

— Ça te rappelle quelqu'un ? demanda Vera en cachant un sourire derrière sa main.

— Ouais, répondit Leela avec un sourire moqueur. Ces deux-là vont s'entendre à merveille, je pense.

— Ou s'entretuer, murmura Vera. On prend les paris ?

— Vous n'avez pas du tout changé, toutes les deux, leur fit remarquer Sethios, le regard toujours posé sur Issac. Et on verra bien s'il se montre digne.

— Il l'a déjà fait, répondit une voix groggy depuis le canapé, les yeux fatigués d'Astasiya posés sur son père.

Issac s'agenouilla à côté d'elle et porta sa main sur sa joue.

— Tu vas bien, mon amour ?

Il ne pouvait toujours pas l'entendre, ce qui l'inquiétait.

— Je suis juste fatiguée, murmura-t-elle en se penchant pour trouver son contact physique. Et vous pouvez continuer de parler, vous tous.

Il sourit.

— Désolé, ma chérie. Tu veux que je t'emmène à l'étage ?

— Hmm, dit-elle en fermant les yeux et en tendant ses doigts vers lui. S'il te plaît.

Il la prit dans ses bras, se leva et croisa le regard de Sethios.

— On continuera cette discussion quand Astasiya sera reposée.

L'approbation brilla dans les yeux de l'autre homme qui hocha la tête, mais il ne s'écarta pas de leur chemin pour autant. Au lieu de cela, il leva la main et fit glisser ses doigts le long de la mâchoire de Stas.

— Je suis fier de toi, mon petit ange, chuchota-t-il. Merci de m'avoir sauvé.

Stas releva ses cils.

— Mon petit ange, répéta-t-elle, un sourire apparaissant sur sa bouche. Ce surnom m'a manqué. Et toi. Et maman.

— Tu m'as manqué aussi, répondit-il, les larmes aux yeux. Maintenant, va te reposer. On rattrapera le temps perdu quand tu auras dormi. Et ensuite, on parlera de ta mère.

— L'océan, marmonna-t-elle en frissonnant. Si froid. Et seule. Mais elle m'a demandé de te retrouver. Et je l'ai fait, dit-elle avec un bâillement, les yeux à peine ouverts, son corps ramolli dans les bras d'Issac. Je t'ai trouvé.

— C'est vrai, convint-il. Et ensemble, on trouvera ta mère.

Elle hocha la tête et se blottit contre l'épaule d'Issac.

— Oui. Dormir. Hmm... tu sens bon.

Issac gloussa et lui caressa la joue.

— On va faire une sieste, ma chérie.

— OK, murmura-t-elle, les yeux fermés.

Sethios s'écarta du passage cette fois-ci, son expression adoucie alors qu'il observait sa fille. Mais lorsqu'Issac pénétra dans le vestibule, il entendit l'homme demander :

— Dites-moi qu'ils ne peuvent pas procréer.

— C'est un ordre ou une question ? demanda Leela avec une pointe de raillerie dans la voix.

— Celui des deux qui te fera répondre, grogna-t-il. Astasiya est trop jeune pour être enceinte. Elle est à peine une adulte. Bordel, elle est *en couple* ? Vous étiez tous censés la protéger !

Les rires répondirent à son emportement.

— Que crois-tu que cet homme a fait ? demanda Vera, moqueuse. Il la protège depuis le jour où il l'a rencontrée. Et pour ce qui est de la procréation, demande à la reine de la fertilité.

Leela pouffa de rire.

— Reine de la fertilité ? Vraiment ? Je t'en veux toujours pour ce que tu as fait à Balthazar. Il se souvient de moi, Vera.

— Tu m'as dit de réarranger ses souvenirs et c'est ce

que j'ai fait. Ça ne veut pas dire que j'ai supprimé tous les détails.

Eh bien, *ça*, c'était intéressant.

— Peut-on revenir à la partie procréation ? les coupa Sethios. J'ai besoin qu'on me dise que ma fille ne va pas me faire grand-père au milieu de ce chaos.

— Relax, Sethios. Le cycle de fertilité des Séraphins s'étale sur des siècles, pas des jours ou des mois. Bon, à moins que Jonathan n'altère tes gènes, apparemment.

— Quoi ?

— C'est une longue histoire qui implique la meilleure amie de Stas, murmura Leela. Quoi qu'il en soit, en ce qui concerne ta fille, elle ne sera pas féconde avant d'avoir au moins cinq cents ans ou plus. Mais si tu veux vraiment discuter avec elle *de roses et de choux*, je peux te donner quelques conseils.

— Bon sang, grommela-t-il, l'air encore plus contrarié. Elle avait *sept ans* hier. Penser à avoir une discussion sur le sexe...

— Ça t'inquiète qu'Issac fasse à ta petite fille ce que tu aimes faire à Caro ? se moqua Vera. Ne t'en fais pas. Je n'ai pas vu de jeux avec des couteaux dans ses souvenirs.

Oh, mon Dieu, je n'ai pas besoin d'entendre parler de la façon dont mon père joue avec ma mère ! cria Astasiya dans la tête d'Issac, qui la fit presque tomber sous l'effet de la surprise.

Bon, au moins, la connexion n'était pas rompue.

Désolé, mon amour, répondit-il en secouant la tête pour effacer le bourdonnement qu'elle avait laissé derrière elle. *On va à l'étage maintenant.*

On sait qui est la taupe ? demanda-t-elle en s'endormant alors qu'il l'allongeait sur le lit de la chambre d'amis, celui dans lequel il l'avait trouvée ce qui semblait un siècle auparavant.

Clara. Le nom sortit dans un grognement mental. *Je ne*

sais pas encore pourquoi, mais rassure-toi, les Hydraiens s'en occupent.

Vont-ils la tuer ?

Je ne sais pas, admit-il. *Ça dépend de ce qui l'a motivée et si elle le regrette.*

Il retira sa chemise et son pantalon souillés, puis répéta l'action avec le jean et le tee-shirt de Stas. Elle ouvrit les yeux et un sourire se dessina au fond d'eux. *Tu es en train d'essayer de me séduire ? Parce que je ne pense pas être prête pour un tel tour de force en ce moment.*

— Tu dois d'abord dormir, murmura-t-il. Je m'assure juste qu'on est prêts pour le moment où tu te réveilleras.

— Alors tu *es en train* de me séduire.

La gaieté scintillait dans ses profondeurs vertes.

— C'est une séduction préventive.

Il la borda dans ses couvertures et se glissa à côté d'elle.

— Hmm, et je peux aussi influencer tes rêves maintenant. Cela pourrait rendre ça encore plus intéressant.

Elle frissonna et ses pupilles se dilatèrent. *Est-ce considéré comme un abus de pouvoir d'infiltrer l'esprit d'une femme pendant qu'elle dort ?*

Seulement si elle n'est pas consentante, dit-il en haussant un sourcil. *C'est ton cas ?*

Elle se blottit contre lui, son visage allant vers son cou, ses lèvres effleurant doucement sa veine. *Considère que je suis toujours consentante.*

Pareil. Il la serra contre lui. *Tu étais absolument rayonnante aujourd'hui, mon amour. Mais je dois te dire quelque chose. C'est assez important.*

Elle se crispa. *Quoi ?*

En fait, c'est à propos de tes ailes, dit-il en se retenant de sourire.

Qu'est-ce qu'elles ont ?

Il lâcha un soupir. *Elles changent vraiment de couleur.*

Elle laissa échapper un petit cri dans son esprit. *Vraiment ?*

Oui. C'est de l'opale, pas du rose.

De l'opale ? répéta-t-elle.

Il l'embrassa sur la tempe. *Oui. De l'opale.*

Je préfère ça au rose.

Un sourire apparut sur les lèvres d'Issac. *C'est bien ce que je pensais.*

Elle se tut et son esprit se calma à nouveau. Il réalisait maintenant que c'était le résultat de l'épuisement, que son âme avait besoin de repos. Mais leur connexion était florissante, son cœur battant au rythme du sien. Elle respirait même au même rythme.

Ils étaient connectés à jamais.

Éternellement liés.

Et rien ne se mettrait jamais entre eux. Pas même Osiris.

Tu es mon éternelle, Aya, chuchota-t-il en la serrant contre lui. *Si tu as besoin de quoi que ce soit, je suis là. Partout où tu iras, j'irai. Nous sommes une équipe, toi et moi. Peu importe l'obstacle, peu importe l'épreuve, je ne te quitterai jamais. C'est le vœu que je te fais, pour toujours et à jamais. À travers l'univers et au-delà, je t'aimerai.*

Elle resta silencieuse si longtemps qu'il crut qu'elle s'était peut-être endormie. Puis elle demanda :

— Pourquoi est-ce que ça donne l'impression d'une demande en mariage ?

Il sourit. *Ça n'en est pas une.*

Oh. Elle avait presque l'air déçue.

Ce sont mes vœux de mariage, chuchota-t-il. *Pendant la cérémonie d'Elizabeth et Jayson, je n'ai pas arrêté de penser à ce que je te dirais, à la façon dont je pourrais t'exprimer mes sentiments. Et les mots me sont juste venus à ce moment-là et la certitude qu'ils contenaient me complétait d'une manière qui semblait juste. J'avais l'intention de te les dire ce soir-là. Je n'en ai pas eu l'occasion, alors je te les dis maintenant.*

Elle se roula dans ses bras, son regard fatigué trouva le sien alors qu'elle lui caressait la joue.

— Tu es mon éternel, Issac, dit-elle, d'une voix douce, mais claire. Je promets de t'honorer, de te chérir, d'être honnête avec toi et de te respecter. De travailler avec toi, pas contre toi. De rester à jamais à tes côtés, quelle que soit l'épreuve ou la tâche. Et de te faire confiance, à tout jamais. À travers l'univers et au-delà, je t'aimerai.

L'émotion brûlait dans ses yeux, sa gorge se resserra lorsqu'il murmura :

— Toujours.

— Toujours, répondit-elle. *Maintenant, vous pouvez embrasser la mariée,* ajouta-t-elle dans son esprit, ce qui le fit rire.

Le mariage parfait, lui chuchota-t-il.

Avec l'homme parfait, approuva-t-elle. *Mon éternel.*

Mon éternelle, répéta-t-il, ses lèvres réclamant les siennes. *Je t'aime, Aya.*

Je t'aime aussi.

ÉPILOGUE : SETHIOS

ASTASIYA ÉTAIT DEHORS, la tête inclinée en arrière pour profiter du soleil qui brillait au-dessus d'elle. Elle ne cessait de faire des allers-retours entre ses états éthéré et corporel, ses superbes ailes flamboyant autour d'elle, disparaissant et flamboyant à nouveau. Son sourire enfantin disait qu'elle le faisait exprès.

— Elle a enfin compris comment se volatiliser, murmura Issac en le rejoignant à la porte vitrée coulissante. Elle veut d'abord aller voir Elizabeth.

— Son amie, c'est ça ? demanda Sethios, se rappelant le nom que Leela avait mentionné dans son compte-rendu de la vie d'Astasiya. Elle est enceinte ?

Issac hocha la tête.

— Oui. Je ne pense pas qu'elle accouche avant un mois, mais c'est très étrange. Cela dit, Leela semble avoir la situation en main.

— J'en suis sûr. C'est elle qui a aidé Caro à mettre Astasiya au monde, dit-il en observant l'expression excitée de sa fille. Je dois retrouver Caro.

— Et tu veux l'aide d'Astasiya, supposa l'homme

intuitif à côté de lui, dont l'intelligence était quelque peu respectable.

— Oui.

— Alors, demande-lui, répondit-il en laissant entendre que c'était la tâche la plus simple du monde.

— Comment ?

C'était étrange d'avoir à demander à un autre homme comment parler à sa propre fille, mais ce n'étaient pas des circonstances normales. Et après tout ce que Sethios avait enduré, il n'était pas vraiment certain de savoir parler à qui que ce soit, encore moins à la chair de sa chair.

— En étant honnête et franc, dit-il en lui faisant face. Elle est toujours un peu vexée d'avoir été laissée dans l'ignorance toutes ces années. La vérité ne pourra que lui faire du bien.

Sethios acquiesça.

— C'est dans mes cordes. Je...

L'apparition de deux mâles sur la plage l'interrompit, ses poils se hérissant devant le froncement de sourcils d'Astasiya. Elle fit un pas en arrière lorsque le plus grand des deux s'approcha d'elle.

— Qui est-ce ?

— Ma progéniture, murmura Issac, son regard se rétrécissant. Tristan.

Un Ichorien. Sethios ne le reconnaissait pas.

— Qu'est-ce qu'il sait faire ?

— Il contrôle le son, répondit Issac, la satisfaction rayonnant dans son expression.

— Tu peux l'entendre là ?

— Pas directement. Mais Astasiya est sereine, c'est tout ce que j'ai besoin de savoir.

Il fit un signe de tête dans leur direction.

— Allons les rejoindre.

— Quoi de neuf ? demanda un homme aux cheveux

souples en passant devant eux, son regard gris dévisageant Sethios avec intérêt. Le papa de Stas. Cool.

Puis il se dandina jusque dans la maison sans un regard en arrière.

Sethios fronça les sourcils.

— C'est qui, ce gars ?

— Jacque. Un Hydraien. Téléporteur. Le Gardien principal de Lucian, dit Issac en le regardant. Tu vas le voir souvent.

— Bien.

Sethios passa ses doigts dans ses cheveux, qui étaient plus courts maintenant grâce à l'intervention de Vera et de sa paire de ciseaux. Apparemment, elle pensait que faire sa toilette était plus important que de trouver Caro. La seule raison pour laquelle il avait accepté était que son ange ne l'avait pas encore contacté.

Où es-tu, ma chérie ? lui demanda-t-il en pensée pour la millième fois.

Pas de réponse.

Elle avait clairement rompu le lien, mais il ne savait pas comment. Gabriel pensait que cela avait quelque chose à voir avec un traumatisme et son désir de protéger Sethios.

Dix-huit ans.

L'instant d'un clin d'œil pour quelqu'un de son âge, mais cela frisait l'éternité dans son cœur.

Tu me manques, mon ange.

— ... le rendre heureux. Merci.

L'accent irlandais de l'homme semblait vieux et altéré par l'âge, peut-être une influence de sa vie passée aux États-Unis depuis un certain temps.

— C'est sans doute la chose la plus gentille que tu m'aies dite jusqu'à présent, Tristan, répondit Astasiya en souriant. Fais attention, je pourrais considérer ça comme une demande d'amitié.

Il eut un petit rire.

— Je n'irais pas si loin, mon chou.

— Oui, c'est ce que je pensais, dit Astasiya en secouant la tête. Ton meilleur ami est toujours un abruti, mais c'est devenu tolérable.

Issac gloussa.

— C'est noté.

Il jeta un coup d'œil à Sethios, puis au dénommé Tristan.

— Tu veux marcher, mon pote ? Je crois qu'on a un truc ou deux à discuter.

Une note sombre envahit l'expression de l'homme qui hocha la tête.

— Bien sûr, père.

L'adresse formelle sembla crisper les épaules d'Issac.

— Disons plusieurs trucs.

Il se pencha pour embrasser la joue d'Astasiya.

— Je vais en avoir pour un moment.

Elle hocha la tête.

— Je m'en doutais.

Issac jeta un coup d'œil à Sethios.

— Sethios.

— Issac, répondit-il.

Astasiya regardait les deux hommes s'éloigner, le cœur dans les yeux.

Sethios s'abstint de donner son opinion et décida plutôt de commencer par une interrogation.

— Gabriel me dit que tu as été élevée à Havre.

Elle sourit.

— Oui. Avec les Davenport.

Elle haussa les sourcils.

— Oh, je devrais les appeler. Ils sont probablement morts d'inquiétude à mon sujet.

Il fronça les sourcils.

— Pourquoi ?

— Parce que je ne leur ai pas parlé depuis les fêtes. C'était...

Elle fronça les sourcils.

— Mon Dieu, je ne sais même pas quel jour on est, ni quel mois d'ailleurs.

— Non, je voulais dire pourquoi seraient-ils inquiets ? Je pensais qu'ils savaient tout. C'est ce que Gabriel a laissé entendre, en tout cas.

— Quoi ? Non. Ils ne savent rien de notre monde, répondit-elle en riant, mais sa voix s'évanouit lentement. Attends, pourquoi penses-tu qu'ils étaient au courant ?

— Ton frère m'a parlé d'eux hier soir, quand il m'a tout raconté. Il a dit qu'ils connaissaient ta faculté de contraindre les gens. Du coup, j'ai supposé que ça voulait dire qu'ils étaient au courant de... eh bien, de tout.

— *Quoi ?*

Gabriel choisit ce moment pour apparaître, ses plumes rouges scintillant au soleil. Il fronça les sourcils en voyant l'expression du visage d'Astasiya.

— Que se passe-t-il ?

— Les Davenport savent que je suis un Séraphin ? demanda-t-elle d'une voix stridente.

— Oh. Ça...

Les ailes de Gabriel disparurent tandis qu'il reprenait son état corporel.

— Euh, non, pas exactement. C'est compliqué.

— Décomplique ça, alors, exigea-t-elle.

Comme elle rappelait Caro à Sethios, il faillit laisser échapper un sourire devant la fureur familière qui irradiait dans son regard, mais parvint à le couvrir de sa main.

Gabriel soupira.

— Réfléchis, Stas. Ils n'auraient pas pu t'élever sans un minimum d'informations. Alors je leur ai appris tout ce qu'ils avaient besoin de savoir. Comme ta capacité à contraindre. Et je leur ai peut-être dit que tu étais une descendante d'anges qui veilleraient toujours sur toi.

La mâchoire de Stas était tombée par terre au moment où il termina.

Sauf qu'il n'avait pas encore fini.

— Vera s'est arrangée pour garder ça sous contrôle au fil des ans, en modifiant leurs souvenirs selon les besoins. Par exemple, quand tu es partie pour l'université, elle a effacé tous les détails concernant ta capacité à contraindre. Et lorsque tu as commencé à travailler pour la FHC, elle a supprimé les souvenirs qu'ils avaient de moi. Ce qui, en théorie, signifie qu'ils ne savent plus rien maintenant.

Elle le regardait bouche bée.

— Tu as manipulé mes parents pendant *des années* ?

— Techniquement, c'est Vera qui l'a fait, fit remarquer Gabriel.

Sethios croisa les bras, amusé.

— Vera, répéta-t-elle. Tu vas rejeter la faute sur Vera ?

Elle se rua sur lui, mais Gabriel disparut et réapparut de l'autre côté d'elle.

— La violence...

Il se volatilisa à nouveau pour éviter un coup de poing.

— N'est pas...

Une autre évaporation.

— La solut... Aïe !

Astasiya avait anticipé son prochain mouvement et lui avait assené un impressionnant coup de poing dans la figure alors qu'il était dans son état éthéré. Gabriel atterrit sur le derrière avec un râle.

— En forme, mon petit ange, la félicita Sethios.

Elle se tenait au-dessus de Gabriel, les mains sur les hanches.

— Y a-t-il autre chose que tu ne m'as pas encore dit, connard ?

— Pourquoi me reproche-t-on toujours tout ? demanda Gabriel en se frottant la mâchoire. Ezekiel, Sethios, Leela, Vera et même *maman*, ils ont tous participé à cette histoire.

— Mais on t'a laissé en prendre la direction, fit remarquer Sethios.

L'homme grogna quelque chose en se relevant du sable.

— Je ne peux même pas me retirer dans ma propre maison parce qu'elle est envahie par de foutus invités. Sérieusement, qu'est-ce que j'ai fait pour mériter tout ça ?

Il se dirigea vers la porte de derrière pendant qu'Astasiya le fusillait du regard.

— Je crois que je le déteste.

— C'est dommage, mon petit ange, répondit Sethios en penchant la tête sur le côté.

— Et pourquoi ça ?

— Parce qu'on va passer beaucoup de temps avec lui dans les semaines, voire les mois à venir.

Il lui toucha le bout du nez, comme il le faisait quand elle était petite. En général, parce qu'elle s'était mal comportée.

— Nous avons besoin de lui pour retrouver ta mère.

Un souvenir se glissa dans le regard de Stas et ses traits s'adoucirent.

— Il m'a promis une fois que nous la chercherions ensemble.

— Il n'a pas menti.

Sethios enfonça ses mains dans les poches de son jean et leva les yeux vers le ciel, ses pensées allant vers la femme qu'il adorait, l'ange de ses rêves.

Où es-tu, mon amour ? Pourquoi m'as-tu bloqué l'accès à ton esprit ?

Comme elle ne répondait pas, encore une fois, il croisa le regard de leur fille.

— C'est en fait ce dont je voulais te parler.

— Maman ?

Il hocha la tête.

— Et le fait de la chercher.

Sa poitrine lui faisait mal, la culpabilité s'installant au creux de son estomac. Son ange avait-il coupé le lien parce qu'il l'avait abandonnée ? Parce qu'elle avait ressenti le tourment qu'Osiris lui avait infligé ? Parce qu'elle avait perdu la foi ?

Sethios déglutit. Il aurait pu passer des jours à débattre des causes. Mais aucune d'entre elles ne ramènerait son ange.

— J'ai besoin de ton aide pour la retrouver, admit-il doucement. S'il te plaît.

Ce n'était pas une chose qu'il disait souvent, mais elle semblait appropriée à cet instant-là.

— Je sais que je suis pratiquement un étranger à tes yeux, que me faire confiance ne sera pas facile et, clairement, Gabriel a fait un travail de merde pour la gagner aussi.

Oui, il n'expliquait pas ça correctement. Et sa demande n'était même pas vraiment compréhensible.

Il se passa une main dans les cheveux, expulsant une longue inspiration.

Recommence !

— Ce que je veux dire, c'est que travailler ensemble, en équipe, c'est le seul moyen de localiser ta mère. Parce que je sais, sans aucun doute, que mon père l'a cachée dans un endroit impraticable et impossible à trouver. Mais j'ai laissé ta mère souffrir pour...

— Papa, l'interrompit-elle, le simple mot étant une

caresse sur son cœur gelé. Tu n'as pas besoin d'expliquer. Je veux la trouver, moi aussi.

Oh. OK.

— Je t'ai dit à quel point tu me rappelles ta mère ?

— Plusieurs fois, dit-elle en souriant, son expression lui rappelant encore plus celle de Caro. Quand est-ce qu'on part ?

Il la dévisagea.

— Dès que possible.

— Bien, dit-elle en faisant un pas en arrière. Alors je ferais mieux de perfectionner l'art de l'évaporation.

Ses ailes apparurent.

— Je reviens tout de suite.

Elle disparut, ce qui fit secouer la tête à Sethios.

Tu serais si fière d'elle, Caro, songea-t-il en souriant. *Elle est aussi courageuse et intrépide que toi.*

Pas de réponse.

Ses épaules retombèrent et ses yeux se fermèrent. *Reviens-moi, ma chérie. Tu me manques.*

Il fit un pas, l'âme en pleurs, quand un murmure lointain vint picoter le fond de ses pensées.

Les mots étaient faibles, comme portés par une brise.

Libère-moi, Sethios...

Libère...

Moi...

Sethios et Caro reviendront dans *Chercheur de sang*. Vous y aurez aussi des nouvelles d'Issac et de Stas.

Sethios et Caro reviennent dans Chercheur de sang...

Les Séraphins ne ressentent rien.
Les Séraphins n'aiment pas.
Les Séraphins ne réagissent pas.

Ce sont les règles avec lesquelles tout être supérieur vit. Et Caro les a toutes bafouées pour lui.

Maintenant, elle est perdue dans un océan vide, punie pour le péché ultime d'avoir choisi une abomination, un vampire, plutôt que son devoir.

Sethios lui a promis de la chercher, de la trouver, de la sauver, mais à chaque souffle qui passe, son espoir se fond dans le désespoir.

La découvrira-t-il à temps ? Ou l'esprit de Caro se brisera-t-il sous l'effet de la folie ?

Bienvenue dans l'univers de La malédiction des immortels.
Le Conseil supérieur des Séraphins va vous recevoir...

Série La malédiction des immortels : Prochain épisode

Chers lecteurs,

Merci beaucoup d'avoir lu *Les liens des anges*. Je considère ce livre comme la fin d'un arc scénaristique majeur, que j'appelle affectueusement « l'ère de ce salaud de Jonathan ». Et maintenant, il est mort.

C'est l'histoire la plus émouvante que j'aie jamais écrite et je suis presque certaine que mon mari pense que je suis folle, après toutes les heures que j'ai passées à pleurer devant mon ordinateur. Mais toutes ces larmes en valaient la peine puisque Stas et Issac connaissent enfin le bonheur.

Vous avez saisi ça ? Le petit indice qu'ils n'en ont pas encore fini ?

Mouvement de sourcils

J'ai tellement de choses à explorer dans cet univers, des relations amoureuses aux lignées séraphiques, en passant par Osiris... Ça va être un tourbillon et je suis impatiente.

Si vous avez des idées sur les futures intrigues ou sur les relations entre les personnages, n'hésitez pas à rejoindre mon groupe de lecteurs et/ou le groupe de discussion de *La malédiction des immortels* sur Facebook. Vous me trouverez souvent là-bas. 😊

Le prochain épisode est donc *Chercheur de sang* qui suit Sethios dans sa quête désespérée de Caro. Vous aurez également des nouvelles de Stas, Issac, Stark et d'autres en cours de route.

Oh, et les Anciens pourraient bientôt devenir oncles...

Vous les imaginez avec une mini version de Lizzie et Jayson courant partout ? Ah, j'adore déjà l'idée !

En attendant, n'hésitez pas à vous inscrire à ma newsletter pour recevoir les aperçus, des chapitres en avant-première et des extraits spéciaux. Il se peut aussi que j'aie des scènes coupées à vous montrer bientôt.

Merci encore de m'avoir lue !

À bientôt,

Lexi C. Foss

Remerciements

Ce livre a failli me tuer. Sans les personnes mentionnées ci-dessous, je ne pense pas que j'aurais survécu. Peu de gens réalisent la quantité d'émotions que l'on met dans l'écriture. Il faut des mois pour trouver les bons mots et une armée pour les perfectionner.

Mon mari est la personne que je remercie toujours en premier. C'est lui qui supporte mes échéances folles, mes habitudes de sommeil insensées et qui me rappelle de manger souvent. Et puis, il me ressert sans cesse de la caféine, ce qui est une bonne raison de le mettre en premier. Mais plus sérieusement, je ne pourrais pas poursuivre mes rêves sans lui et je lui suis très reconnaissante de son soutien et son amour.

Et puis il y a Bethany. Ma correctrice. La Obi-Wan de la ponctuation. Sans elle, personne ne serait en mesure de lire ce livre. Ce serait juste un tas d'absurdités griffonnées sur du papier. Demandez-lui, elle vous le dira. Alors merci, Bethany, d'avoir perfectionné mon art et de m'avoir permis de me jouer de manière débridée avec les délais. Un de ces jours, tu recevras un manuscrit en temps et en heure. Non, ce sera en avance. Ne fais pas de crise cardiaque sous le choc, d'accord ? J'ai besoin de toi !

Aux côtés de Bethany se trouve Allison, ma lectrice alpha, qui laisse tout tomber pour m'aider lorsque je suis en retard sur une échéance. (Vous aussi, vous détectez un leitmotiv ici ?) C'est elle qui m'oblige à rester honnête, qui trouve les mots en double et qui me fait expliquer des choses que je ne veux pas expliquer. Sérieusement, qui se soucie de savoir que Balthazar a trois mains ? Je suis sûre qu'il les utilise à bon escient.

Tracey : Merci d'avoir lu *Les liens des anges* par morceaux et d'avoir donné ton avis. J'espère vraiment que tu as tort à propos des poupées vaudoues...

Casey : Merci de m'avoir permis de te kidnapper pendant des heures pour ficeler l'intrigue. On devrait probablement aller faire un tour bientôt... J'ai d'autres idées à discuter. J'attends avec impatience le compte-rendu de la série !

Louise et Melissa : Je vous aime vraiment très fort toutes les deux. Merci de faire en sorte que mes réseaux sociaux restent en vie quand j'ai besoin de disparaître. J'apprécie ce que vous faites plus que vous ne le saurez jamais.

Barb, Joy, Katie, et Laura : Merci pour la relecture et les corrections ! Je ne sais pas comment vous faites, mais je vous aime pour ça.

Julie : Oh, cette couverture. Je l'adore ! Merci, Déesse de la couverture. J'apprécie tous tes dessins, en particulier pour cette série.

Thom : Merci d'avoir « joué » Issac pour moi. Il approuve les couvertures jusqu'à présent dans ma tête, donc je pense que nous allons en sortir une autre bientôt. ;)

Dan : Merci d'avoir été spontanément mon « expert ès armes ». Tom approuve ça.

Famous Owls : Vous me permettez tous de rester en vie. Merci pour votre soutien, vos tags sur les réseaux sociaux, vos partages, vos commentaires, votre amour et votre amitié.

Et aux lecteurs : Merci de me faire confiance quant à l'histoire de Stas et Issac. J'espère que vous ne m'avez pas trop détestée...

Merci à tous ! <3

L'auteure à succès d'*USA Today* Lexi C. Foss est une écrivaine perdue dans le monde de l'informatique. Elle vit à North Carolina, avec son mari et leurs enfants à fourrure. Quand elle n'écrit pas, elle est occupée à cocher des cases sur sa liste de voyages à faire. On peut retrouver beaucoup des endroits qu'elle a visités dans ses écrits, notamment le monde mythique d'Hydria, inspiré d'Hydra, dans les îles grecques. Elle est excentrique, boit beaucoup trop de café et adore nager. Tchao !

https://www.lexicfoss.com/Français

Pour être au courant des dernières nouvelles et connaître les dates de publication, abonnez-vous à ma newsletter: https://www.lexicfoss.com/la-newsletter-de-lexi

DE LA MÊME AUTEURE

La Malédiction des Immortels

Les Lois du Sang

Des Liens Interdits

Cœur de Sang

Les Liens du Sang

Les Liens des Anges

Chercheur de sang

Le poids du sang

Des liens dangereux

Le roi de sang

Alliance de Sang

L'Esclave du Vampire

Le Vampire Royal

La Triade de l'Alpha

Le Vampire Rebelle

Le Roi Vampire

Le Vampire Cruel

Faë de Lucifer

La Captive des Faë de Lucifer

Le Directeur des Faë de Lucifer

La Reine des Éléments

Livre Un

Livre Deux

Livre Trois

la Nouvelle Génération

La Reine des Faë de l'Hiver

La Reine des Faë de l'Hiver

La Reine des Faë de Minuit

Livre Un

Livre Deux

Livre Trois

Livre Quatre

Le Conte de Faë d'Ella - Un préquel

Les Anges Déchus

Le Commencement

La Princesse Bannie

Le Roi de la Prison

Les Loups du X-Clan

X-Clan : Origines

La Promise de l'Alpha

La Compagne de l'Alpha

Le Trône de l'Alpha

La Revanche de l'Alpha

Les Loups du V-Clan

Le Secteur Sanglant

Le Secteur de la Nuit

Hors série

L'île du Massacre